U0938961

文艺心理学概论

金开诚◎著

北京大学出版社
二零零四 · 北京

图书在版编目(CIP)数据

文艺心理学概论/金开诚著. —2版. —北京:北京大学出版社,1991.1
(北京大学文艺美学精选丛书)
ISBN 978-7-301-03662-4

Ⅰ. 文 Ⅱ. 金 Ⅲ. 文艺心理学 Ⅳ. I0-05

书 名: 文艺心理学概论
著作责任者: 金开诚 著
责 任 编 辑: 江 溶
封 面 设 计: 孙兰风
标 准 书 号: ISBN 978-7-301-03662-4/I·466
出 版 发 行: 北京大学出版社
地 址: 北京市海淀区成府路205号 100871
网 址: http://www.pup.cn 电子邮箱:pkuwszyahoo.com.cn
电 话: 邮购部62752015 发行部62750672 出版部62754962
编辑部62752025
印 刷 者: 北京大学印刷厂
经 销 者: 新华书店
850mm×1168mm 32开本 13.25印张 340千字
1999年1月第2版 2009年6月第6次印刷
定 价: 22.00元

策划人语/江溶

《北京大学文艺美学丛书》草创于八十年代中期。在那百废待举，学术文化刚刚复苏的年代，她曾像一泓清泉，滋润过不少饥渴的心田。许多读者朋友也正是由于她而认识了重建不久的北京大学出版社（北大早年设有出版部）。

《文艺美学丛书》承继北京大学“兼容并包，学术自由”的传统，将文艺美学作为主要研究对象，对传统美学的另外两个维度——美的哲学和审美心理学亦给予足够的关注。丛书着力组织国内学者的专著，同时也兼及“他山之石”的译介。

丛书由文艺美学丛书编辑委员会负责编辑。叶朗、胡经之、金开诚、阴法鲁、董学文、王岳川、王宁、周宪等先生参加了编委会的工作。编委会的常务工作主要由叶朗、胡经之和江溶负责。当时健在的著名美学家朱光潜、宗白华，曾给编委会的工作予以热情的关怀和许多具体的指导。

经过十余年的耕耘，《文艺美学丛书》已出书三十种。令人欣慰的是，这些著作中的大多数，不仅在当时因某种填补空白的开创性意义，或因对某个领域的专深研究成为后人涉及该领域时不可或缺的著述，而引起广泛的关注，而且即使在学术多元化、出版事业日益繁荣的今天，仍不失其智慧的光彩和学术的价值。这就使我们编选这套《北京大学文艺美学精选丛书》奉献给新一代的读者，有了必要和可能。此次精选计十种，皆为国内学者的学术专著，以学科的内在联系为序。

《文艺美学丛书》这方小小的园地所以能自具面目，有所收获，首先应当归功于所有的作者和译者。他们的劳动成果连同他们求新的精神、务实的学风，以及力图将学术与社会相联系的责任感，无疑都将成为我们民族的一种财富。同时，我也要真诚地感谢为这套丛书呕心沥血的文艺美学丛学编辑委员会的诸位同仁。特别是深深地怀念已故多年的朱光潜、宗白华二位先生。薪不传火传，他们的睿智哲思、大家风范将超越他们的生命，滋养一代又一代的学人。这套精选丛书权作为我们的一瓣心香，奉献在他们的灵前吧！

我们这套精选丛书付梓之际，正值影响深远的世纪之交，又欣逢北京大学百年华诞，可谓生逢其时矣！愿她的问世，能为北大学术传统的承传续上一棒柴薪，为新世纪的人类精神家园增添几许绿色！

一九九八年元月

于北京大学寒暑斋

目录

引言:从大脑说起

文艺心理学是研究文学艺术创作和欣赏中的心理活动的科学。在人类的一切心理活动中,大脑作为中枢神经系统中的关键部分显然要起极为重要的作用。因此谈文艺心理学也需要从大脑说起。

大脑属于各人自身所有,个体对它确有“自主权”。但也正因为这个缘故,便有不少人产生错觉和误解。他们以为,既然脑袋是长在自己的脖子上,那么至少在心理活动这个范围之中,个人是可以为所欲为的,也就是说爱怎么想便怎么想。实际上,脑袋虽然确乎是长在各人的脖子上,但它里边的大脑,作为一种特殊的物质,却也有它的特性,有它的活动规律。人的心理活动看上去好像有百分之百的自主权,实际上却不能不受大脑的物质特性和活动规律的制约,所以是不可能有百分之百的自主权而绝对自由的。试看有的人患有失眠症,当其失眠之时,主观上是多么希望大脑停止思想,立刻睡着,然而大脑听话了没有呢?还有,医生总是叫人不要忧愁,要心情舒畅;这种劝告的好处自然是甚为明显的,然而人到了不得不忧愁的时候,便怎么也想不开,所以虽然人人都希望心情舒畅,但毕竟还是常有不舒畅的时候。人对于失眠、忧愁之类的事,都不能做到百分之百的自主,难道说在文艺创作和欣赏中倒可以为所欲为了?

有人可能会说:文艺创作和欣赏中的心理活动既然是受大脑的物质特性和活动规律制约的,那么就算不研究文艺心理学,人在创作和欣赏中的心理活动岂不仍是按着规律进行的,那又何必研究它呢?

这要作两点说明:

第一，心理活动按规律进行，可以是自发的（即自然而然的），也可以是自觉的，后者显然更符合创造的要求。例如形象思维就是一种心理活动，有它的规律。古代人并不知道什么形象思维，但在他们的文学艺术创作中，却也用了形象思维；既然用了，当然也受到形象思维的有关规律的制约。不过，这终究还是自发的，从而也是朴素的。现在，文艺心理学对形象思维及其规律已经有所阐发，人们对它的运用也就变得较为自觉了。这种自觉性不但能使创作中的心理活动更加有效，而且也有利于锻炼作者的形象思维的能力。又如艺术通感，一般说来也会自发地出现在文艺创作者的心中，甚至不搞文艺创作的人也可能有自发的通感。但文艺心理学不仅力图对通感作出科学的解释，还强调作者要自觉地锻炼并准确地运用通感。这显然更有益于文学艺术的创作和欣赏。

第二，心理活动的规律虽然不以人的意志为转移，但人却可能无视这些规律，因而提出错误的主张，作出错误的努力，导致逆规律而动，造成不利以至有害的后果。例如有人主张在文艺创作中追求"纯粹的感觉效果"，完全不要理性；他们误以为感觉是能够从复杂的意识联系中割裂出来的，是可以不受大脑活动的整体性原则制约的；创作是可以完全排除理性心理活动而纯粹依靠感性心理活动来进行的，这就是背弃了心理活动的规律，而"发明"了事实上无法进行的创作心理活动。更加严重的是有的人还把"潜意识"绝对化，甚至要求艺术创作到梦中或半睡眠状态中去挖掘"潜意识形象"，有的人还不惜使用"致幻剂"以追求奇特的幻觉，这就不仅意味着艺术创造能力的堕落，而且还将有害于身心。根据这种主张去进行"创作"，当然是决不会结出真正的艺术之果的。

文艺创作的心理活动确有种种特殊的规律，但它无论多么特殊，都不能不受大脑的物质特性和一般活动法则的制约。这些特性和法则说起来极为复杂，但我们所讲的文艺心理学，在内容上是很有限的；相对于这些有限的内容而言，大脑的特性与法则也就无妨说得简单一点，需要强调并牢固树立的观念，概括起来说只有三条：

（一）反映与创新。

大脑作为一种特殊物质的重要特性之一，是它既能反映又能创新。打个比方来说，它是既如照相机，又如加工厂。说它犹如照相机，就因为它能反映客观事物，并且是通过视觉、听觉、味觉、嗅觉、触觉等等来作多方面的反映，不像照相机那样仅仅作一种反映。但它有一个根本点是与照相机极为相似的，那就是倘若没有对客观事物的反映，照相机本身是不会制造出任何形象来的；大脑的情况也是这样，它的一切意识活动都起源于对客观事物的直接或间接的反映，要是没有任何反映（包括对身体内部的反映），也就没有任何意识活动。但大脑的意识活动又不仅仅是接受反映、留下印象；它又具有惊人的能动性，能够对反映进行各种各样的加工，所以说它又如同一个奇异的加工厂，大有发明创造的能力。

大脑对反映的加工虽然是各种各样的，但其主要表现却可以概括为两点：一是认识事物之间的内在联系。当然，这种内在联系是事物本身所固有的，所以对它加以认识也可以说是一种更为深刻的反映。但因为事物的内在联系并不能直接感知，而是人的大脑对种种事物的直观反映做了分析、综合、抽象、概括之后，才把它们认识了的。所以这种认识确实发挥了大脑的能动性，是对客观事物的反映作了“去粗取精、去伪存真、由此及彼、由表及里的改造制作工夫”的结果；而“改造制作”当然应该说是一种加工。二是在认识事物内在联系的基础上进行发明创造。所谓发明创造就是要造出原来没有的新东西，使客观世界的面貌发生改变。所以列宁说：“人的意识不仅反映客观世界，并且创造客观世界。"[1] 由此可见反映与创造是有区别的，而创造又是只能在反映的基础上进行的。

(二) 左右协作。

所谓"左右协作"实际是较为宏观地概括了大脑的机能定位和整体性活动原则的辩证统一。心理学的实验研究证明大脑各部分有不同的机能，如额叶是动觉中枢，顶叶是肤觉中枢，颞叶是听觉中枢，枕叶是视觉中枢等等，就是较为粗略的机能定位。但这些机能又是大脑的左右两半球交叉控制的，两半球由胼胝体联结起来，其中有数以亿计的神经纤维把左右脑沟通；所以两边的活动息息相通，彼此协调，这就表现了大脑在感觉活动水平上的整体性。近年来美国神经生理学家斯佩里又通过长期的实验研究进而证明大脑两半球的更加深刻的分工协作关系，并因此而获得了一九八一年的诺贝尔医学生理学奖。斯佩里的研究证明，大脑两半球的功能首先是有分工的，左半球具有语言的、概念的、分析的、连续的和计算的能力，因此主要分担与抽象思维、数理计算、细节分析、逻辑推理之类有关的任务；右半球则具有感知并识别音乐、图形等整体性映象和形成空间观念的能力，因此主要分担与直观、形象有关的认知和思维活动。这就是二者的大致分工。但分工不等于割裂，两半球不但不是"各自为政"，而且还是紧密协作的；正因为有了这种协作，人类的各种认识和创造活动才得以顺利进行。就拿听人说话这样一件最为常见的事情来说，在进行中就有左右脑的协作，因为听人说话离不开对声音和调子的感知，这是由右脑分管的；至于理解和掌握这声音调子（它们都是符号）所代表或象征的意义及其连续关系，那就是由左脑分管了。所以语言的能力虽然是左脑的"专业功能"，但在其实际运用中，却离不开右脑的协作（书面语要由右脑感知文

① 《列宁论文学与艺术》第 1 卷第 46 页。

字符号，所以也不例外）。语言的运用，对于任何正常的人来说，都可以说是一件简单的事情，然而其间尚且有如此紧密的“左右协作”；至于种种复杂艰难的认识和创造活动，在其进行中情况又该当如何，也就可想而知了。

应当指出，在任何正常人的认识和创造活动中，大脑的“左右协作”都是不以人的主观意志为转移的。当然，人由于特定的目的，通过有意的努力，借助注意的集中，可以做到大脑的某一个半球在一定的时间内重点发动，以充分发挥其“专业化”的特殊功能，从而有效地达到特定的认识或创造目的。但是，就在这种时候，任何人若想让另外的半球完全停止其活动，不要起任何协作配合作用，却也是办不到的。那另外的半球总是“自动化”地在一旁起作用，只是这作用有可能不那么明显而已。

大脑的“左右协作”，对文艺创作和欣赏的心理研究来说，具有极为重要的意义。因为大脑两半球既有一定分工（左半球偏重抽象的理性活动，右半球偏重具象的感性活动），它们彼此又相辅相成，这就从大脑的生理机制和功能上决定了文艺创作和欣赏中必然有感性心理活动和理性心理活动的辩证联系。这种联系既然是由大脑的生理机制和功能所决定的，所以便不由人的意志为转移，更不是创作者和研究者提倡或宣扬什么，实际情况便随之发生变化。近代以来，在艺术创作理论中出现了形形色色的带有反理性倾向的论调，不管说得多么神乎其神，从科学的文艺心理学的角度来看，就都如痴人说梦；其根本原因即在于这些论调都只是根据论者的“自我感觉”或想当然而言，并不反映创作与欣赏中那些不以人意志为转移的实际情况。

（三）上下互促。

所谓“上下互促”是指大脑皮层与皮层下中枢的关系而言。“上”即指大脑皮层，又叫高级神经中枢；“下”则指皮层下中枢（包括丘脑、下丘脑、网状结构和边缘系统，其主要部位在大脑皮层之下),又叫低级神经中枢。大脑皮层的主要功能在于形成认识(包括感性的和理性的),而皮层下中枢则与情感的体验与表现有密切的关系。它们二者紧密联系,其神经过程息息相通。这就又从生理机制上决定了一个重要事实,即在正常人的心理活动中,认识过程与情感过程是不能割裂开来而彼此孤立的,它们之间必然存在着互相引发、互为影响的辩证关系。同时又因为低级神经中枢是受高级神经中枢支配的,所以在认识和情感的辩证关系中,以认识为主要功能的大脑皮层始终起着控制和调节作用。

在文艺创作和欣赏中,情感活动起着极为重要的作用,这不仅是一个显而易见的事实,而且还是文艺创作和欣赏作为人类精神活动中的一个显著的特征。正因为如此,就又有人把情感活动强调到不适当(以至绝对化)的高度;他们认为表现情感乃是艺术创作的唯一目的,而感人以情则是艺术创作的唯一作用,欣赏者是否动情又是创作水平高下的主要标志。这些形而上学论点的产生,都是因为不了解情感与认识的辩证关系;特别是不了解情感对认识的依存,即没有一定的认识内容,情感便无由产生,更没法表现。关于这些问题,在以后的有关章节中还要作具体的论述,这里就暂不多说了。

综观大脑的活动,可以发现其间充满了种种深刻生动的辩证关系,并不仅仅限于以上所说的几条。但仅从这几条也已可以看出,大脑作为一种特殊物质,自有其特性和规律。文艺创作和欣赏既然离不开大脑的活动,也就不能摆脱这些特性和规律的制约。文艺心理学也必须以这些特性和规律为基础或支柱,才有可能说明文艺创作和欣赏的实际心理活动,并找出其作为特殊精神活动的特殊法则。

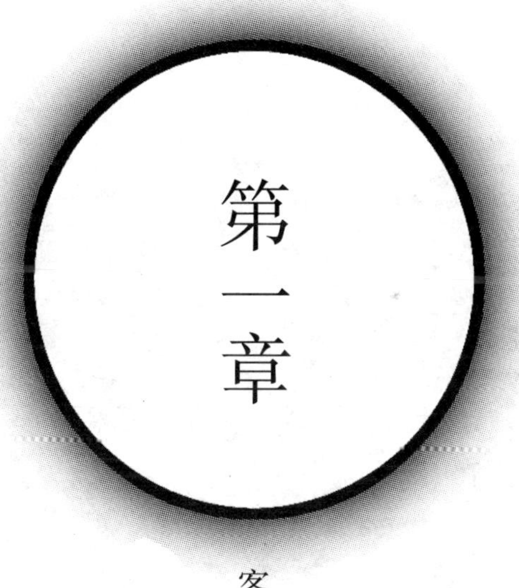

第一章

客观与主观

第一节 “二环论”与“三环论”

文艺创作是反映客观世界的，还是表现创作者的主观世界的？正确的答案是：它既反映客观世界，也表现作者的主观世界，是在反映客观世界的基础上实现了主客观的辩证统一。这一答案早已由唯物主义的反映论深刻阐明，而唯物主义的反映论正是科学的文艺心理学的哲学基础和指导思想。我们在前一章中，曾把人的大脑比为照相机和加工厂，根据大脑的这种物质特性，文艺创作既反映客观世界、又表现主观世界的事实就具有不以人的意志为转移的普遍性。也就是说，不管创作者主观上坚持什么主张，采用何种方法，实际上创作出来的作品总是主客观统一的结果。但是，有两个事实需要说明：一是作者主观上所持的主张和所用的方法还是会对作品面貌发生显著的影响，但这并不能从根本上改变主客观统一的事实，只是在如何统一上起一定的作用。二是如果作者坚持逆规律而动的错误主张与方法，还是会严重影响创作的成果，甚至于使它不成其为创作；例如西方曾经或正在流行的“超现实主义”和“超级现实主义”这两种方法，分别从一个极端来反对主客观统一的规律，其“创作”结果就都无法成为真正的艺术。但即使“超现实主义”者声称他们绝对忠于主观，“超级现实主义（亦称照相现实主义）”者声称他们绝对忠于客观，但二者各自涂抹出来的东西实际上也仍然逃不出主客观的统一，只不过这种统一遭到了人为的歪曲破坏而已。

在文艺创作的主客观统一关系中，我们首先还是要强调文艺创作反映客观现实这一根本的方面。对此可以试作三点分析：

第一，人对客观世界的反映和认识，总是从感觉开始的；感觉虽是最简单的心理过程，然而却是个体感知外界信息的唯一通道。所以列宁在《唯物主义与经验批判主义》一书中说："不通过感觉，我们就不能知道实物的任何形式，也不能知道运动的任何形式。"但感觉从何而来呢？对此，他在同书中又明确指出："感觉是运动着的物质的映象"，"是运动着的物质作用于我们的感觉器官而引起的。"这些说法不仅是显而易见的事实，而且已经得到了心理科学的实验证明。以感觉中的视觉为例，如果没有适宜的光波对眼睛的刺激，视觉神经就不会自发产生视觉冲动，视觉信息也就不会传入大脑，大脑也就无从对信息处理加工而形成一定的映象。所以结合艺术创作来说，天生的盲人一般都不可能学习绘画，因为没有视觉就难以切实感知客观世界中千变万化的形、线、质、色。其中特别是"色"这一项，天生的盲人是无法在脑子里留下任何印象的。另外三项，通过触觉可以有一定的感受，但局限很大。拿线条来说，请问地平线如何通过触觉来感受？而地平线在绘画中却极为重要，它与人体本身的垂直线是绘画中两条基本的线；对地平线没有感受的人是难以准确支配绘画空间、完成合乎艺术标准的理想构图的。

当然，文艺创作反映客观现实的问题仅仅通过分析感觉来说明是不够的；但是要知道，不仅人的直接经验要通过感觉来获知，就是人的间接经验以及一切以符号(如语言、文字等)为载体的知识，如果不以感觉为通道，也是不能进入大脑这个"加工厂"的。所以通过感觉的分析来证明反映论，是比较简单明了的。马克思说："观念性的东西不外是移入人的头脑并在人的头脑中改造过的物质性的东西而已。"① 这里所谓的"观念性的东西"就是概指人的一切意

① 马克思：《资本论》第1卷德文第2版跋。

识，它们的产生就都有赖于对客观事物的反映；没有这种反映所提供的“原料”，大脑“加工厂”就无法进行任何的加工与创造，文学艺术的创造当然也不例外。

第二，文艺创作反映客观现实还可以作一种更有宏观意义的理解。即任何个体都是社会现实中的一个“分子”，因此，对于天下与后世而言，任何个体在创作中所表现的主观意识与行为，也就是在一个“分子”的意义上表现了社会现实；而这个“分子”的意识与行为又反映了意义更为广大的客观现实内容。这种理解并不是“文艺创作反映客观现实”这个命题的本义，更与文艺创作的主客观统一的意义没有关系；但是相对于文艺创作的认识价值而言，这种理解却是必要的，即天下与后世的人欣赏某一作者的创作，不仅仅是为了认识这一个“分子”，而更主要的是为了认识通过这一“分子”所表现的社会历史内容。同时，这种理解也有利于人们从人类文艺创作的总体上认识它是反映客观现实的。

第三，文艺创作反映客观现实这个命题还有很大的实践意义。根据这个命题，作者便可以认识到现实生活是文艺创作的唯一的取之不尽、用之不竭的源泉；从而积极深入现实生活，力求在丰富而深刻的社会实践中去创作富有社会意义的作品；而不是关起门来“表现自我”，一味在自己身上挖掘那种琐碎细微而实无意义的感觉与情绪，使创作陷入断桥绝路的境地。

综上所述，文艺创作反映客观现实这个命题，在揭示文艺创作的根本性质和根本方向上是完全正确的，是应当继续坚持的。

但是，从文艺心理学的角度并结合创作活动的实际情况来看，这个命题却是不精密的。因为这个命题在表述上只揭示了两个环节：“客观现实→文艺创作中的艺术形象。”因此可以称之为“二环论”。在“二环论”的公式中，创作者的心理活动及其巨大的创造作用均已不知去向；这就不仅在理论上带有朴素性，而且从其实践意义上说也是有局限的。准确而精密的说法应该是"三环论"，即包含"客观现实→主观反映和加工→文艺创作中的艺术形象"三个环节。例如我们见到一幅《大海日出图》，那就应该理解其中大海日出的艺术形象乃是直接表现了画家头脑中经过了特殊加工的大海日出的映象，然后才说作者头脑中的大海日出映象乃是客观世界中大海日出的反映。

关于这个问题，艺术家们也根据其创作实践提供了一些很有意思的说法。《宣和画谱》引宋代杰出山水画家范宽的话："吾与其师于人者，未若师诸物也；吾与其师于物者，未若师诸心。"明初画家王履作《华山图》四十幅，说他的创作经验是："吾师心，心师目，目师华山。"[①] 法国大雕塑家罗丹也在其《艺术论》中说："艺术家的一切制作，都是他们内心的反映，……是渗入一切供人使用的物品中的感情和思想魔力。"这些说法都是有助于印证"三环论"的。所谓"师心"与"内心的反映"，无非是把艺术形象看作主观的构思成果的直接表现；但"师心"只是创作中的一个环节，它是以"师物"为前提的。罗丹那几句话，似乎"唯心主义"色彩最浓了，然而他若不以"师物"为前提，那么又怎能有他所谓的"物品"以"供人使用"呢？在罗丹的创作史上，还有一段很说明问题的轶事。"为了塑造巴尔扎克像，罗丹整整花了七年时间。首先，他精心阅读了巴尔扎克的全部作品，走访了巴尔扎克的故乡，接着，又千方百计搜集了巴尔扎克从幼年到临终前的照片，再根据照片的年份，逐年雕塑一座胸像，为正式创作做准备。可是，当罗丹完成了这一系列准备工作后，觉得雕塑胸像不足以表现他所理解的巴尔扎克；塑全身像吧，又没有巴尔扎克的全身照片可供参考。按常理

① 王履：《畸翁画叙·华山图序》。

来说，在这种情况下，罗丹完全可以根据人体艺术解剖规律来创作全身像，但他不愿这么做，非要等找到可靠的依据后才动手。于是，他到成衣铺里去查找当年巴尔扎克做衣服的单据。由于事隔几十年，开始时一直没有查到。他几乎跑遍了全巴黎所有的成衣铺，查阅了几万张成衣单据，终于发现其中有一张正是巴尔扎克的，上面记载着他的身材长短等尺寸数据。这时，罗丹才正式开始创作。"① 请看，一个宣扬创作是"内心的反映"的人，在其实际的创作行为中，竟是如此谨严地坚持了准确反映客观事物！可见罗丹所说的"内心的反映"只不过是指"三环论"中的一个环节，而这个环节却是以深刻反映客观事物为前提的。

有人可能认为："三个环节"的说法似乎没有普遍性，比如说写生画，它的形象难道不是直接对着客观事物画下来的？又比如电影，那是摄影机直接对着人和景物拍下来的，中间不再隔着一个创作者的脑袋；所谓"三环论"的中间环节又在哪里呢？

其实，写生画的创作，也是客观事物通过画家的视觉变为头脑中的记忆表象或遗觉象，然后才表现在画幅之上的；只不过因为这个过程很短促，所以往往不为人们注意而已。事实上写生画不仅不是客观事物的直接表现，而且还不是作者的感觉知觉的表现。因为当他作画时把眼睛转到画幅之上，客观事物便已脱离他的视觉；他所直接再现的已经是留在记忆中的事物映象了。试看写生者在作画时为什么要不断抬头观看所画的对象呢？那是因为观察未周或记忆不清；观察所得的是感觉和知觉，它们也还要变成记忆表象，才能由大脑指挥手，把它表现在画幅上。至于摄影机拍摄人物和景物，这不过是电影创作中的"外化"阶段。就整个电影创作过程来说，它所拍摄的人物、场面和情节，乃是编

① 何国栋、文品：《罗丹与巴尔扎克像》，见《文汇报》1980年5月24日。

剧编出来的，导演导出来的；又是化妆师装扮过的，布景师布置过的；摄影师处理过的，剪辑师剪辑过的。所以电影艺术片所直接表现的仍然是电影创作人员的心理活动成果。

总而言之，一切真正的艺术创作，无不要经过创作者的艺术构思；艺术构思是一种极为复杂的、具有综合性的特殊心理活动；而艺术作品所直接表现的也就是这种特殊心理活动的成果。关于这个问题，我们还应该重温马克思在《资本论》中所说的一段名言：

> 在蜂房的建筑上，蜜蜂的本事还使许多以建筑师为业的人惭愧。但是，使最拙劣的建筑师和最巧妙的蜜蜂相比显得优越的，自始就是这个事实：建筑师在以蜂蜡构成蜂房以前，已经在他的头脑中把它构成。劳动过程结束时得到的结果，已经在劳动过程开始时，存在于劳动者的观念中，所以已经观念地存在着。

这里说的情况不仅仅限于文艺创作，但在创作中显然也必须先有艺术形象的观念存在，然后才“外化”为艺术作品中的艺术形象；整个“外化”的过程，是大脑中的构思活动成果控制了有关的工艺制作（当然这并不意味着构思的成果是一成不变的，在工艺制作阶段上它也是可以修改和发展的），而不是仅凭本能把艺术的“蜂蜡”构成“蜂房”。这才谈得上“意在笔先”和“心手相应”。

根据马克思的精辟论述，艺术作品所直接表现的只能是作者主观世界的活动成果，也就是作者对客观世界的艺术化了的认识。那么为什么又说艺术创作是主客观的统一呢？原来所谓主观世界的活动虽然相当复杂，但概括起来说却主要只有两件事情：一是对客观世界的反映活动（包括过去积累的反映成果）；二是对反映成果进行各式各样的加工制作。这两件事情都是大脑作为一种特殊物质的固有机能所决定了的，所以马克思在强调“观念性的东西”是“移入人的头脑”的“物质性的东西”的同时，又强调它是“在人的头脑中改造过的"。从一方面说,如果没有对客观事物的反映,人的主观世界中就不会产生任何"观念性的东西",当然也谈不上对反映进行加工和改造。但是另一方面,人的大脑的固有机能又决定了它必然要对"物质性的东西"进行反映和加工,而在这种反映与加工的过程之中,人的种种主观因素(包括生理的和心理的)又必然要起一定的作用。恩格斯说:"世界体系的每一个思想映象,总是在客观上被历史状况所限制,在主观上被得出该思想映象的人的肉体状况和精神状况所限制。"[①] 就总体来说,人类对客观世界的反映受到人类"肉体状况和精神状况"的限制;就个体来说,各人的"肉体状况和精神状况"又千差万别。所以,人在实践、认识的过程中所得到的对客观世界的"思想映象"都是既有客观内容、又有主观特点的。从心理学的角度来看,则"人的心理是客观现实的主观映象","是人在实践活动中实现的对客观现实的反映;这种反映既是客观的又是主观的。所以说它是客观的,因为它是由客观现实所引起来的,是近似于客体的,而且是在脑的物质过程中实现的、并表现于言行之中;所以说它是主观的,因为它总是产生在具体人身上并同个人的知识经验、个性特征相结合。所以说,人对现实的反映,人的心理是主观与客观的统一"。[②] 这是指一般的心理活动而言;具体说到文艺创作中的心理活动,情况也并不例外。黑格尔说:"在艺术里,感性的东西是经过心灵化了的,而心灵的东西也借感性化而显现出来了。"[③] 这就是从另一个角度讲明了艺术形象所表现的客观内容与主观心理特点的辩证统一。事实上,由于在文艺创作过程中,人的心理活动高度集中指向富有感性的艺术创造,为此而对储

① 《反杜林论》第一编之三。
② 伍棠棣等主编:《心理学》第22页、第26页。
③ 黑格尔:《美学》第1卷第46页。

存在大脑中的客观世界的映象进行高度自觉而又颇为特殊的加工，由此而得到的心理活动成果，比之非感性的、抽象的思维成果，肯定是更为显著地表现了主观色彩和个性心理特征。所以，假如设想让全班小学生做一道算术题 1+1=2，那是很难看出他们的主观特点的（这并不意味着他们在认识过程中的心理活动也没有主观特点）；而如果让他们画一朵红花加一朵黄花的话，那么各人的主观特点就一定有较为明显的表现。

第二节 主客观统一的具体表现

下面对文艺创作过程中的心理活动作一些具体分析，以说明它如何在反映客观世界的基础上实现了主客观的统一。

一 反映的形成

客观事物是如何为人的大脑所反映的？人们也许认为目之所见、耳之所闻都是始终按照原样由感觉器官直接传送到大脑的。然而脑生理学和信号与信息的研究却使人认识到反映的传送并不如此简单，它涉及极为复杂的心理过程与神经生理过程。如果用最简单的话来加以描述，那就是当客观刺激物作用于主体时，首先是在感觉细胞内部立即产生物理的和化学的变化，这是反映过程中运动形式的一次转化。其次，感觉细胞中所发生的物理变化和化学变化，激动了分析器的外周神经末梢，产生“传入神经”的冲动，这是反映过程中运动形式的又一次变化。由于刺激物的多样性能够在“传入神经”冲动的多样性中反映出来，所以由它作为特殊信息传到中枢神经系统时，中枢神经能够实现对刺激物的精细分析和综合。“由此可见，当刺激物作用于感受器的时候，就立即产生物质运动形式的一系列复杂的变化。……这种物质运动形式转化的过程虽然是复杂的，但是刺激作用和神经过程之间，始终保持着对应的关系。因此，中枢神经系统能够获得关于刺激物的正确的信息，心理活动能够正确地反映物质世界。”① 虽然说人的“中枢神经系统能够获得关于刺激物的正确的信息”，但个体神经系统的生理机能特点和他在各种情景中的特定心理状态却都会对刺激的接受、信息的传送以及反映的形成产生一定的影响，使客观的“物质性的东西”得到程度不同、状况各异的“改造”，而变成主观上的“近似”的反映。这就是个体的主观因素在反映中的最初介入。这种介入对文艺创作来说是尤其值得注意的，因为文艺创作者在认识客观世界的时候并不满足于懂得种种抽象的道理，更要求“把现实世界的丰富多彩的图形印入心灵里”②。而正是在富于感性的形象的反映中，个体的神经生理特性和特定心理状态能起到更为显著的作用。

关于反映的形成还有更加值得注意的一点。人对客观世界的反映，从感受、传送、到形成与记忆，都是可以通过自觉的锻炼而变得更加敏锐与准确的。作为一个文艺创作者，显然必须在其专业实践中自觉锻炼对事物形象的反映能力。这种锻炼往往能取得显著的效果，使文艺创作者具备特别有效的形象感受和记忆能力；甚至生理机能上有某种缺陷的人，也能通过各种机能的“补偿”关系，取得扬长避

① 以上叙述及引文均据曹日昌主编《普通心理学》上册第47—50页。关于反映过程中的信息传送及复现，亦可参阅彼得罗夫斯基《普通心理学》第26—30页。

② 黑格尔：《美学》第1卷第348页。

短、截长补短，甚至化短为长的惊人效果。对于文艺创作者来说，无论是“画家的眼睛”或“音乐家的耳朵”等等，都主要是在实践中锻炼出来的。这种锻炼是人的各种主观因素介入反映形成中的更为深刻的表现。

二　反映的选择

人在长期的生活实践中，从客观世界获得无数的信息，形成无数的反映。在这过程中，选择已时时在起作用，这种作用是通过“注意”来实现的，“由于心理活动对一定对象的指向和集中，这些少数对象就被清晰地认识出来；而在同时作用着的其它对象，就没有意识到或意识得比较模糊了”。“人在清醒的时候，每一瞬间总是注意着某种事物。……注意可以由某种客观事物引起，也可以由内部刺激物引起。当事物对于人有一定意义的时候就会引起注意。在日常生活中可以观察到，人的心理活动常常指向和集中于对他最有意义的事物。因此，注意也受人的个性特征的制约。不同的人可能有不同的兴趣、信念、世界观等，因而他们的心理活动会有不同的方向和不同的内容，所注意的事物也就会有所不同。”① 这是讲反映过程中的选择。至于利用反映的成果以求得某种特定的选择；以至利用反映的成果而形成某种特定的认识或作出某种特定的创造，那就更加需要选择；而在这种选择中，人的“兴趣、信念、世界观等”主观因素，也就会起更大的作用，有更为突出的表现。

具体说到文学艺术的创作，选择的作用也早已为人所共知。十九世纪法国诗人贝朗瑞说：“艺术的美可能只有通过对真实的东西的选择才能达到。”② 美国心理学家威廉·

① 曹日昌主编：《普通心理学》上册第204—206页。

② 《西方古典作家谈文艺创作》第183页，春风文艺出版社出版。

詹姆斯在阐述“意识流”原理时也说：“美术家是出名选择他的节目的，他摈弃一切彼此不相调和或是与他作品的主题不调和底浓淡、色彩和形状。统一、调和、‘特性底辏合’，所以能使美术品胜过天然物，完全是由于剔除。”① 这些话无疑是正确的。记得很久以前，听到两个同学说笑话，甲说相传为杜牧所作的《秋夕》诗是不真实的，因为既然“天阶夜色凉如水”，诗人还拿把“轻罗小扇”干什么？乙说诗里明明讲了“轻罗小扇扑流萤”吆。甲又说诗人正在“卧看牵牛织女星”，他躺着怎么“扑流萤”？所以实际情况是“轻罗小扇拍蚊子”。这虽是笑话，却也使人认识到在《秋夕》所写的环境中，“蚊子”有可能是真实存在的，但却必须“剔除”才成为诗；要不然正当诗人悠悠然“卧看牵牛织女星”之际，突然去写被蚊子叮一口，那就毫无诗意可言了。当然说笑话并不是对杜牧的真正批评，奇怪的是也有一本正经的批评而看起来竟像笑话的，事情恰恰又发生在杜牧身上。宋代许颛在《彦周诗话》中评曰：“杜牧之作《赤壁》诗云：‘折戟沉沙铁未销，自将磨洗认前朝。东风不与周郎便，铜雀春深锁二乔。’意味赤壁不能纵火，为曹公夺二乔置之铜雀台上也。孙氏霸业系此一战，社稷存亡、生灵涂炭都不问，只恐捉了二乔，可见措大不识好恶。”这条评论历来被人讥笑。当然“霸业”、“社稷”、“生灵”等问题也的确存在，许颛是主张在诗中作出与杜牧不同的选择，而不同的选择便是由不同的主观因素所决定的。

以上无论是贝朗瑞、詹姆斯，或是许颛，他们所说的都还只是在题目已经确定的情况下进行题材的选择；而确定题目或者主题，同样也要经过选择。至于从事创作而走上了专门化的道路，那就标志着更加深入持久而定向的选择，例如“搜尽奇峰打草稿”就必然是山水画家说出来的话；倘

① 《西方心理学家文选》第162页，科学出版社出版。

是别的艺术家，则在深入现实生活之时就不会专去搜寻奇峰。由此可见，选择是贯穿于创作的各个阶段与各个方面的，而作者的主观因素则深刻表现在有选择的反映之中。"二环论"无视选择的作用，也就难以真正揭示文艺创作的奥秘。

三　反映的加工

反映的加工是文艺创作心理学中一个最大的问题，几乎要占整个学科的一大半内容，这里仍只能围绕主客观统一的问题简单说一点。

文艺创作对客观世界的反映除了遵循反映论的一般法则之外，还因为各种创作都是特殊的反映而必然受到特殊的创作法则的制约。在这些法则中，最显而易见的一条是：任何一种艺术创作都有其特殊的表现形态。这是在文艺创作的长期发展过程中，由创作和欣赏的辩证关系所决定了的。对客观世界的反映如不纳入特定的艺术形式，那就根本成不了艺术。这些特定的形式，从一方面看，无异是各种各样的枷锁，束缚了作者对客观世界的反映；但从另一方面看，它却又为各种艺术创作提供了有效的手段和宽广的舞台，使艺术创作成为悦目动心、给人以美好感受和深刻印象的特殊反映。正如席勒所说："在一部文艺作品中，它的种类所具有的特殊形式，倘若充分得到发挥，使它最好地达到这种文艺种类的目的，这部作品就算是十全十美。"①

为了把客观事物的反映纳入特定的艺术形式，作者就要通过特殊的心理活动对反映进行特殊的加工。例如在现实生活中，说话就是说话，动作就是动作；而在戏曲与歌剧中，说话却要变成乐歌来唱；在各种舞蹈中，动作也要变为

① 《古典文艺理论译丛》第6辑第102页。

各式各样的舞蹈语汇来表现。尤其是音乐的创作，它竟要把人们本应由各个感觉器官来感知的事物，统一纳入听觉的形象来表现。比如说贝多芬的《田园交响乐》，尽管人们可以对它作出各种不同的解释，但总不能完全脱离“田园”；在客观世界中，与田园有关的一切决不是光靠听觉所能感知的，但在《田园交响乐》中，一切就必须通过由“哪来米发所”构成的音乐旋律来表现。在这种情况下，“二环论”的粗略性就极为明显了；“《田园交响乐》是客观事物的反映”，这话固然不错，却把客观事物如何转化为音乐旋律的过程跳过去了。如果讲“三环论”，那就没法跳过去，你得说清楚诸如“田园”、“命运”、“英雄”之类的事物的反映是经过了什么样的加工才变成“哪来米发所”的。

我是用“表象转化”和“有意想象”的联合作用来解释以上事实的。“表象转化”这个概念提出已有多年了[①]，但还没有落实到具体的心理活动上来加以解释；现在也只是试作说明，肯定是粗疏的。“表象转化”的根本途径，在于个体对感性心理内容的具象概括。这种概括首先是通过神经生理过程中的“兴奋泛化”和“分化抑制”来实现的。“泛化”就是对相同、相通、相似的刺激物的反射，而“分化”则使反射趋于精确，从而判别这些刺激物的相异之处；二者的准确结合，就使个体能够对客观刺激物“同中见异”，“异中见同”。正是因为“泛化”与“分化”的复杂配合，人的大脑才具有分析与综合的能力。“通过分析综合在思想上把不同的对象或对象的个别部分、个别特性区分出来，人就有可能把它们加以比较，确定它们之间的同异和关系。通过比较，把诸对象中或对象中的一般的东西在思想上分出来（概括），把本质的东西和非本质的东西区别开来（抽象）。”[②] 这里所说

① 见拙作《艺术通感的心理内容》，上海《社会科学》1980年第6期。
② 曹日昌主编：《普通心理学》上册第283页。

的是抽象概括,除了这一种概括之外,也还可以有具象的概括,那就是"通过比较",在诸对象的感性反映中确定"同异和关系",从而把相同、相通和相似的内容"联合起来(概括)";这种概括因为仍然保留着反映的感性内容,所以可以称之为具象概括。具象概括在文艺创作中的表现非常复杂,作用极为广泛。我们现在因为只谈"表象转化"问题,所以仅指出以下三点:

一是形象特征的概括。事物的形象特征各不相同,但通过分析、比较和综合却可以加以概括。例如大山与大海的形象固然极不相同,但却都有"大"的特征,这个特征除了可以概括为"大"这个概念之外,也可以在意识中保留一种具有概括性的大的空间感,后者就属于具象的概括。正因为有这种概括,所以才会有"苍山如海"的构思(当然这句词并不只是揭示二者在空间感上的相似,但至少空间感的相似是它们在形象上的联系之一)。同样,"残阳如血"一句是因为有了概括的色彩感才构思出来的。生动的比喻之所以给人以较强的形象感,就因为它是在事物的联系中突出了某一个共同的特征,使之得到强化的表现。光说"苍山"或"残阳"也能唤起一定的形象感,但因为特征不突出,所以形象感也比较模糊淡漠;而当人们去体会"苍山"为什么"如海","残阳"为什么"如血"时,它们之间的共同特征就突出了。比喻之所以要求两种事物"在一点上极其相似,而在整体上极不相似",就因为前者利于神经过程中的准确"泛化",而后者则利于神经过程中的准确"分化",从而使兴奋点迅速集中,形成深刻的映象。

以上所说的特征概括,还限于同是视觉对象的范围之内。由于"分化"、"泛化"、分析综合的进一步深入,人们还能在不同的感觉对象之间实现特征的具象概括。例如视觉所感知的大小高低也可能与听觉所感知的声音变化建立"主观上的联系",从而获得相通的感受。推而广之,具象概括就可能在各类感觉对象中实现。例如视觉上的"珠圆玉润"也可以在聆听戏曲或歌唱中感受到;味觉上的甜熟与生涩也可以在观看书法、绘画中感受到;动觉的快慢,触觉的厚薄也可以在视觉、听觉中得到相应的感受,等等。总之,由于人类具有高度的"泛化"、"分化"和综合分析能力,所以能在各种反映对象中建立感性上的联系,作出具象的概括;正是这种联系与概括,为"表象联想"与"表象转化"架设了可靠的桥梁。以上所举的"苍山如海,残阳如血"就属于"表象联想";而通过弹奏古琴来表现高山流水,那就更需要"表象转化"了。但弹奏《高山流水》还必须碰到"知音"才听得出来,而所谓"知音",则无非因为他也善于在不同的感受对象中建立感性的联系,形成具象的概括。但有一点还要指出,无论是琴曲《高山流水》或更为高深的《田园交响乐》,都不是光靠表象的同步相应、实行简单的"转化"就可以创作出来的;在"表象转化"的基础上,还要对大量的听觉表象进行复杂精细的分解与综合,也就是活跃而深刻的"有意想象",才能形成纯粹而富有表现力的音乐形象,以准确而充分地表现对复杂事物的感受。所以说在文艺创作中,"表象转化"总是与"有意想象"联合起来发挥作用的。

二是美感的概括。不同的事物形象给人以不同的美感,但美感的经验也是可以概括的。诸如雄伟、秀丽、匀称、和谐、崇高、新奇、简洁、质朴、优雅、华艳等等,都可以在不同的审美经验中被概括出来;这种概括就可以成为"表象转化"的又一通路,使一种表象转化为在美学上与之相通的、具有共同特征的另一种表象。

三是思绪和情感的概括。不同的事物形象引起不同的思绪与情感活动,但思绪和情感的经验也是可以概括的。视觉对象所引起的喜悦与哀愁、畅想与幽思,也可以由听觉对象引发出来;这样,以经过概括的思绪与情感为中介,也可以找到"表象转化"的通路。

以上所说的三种概括都是保留着感性的，所以都可称之为"具象概括"。在实际的文艺创作活动中，三种概括必然是紧密联系着发挥作用的，所以当一种表象转化为另一种表象时，二者总是在形象特征上、在美感和情绪色彩上都有相通之处；《田园交响乐》因此才得以充分表现作者对"田园"的各种感受，而且还更多。因为它还是经过了"有意想象"而创造出来的高度艺术化的形象。

"表象转化"仅仅是对反映进行加工的形式之一，然而仅在这一种加工中，作者就要发挥巨大的主观能动作用，表现深刻的主观因素；也正因为如此，所以"表象转化"的通路虽然概括起来只有三条（而且实际上往往是三合一的），但"转化"的结果却可以千变万化。因为不同的作者是在不同的生活经验、思想感情、美学趣味等主观情况下进行"转化"的；就算是同一个作者，他也能在种种主观因素的制约下进行各式各样的想象。

四　反映的情意化

所谓"情意"大致包括了情感、意愿。文艺创作对客观世界的反映，是经过作者"情意化"了的，也就是说作者通过选择、加工等手段，把自己的主观意愿和情感熔铸在客观的反映对象之中，这是和其它认识活动与创造活动都不一样的。当然，其它认识活动也可能伴随着强烈的情感和意愿，例如有人为了肯定地球绕太阳旋转而慷慨献身；有人毕生的愿望就是对客观世界的某种奥秘作出科学的解释。但这种情感和意愿却只起动力作用，而并不需要熔铸到认识的最终成果之中。因此当人们接受地球绕太阳旋转这一认识成果时，只认为它是正确说明了一个事实，而并不觉得它有什么感情色彩。同样，一般的创造也是如此，发明蒸汽机的人当然是怀着强烈的感情和意愿来工作的，然而"以情动人”却并非蒸汽机所要具备的属性。文艺创作作为一种特殊的反映和创造来看，它却是高度“情意化”的，必须把作者的情感和意愿熔铸在创作的成果之中，使人看了之后能够动情。为了充分表达情感和意愿，文艺创作反映客观事物还可以“遗貌取神”，甚至于运用超现实的想象，以起到强烈表现情意的作用。（当然，“遗貌取神”或超现实想象的作用，并不限于表现情感和意愿，但这至少是它的重要目的之一。）而在其它认识活动和创造活动中，由于其目的并不包含情感与意愿的表达，所以“遗貌取神”或超现实想象就往往行不通了。例如企业财会人员在核算利润时，能不能出于美好的愿望而把五十元加五十元说成一万元呢？如果这么干，那么美好的愿望就要变成可悲的事实了。又如飞机设计师为了充分表现感情，能不能在画设计图时来一个“遗貌取神”甚至“艺术变形”呢？显然也是不行的。因为对于飞机来说，最重要的是飞行能够安全高效，而不在于表现什么感情。总之，表现情感和意愿乃是文艺作品作为一种特殊的反映和创造所特有之能事；而这件事情又特别清楚地显示了它既反映客观，又表现主观的性质。“二环论”对此不予注意，就容易使人把热乎乎的艺术误解为冷冰冰的。只有“三环论”才为研究者指出了一个重大的课题，即探索如何实现反映的“情意化”，如何有效地把情感和意愿熔铸在艺术形象之中，使之成为作品的思想和艺术质量的有机组成。

五 反映的个性化

“个性最突出的方面之一就是他的个别性。所谓个别性就是人的心理特点的独特的结合。其中包括性格、气质、心理过程进行的特点、主导的情感和活动动机的总和以及形成的能力。”“只把个性看成社会环境的消极产物，而不把个性看成积极的活动者,那是不正确的。一个人掌握社会经验的过程是通过他的内部世界实现的。其中表现了人对他做的和与之发生关系的东西的态度。积极性表现在个性所特有的行为动机、定势和动作方式中,广而言之,表现在以改造周围现实为目的的多种活动中。"[①] 由此可见,几乎在人的一切实践、认识活动中,个性都要积极活动并发挥作用。但情况正与以上所讲的"反映的情意化"相似,个性虽然在各种活动的过程中起了作用,却不一定在活动的最终结果上打下烙印。然而真正的艺术创作却必然在其独特风格中表现了作者的个性,并且它直接关系到作品在思想和艺术上的创新,从而成为整个创作质量的有机组成。

清人叶燮论诗说:"境一而触境之人之心不一。"[②] 唐人张璪论画说:"外师造化,中得心源。"[③] 他们所谓的"心",当然应理解为创作者的整个精神世界;而个性心理特征既然决定了作者精神世界的独特面貌,它就必然贯串于反映的形成、选择和加工,并通过最终完成的艺术形象而表现为独特的艺术个性。明末清初著名山水画家石涛说,画是"借笔墨以写天地万物而陶泳乎我也。……我之为我,自有我在。古之须眉不能生在我之面目,古之肺腑不能安入我之腹肠,我自发我之肺腑,揭我之须眉"[④]。这所谓"我",就是个体的"个别性",即"人的心理特点的独特的结合"。从张璪到石涛,虽然他们还不能从心理科学的角度来认识创作过程的主客观辩证关系,但已经在实践中意识到"掌握社会经验"是要"通过内部世界"来实现的,从而主张自觉地发挥个性的"积极性",并致力于艺术个性的表现。他们这

① 彼得罗夫斯基主编:《普通心理学》第105页、第104页。

② 叶燮:《己畦文集》卷八《黄叶村庄诗序》。

③ 张彦远:《历代名画记》。

④ 《苦瓜和尚画语录·变化章第三》。

些说法实际上并不是有待“争鸣”的一家之言，而是揭示了艺术创作的主客观统一和艺术创作个性化等普遍的法则。正因为如此，“外师造化，中得心源”八个字才历来被优秀艺术家奉为圭臬。

个性化在中国传统艺术论中的一种重要发挥，就是特别强调风格与人格的关系。例如中国古代画家公认“气韵生动”为绘画“六法”之首，而宋代评论家郭若虚竟认为“气韵”是不可学习的（“气韵非师”），强调“人品既已高矣，气韵不得不高；气韵既已高矣，生动不得不至”①。清人徐增论诗说：“诗乃人之行略，人高则诗亦高，人俗则诗亦俗，一字不可掩饰，见其诗如见其人。”② 外国人对这个问题不像中国诗书画论中那样普遍强调，但也不是全未道及。例如歌德就说：“能一般地感动大众的东西，是作者的性格而不是他的作为艺术家的才能。……拉·封丹被法国人尊敬，也就是这缘故。那并不是因为他作为诗人的业绩，而是因为他的作品里显现出来的伟大的人格。”③ 这些话虽然都说得有些绝对，但“人品”、“性格”等因素作为个性的组成部分必然会对创作的面貌与质量发生影响，则是毫无疑义的。

关于个性的微观研究，迄今仍是心理学中较为薄弱的环节；特别是在文艺心理学中，如何在个性心理特征与艺术风格之间找到规律性的联系，更是极难解决的课题。但是古今中外广大创作者和欣赏者的确能从文学艺术创作中感受到千姿百态的艺术个性的存在，也可以意识到这是与作者的个性心理特征相联系的。这种感受虽然带有模糊性，但从宏观上说，它确然无疑地显示了文艺创作对客观世界的反映必然经过作者个性的折射。“二环论”舍弃了包括个

① 郭若虚：《图画见闻志·叙论》。

② 徐增：《而庵诗话》，见《清诗话》第430页。

③ 《歌德对话录》第58页。

性折射在内的全部主观能动作用,所以在体现科学的唯物主义反映论方面就不能不带有简略朴素的性质,不能视为对反映论的精确的运用。这无论对作家作品的分体研究或对文艺创作经验的总体研究来说,都是没有好处的。

六 反映的外化

所谓“外化”就是把头脑里形成的艺术构思成果,通过特定的工艺手段表现为作品中的艺术形象。有人可能认为,上述二者不过是一里一外,那还有多大的区别?其实光就“里”“外”来说,情况也不是这样简单。试以自己的情况为例,我虽不是画家,头脑里却也往往呈现优美的山水景象,有时甚至引起了要把它画出来的冲动;然而当拿起笔来把它“外化”到一张纸上时,事情就很不美妙了。从落笔开始就发现目不能辨其色,手不能现其形;再往下画,连心中所想的山水景象都变得模糊起来了。另外我因为喜爱书法,所以常常读帖,有些名帖的书法形象,只要一闭眼,就清晰地呈现在脑海里;然而想要把它准确“外化”到纸上,却又办不到,这都因为头脑里呈现形象靠的是记忆或想象,而形象的“外化”则还要靠手的准确效应(在艺术创作中,参与效应过程的器官与组织不限于手,这里只是以手为代表),做到“心手相应”和“心手互促”。当然,语言艺术的创作情况与以上所说的不同,它的形象刻画是借助“内部言语”来完成的,因此所谓“外化”也只是把“内部言语”变为外部的口头语或书面语;但这里仍然有“内部言语”是否准确地刻画了形象以及是否准确地转化为口头语、书面语的问题。

艺术家在长期进行专业工艺技能的训练中,不但是大脑指挥效应器官,而且还在神经系统中发生无数次“返回传入”,以根据效应活动的实际效果,来纠正活动的误差,这样才有可能逐步准确地掌握专业工艺技能。不仅如此,运用专业技能进行艺术创造还往往需要由“自觉的”阶段发展到“自动化的”阶段,即不再由第二信号系统参与调节,而自然地根据“返回传入”作出正确的效应。例如草书的创作固然也要“意在笔先”,但一经落墨便不暇多想;尽管在每一幅创作中都要面临不同的书法环境,但作者却能根据“返回传入”自然作出准确的效应,使具体的运笔落墨与不断变化的书法环境相适应,达到笔法、墨法、结构、布局的高度统一。又如在音乐表演中,假如演奏家每奏一个音符或旋律,都要想想这个音符或旋律该如何奏出;假如歌唱家必须先想想这个音如何发,嘴里才发出这个音,这还叫什么演出?

对于艺术创作在“外化”阶段上的这些情况,“二环论”是顾不上研究的,或者只笼统地教人勤学苦练,以求熟能生巧。而“三环论”则由于强调艺术形象所直接表现的是作者心中的映象,所以不得不进而研究“心手相应”与准确“外化”的问题;这个问题的研究甚至可能导致文艺心理学再出现一个分支,即“创作效应心理学”。为了做到准确“外化”,古往今来的艺术家勤学苦练,流汗流血,他们所发挥的主观能动作用可谓大矣! 而在训练的过程中,则理想、信念、性格、意志、兴趣、能力、思维、想象、感知、情感以及个人生理特点等等主观因素无不有充分的表现,然后才有主客观高度统一的艺术创造,使活生生的艺术形象呈现在人们眼前。

以上六点合到一起,就使文艺创作成为一种创造。前面说过,反映与创造是既有联系又有区别的两件事。创造要在反映的基础上进行,如果不能由表及里地正确反映客观世界,那是谈不上创造的;但创造毕竟是要造出客观世界中原先所没有的东西,所以从反映到创造是实践、认识过程的一个飞跃,后者实际上是人类能动地改造客观世界的问题。现在光就文学艺术的创作来说,试把“天地玄黄,宇宙洪荒”的世界和当今色彩缤纷、琳琅满目的世界相比,就不难看出整个文学艺术创作在改变包括人类在内的客观世界方面起了多么显著的作用。凡属创造之事,都特别突出地表现了人在反映客观世界和改造客观世界中所发挥的主观能动作用,因此从创造学的角度来看文艺创作的"二环论",它的粗略就尤其明显。

另外,还要在实践意义方面补充几句。上文曾充分肯定了文艺创作反映客观现实这一命题的实践意义;现在则要指出,这种"二环论"的表述在实践意义上也是有缺陷的。传统的理论著作总是给文艺创作开出一张药方,叫做"深入生活"。这张药方完全没有错,可惜太一般、太简略了。说它一般,是因为不仅搞文艺创作需要深入生活,还有其它许多工作也是需要深入生活的;各种不同的工作者在深入生活的目的和方法方面都是应该有所不同的,这样,不同的深入生活才会取得不同的效果。所以,光说"深入生活"是过于一般化的。至于说它简略,那是因为光说"深入生活"还不够,还要强调加强主观努力;无论在世界观的提高和改造方面,在生活素材的积累方面,特别是在从事文艺创作所需要的特殊劳动方面,都需要自觉地加强主观努力,否则深入宝山,也有可能空手而回。一般地讲"深入生活",是"二环论"的必然引申,而根本原因就在于它忽视了唯物主义反映论在看待主客观关系上的辩证性。"三环论"是反映论在文艺创作问题上的精密表现,它在实践意义上当然也就没有任何片面性。

第三节　忠于客观与忠于主观

文艺创作是作者在反映客观世界的基础上实现了主客观统一的结果,这是个普遍的法则,并无例外。但古今中外的文艺创作中确实分别存在着忠于客观的作者与忠于主观的作者；也就是近人王国维在《人间词话》中所说的“客观之诗人”与“主观之诗人”，这与主客观统一的法则究竟是什么关系呢？

一 意向、方法与规律

我们说，主客观统一是个有普遍意义的事实，是文艺创作的一个规律；而“忠于客观”或“忠于主观”则是作者的意向和由此而采用的创作方法。显然，意向和方法是不能改变事实与规律的。所以，不论作者主观上“忠于”什么，他的创作实际上总是主客观统一的结果。

现在先来看所谓“忠于客观”。这个“客观”究竟是什么呢？在“客观之诗人”看来，它当然是指客观世界。然而，这只是他自以为如此。我们以上揭示了文艺创作的三个环节，已经说明客观世界本身是不能直接移入（或反映）到文艺作品中去的；它只能直接反映于作者的头脑，而在这一反映中，它就受到了作者的选择、加工、情意化和个性化。因此，作品所直接表现的乃是作者对客观世界的艺术化认识，是一种主观化了的客观。当然，这种“主观化了的客观”仍然是客观世界的反映，仍然有其客观内容。所以说“忠于客观”的创作实际上是体现了主客观的辩证统一。

那么“忠于主观”的创作又是怎样呢？正如前面已经说过的，人们主观世界中的全部事情无非两点，一是像照相机那样反映客观世界，二是像加工厂那样对反映进行加工。所以心理学认为“人的心理是主观与客观的统一”。由此可见所谓“忠于主观”，“忠于自己的心理活动”，结果创作出来的东西也无非仍是主客观的统一。

有人曾提出，要照这样解释主客观统一，那么对主观主义又该怎么看？对一切错误的思想又该怎么看？它们作为心理活动的结果，难道也体现了主客观统一？

主观主义和其它错误思想,作为心理活动的结果,当然也体现了主客观的统一。有人之所以会提出这个问题,是因为他把主客观统一这个心理领域中的一般的辩证法则与某种具体的思想或思想方法混在一起了。要知道主客观统一这个法则是具有高度概括性的,它本身并不表明某种思想或思想方法究竟搞了什么样的统一。照相机可能拍出不好的照片,但它仍是照相机;加工厂可能造出废品,但它仍然是加工厂。大脑完全可能对客观事物作出错误的反映与加工,但这仍然不过是反映与加工;除此以外的事情,大脑根本不会干。所以,主客观统一的法则既不能保证思想方法的正确性,也不能用作判断某种思想是否正确的标准。对于一切具体的思想或思想方法来说,那是必须结合实践的检验来作具体分析的,分析它究竟是怎样反映的,又是怎样加工的;是错误的反映与加工呢,还是正确的反映与加工?这样才能判断一种思想或思想方法的正确与否。但不论其为正确或错误,它们都是主客观的统一,这却是没有疑义的。

"刻舟求剑"一事,可以说是主观主义的典型表现。这是出于《吕氏春秋·察今》的一则寓言,说有个楚国人乘船渡江,把剑掉在江里,于是赶紧在船上刻个记号,以标明剑是从此处掉下去的。等到船到岸了,他就根据船上的记号下水寻剑。然而"舟已行矣,而剑不行。求剑若此,不亦惑乎"!在这件事情中,失剑者对客观事物也是有反映的,你看他懂得要到水中寻剑,而并不企图在自己头脑中挖出一把剑来,这就是正确反映了剑落在江中的事实。他在船上失剑处做个记号,这也并不错;因为如果在船头上掉剑,却跑到船尾去下水寻剑,那也是徒劳无功的。所以失剑者对船与剑的联系还是有正确反映的。他的最大错误在于对船与水的联系缺乏正确认识。船与水两种东西虽然都已反映在他的头脑中,他却没有把这二者正确联系起来,没有看出它们的关系是处在变动之中的。这就是说他对客观事物的反映没有进行正确的加工，而是作了错误的加工。因此在他的主客观统一中便包含了不可克服的主客观矛盾，终于使“刻舟求剑”一事传为笑谈。

总之，主观主义无非是在主客观统一的心理活动中对客观事物作了错误的反映或错误的加工的一种表现；而决不是大脑在完全封闭的状态中自动产生的“纯主观”活动（这种活动是从来没有的，大脑虽巧，却难为无米之炊）。

附带还要说明的是，一般认识活动中的主观主义与文艺创作中的“忠于主观”也不能混为一谈。在一般的认识活动中，主观主义完全是应该克服的东西，这才可望正确反映客观事物。但在文艺创作中，“忠于客观”与“忠于主观”作为两种创作方法却很难分出正误优劣，原则上应该兼容并包，让它们各自放出艺术之花。

二 意向、方法的作用

在文艺创作中，“忠于客观”与“忠于主观”虽然不能从根本上改变主客观统一的事实，但并非对这一事实不起任何实质性的作用。从文艺心理学的角度来看，“忠于客观”与“忠于主观”两种意向显然会在创作过程中形成两种不同的心理状态和两种不同的心理定势，从而在创作的心理过程中对客观事物的反映做出不同的选择与加工；于是，两种创作成果的面貌就大不相同。

“忠于客观”的作者，总是注意于对客观世界作出准确而深刻的反映。所谓“注意”，是心理活动指向并集中于一定的对象。这种心理活动可以是比较单一的，例如把视觉集中于一定的对象，把回忆集中于一定的对象，把思维集中于一定的对象等；但也可以指多种心理活动交织着集中于一定的对象，这主要因为各种心理活动是互相联系而可以彼此引发的。在文艺创作中,“忠于客观”的作者显然要致力于把各种心理活动集中在对客观世界的深刻反映,例如力求在记忆中保持客观事物的形象细节,通过想象使客观事物的形象更为典型而突出,借助抽象思维以深入认识客观事物的本质和内在联系等等,这样一些心理活动所综合而成的心理状态和心理定势,当然具有“外向”的特点(按:与心理学所说的性格的“外向”、“内向”不是一回事)。

在这种总的心理状态和定势之下,“忠于客观”的作者对客观事物的反映所做的选择与加工,也就有其显著的特点。就选择而言,他为了真实反映客观事物的面貌,就要准确而具体地表现各种有关的细节。在这方面,本章第一节中所说罗丹塑造巴尔扎克像的情况就是一个突出的例证。至于加工方面的情况,则可以通过想象的方式来看。因为这是创作过程中对反映进行心理加工的一种最主要的活动;不论“忠于客观”或“忠于主观”,都要通过艺术想象才能创造出新的艺术形象。

想象的实际心理内容就是表象(在记忆中所保持的客观事物形象)的分解与综合,而不同的作者则可以对表象作出不同的分解和综合。现在且说“忠于客观”的作者,他为了忠实反映客观世界,所以其想象活动主要是根据现实生活的形式与逻辑来进行的。他刻画一个人物,可以“嘴在浙江,脸在北京,衣服在山西,是一个拼凑起来的脚色”[①]。他要画个天空,则“并非自然天空的形象”,乃“是由很多不同的天空所组成的(这些天空是画家在不同的时候观察到的),而不是任何一天的天空的全盘模仿”。[②] 这都是表象的分解与综合,也就是想象;这种想象是按照现实生活的形式与逻辑来进行的,所以综合在一个人身上的东西毕竟都

① 鲁迅:《南腔北调集·我怎么做起小说来》。

② 拜伦:《致约翰·墨雷先生函》,见《古典文艺理论译丛》第1辑。

是人所应有的东西，并按照其应有的位置合在一起；即便是天空，那也是由不同的天空所组成，而没有把天空与大地组合在一起。在“忠于客观”的想象方面，北宋画家张择端的名作《清明上河图》堪称典范。这幅画包含了极为繁富的细节，它们全部是按照生活的形式与逻辑组合在一起的，从而极为生动具体地再现了北宋汴京的现实生活景象。有的人也许没听说过“忠于客观”的想象这样一种说法，于是可能把《清明上河图》理解为如实绘制的城市规划图一类的东西；其实，就连搞城市规划也是离不开想象的，没有想象便不会有合理、巧妙而富有新意的规划；更何况《清明上河图》乃是艺术创作。要不然，那么丰富多彩的城市生活怎能纳入如此狭长的画幅？世上哪有采用这种空间结构形式的城市生活？然而你把这个长卷从头至尾展看一遍，所得的感受就仿佛在一个古代城市里观光一遍。光是这种匠心独运的结构形式就充分表明了它乃是想象的产物，更是活生生地体现了创作过程中的主客观统一。

下面再说说“忠于主观”的创作。它们的作者往往力求准确表现个人的感觉、联想、情绪等心理经验，因此必须经常注意挖掘分析主观世界中的种种活动(其中有的还是比较复杂隐蔽或难以捕捉的)，这种深入持久的注意就使他的创作心理状态和心理定势整个说来具有“内向”的特点。其道理与“忠于客观”的作者之所以会有“外向”的心理状态是一样的。当然所谓“外向”、“内向”都不是绝对的，“忠于客观”的作者也要有“内向”的心理活动，而“忠于主观”的作者也要有“外向”的心理活动。这里只是就其总的态势而言；而所以要指出这种态势，是因为它有力地影响了选择、加工等心理活动，从而使两种创作出现颇为不同的面貌。

具体说到“忠于主观”的创作在想象方面的特点，则“忠于主观”的作者当然也要表现事物的形象；但他们既然是“醉翁之意不在酒”，所以从整体到细节都不一定如实再现客观事物，主要致力于准确而深刻地表现主观的意识与情感。例如绘画中的变形，明明是可以画得很像的，却偏要它不像；原因之一就是要在不像之中表现出作者特有的认识、意趣与情感。再如超现实的想象，它乃是作者对客观事物所作的特殊分解与综合；想象的结果既然已经是“超现实”的了，当然也就根本谈不上反映客观事物的原貌了。作者之所以要作这样的选择与加工，原因之一也在于突出表现主观世界中的倾向与追求。另外就是通过选择加工而形成富有特征的“写意”形象，以便更多地借助联想来曲折表现隐晦细致的思绪与情趣。当然，“忠于主观”的作者无论采用什么样的想象，总要通过艺术形象才能使主观的精神活动得到有效的表现，所以还是离不开反映客观世界这个基础，因为没有反映也就根本谈不上选择与加工、谈不上想象了。正如毕加索所说：“认为作画可以不用‘物象’的想法是可笑的。人、物、环境——所有都是物象。它们程度不同地作用于我们。它们当中的一部分与我们的感情近在咫尺，能唤起我们内心世界的感情；另外一部分直接作用于理性。”① 这几句话从心理学的意义上看虽然算不得准确的表述，但还是充分说明了包括“忠于主观”型在内的一切艺术创作都只能是主客观的辩证统一。

① 毕加索：《与泽沃的谈话》，见《世界美术》1981年第1期。

第二章

感性与理性

第一节 感性心理活动与理性心理活动

文艺创作富于感性，这是它作为意识形态的一个显著特点；同时，文艺创作也不可能没有理性。这种感性和理性之所以会出现在创作之中，从作者的心理过程来说，当然是因为他进行了感性心理活动和理性心理活动的结果。在文艺创作的实际心理过程中，感性心理活动与理性心理活动是紧密结合在一起的，二者之间存在着深刻的辩证关系。但是，在论述这种结合之前，却先要进行分析，以分别说明二者的不同性质，它们是有根本区别而不容混淆的。

感性心理活动的反映对象是人们通过感觉器官（眼、耳、鼻、舌、体）所感知的事物的外在形象和外部联系（也包括对自己身体上的动态与变化的感知）。这种心理活动的具体表现有感觉、知觉、表象和它们在心理过程中的运动与变化。这些具体表现都有具象而可感的特点。（附带要说明一点：情感是人们对事物的认识和态度所引起的体内生理变化的体验，因此也是富有感性的心理活动；但情感问题另有专章论述，所以在本章之内暂不涉及。）

理性心理活动的反映对象是人们通过抽象思维所认识到的事物的内在本质和内在联系（这种反映对象是人们的感觉器官无法直接感知的）。这种心理活动的具体表现是以内部言语或其它抽象符号为载体的概念及其运动与变化。这些具体表现相对于实际事物来说，是抽象而不给人以实感的。

例如人们看到鱼在水中游，这时，鱼和水的颜色、形状、动态以及它们在空间上的联系，都可以通过人的视觉而反映到大脑之中，而且还能在大脑中留存而成为记忆表象；这种感知与表象的形成及其活动，都是因为对事物的实际形象有所反映，所以具有感性，是感性的心理活动。至于鱼之必须生活在水中以及表述为“鱼儿离不开水”一类的判断，则无法通过感官来反映，只能对大量感性经验进行了抽象概括才得以认识；这种认识就没有什么感性（相对于鱼和水这些实物来说），却因为它反映了事物之间的内在联系而具有理性，是理性的心理活动。

在感性心理活动和理性心理活动的特征及其相互关系中，有两个问题与文艺创作密切相关，需要作点说明：

第一，感性心理活动对客观事物的反映具有直接性，也就是说它离不开客观事物的外在形象、外部联系在人的主观意识中的直接反映（无论是感觉、知觉或记忆表象都是如此）；正因为如此，个体的主观因素就不能不在这种反映中有较为显著的表现。试以一个简单的事实来说明，例如用摄氏十度的水来洗手，如果这手刚刚因为烧火而相当热，就会觉得水是比较凉的；假如因为刚刚堆完雪人而非常之冷，那就会觉得水是温乎的了。这种情况说明感性心理活动在反映客观事物方面有其局限性；然而这种局限性在文艺创作中却又有可能被巧妙地利用，以利于表现作者的思想情绪和事物的生动形象。例如柳宗元在著名的《永州八记·至小丘西小石潭记》中写道：“潭中鱼可百许头，皆若空游无所依，日光下澈，影布石上；佁然不动，俶尔远逝，往来翕忽，似与游者相乐。”鱼是不可能“空游”的，也是不懂得“与游者相乐”的，作者在记述客观事物的反映中，显然掺进了主观的感受，而结果却使所写的事物更加生动而富有意趣。

理性心理活动具有概括性和间接性，而间接性正是以概括性为基础的。例如人们在无数经验中概括出“金无足赤，人无完人”的法则，所以在识拔人才之时早可以料知这个人才必有这样那样的缺点，因此在一些人中也必有这样那样的意见。同时又根据“看人应看主流”以及“量材而用，用其所长”等富有概括性的法则，终于把有缺点的人才选拔出来，并相信(也就是预知)他能够干好足以发挥他长处的事情。

说到这里，有一件事情需加说明。有人曾提出概括性、间接性并非人类所独有的理性心理活动的特点；例如猫见了老鼠就追，说明它根据经验的概括，已经预知(也就是间接认识到)追而能获的结果。诸如此类的事例，要是解释为概括性、间接性的表现，确也不为无据；但动物毕竟只有直观——动作的极低级的思维，任何最聪明的猫也不可能作出“追而能获”的抽象概括，并以言语为载体储存于脑际，所以任何老猫都无法把“追而能获”的秘诀传给小猫，小猫因此只能继续运用与本能相联系的直观——动作思维来从事捕鼠的活动。

分析地看，人类的理性心理活动相对于反映对象而言，只能是抽象的(在理性心理活动中交织着具象的感性成分是另一回事)。因此它在文艺创作中的运用就有很大的局限性，因为文艺创作作为一种特殊的意识形态，必须通过表现在特定艺术形式中的生动具体的形象来起到它那特有的社会作用。但是，理性心理活动在文艺创作中却又是不可能没有的；而且只要准确地加以运用，它还将大大有利于创作的成功，大大有利于文艺的特殊社会作用的发挥。关于这个问题，以下还将着重谈到，这里仍只借用上述柳宗元游记的那个例子，来继续作一点说明。作者感到鱼“皆若空游无所依”，但他心里却清楚知道“鱼儿离不开水”，“空游”是不可能的，所以用了一个“若”字；他又知道鱼是不会与游人“相乐”的，所以用了一个“似”字。这两个字清楚透露了作者心中的理性心理活动及其成果储存的消息；又正因为这种心理活动在创作过程中运用准确，而使文章通情达理，并有利于给读者以强烈的同感。假如没有这两个字，只说鱼在“空游”,并与游人“相乐”,那么读者就不免大为生疑,于是恐怕也就难以产生同感了。

第二,感性心理活动和理性心理活动虽有显然不同的特性,但在正常人的实际心理过程中,两种心理活动往往是互相联系以至交织渗透的。先从理性心理活动来看,其实际情况是:“任何思维(按:当然包括抽象思维),甚至是最活跃的思维都始终保持着与感性认识,即与感觉、知觉和表象的联系。思维活动只从一个源泉,即感性认识得到它的全部材料。”[①] 例如古诗《长歌行》有二句说“少壮不努力,老大徒伤悲”,简直完全是理性的判断,但它因为是从实际的人生经验中概括出来的,所以读起来也引人产生感性的联想与想象。这是一种情况。又如说“人是社会关系的总和”,看到这样的判断自然想要理解它,而为了理解就总会想起种种感性经验。这是又一种情况。当然也有一些心理过程是可能完全不与感性经验相联系的,例如高等数学的运算;但就在这类心理过程中,也离不开数学符号的感性反映和运用,否则运算就没有载体;当然,对符号的感性反映已不同于直接反映客观事物的感性心理活动,但至少也说明绝对超感性的“纯理性”心理活动事实上是不可能进行的。

再看感性心理活动的情况。例如知觉的形成,可以说是“感性认识”在反映阶段(相对于记忆阶段而言)上的最为重要的心理活动,而正如心理学的基本原理所揭示:“虽然知觉是由于刺激物直接作用于感受器而产生的,但是感知的映象总是具有一定的意义。人的知觉与思维,与对对象本质的了解密切相关。有意识地感知对象,意味着在内心里说出它的名称,也就是把所感知的对象归入一定类别的对象之内,用词来概括它。……知觉并不是简单地决定于

① 彼得罗夫斯基主编:《普通心理学》第343页。

对我们感觉器官起作用的刺激物的组合，而是机动地寻求对已有资料的最佳解释。”“许多资料证明，主体感知的情况不是瞬时感觉的简单总和，它往往包含一些细节，这些细节甚至当时并未出现于网膜上，而是人似乎在过去经验的基础上看到的。”“知觉是利用信息提出假设和检验假设的主动过程。这种假设的性质决定于个人过去经验的内容。”“可见，知觉依赖于主体过去的经验。人的经验越丰富，人的知识越广博，则人的知觉就越丰富，他从对象中看到的东西便越多。”① 在这些论述中，不但明确指出知觉与思维“密切相关”；而且就感知映象“有一定的意义”、“说出名称”、“用词概括”等特点来说，都无不有赖于不同程度的理性心理活动的运用。至于“知觉依赖于主体过去的经验”与“知识”这个特点，则更能说明问题，因为在过去的经验与知识中必然或多或少地包含着理性心理活动的成果。所以说如果完全抛弃理性心理活动及其成果（当然这事实上是办不到的），那么准确的知觉就根本不会形成。

关于知觉与理性心理活动的联系，在文艺创作中也可以找到许多证明，现在试举一例：苏东坡在其名作《题西林壁》中写道：“横看成岭侧成峰，远近高低各不同。不识庐山真面目，只缘身在此山中。”这首诗的后二句，在感性心理活动中交织着理性心理活动（表现为判断、推理的哲理思考），情况至为明显，可以不必多说。现在要问，光是就前二句来看，是否也有理性的心理活动交织在其间呢？答案是肯定的。因为诗人在“横看”、“侧看”之时，所形成的已经是知觉，他又根据已有的经验和知识来肯定所见的是“岭”和“峰”（什么是“岭”，什么是“峰”，各有定义，并不是山石的形状、颜色的无规则组合便可以随便称之为“岭”或“峰”的），

① 彼得罗夫斯基主编：《普通心理学》第275—277页。着重点为原文所有。

这就已经是把知觉与概念相联系了。更何况他还把"横看成岭侧成峰,远近高低各不同"作为一种普遍现象来概括,其间事实上又包含了推理的成分(即认识到"成岭"是"横看"所致,"成峰"是"侧看"所致;从不同角度去看,山的远近高低是各不相同的,这具有普遍性)。由此可见,《题西林壁》的前二句看来似是直写知觉映象,而实际上这种知觉映象也是与理性心理活动或其成果相联系的。

总之,感性、理性两种心理活动在个体的认识、创造活动中总有这样那样的联系;但又不能因此而认为两种心理活动是没有区别的,或加以区别是没有意义的。要知道没有精密的分析就没有精密的综合。只有经过分析,才能认识它们的不同性质,也才能了解它们在各种特定的认识、创造活动中各起什么样的作用,以及如何有意识地使它们充分发挥其独特作用,并使它们在不同的认识、创造中准确地结合起来(例如创作诗歌、小说、绘画、音乐,两种心理活动就有不同形式的结合),以达到预期的目的。

第二节 文艺创作中的感性心理活动

一 感觉、知觉、表象与文艺创作

一切文艺创作都必须富于感性,即表现为可见可闻的、多姿多彩的、有特定艺术形式的生动形象。在这种形象的创造过程中,虽然不可能排除理性心理活动所起的作用,但如果分析地看,富于感性的艺术形象的形成乃是复杂的感性心理活动的直接结果,而不可能由理性心理活动派生出来。

感性心理活动主要就是感觉、知觉、表象的形成与活动(情感活动也富有感性,因另有专门论述,这里暂不涉及)。它们在文艺创作中各起什么作用呢?这就又要进一步分析。

如果把整个创作过程分为三个阶段,即生活经验阶段(包括学习已有的艺术创作)、创作构思阶段和形象外化阶段,那么感觉和知觉在第一阶段上显然要起巨大的作用;因为感觉器官是客观事物反映到人类意识中的唯一通道,要是没有感觉和知觉,人就不可能得到任何直接经验(连间接经验也要通过感官传入大脑)。另外,感觉和知觉在创作的第三阶段上也要起很大的作用,因为作者在"形象外化"的工艺表现过程中,总要通过感知来评估"外化"的效果是否较为准确地体现了艺术构思的成果。所以,总的来看,感觉、知觉在文艺创作的整体过程中要起重大的作用。但需要着重指出,在创作的第二阶段,即构思阶段,感觉和知觉一般说来是不起作用的;当然在构思过程中,作者也会随时随地产生各种感觉与知觉,但那都是与构思对象没有关系的,例如两眼望天,自然会有对天空的视觉,但心中想的却是如何描绘一群人物。

因为感觉和知觉都是客观事物(也包括自身机体内外的变化)直接作用于人的感觉器官而产生的反映;其中感觉是对事物个别属性的映象,而知觉则是对事物整体的映象。因此感觉和知觉都只是在刺激物正处于人的感觉器官能够直接感知的范围之内时才得以产生;只要刺激物脱离了直接感知的范围,感觉和知觉也随即消失。再则感觉、知觉的实际内容都有赖于客观刺激物所固有的真实属性,所以感知都具有"受动性"或"不随意性",也就是说感知什么便是什么(病态的幻视、幻听是另一回事),无法进行有意的加工和改造。例如就"外感受器的感觉"而言,看到白的东西便产生白的视觉,却无法使它变成黑的;固然有人在表述这种感觉时可以故意把白的说成黑的，但其视觉的实际内容仍然是白的，这一点他自己心里明白，也是无法改变的。同样，就“内感受器的感觉”而言，例如肚子疼就无法使之变成肚子痒。（有两个问题需在这里附带说明：第一，知觉的产生当然受到主观因素的影响，包括原先积累的经验和已经形成的思想、观念、性格、态度，以及在特定情况下的心理状态，都可能对知觉内容和情绪色彩有所影响；但这种影响同样也是“受动”的，是感知者在一定的心理定势的基础上自然产生的，而不可能自觉地“想要它怎样便是怎样”。第二，知觉可能引发联想和想象，这种联想和想象一经产生又可能使原来由知觉引起的情绪活动变得较为丰富复杂。但是，这种由知觉引发的联想、想象连同它们所引起的复杂情绪，都不属于知觉本身的内容；而只能说明在实际心理过程中往往有多种心理活动之间的联系；研究者应该看到这种联系，防止把实际的心理过程简单化，但又要准确分析各种心理活动的区别，有区别才谈得上联系；所以切不可由于错觉或概念不清而把互相联系的几种心理活动混为一谈。）

感觉和知觉具有以上特点，所以便不可能进入创作构思。第一，就刺激物直接作用于感觉器官这一点而言，在创作构思中就无法做到。例如，既然“两眼望天”，那么被构思的“一群人物”如何进入视觉呢？倘若那“一群人物”竟是秦汉古人甚至玉京仙子，那就更无法产生视觉了；唯一可行的就是借助各种表象来进行想象，以完成构思。有人可能会说，这位作者何必非画“一群人物”呢？他既然“两眼望天”，何不就画一幅天空的写生画？要知道即使是写生画，也是先由客观景物通过画家的视觉变为画家头脑中的记忆表象，然后才表现在画幅之上的。因为当作者举目观物之时，他固然能产生对景物的知觉，而当他低下头来落笔作画时，由于眼光已经转而落到画幅上，所以他那对景物的知觉也已变成一种记忆了。（当然，特殊的事例总是有的。有人提出一个假设，说："有个儿童文学作者，不小心把脑袋撞在书桌角上，肿起了一个大包，疼极了，于是他就带着这种痛觉来描写小孩头上撞起大包以后的感受。在这种情况下，怎么能说感觉不进入构思，或在构思中不起作用呢?"这个反驳可谓雄辩。不过，正好在创作中需要描写痛觉时，作者恰恰在脑袋上撞出一个大包来，这也未免太巧合了。当然这个儿童文学作者是令人尊敬的，他在"疼极了"的情况下还进行紧张的构思，真是太忠于现实了。不过从构思的效果上看，恐怕还是用"痛定思痛"的办法来进行构思比较好，这样做思想活动较为集中。但因为考虑到诸如此类的反驳，所以笔者在前面提出感觉、知觉在构思阶段不起作用这一结论时，特意加了"一般说来"四个字。)

第二，既然感觉和知觉具有"受动性"与"不随意性"，那么即使能够用它们来进行构思，也将因为无法加工改造而大大束缚创作的艺术表现力，结果非但不能加强创作的感性，还将使它严重受损。过去曾见过一副对联，叫"天地大戏台，戏台小天地"，作为生活哲理和艺术哲理来看，这是很给人以启示的，但却不能当真；如果"天地"真是"大戏台"，则人人都在演戏和看戏，然而人们并不觉得在生活中能得到多少艺术享受，所以不惜买了票去看"戏台小天地"所演的戏；倘若这戏不是话剧而是歌剧，那么在"天地大戏台"上就更看不到了。任何文艺创作中的艺术形象之所以富于感性，都是与原材料的巧妙加工分不开的。感觉、知觉不能加工，所以就不能直接成为构思的材料。

既然感觉和知觉一般说来不能进入创作构思，那么创作构思中的感性心理活动究竟是指什么呢？可以说主要有两项：一是表象的活动；二是情感的活动。关于情感活动将在《情感与认识》一章中再加论述，现在着重谈谈表象的活动。

表象也叫记忆表象，它就是在记忆中所保持的客观事物的形象，也就是个体曾经感知过而现在不在感知范围中的事物的形象反映。关于这个名词，想作几句说明。

"表象"一词本是翻译名词，译者之所以要用这两个汉字来作译文，大约是因为考虑到这两个汉字所代表的乃是事物的外表形象。这种考虑有一定的道理，但却有两大缺点：第一是未能区别客观事物的外表形象和这种形象在人们主观世界中的反映，现在的"表象"一词实际是指后者，但字义却似指前者，使人看起来并不像是指一种心理活动的形态。在实际的语言使用中，"表象"也往往被用作"事物表面现象"的简称。第二，"表象"一词未能准确揭示它是脱离了客观事物的直接感知而保留在记忆中的状况。"表象"一词在初期的译文中又被译为"观念"，这个名词有它的优点，"观"字说明它产生于"直观"，"念"字说明它是一个"念头"，属于记忆的范围。但这个名词也有问题：第一是它同时有一种广义，即意识内容的统称，而不仅仅指事物外表形象的反映，这一广义现在使用还较为普遍。第二从狭义上说，"观念"又容易使人误解为专指由"观"而生之"念"，而实际上它却并不仅仅是指视觉映象的记忆。又在我国民族语言中本有"印象"一词，已经表明它是事物形象在主观意识中的反映，实较"表象"为佳；但"印象"和"映象"仍不能区别直接感知时的状态与形象记忆的状态；所以这两个词虽然在适宜的情况下仍旧要用，却还未能充分表现所谓"表象"的实际心理内容。笔者认为，为了较为确切地做到名实相符，应该创造"象念"一词，这个词能较充分地表现所谓"表象"的具象性和记忆性，同时也与"概念"一词相对称。有的同志可能认为"表象"这个翻译词有其原文意义的根据，甚至还可以从语源学上做出考证和解释，其实这是完全不必顾及的。因为"象念"一词已经不是翻译名词，而是根据研究对象的实际内容所创造的一个名词。但在本书中，姑且仍沿用"表象"一词，同时略为说明此词是并能不准确反映其实际心理内容的。

附带再说说“意象”一词的意义。“意象”的使用，现在相当流行；但有些使用者对它的理解却带有模糊性，未有确切说明。实际上，所谓“意象”也就是指熔铸了作者主观意识（包括情感）的事物映象，或是经过想象加工而在脑子里形成的事物形象，即心理学所说的“想象表象”。当然，就实际情况而言，即使是“记忆表象”的形成和活动也是受到主观意识影响的，因为表象由之而生的感觉与知觉进程也已受到个体脑子里已经形成的“暂时联系的系统”的影响（影响反映的选择以及对选定对象的实际感受，参阅前章第二节）；而在成为记忆表象之后，它的活动也必然受到个体在特定的环境中的心理状况的影响。不过，这些影响都是自发的，不随意的，个体本身并未明确意识，更未作出自觉的努力。“意象”的形成与活动则较有自觉性，也就是说个体较为明确意识到他的主观因素对表象的活动施加了影响，使之包含更多的心理内容。由于“意象”一词较为鲜明地体现了主客观的统一，从根本上说它虽属于“想象表象”的范围，但在词义上却另有侧重，所以还是可用的。[①]

现在再具体说说表象作为心理活动形态的一些特性，这些特性决定了它在文艺创作的感性心理活动中要发挥最为重要的作用。

第一是表象具有形象性。这一特点标志着表象与概念的根本区别。概念是以符号为载体的客观事物的概括而抽象的反映，因为没有形象性，所以无法在艺术创作中直接派生形象。而表象则因为有形象性，所以在艺术构思中形成的艺术形象乃是表象运动的直接结果。黑格尔在谈到艺术创作中的想象（表象运动的最重要形式）时指出：“属于这种

① 有的心理学译本中所说的“意象”，即是表象。如〔美〕克雷奇等著《心理学纲要》（周先庚等译），参阅该书上册第198—212页。

创造活动的首先是掌握现实及其形象的资禀和敏感，这种资禀和敏感通过常在注意的听觉和视觉，把现实世界的丰富多彩的图形印入心灵里。此外，这种创造活动还要靠牢固的记忆力，能把这种多样图形的花花世界记住。”他又说：“艺术家创作所依靠的是生活的富裕，而不是抽象的普泛观念的富裕。在艺术里不像在哲学里，创造的材料不是思想而是现实的外在形象。”[①] 这两段话，前一段说明艺术创作者从客观世界获得丰富多彩而记忆牢固的表象，乃是进行艺术创作的前提；后一段则说明抽象的概念不是进行艺术创造的直接材料。

表象是通过知觉(包括感觉，下同)获得的，在反映客观事物的直接性和具有形象性这一点上，它们是相同的。当然，表象的形象性所具有的鲜明度和稳定度都不及知觉(遗觉象除外，那是一种特殊的记忆表象，不是人人都有)；但正如前面所说，由于知觉只有在客观事物正处于人的感觉器官所及的范围之内时才得以产生和保持，所以它一般说来是不能进入创作构思的。借用马克思关于蜜蜂和建筑师的著名比喻来说，构成艺术“蜂房”的“蜂蜡”主要乃是表象。自觉的表象运动使艺术形象在外化过程开始时，已存在于创作者的观念中。用中国传统的艺术论来说，就叫做“意在笔先”。基本上做到了“意在笔先”，才可以算是自觉的艺术创造。

第二是表象具有概括性。表象有形象性，但亦有概括性，因此是一种具象的概括。就反映一类事物的一般表象而言，这种具象的概括性是极为明显的，例如想起“树”的表象，这表象就只显现“树”的一般而突出的形象特征；如果是“松树”的表象，那就稍为具体一点，但也只是“松树”的一般而突出的特征。至于像“开会”、“开大会”这样的事，其表象

① 黑格尔：《美学》第1卷第348页，朱光潜译。

就更加一般化了，大都只是复现曾由视觉所感知的关于“开会”和“开大会”的模糊而共同的特征，在内容上远远不能反映任何一次会议的具体性。那么反映专一事物的个别表象情况又是如何呢？这却需要分析。例如北京天坛祈年殿，是个独一无二的建筑物；关于它的表象，相对于其它建筑物而言，显然没有什么概括性；但就它本身来说，无论是朝暮晨昏或阴晴雨雪，事实上都会影响它的形象而给人以不同的观感，然而人们对祈年殿留下的表象却有概括性；必须在内部言语的提示下，人们才会去想它在不同时光、不同天气中的不同形象。又比如张三是你所熟悉的人，他是独一无二的，因此你对他留下的表象相对于其他熟人来说，也没什么概括性；然而张三本人的形象，由于穿着打扮、行立坐卧、喜怒哀乐等变化，事实上也不是始终不变的(有的统计数字说人在一天中约留下各种影像五万多幅，张三也不例外)，但你如果只是一般地想起张三，他那表象却并不显现这些变化，因此也是有概括性的。

表象的概括性在人类的认知活动中起了很大的作用。具体说来就是举一反三，例如你吃过红苹果，再看见黄苹果亦即知其为苹果，照吃不误。假如表象毫无概括性，那就势必要严重影响举一反三的认知活动了。当然，举一反三也是人类在认知中发挥了主观能动性的表现。那么表象的概括性对于文艺创作来说又有什么样的关系呢？由于这种概括性是具象的，所以就决定了创作者必然致力于再现事物的特征，因为只有这样，创作者和欣赏者才都能根据表象来认知：创作中所再现的，确为某种或某一事物，而非其它事物。美国的艺术心理学研究者鲁道夫·阿恩海姆曾在其著作中提供一组儿童画(共十六幅，从略)，他说：“这些儿童画的作者们，并没有成心去炫耀自己的独创力，而是把自己所看到的人的形象直接地画在纸上。结果，每一个儿童都为这个人画出了一个独具特色的形象。这里选取的每一幅画像(想要找的话,可以找到一百幅),都严格符合人体的基本视觉概念(观看者一看便知画的是人),同时又各自提供了一种与众不同的新的解释。”① 十六幅画像各具特色,并且都提供了“与众不同的新的解释”,可见作者们是发挥了想象力的;但他们“并没有成心去炫耀自己的独创力,而是把自己所看到的人的形象直接地画在纸上”,可见作者们主观上只是想再现经过知觉而留下的表象(即使这些画都是写生之作,再现的也是表象而非知觉,这一点前文已有论述);而在再现表象的画中,儿童们致力突出的正是人体特征所在的部位(即头面、直立的躯体,多数作者还画全了四肢),所以都“符合人体的基本概念(按:应作观念)”,于是观看者也“一看便知画的是人”。总而言之,这些画的创作,都是符合突出特征,以求根据具象概括的表象来认知事物这一原理的,或者说是受到这一原理的制约的。

当然,在真正的艺术创作中,即使作者主观上只想如实再现事物的原貌(事实上其间总有想象在起作用,暂置勿论),那也不能像儿童画那么粗疏;作者总要在内部言语的提示下,力求忆起更为精确的细节,并加以准确的表现。但就在这种情况下,作者也仍然受到表象的具象概括性的制约,因而还是致力于突出事物的特征。所以画人便不需要把头发一根根都画出来,更不可能把全部毛孔都画出来;因为这些都不是特征之所在,无关乎认知。相反,京剧中人物所挂的“髯口”,人皆一望而知那是假胡子,但因它所在的部位和形状足以再现胡须的特征,所以无论是演员和观众都不计较它的真假,而承认这就是胡子。小说中重要人物出场,大都总要抓住容貌体态的特征,或繁或简描写几笔;但无论描写多么精细,都是特征化了的;而这类出场时的描写,相对于该人物在全书中的活动而言,又必有概括性。再

① 《艺术与视知觉》第197—199页。

现特征，具象概括，这在任何文艺创作中都是一个重要的艺术奥秘；越是精深的艺术，在再现特征和具象概括上便越是精深；而追根求源，这一奥秘原来是受表象的具象概括性、特别是受根据有概括性的表象来认知事物这一心理法则制约的。

第三是表象具有可塑性。记忆表象在人的头脑中不是凝固不变的，而是实际上处于运动变化之中。这种变化可以是不自觉的，例如记忆的加深或变得淡漠模糊，或因种种原因发生变异，不再符合客观事物的原貌本色，这都可能自然而然地发生，并非记忆者存心要它如此。但记忆者也可以通过"有意想象"自觉地对表象进行加工改造，即运用类似于"移花接木"、"添枝加叶"、"改头换面"、"涂脂抹粉"等等的手段，使头脑中形成新的"想象表象"。这种可塑性，使表象终于成为构想艺术形象的最理想而适当的材料。创作者总是充分运用表象的可塑性和活跃的想象力来创造符合创作意图、具有典型意义和美学价值的新形象；假如表象也像知觉那样不可塑造，那么艺术创造的天地势必大有局限，远不能"海阔凭鱼跃，天空任鸟飞"了。

第四是表象可以通过间接的途径获得。这是和知觉很不相同的一点，因为知觉只能产生于对客观事物的直接感受。可是人们听故事、看小说，或听人讲述种种事物与景观，都有可能在头脑中形成一定的表象。这种表象实际是人们进行了"再造想象"的结果，所谓"再造想象"就是个体根据语言、文字或其它形式所提供的"再造条件"来进行想象，从而在头脑中形成有关事物的形象。这种形象在艺术创作中也是可以运用的。例如屈原这个人，后世人都没有见过，但许多人却根据他所遗留的辞作以及司马迁所写的传记(《史记·屈原贾生列传》)来想象他的形象，于是诗人据以咏诗，演员据以表演剧中的屈原，画家据以作画，雕塑家据以塑像，音乐家还可据以作曲。这都是对间接表象的艺术运用。当然，间接表象的形成，必然受到个体的知识经验的制约。例如给小孩讲童话故事，有些事物可能他没见过，又无较多的知识经验可资参考类比，因此头脑中形成的表象就必然是模糊不确的。至于电影导演挑选演员，那就是另一种情况了。导演看了剧本，他在头脑中形成的关于剧中人的形象也是间接表象，但一方面由于剧本所提供的“再造条件”较为具体而充分，另一方面也由于导演有比较丰富的知识经验，所以他头脑中所形成的表象就可能是较为清晰或稳定的，因此他就据此来挑选演员；常常有这样的报道，导演为了挑演员而跑了许多地方，找了许多候选人，最后才找到理想的人选，甚至说这个人就是剧中的那个人。由此可见导演通过剧本并借助知识经验，对剧中人物有多么深的印象和理解。表象可以通过间接方式(或者说通过“再造想象”)来形成，这一事实在文艺创作中是很有意义的。因为直接生活经验对创作来说固然重要，但文艺创作仅靠直接生活经验而创作出来的情况是极为少见的，或甚至是不可能的；文艺创作总要在不同程度上借助于间接生活经验的“协作”，而间接生活经验所起的重要作用之一，就是它提供了丰富的间接表象；这种表象总是作为个体所掌握的文化知识的一种有机成分，储存在人的头脑里，在各种认识和创造活动中发挥作用。

第五是表象的记忆有个体差异。这就是说表象虽然是客观事物的映象，但各人的表象记忆情况却是有差异的。例如有人善于记住表象，哪怕过了相当长的时间，在表象被忆起时，仍然比较清晰，而也有的人情况恰恰相反，很不善于记住事物的形象。一般说来，文艺创作者都有较强的表象记忆力，例如苏联学者考证，托尔斯泰所刻画的安娜·卡列尼娜的外貌是以普希金之女玛丽亚·普希金娜为原型的，托尔斯泰仅在土拉与普希金娜见过一面，而过了十三年至十五年，他刻画安娜的外貌仍能酷肖普希金娜。另一种差异就是对不同类型表象的记忆,例如有人善于记住视觉表象,有人则善于记住听觉表象。结合文艺创作来说,不同的记忆能力很可能影响到对不同专业的选择:善于记住视觉表象显然有利于从事视觉艺术;善于记住听觉表象,当然利于从事听觉艺术。表象记忆的个体差异与天赋有关,但更重要的是取决于训练。公安人员善记人的外貌,汽车司机善记路的标志,这显然是在工作实践中经受训练的结果。

二 自发的表象运动

表象在人的记忆中并非凝固、静止的,而是处在运动变化之中。这种运动变化首先可以分为消极的变化和积极的变化两类。前者仅指表象的淡漠以至于遗忘。在人一生的经历中,不知有多少表象逐渐变得淡漠了,也不知有多少表象已经忘记了。这种现象无可争辩地说明了表象不是静止不变的,所以有必要提一提。不过对于文艺创作来说,表象的消极变化毕竟没什么好处可说;它与文艺创作的关系至多只有两点:第一是文艺创作中往往要把表象的消极变化作为一种生活现象来描写,例如唐代李益在《喜见外弟又言别》一诗中写道:"十年离乱后,长大一相逢;问姓惊初见,称名忆旧容。"这说明经过十年离乱,诗人本已把他表弟的容貌忘得差不多了,直到见面时问姓称名,才又重新忆起。诸如此类的现象在生活中颇为多见;李益此诗所写以表象变化为主要内容的心理活动极为准确生动,因此成了唐诗中的名句。第二是表象的消极变化从反面告诉文艺创作者,要注意训练准确记忆事物形象的能力;若在表象记忆方面特别健忘,那是大大不利于文艺创作的。

现在且说积极的表象运动与变化。这又要分为两类,即自发的、无意的运动变化与自觉的、有意的运动变化。先说前一类:

首先是表象的深化。这是指随着反映的重复和加深,有关事物的表象自然而然地变得准确、深刻、完整、鲜明和稳定。例如与人交往,初见一面匆匆而别,那印象肯定是不深的,也就是说留下的表象带有较大的模糊性和不稳定性;后来反复交往,成了熟人,那印象自然就加深了,也就是说表象变得鲜明而稳定了。这种变化是积极的,但并非有意要它如此,所以是一种自发的表象深化。

其次是表象的变异。这是指表象在其它心理因素的影响下发生了变化。例如有人长期离开故乡,于是就觉得它很可爱,许多事物留给他的印象都很美好,想起来心驰神往,这中间就有表象的变异在。因为当初形成那些表象时,实在未必如后来在思乡时回想起来那么美好;由于思乡是一种复杂的心理活动,在其它心理因素的影响下,关于故乡一些事物的表象就发生了变异。又如所谓"情人眼里出西施",那是热烈的爱情导致了表象的变异;假如恋爱谈不成,又有再发生变异的可能。凡此种种,表象的变化都是自发的,即以"情人眼里出西施"而言,也并不是因为对方是爱人,便有意作出主观努力使她的表象变得好一些,而是自然而然地觉得对方很美。表象当然是客观事物的映象,但既然经过个体的反映,那么就不免受到种种主观因素的影响,自发的表象变异主要就是由此而生的。

再其次是表象的联想。联想是由一事物想到另一事物的心理现象,它并不限于表象范围之内的活动,但这里专讲表象的联想,就是由一个表象想起了另一个表象。例如由红花想到绿叶,这是接近联想;由鲁智深想到武松,这是类似联想;由赤日炎炎想到风雪交加,这是对比联想;由辛勤耕作想到丰收景象,这是关系联想;由书画家的笔墨想到甜熟或生涩,这是通感联想,等等。诸如此类的联想,如果是不经主观努力而自然出现的,便是自发的表象联想。

最后还有无意想象。想象是表象运动的最重要形式,是在头脑中改造记忆表象而创造新形象的过程。无意想象属于自发的表象运动,它是一种没有预定目的、并不作出努力、也无意志参预的想象活动。例如人在生活中的许多情况下,头脑中会出现某种事物的形象,这种形象如果属于曾经见闻过的,那就是表象的复呈;而如果是从未见闻过的新形象,那就是无意想象的结果,只不过因为"无意",所以人们往往不自知其为想象。又如人们观看墙上的污痕或天上的白云,也可能在视觉中构成某种形象,并且越看越像。报刊上报道先进人物,有的只写事迹,并未刻画形貌,但读者看了却可能想见其人。还有些人甚至见了一个人的名字,都可能产生对其人模样的想象。诸如此类,都是无意想象。至于做梦或在半睡眠状态时脑中可能浮现的种种奇异形象,则更是无意想象的极端表现,而其产生主要是由于大脑皮层的弥漫性抑制发展不平衡。

以上是自发表象运动的几种形式。关于这类表象运动还需要总起来说明几点:

第一,这类表象运动虽说是自发出现的,但并不意味着与个人的主观因素毫无关系。人与人相处久了表象自然加深,但其深度也与各人的知觉与观察能力有关。"情人眼里出西施"虽是事实,但各人的情感对表象的影响也有大小之分,所以未必所有的"情人"都会达到"眼里出西施"的程度。有人见了一个名字就能想象他人的模样,这只能说明此人的某种想象特别活跃,同一般人有点不一样。一个工人会在无意中出现有关新机床的想象,而所想象的也的确像个机床;但一个很少进工厂的人却不大会出现关于机床的想象,即使出现了,恐怕也不大像是机床。人人都可能把天上的云彩、墙上的痕迹想成某种形象,但受过绘画训练的人在这里"看到"的一定比没受过训练的人更加丰富而生动。总而言之,自发的表象活动一方面是人人都有,另一方面却是因人而异的。

第二，自发的表象运动可以转化为自觉的表象运动，二者之间没有不可逾越的界限。杜甫诗“天上浮云如白衣，斯须变幻为苍狗”，诗人观看浮云，出现了白衣、苍狗的无意想象，接着就按白衣、苍狗的规格把它们越想越像，终于写入诗中，这可就是自觉的、有意的想象了。由于这种心理活动的转化早已为人所发现，所以竟有人据此而提出了一种创作图画的方法。宋代沈括在《梦溪笔谈》中说：

度支员外郎宋迪工画，尤善为平远山水。……往岁小窑村陈用之善画，迪见其画山水，谓用之曰：“汝画信工，但少天趣。”用之深伏其言，曰：“常患其不及古人者，正在于此，”迪曰：“此不难耳，汝当先求一败墙，张绢素讫，倚之败墙之上，朝夕观之，观之既久，隔素见败墙之上，高卑曲折，皆成山水之象。心存目想，高者为山，下者为水，坎者为谷，缺者为涧，显者为近，晦者为远。神领意造，恍然见其有人禽草木飞动往来之象，了然在目，则随意命笔，默以神会，自然境皆天就，不类人为，是为活笔。”用之自此画格日进。

这就是中国绘画史上有名的“张素败壁”的故事。说来也巧，在欧洲文艺复兴时期，艺术大师达·芬奇也说了类似的意思：

当你凝视一堵污渍斑斑或嵌着各种石头子的墙、而想构思一幅风景画时，那末你会发现墙上显出互不相同的风景画面，其中点缀着山、河、石、树、平原、广川，以及一群群的丘陵。……这时候你就可以把它们变化为一些个别形象，从而想象出完美的绘画。①

当然，既有明确的创作目的，而且又作了巨大努力，“朝夕观之”、“心存目想”，所以显然不再是无意想象了；但宋迪、芬奇所提出的方法是以无意想象转化为有意想象的大量经验为根据，这却是毫无疑义的。

① 达·芬奇：《笔记》第二〇〇三条。

第三，自发的表象活动不能直接作用于文学艺术创作。但像自发的表象联想和无意想象这样的心理活动，却往往能成为引发创作冲动或构思灵感的契机；这种契机一经出现，创作者就会立即把自发的表象联想变为自觉的，把无意想象变为有意的，使它们发挥巨大的作用。试以做梦为例，它本是无意想象的极端表现，谁如果怀着预定的目的，想在梦中或在半睡眠状态中寻求新奇的形象，完成伟大的创作，那就正如古代笑话中所说，有人梦中赴宴并看堂会戏，突然醒来，非常懊恼，他妻子安慰他说，你赶快继续做梦，那戏和酒席都还没散呢。这话之所以可笑，是因为大家都知道梦是没法主动去做的。但是有一个情况也要说明，迄今为止，心理学对人在睡眠时的大脑工作情况之谜并未揭开；而梦中作诗、梦中作画、梦中作曲之类的事例却不胜枚举，往往传为佳话。因此正确的态度只能是：不要把创作的希望寄托于梦，但梦中如有创作的契机以至于成果，却也不应漏过。当然，梦中即使真有成果，醒来以后也要把无意想象变为有意想象，才能真正成为创作的构思；即使是做诗，梦中所得之句醒来以后也要经受有意想象（渗透着逻辑思维）的检验与评估。

第四，自发表象运动的任何一种表现，不管是表象的深化、变异、联想，还是无意想象，都是文艺创作在刻画人物心理时经常要写到的；而这种描写又总要参照作者本人的心理活动经验（抒情诗中更多作者心理活动的直接表现），因此，作者所经历过的那些自发表象活动的经验还是对创作有用的；只是用起来都要在艺术构思中变为自觉的表象运动。

三 自觉的表象运动

自觉的、有意的表象运动和变化，也有多种形式，而任何一种形式都要在文艺创作中发挥重要的作用。

1. 自觉的表象深化

前面讲过表象的深化，那是指表象随着实践和反映的加深而自然加深，这在文艺创作中当然也有积极意义，凡是熟悉的东西，表象总会深刻一些、准确一些，对创作比较有利。但是文艺创作者往往不能一味消极地等待表象自然而然、不知不觉地变得深刻和准确；他也要发挥主观能动作用，加强注意和观察，使表象尽快深化。例如学习书法要临摹法书，可以采用描摹、双钩摹、中线摹、对临和读帖等方法，不论哪一种方法都无非是通过自觉努力来加深对法书的表象。在绘画方面，自觉追求表象的深化当然也很必要。宋代罗大经在《鹤林玉露》中讲了两个生动事例，其一是关于李公麟画马的：

李伯时工画马。曹辅为太仆卿，太仆廨舍，御马皆在焉。伯时每过之，必终日纵观，至不暇与客语。大概画马者必先有全马在胸中，若能积精储神，赏其神骏，久久则胸中有全马矣。信意落笔，自然超妙，所谓用意不分乃凝于神者也。

另一个例是记曾云巢自述其画草虫的经验：

某自少时取草虫，笼而观之，穷昼夜不厌。又恐其神不完也，复就草地之间观之，于是始得其天。方其落笔之际，不知我之为草虫耶，草虫之为我耶。

画马要求"全马在胸"，这与自发的表象活动恰成鲜明对比。心理学上的一个有趣事例，说是提到狗，人们脑中往往只浮现一个较为清晰的狗的头部和颈部的表象，身躯四肢都很模糊；这时如果自己提出"还有尾巴和腿呢"，才可以唤起较为完整的狗的形象。显然，要靠这样的表象记忆来画狗，不大可能画得逼真生动。关于马的表象记忆，虽然与狗有所不同，不一定提到马只想起马头；但要做到"全马在胸"，可以入画，而且“自然超妙”，那么光靠自发的表象活动恐怕也难以胜任；所以就非要“积精储神，赏其神骏”，高度自觉地使表象深化不可。至于画草虫而要达到“不知我之为草虫”还是“草虫之为我”的境界，那就不止是一个表象深化的问题了。但表象的深刻和准确仍然是达到这种境界的基础。深刻的表象来源于深刻的实践和反映，自觉的表象深化则是在反映过程中大力发挥主观能动作用，从而出现的一种自觉的运动。

2. 自觉的表象分化

所谓表象分化，是指对客观事物形成表象之后，能够通过自觉的表象运动，在保持表象的基本形态和主要特征的同时，构想种种类似的新表象。这种现象的心理基础就在于表象具有一定的概括性，是一种类化了的映象；同时又具有可塑性，所以个体能够根据某个概括的、类化的表象分化出种种大同小异的、更为具体的新表象。（表象分化也有自发的，例如人们无意中想起一个胖娃娃的印象，再想想又会浮现第二个、第三个类似的胖娃娃形象，这就是概括的胖娃娃形象的具体化和分化。这个问题在“自发的表象活动”中未专门谈到，所以在这里附带一说。）自觉的表象分化对于文艺创作者来说是很重要的，没有这种表象的运动，那么原始表象无论多么深刻准确，也难以反映客观事物的千姿百态。就拿画马要有“全马在胸”来说，这全马可以是相当稳定而清晰的表象，但既然如此清晰稳定，那就只能表现马的一个固定姿态；而只会画这一个固定姿态的马，也就成不了李公麟这样的大画家了。那么李公麟胸中会不会有千百种姿态的“全马”稳定表象呢？显然，不论是李公麟还是任何人，都不可能有这样高强的形象记忆力；而且事实上也没有必要这样去记忆。这里关键是需要锻炼自觉的表象分化能力，以便在牢固把握马的基本形貌、主要特征以及熟悉马的一些姿态的基础上，通过表象的分化，画出千姿百态的马的形象。画马是如此，画其它一切也无不如此。画家可以有树木和石头的类化表象，也可以有某几棵树和几块石头的具体表象，但必须善于分化，才能画出千百张画而并不出现相同的树与相同的石头。画人像更是如此，有的人比较缺乏表象分化的能力，所以他画的人貌使人觉得总是一个样子。而从一些伟大画家所留下的人像草图中则既可看出他们的表象分化能力，又可看出他们在自觉的表象分化上付出了多少心血。在书法艺术中，凡是学习前人而有所改变，表现出一定的特色，则其间就有表象分化在起作用；至于发挥巨大的创造性，独创一种新的书体，那就主要是有意想象在起作用了，但也不是没有表象分化的成分。舞蹈演员和戏曲演员十分重视基本功的学习，熟练地掌握了基本功，就有可能化出极其丰富多彩的舞蹈动作，这当然也有表象分化的作用在。以上所说的都主要是视觉表象的分化（舞蹈兼有运动觉表象的分化）。根据同样的道理，可以想见听觉表象分化同乐曲创作的关系。在音乐中，主题变奏同表象分化的关系就很明显，变奏的次数越多，分化所起的作用越显著。贝多芬创作了《C小调三十二次变奏曲》，可以说是淋漓尽致地表现了他的听觉表象分化能力。戏曲演员的唱腔变化也表现了表象的分化。同一个板式，在不同的剧目中就有不同的唱法，大同之中能够表现给人深刻印象的小异，这同善于分化是分不开的。还有流派唱腔的形成和发展，例如京剧的谭派唱腔变为余派和言派，余派又变为杨派；评弹中马调之变为薛调，薛调又变为琴调，蒋调之变为张调，俞调之变为侯调（长腔）等等，都可以看出优秀艺术家在自觉的表象分化上所作的努力。

关于自觉的表象分化需要补充两点说明。第一，表象分化能力的提高是与广泛而深入地反映客观事物分不开的，并不是说只要依靠表象分化，就能把浮浅的表象变为生动的艺术。我们是在唯物主义反映论的前提下强调人的主观能动作用,所以认为任何一种自觉的表象运动都必定受到实践的深度与广度的制约。第二,自觉的表象分化往往与有意想象难以完全区分,这就是说分化中往往也有想象的成分。但是把一棵有四枝分杈的树的表象变为三枝分杈或五枝分杈的表象;把一块石头的具体表象想得较高一些或较矮一些,多一条纹理或少一条纹理,向左突出一点或向右突出一点,这种微小的区别有时在绘画中关系并不小;但从表象的活动上说,却只能算是一种分化,而够不上说是有意想象。所以总的来看,表象分化与有意想象还是可以视为两种不同的表象运动。

3. 自觉的表象变异

这和前面"自发表象活动"中所说的变异一样,是指某个表象因受到其它心理因素的影响而发生变异。不过现在要说的变异却不是自发地、无意地出现,而是一种自觉运动的结果。例如画家游访名山大川,回来作画,在追求美的创造这种心理制约下,他一定会通过自觉的表象变异,使名山大川的表象变得更美,然后外化为画中的形象。(游访名山大川的另一结果是"搜尽奇峰打草稿",这是属于有意想象,下文另有专节论述。)白居易《忆江南》词:"江南好,风景旧曾谙。日出江花红胜火,春来江水绿如蓝,能不忆江南?"江南留给作者的表象显然本来就是美好的;但这里既是回忆,又是创作,在相当复杂的心理活动制约下,他就有意要使原来的表象变得更美好,这就叫自觉的表象变异。在各类艺术形象的塑造中,不论美化还是丑化,不论赋以什么样的情感色彩,起主要作用的都是有意想象;但是自觉的表象变异也还是会在其中起一定的作用(上述《忆江南》词就是属于这种情况)。一般说来,文艺创作中真实事物的成分越重,表象变异所起的作用就越大。因为把真实事物典型化,一方面固然必须借助有意想象，才能充分表现其美或丑；但同时真实事物本身的表象也必然在创作过程中被美化或丑化，而这对想象正好起了促进的作用(使作者越发感到有对原来的表象作进一步加工之必要)。试看唐代刘禹锡的名作《陋室铭》：

山不在高，有仙则名。水不在深，有龙则灵。斯是陋室，惟吾德馨。苔痕上阶绿，草色入帘青。谈笑有鸿儒，往来无白丁。可以调素琴，阅金经；无丝竹之乱耳，无案牍之劳形。南阳诸葛庐，西蜀子云亭。孔子云，何陋之有？

篇名“陋室”，必有其陋劣之处。但作者却把陋室写成了大雅之堂，这当然是一种想象，即撇除有关陋室的种种陋劣之处，而专取其美好的记忆表象构想成文；同时各个细节表象以及由此而构成的“陋室”总体表象也是经过了自觉变异的，因此那本来平淡无奇或不免有一些缺陷的事物，却显得富有情趣而颇为诱人。晋代陶渊明、宋代范成大的一些田园诗也是如此，其中所写的农村景物、风光、人事、劳作，也都在一定的情感催动下，经过自觉的表象变异，才组合而成情致盎然的动人形象。

总的来说，自觉的表象分化、表象变异在实际创作过程中往往和有意想象难解难分；但为了较为细致地说明各种表象活动，所以用分析的方法加以区别。事实上它们除了难解难分的一面之外，也还有互不相同的适用领域，起的作用也不完全相同。

4. 自觉的表象联想

自觉的表象深化、分化和变异这三种形式，都表现了单个表象的积极变化，因此在整个的自觉表象运动中具有基础的性质；在这个基础上，才会有范围更加宽广、内容更加丰富的表象运动。以下的论述就不再限于单个表象的变化，而是在表象与表象的联系中所展开的更为复杂的运动。

其中首先要讲的是自觉的表象联想。

自觉的表象联想就是根据创作的目的,由一个表象联想到另一个或者更多的表象,使它们彼此联系起来,在思想、艺术的表现上起到积极的作用。文艺创作中常见比喻、象征、衬托、对照等表现方法;特别在语言艺术中,比、兴两法更是不能不用。倘若追究这些方法背后的心理活动,那就是各式各样的表象联想。文艺创作中运用比喻、象征之类的方法,开始可能是从生活中出现的自发表象联想得到了启示,然而一经进入创作,表象联想就转化为自觉的了。下面着重谈谈比喻、象征中的表象联想问题。

在比喻中常用的是相似联想。试看高明《琵琶记》中描述赵五娘"吃糠"的两支名曲:

〔孝顺歌〕呕得我肝肠痛,珠泪垂,喉咙尚兀自牢嗄住。糠啊,你遭砻被舂杵,筛你簸扬你,吃尽控持,好似奴家身狼狈,千辛万苦皆经历。苦人吃着苦味,两苦相逢,可知道欲吞不去。

〔前腔〕糠和米本是相依倚,被簸扬作两处飞。一贱与一贵,好似奴家与夫婿,终无见期。丈夫,你便是米呵,米在他方没处寻;奴家恰便似糠呵,怎的把糠来救得人饥馁;好似儿夫出去,怎的教奴供膳得公婆甘旨。

这里对糠的描述真可以说是精确细致地比喻了赵五娘的遭遇和心情。她的遭遇和心情无非三点,一是生活极端贫苦,二是夫妻分离,三是因不能好好供养公婆而悲痛;而经过作者描述的糠的形象,就正好确切地表现了这三点,因此构成了深刻而生动的比喻。

比喻是通过相似联想形成的,但不是一切相似联想都能构成生动有效的比喻。构成比喻的本体和喻体必须在一点上极其相似,而在整体上极不相似。这一法则早已被修辞学所揭示,文艺心理学则要深入到创作与欣赏的心理过程中来阐明这个问题,原来这是与大脑神经活动的"兴奋泛化”与“分化抑制”过程密切相关的。“泛化”就是大脑神经兴奋的扩散，即对事物之间的相同、相似、相通方面的反射；而“分化”则是对事物不同和差异方面的反射，从而使兴奋之点得以集中。在比喻中，喻体和本体在一点上愈是相似，就愈利于神经兴奋“泛化”的准确，因而对所要表现的事物之间的相似特征的把握愈是精确；另一方面，喻体与本体在整体上愈不相似，就愈利于大脑神经过程“分化”的准确，因而更便于将事物的相似特征从大不相同的整体中区分出来，并由于兴奋集中于此而印象更为突出。这种神经活动的过程不论对创作者突出事物特征来说，或对欣赏者感受事物特征来说，都是起了显著作用的。李白《静夜思》诗云：“床前明月光，疑是地上霜。举头望明月，低头思故乡。”前二句比喻令人一读难忘，就因为“明月光”与“地上霜”在光色上极其相似，“明月光”在人们头脑中引起的兴奋“泛化”，使人想起了“地上霜”；但“地上霜”在整体上毕竟大不同于“明月光”，经过准确的“分化”，二者的巨大区别就成为一种“背景”，而它们的相似之点则在这个“背景”上突出起来，也就是说“明月光”的形象因得到“地上霜”形象的支持而大为强化，给人以深刻的印象。倘若“明月光”改用别的白光来比喻，那就会因为整体上太相似了，反而难以通过“分化”把最显著的特征分解并突出起来。

构成比喻的表象联想，表面看来只是由一个表象想起了与其相似的另一个表象，但实际的心理过程却并不这样简单，而是还要经过某种具有概括性的心理因素为中介，才能出现可以构成比喻的相似联想。这种作为中介的心理因素可以是具象的事物外在特征的概括，也可以是抽象的事物性质或关系的概括，也可以是情感的概括。因此，从心理过程上说，就有三种相似联想的模式：

本体表象——相似点的具象概括——喻体表象

本体表象——相似点的抽象概括——喻体表象

本体表象——相似点的情感概括——喻体表象

上述李白《静夜思》一例即属于第一种模式，诗人是对“明月光”与“地上霜”的光色进行了具象的概括，使之成为中介，才把二者联系起来的；倘若作者着眼于“明月光”的性质，那就不可能通过光色的概括而通向“地上霜”这个喻体了。

上述《琵琶记》“吃糠”二曲属于第二种模式。因为糠和赵五娘在形象上没有任何相似之点，但是糠的“被舂杵”、被筛、被簸扬、“吃尽控持”的遭遇却有似于赵五娘的狼狈经历；糠和米由“相依倚”到“两处飞”又有似于赵五娘与其夫婿蔡伯喈的关系；糠不能救人饥馁又有似于赵五娘无力奉养公婆。在这里，本体与喻体的不同遭遇、性质及与其它事物的关系都通过了完全抽象的概括，才出现了相似之点，并成为有效的中介，使本体通向喻体；喻体在形象上虽然不能直接强化本体，但因为生动揭示了比较内在的东西，所以使本体的形象得到更深刻的表现。

第三种模式试以韩愈诗《听颖师弹琴》为例：“昵昵儿女语，恩怨相尔汝；划然变轩昂，勇士赴敌场。……”前二句以具象概括为中介，属于第一种模式，不必再说。后二句以“勇士赴敌场”来比喻琴声，这无论从外部形象或内部的性质与联系上看，都是不相似的；但它们使人产生的激昂情绪却有相似性，以这种情绪的概括为中介，本体就与喻体联系起来了，而情绪上的支持同样有助于本体形象的强化 。

以上三种相似联想虽然以不同的概括因素为中介，但目的均是为了找到有形象性的喻体，所以都属于自觉的表象联想。关于这种联想还有几点需要补充说明：

第一，构成比喻的相似联想虽然有不同的模式，但由于大脑活动遵循整体性原则，一个具体的认识或创造过程往往是由多种心理功能协同活动的结果；因此在一个比喻形成的实际心理过程中，本体与喻体的相似点并不一定表现为单一的心理形态，也就是说并不像模式所显示的那么单纯。例如以“地上霜”比“明月光”，固然是因为光色形象的高度相似，但二者在诗人心中引发的凄凉情绪也有其一致性，而这在比喻的构成中显然也是起了作用的。《诗经·硕鼠》将奴隶主贵族比为硕鼠，主要是着眼于二者在性质上的相似（不劳而获，有害于人），但同时也伴随着相似的厌恶之情，并且二者的形象也都是丑恶的。唐代诗人李商隐的名喻“春蚕到死丝方尽，蜡炬成灰泪始干”，情况也是如此，两个喻体都是比喻恋人的痛苦心理，主要着眼于事物的性质与联系，经抽象概括的中介而成比喻；但同时在形象与情感色彩上，也都是协调一致的。所以说构成比喻的相似联想中的实际心理活动不一定是单纯的；但是在几种不同心理形态的相似点中，总有一种是主要的，在相似关系上比较突出，因此仍然可以区别种种比喻的模式归属。

第二，比喻如作广义的理解，那就不仅仅见于语言艺术创作，多种艺术创作都可能暗含着比喻的因素。画一幅松竹梅，弹一曲凤求凰，朱雀成塑，天魔为舞，诸如此类的表现实际上都是比喻着社会现实中的人和事。这种比喻当然也要以自觉的表象联想为前提；但由于被比的对象并不出现，只着力表现用来作比的事物形象，因此有意想象便显得更为突出。这又说明，在实际的文艺创作中，各种类型的自觉表象运动往往是交错为用的。

第三，在构成比喻的表象联想中往往有通感的运用，这很有助于提高比喻的质量。关于通感问题，第五章中有专题论述，这里只说其较为多见的一种表现，即心理学上所说的“联觉”或“感觉转移”，也就是一种感觉引起另一种感觉的兴奋，而由于这种兴奋又可能强化了原来的感觉。这种现象是因为两种感觉分析器在生活经验中联合运用，从而不同的感觉建立了“暂时神经联系”的结果。但是，“通感”、“联觉”、“感觉转移”之类的说法，实际上都有不精确的一面，因为由一种感觉引发的另一种"感觉"实际上乃是记忆表象；由于表象具有感性，所以觉得似有感受，细加追究实非严格意义的感觉。至于在文艺创作中，由于感觉、知觉一般说来不能进入构思（详见前述），因此通感的运用实际上乃是由一种表象联想起另一种表象，并引发相通的感受，所以是地地道道的自觉表象运动。现在且返回来说比喻中的通感运用。白居易在《琵琶行》中曾用"大珠小珠落玉盘"比喻琵琶乐声，有的同志认为这仅是以声比声，并无通感的表现；实则此处除了以声比声之外，也有由声想形的通感在。因为弹奏琵琶贵在发音圆润，而大忌薄脆；圆润之音或谓之"肉音"，非功夫深到者不能臻于此境。白居易用"大珠小珠落玉盘"比喻琵琶声，正是出于通感，由乐声而想见其形似珍珠，充分显示了琵琶妓发音的圆润，功力的深湛。同时《琵琶行》乃是听曲以后的追记之作，所以无论是直接描写琵琶演奏或作种种比喻，都无不是自觉的表象运动（主要是联想与想象），而并无听乐的感觉与知觉直接进入了艺术的构思。比喻在小说的描写中也多所运用，而在此种描写中亦往往可见通感的存在。请看刘鹗《老残游记》中描写"王小玉说书"的一段：

王小玉便启朱唇，发皓齿，唱了几句书儿。声音初不甚大，只觉入耳有说不出来的妙境，五脏六腑里像熨斗熨过，无一处不伏贴；三万六千个毛孔，像吃了人参果，无一个毛孔不畅快。唱了十数句之后，渐渐的越唱越高，忽然拔了一个尖儿，像一线钢丝抛入天际，不禁暗暗叫绝。……那王小玉唱到极高的三四叠后，陡然一落，又极力骋其千回百折的精神，如一条飞蛇在黄山三十六峰半中腰盘旋穿插，顷刻之间，周匝数遍。从此以后，愈唱愈低，……忽又扬起，像放那东洋烟火，一个弹子上天，随化作千百道五色火光，纵横散乱。

从描写的情况来看，作者在听书时的确既有表象联想又有感觉转移,但写到小说中,整个听书过程的描述便全是自觉表象运动的成果,其中还特别明显可见有意想象的出色运用。

在文艺创作中,除了比喻之外,象征的方法也必以自觉的表象联想为其心理内容;而出现最多的也仍然是相似联想。《红楼梦》第五回写贾宝玉在秦可卿房里睡午觉,梦中“神游太虚境”;入梦之前,对房中景象先有一番描写:

说着大家来至秦氏卧房。刚至房中,便有一股细细的甜香,宝玉此时便觉眼饧骨软,连说:“好香!”入房向壁上看时,有唐伯虎画的《海棠春睡图》,两边有宋学士秦太虚写的一副对联云:“嫩寒锁梦因春冷,芳气袭人是酒香。”案上设有武则天当日镜室中设的宝镜。一边摆着赵飞燕立着舞的金盘,盘内盛着安禄山掷过伤了太真乳的木瓜。上面设着寿昌公主于含章殿下卧的宝榻,悬的是同昌公主制的连珠帐。宝玉含笑道:“这里好! 这里好!”秦氏笑道:“我这屋子大约神仙也可以住得了。”说着,亲自展开了西施浣过的纱衾,移了红娘抱过的鸳枕,……。

这些描写对于秦氏的性格和“神游太虚境”的情节来说都有象征意义,而所写物象的选取,则显然曾自觉运用了相似联想。它们那种顽艳风流的特点,是与象征的对象有相似之处的。

但是构成象征关系有时并不限于相似联想。例如以“十”字象征或代表基督教,这就是关系联想,因为教祖耶稣被钉死在十字架上,后来的信徒就认为这代表献身的光荣,又代表复活与得救。又如以火炬象征前进不止,人所共知其与奥林匹克运动会的传统仪式有关。再如以骷髅白骨为危险的象征,一箭双心为爱情的象征,五线流转为音乐的象征,面具脸谱为戏剧的象征等等,也都是出于关系联想。客观事物之间的关系是相当复杂的,因此关系联想也多种多样。另外还有接近联想,经过巧妙剪裁,也可能获致象征的效果。诸如一天朝霞，半钩残月；元夜端午，春华秋实；秦时关河，汉家陵阙，都可以用来概括地象征当时、当年所发生的种种事情，这就是因为时间接近而产生的联想。又如以画帐宝鼎为宫廷生活的象征，暮鼓晨钟为僧道修行的象征；还有万里长城之于中国，富士雪峰之于日本；企鹅逶迤似睹极地冰雪，棕榈高耸遥想热岛风情，这又是因为空间接近而产生的联想。

象征所表现的事物联系，一般都较比喻为疏远或松弛，因此不论在创作或欣赏中，象征的运用都更有赖于联想的自觉性；同时它所留出的联想与想象的余地却又较比喻为宽阔。所以艺术创作中具有象征意义的形象，往往使人确有所感，又有所思，但难以作出确切的解释。金代元好问在《论诗绝句》中说："望帝春心托杜鹃，佳人锦瑟怨华年。诗家总爱西昆好，独恨无人作郑笺。"他的所谓"西昆"是指李商隐，李诗中像"庄生晓梦迷蝴蝶，望帝春心托杜鹃。沧海月明珠有泪，蓝田日暖玉生烟"之类，的确比较难解；真要让注释专家郑玄来"作笺"，恐怕反而会越注越乱。这就因为这些诗句是有象征意义的，它们乃是自觉性很强、跳跃性较大的表象联想的产物(当然也结合了有意想象)。欣赏者也主要应从形象上去感受其意味，并联系作者的生平经历以达到一定的理解。不过李诗的确能使人有所感、有所思，这说明他的表象联想所反映的事物联系还是能为广大读者所感受或想象，即在大脑中形成事物反映的"暂时联系"。但是一些过于强调象征的作品(例如西方象征主义派的各种创作)，有时就难以感受和理解，这就因为作者的表象联想，由于他个人的特殊心理因素的制约，而过于离奇；在他自己的大脑中或许是形成了某种"暂时联系"的，但却不能启发和帮助广大欣赏者也去建立这种联系，以形成应有的联想。这就叫有"独感"而无"共感"。笔者曾一再强调创作与欣赏的辩证关系，并把它作为整个文艺心理学论述中的一个基本观点;这个观点也是文艺创作作为一种社会意识形态的根本性质所规定了的。所以,对于那种只有"独感",而不能引起"共感"的创作,是不能加以肯定的。但是我们也反对另一种倾向,那就是只要自己不能感受和理解,就轻率地归罪于作者,因为这又是艺术欣赏中的主观主义的表现。

以上一共讲了四种自觉的表象运动,它们在一切文艺创作中都要起到重要的作用。然而,最为重要的自觉表象运动毕竟要数有意想象,所以以下拟作专题的论述。

四 有意想象与形象思维

有意想象(以下或简称想象)是文艺创作构思过程中最重要的心理活动,也是文艺心理学研究中最重要的课题。因为正如马克思通过蜜蜂与建筑师的著名比喻(已见前引)所阐明的,人类劳动与动物本能行为的根本区别,在于"劳动过程结束时得到的结果,已经在劳动过程开始时,存在于劳动者的观念中"。而情况之所以会是如此,从心理学的角度看,就因为人类能运用想象力在头脑中形成预期结果的设想。人类的一切劳动创造都是如此,艺术创作当然也不例外。

想象在心理学上的意义是:通过自觉的表象运动,借助原有的表象和经验以创造新形象的心理过程。这里需要着重指出两点:一,想象是一种表象的运动(这种运动必然受到抽象思维的指导与配合,详见下文);二,想象的结果是事物的新形象,而不是别的什么东西。但是,由于心理学知识长期未能普及,所以想象一词在日常语言中有时就被误用,而较为常见的歧义有二:

第一是把想象与创造思维混为一谈。例如有人善于出主意、想办法,因而被称为"有想象力"。实则在出主意、想办法的过程中,固然并不排斥或多或少的表象活动,但其主要的心理内容却是抽象的思维活动,即通过对事物的概念认识的联结与反联结,使思维富有创造性。所以,诸如出主意、想办法一类的心理过程,不论在其实际进行中伴随着多少表象的活动,都应归属于创造思维,而不能称为想象;因为它的最终成果是想出新的主意和办法,而不是形成一种新的形象。

第二是把想象同虚构臆造、主观唯心混为一谈。很多人说话时把想象与虚构等同起来,用以指并不存在以至于不可能存在的东西。实则想象与虚构并无必然联系,它固然也可能是虚构,但也可能是客观存在的事物形象的新颖反映,或者是可能出现的事物形象的新颖构想。例如艺术摄影要通过想象来构思,而其所想的对象以至表现在相片上的新颖形象都是客观事物的反映。又如新的建筑要通过想象来设计,而想象的结果即表现为将要出现的建筑物的外观形象和内部结构;这不过是以具象的形式实现了客观事物的超前反映,而由于这种反映符合事物的规律,所以完全可能变为真实的创造物,与纯出主观的虚构臆造不能混为一谈。

以上两点在文艺心理学中之所以必须辨明,是因为日常语言中对想象的误解也影响到文艺研究,所以许多论著只认为超现实想象是想象,称赞其作者富有想象力;却不了解真实典型地反映现实的创作也要出于想象,才会有新鲜的艺术形象。另外也有一些论著在想象与抽象思维的关系上多有混淆,不了解它们既有根本区别、又有必然联系的确切情况。

有意想象在人类的创造活动中起着重要的作用。康德说:“想象力是一个创造性的认识功能。”[①] 马克思则把“想

① 康德:《批判力批判》,见《古典文艺理论译丛》第11辑。

象力”称为“十分强烈地促进人类发展的伟大天赋”①。由于想象的直接结果是创造新的形象(作为心理活动来说是创造新的表象),所以它在文学艺术创作中尤其有重大的作用。正如黑格尔所说:“最杰出的艺术本领就是想象。但是我们同时要注意,不要把想象和纯然被动的幻想混为一事。想象是创造的。”② (按:黑格尔所说的“幻想”即指无意想象;无意想象与创造并非截然无关,已如前述。)高尔基也说:“想象是创造形象的文学技巧的最重要的方法之一。”③

想象分为再造想象和创造想象两类。自觉的再造想象和创造想象都是为了达到一定的目的而有意进行的。其中再造想象需根据语言描述或图样示意等条件,在脑中再造出相应的新形象。创造想象则不必依赖这些条件,而直接根据一定的目的或任务来创造新的形象。两类想象在运用的独立性和内容的创造性上是有区别的,但在文艺创作和文艺欣赏中,二者都是重要的;同时也往往互相融合在一起,再造想象能得到创造想象的有益补充,创造想象也能恰当利用一定的再造依据。然而两类想象毕竟还有不同的功能,起着不同的作用,所以现在仍把它们分作两个题目来谈。

1. 文艺创作中的再造想象

首先要说明一点:再造想象在文艺欣赏中起着巨大的作用,特别是欣赏语言艺术,再造想象实际上在整个心理过程中占着主要的地位。欣赏者正是根据创作中的艺术语言联想到与语词相联系的表象,并按照作者的描述进行表象的组合。因此本身并无形象性的语言符号却能在读者心中

① 《马克思、恩格斯论艺术》第2册第5页。

② 黑格尔:《美学》第1卷第348页。

③ 高尔基:《论文学技巧》,见《古典文艺理论译丛》第11辑。

唤起丰富的形象感(参阅《语言与形象》一节)。这里为了使论述较为集中,不拟多涉欣赏方面的问题,而是专说创作过程中的再造想象。

再造想象在文艺创作中起着很重要的作用,这只要从上文讲过的事实中即可看出:任何人头脑中所储存的间接表象都是通过了再造想象而形成的;人们从小由各种渠道听说或看到了种种事物形象的"再造条件",据此而进行了再造想象,于是才产生各种间接表象。例如听了狼外婆的故事而有狼外婆的表象,看了《桃花源记》而有"世外桃源"的表象,没到过大观园而有大观园的表象,不认识诸葛亮而有诸葛亮的表象。这都无非是借助言语、文字所提供的"再造条件",进行了再造想象,才间接地形成这些表象。间接表象在文艺创作中起着两种作用:一是它们可以作为素材直接用于创作(如根据桃花源的间接表象来画一幅画);二是成为创作者的知识文化素养的有机组成之一,时时处处影响着创作的格调与质量。文艺创作既然离不开间接表象,也就意味着离不开再造想象。

再造想象是人类在许多认识、创造活动中都要加以运用的。文艺创作中的再造想象与别的再造想象相比,主要有两个特点:第一是文艺创作中的再造想象必然结合着程度不同的创造想象的成分(在多数情况下,创造想象的成分还是相当多的)。第二是正因为有创造想象的成分,所以在文艺创作的再造想象中又必然要调动作者所储存的更为广泛的知识经验,并更多地表现作者的思想感情、艺术趣味、性格教养、创作特色等等,总之是显著表现了作者的主观因素和艺术个性。人们根据常识即可判断,技术员和工人根据科学的设计图来对新的机器或新的建筑物进行再造想象,那是不能掺杂创造想象和主观成分的(否则要出大乱子);而文艺创作的情况却不是这样。例如根据历史资料来写诗、小说、戏剧和电影,根据历史资料或语言艺术创作来绘画，还有把小说改编为戏剧、电影等等，从根本类型上说都应属于再造想象；但它们又并不限于再造想象，而总是或多或少地融合了创造想象。以绘画为例，从古至今不知有多少人画过“屈子行吟”、“昭君出塞”、“竹林七贤”、“渊明采菊”、“钟馗嫁妹”、“黛玉葬花”等等，但除了仿制，从来不会有两幅画是完全一样的。在这类创作中，作者所依据的“再造条件”其实是差不多的（例如画“黛玉葬花”都是根据《红楼梦》的描述），然而画出来却千差万别，可想而知其中包含着相当多的创造想象和主观因素。再看古今中外的优秀历史剧和历史小说，也总是在再造想象的基础上或多或少地掺用了创造想象，实现了两种想象的巧妙融合。

在各种艺术创造中，演员扮演角色从根本类型上说也是属于再造想象，因为演员必须根据剧本的规定来创造人物形象。但是演员为了把出现在戏中的人物形象演深演活，还必须超出剧本所直接提供的再造条件，尽可能地认识其思想性格全貌及发展逻辑；尤其是有了认识还要设计准确的艺术表现。在这过程中，就不能不在相当大的程度上借助于创造想象。

京剧表演艺术家梅兰芳在《谈杜丽娘》[①] 一文中讲他学习和演出《牡丹亭》中“游园”、“惊梦”二出的经验。开始只觉得戏里的曲子好听和身段好看，但他限于文化水平，对汤显祖所写的那些唱词和宾白不能全部理解；后来请人逐字逐句讲解，他自己也反复玩味，才渐渐能够领会。昆曲曲文典雅，比较难懂；但正是这种曲文规定了再造想象的条件。过去艺人们限于文化水平，有时不得不在没有弄懂曲文的情况下登台演出，这就只能照搬程式，还谈不上通过再造想象塑造人物。梅兰芳看出弄懂曲文是“一个重要关键”，所以请人“逐字逐句讲解”，“又把身段、唱法和曲文三

① 见《戏剧论丛》1957 年第 3 辑。

方面结合起来下了工夫，再到台上演出时，就觉得有些不同了”。这就是再造想象所达到的第一个境界。

接着梅兰芳又谈到对剧中主角杜丽娘的思想性格的理解：“她生在生活优裕的家庭里，父母对她十分钟爱，她是美丽而且淹通诗书的才女，她希望有一位品貌兼优的书生而又是能够理解她的人作为终身伴侣，同时她也知道父母对于女儿的婚姻大事是不会草草的，但是理想中的人却是可遇而不可求的，因而有着寂寞、空虚、徬徨、抑郁的心情，不免游春伤感。”这种理解看起来简单朴素，却是真正抓到了杜丽娘这个人物的心理特征，“可遇而不可求”六个字直揭千古淑女共有的隐衷，把原作所提供的再造条件变成了深切具体的认识。因此梅兰芳才深刻地感受到，“游园”一出中的“良辰美景”在杜丽娘感情深处引起的触动特别具有尖锐性：“作者把环境写得越美，越显得杜丽娘在‘惊梦’里奔放了的内在情感更有力量。汤显祖把梦中相会的情景，用‘如花美眷’、‘似水流年’、‘在幽闺自怜’、‘是那处曾相见，相看俨然，早难道好处相逢无一言’这些句子来形容、衬托，造成美妙高超的境界，像这种风格，决不是寻常手笔所能梦见的。”这样的解释已经大大超出了读懂曲文的程度，而是对曲文所规定的再造条件有了更深的感受和理解。可见自觉的再造想象并不是一件简单的事，它的展开既取决于客观上所提供的再造条件是否明确生动，又取决于想象者本身的知识经验、对再造条件的认识能力和对再造结果的想象能力。在《牡丹亭》一剧中，汤显祖为演员提供的再造条件无疑是明确生动的，而作为演员的梅兰芳也运用他的知识经验和想象能力，对再造条件作了深刻具体的形象化认识。这样就可以想见，梅兰芳通过再造想象而在心头塑造杜丽娘的形象，又进到了一个新的境界。

演员心中有了对人物形象的深刻体验，这尚未完成整个角色扮演的任务，他还需要把深刻的体验付之于准确的外在表现。没有深刻的体验，不可能有动人的表演；但是有了深刻的体验也未必一定就有动人的表演。这就因为剧中人的艺术表演，决不完全等同于生活常态；没有必要的艺术技巧和程式训练，没有深刻的表演构思和准确的动作效应，任何剧种的演员都决不能出色完成角色的扮演；至于带有很多歌舞因素的中国戏曲艺术，情况就尤其明显。（仅就这一点来看，可知戏剧艺术中所谓“体验派”和“表现派”各有其片面性；准确的艺术表演必然是体验与表现的辩证结合。）梅兰芳在深入认识和体验杜丽娘的思想性格的基础上，还在表演上进行了深入的构思和设计（其中当然充分保留了传统的表演方法，但也作了新的解释）。关于这个问题，由于内容太多，不能详谈，现在只举他所说的一个片段：

在“游园”里杜丽娘和春香对舞的身段是这样安排的：活泼愉快的情绪由春香表现出来，和杜丽娘端丽稳重的身段互相调和，恰好是“春色如许”的气氛。两人的动作和步位有分有合，有高矮象的身段，有合扇的身段，这些身段拿演员的术语来说，要把顿挫的“寸劲”包涵在里面，假使没有“寸劲”，就会感到节奏性不强；但是如果“寸劲”外露，又显得过火。主要是为了体现“摇漾春如线”的意境，两人手中的扇子，就是在柔软之中表现明快的重要点缀，在“那牡丹虽好”一句的身段里，杜丽娘也是用折扇拍两下手心，微露一点感慨。

很明显，包含在这种表演构思中的想象，大都不能在剧本中找到直接的再造依据，因此主要就是一种创造想象。当然在对人物思想性格的认识中，也并非没有创造想象的成分。正因为如此，演员扮演角色虽然从根本类型上说属于再造想象，但还是存在着发挥创造想象的宽阔余地，并显著地表现了演员本身的修养、造诣、风格、个性等主观因素。

2. 文艺创作中的创造想象

创造想象是更独立、更新颖、更有创造性的一种想象，也是文艺创作中最重要的自觉表象运动。

创造想象也是作者对头脑中原有的记忆表象进行加工改造的结果。所谓加工改造，主要的心理活动内容就是对原有的表象进行分解和综合。艺术创作中出现的新形象，不管新到什么样子，实际上都是用“旧材料”改装而成的。所谓“旧材料”就是指客观事物的形象反映于人的头脑并借助记忆而得到保存的表象。通过想象来创造新形象，说到底只是把原有的表象拆散或者碾碎，再重新结合成一个形象。但由于分解的精细，组合的巧妙，因此往往有这样的情况：新形象利用了“旧材料”，却认不出这材料是从哪个表象上分解出来的(当然这同原始表象的多种分化也有关系)。

黑格尔曾经正确地指出：“艺术家创作所依靠的是生活的富裕，而不是抽象的普泛观念的富裕。在艺术里不像在哲学里，创造的材料不是思想而是现实的外在形象。所以艺术家必须置身于这种材料里，跟它建立亲切的关系；他应该看得多，听得多，而且记得多。”① “现实的外在形象”，通过“看”、“听”、“记”，就成为艺术家头脑中的表象，而它就是进行艺术创造所依靠的材料。歌德也说过类似的意思：“总的说来，作为一个诗人，努力去体现一些抽象的东西，这不是我的做法。我在内心接受印象，并且是那类感官的、活生生的、媚人的、丰富多彩的印象，正如同一种活泼的想象力所呈现的那样。我作为一个诗人，是要把这些景象和印象艺术地加以琢磨和发挥，并且通过一种生动的再现，把它们暴露出来，使别人倾听或阅读之后，能得到同样的印象；除

① 黑格尔：《美学》第1卷第348页。

此之外，我不该再做旁的事了。”① 歌德所谓“内心接受”的“印象”，当然也就是表象。那么所谓“艺术地加以琢磨和发挥”又是什么呢？显然这就是各式各样的自觉表象运动；而其中最重要的就是表象的分解和综合。关于这一点，他在另一处讲到他对《少年维特之烦恼》中女主人公夏绿蒂形象的塑造时，就说得极为明确：

我写东西时，我便想起，一个美术家有机会从许多美女中撷取精华，集成一个维纳斯女神的像，是多么宠幸的事。我因不自揣，也摹仿这种故智，把许多美女们的容姿和特性合在一炉而冶之，铸成那主人公夏绿蒂；不过主要的美点，都是从极爱的人那儿撷采来的。好诠索的读者因此可以发现出与种种女性的相似之点，而在闺秀们中，也有人关心到自己也许是个中的人物。②

众所周知，歌德笔下的夏绿蒂是有原型的，那就是他作为一个青年律师在维兹拉实习法律业务时所热恋的十五岁少女夏绿蒂。但从以上这一段话中可以看出，他对夏绿蒂的描写并没有限于原型。所谓“把许多美女们的容姿和特性合在一炉而冶之”，这从文艺心理学的角度来看，就是一种自觉的表象运动，也就是表象的分解和综合。

关于表象的分解与综合，许多著名的作家和理论家都曾结合实际的艺术经验作过生动的描述；通过这些描述，可以使人充分看到，这样一种积极的心理活动在文艺创作中的巨大意义。例如狄德罗说：

仔细看过拉斐尔，加拉雪和别人所作的若干形象，若干头部的刻画，人们不禁自问他们从哪里找来的呢？他们是从一个强健的想象力中，从作家中，从云霓中，从火焰燃烧中，从废墟中，从整个国家中吸取最初的形象，然后经过诗

① 歌德：《同爱克曼的谈话》，见《西方文论选》上卷。

② 歌德：《诗与真实》，见《西方古典作家谈文艺创作》。

意的扩展。[①]

拜伦说：

在风景画中，大画家并不刻板地临摹野景，却自己创造一幅野景。自然的天然状态并不能供给他一个他所需要的风景。即使画家画一个名城，或名山及其他自然风景，他也一定运用取景、光影、距离等手法加强原来风景的美点，掩饰它的缺点。描写自然的诗，如果仅只是如实的写自然，是不能表达诗人的意图的。他所画的天空并非自然天空的形象。它是由很多不同的天空所组成的（这些天空是画家在不同的时候观察到的），而不是任何一天的天空的全盘模仿。

雕刻的伟大力量在于把自然提高为英雄之美，用普通语言来说，就是要超过原来的模型。当康诺瓦塑像时，他采取一人的肢体，另一个的手，第三人的五官，或第四人的体态，或者同时对他们都加以改善，像古希腊艺术家在具体化他的维娜斯像时所做的那样。[②]

雪莱说：

诗是一种模仿性的艺术。它创造，但是它在组合和再现中来创造。诗作的美和新，并不是因为它所赖以制成的素材事先在人类的心灵或大自然中从不存在，而是因为它把集合来的材料所制成的整个的东西，同那些情感和思想的本身，以及它们目前的情况，有许多相似之处。[③]

高尔基说：

假如一个作家能从二十个到五十个，以至从几百个小店铺老板、官吏、工人中每个人的身上，把他们最有代表性的阶级特点、习惯、嗜好、姿势、信仰和谈吐等等抽取出来，

① 狄德罗：《绘画论》，见《文艺理论译丛》1958年第4辑。

② 拜伦：《致约翰·墨雷先生函》，见《古典文艺理论译丛》第1辑。

③ 雪莱：《解放了的普罗米修斯·序言》，邵洵美译。

再把它们综合在一个小店铺老板、官吏、工人的身上，那么这个作家就能用这种手法创造出“典型”来——而这才是艺术。①

鲁迅说：

人物的模特儿也一样，没有专用一个人，往往嘴在浙江，脸在北京，衣服在山西，是一个拼凑起来的脚色。②

以上所引各家之说，涉及的问题不止一端，但是它们不约而同地强调了表象的分解和综合，即对原有的表象自觉地进行加工和改造，也就是有意想象。由此可见，这是文艺创作的心理过程中一项极其重要又最有普遍意义的内容。长期以来，由于人们不了解想象的科学含义，总是简单地把它们与虚构臆想等同起来，而与对现实的真实反映对立起来，因此便误以为只有浪漫主义的文艺创作是充满了想象的，而现实主义的创作则似乎同想象关系不大；例如评论李白，谁都会大大称赞他的想象力，至于评论杜甫，就似乎谈不上什么想象了。出现这种现象，主要就因为不了解想象乃是一切文艺创作都必须自觉运用的；只不过在不同的创作方法中，想象的方式和心理内容有所不同罢了。

下面先说超现实想象。这是想象的一种，其表象分解与综合采用超现实的形式，而比较常用的方法就是在不同类的事物之间进行分解与综合，从而形成一种在现实中不可能出现的新形象。例如希腊神话、传说中人面狮身的怪物斯芬克斯是人面与狮身的表象综合；长着双翅的爱神厄洛斯是顽童与鸟翅的表象综合；以毒蛇为头发的魔女墨杜萨是丑女与毒蛇的表象综合。《西游记》中的孙悟空是人与猴的表象综合，白骨精则是恶妇与骷髅的表象综合，等等。这种不同类表象的分解与综合也出现在人与物的关系和变

① 高尔基：《谈谈我怎样学习写作》，见《古典文艺理论译丛》第11辑。
② 鲁迅：《南腔北调集·我怎么做起小说来》。

化之中。如中国神话中,鲧因治水不成而变为三足鳖;禹因凿山通水而变为熊,他的妻子涂山氏见状又变为石头。屈原的《离骚》、李白的《梦游天姥吟留别》等诗篇都表现了人与超现实事物的种种联系。蒲松龄的《聊斋志异》则写了许多狐鬼变人以及它们与世人关系的故事。当然,不同类事物的表象分解与综合并不是超现实想象的唯一方式(而且也不是浪漫主义创作所专用);其它如高度的夸张,显著的变形,以及大大扩展事物活动的时间或空间领域等等,也都可以构成超现实的想象,或者说在想象中含有超现实的成分。

想象力是人所固有的一种基本能力。因此,超现实想象作为想象力的一种表现早在史前时期已经出现在原始人的头脑之中;但是对于他们来说,超现实想象只是认识世界、解释世界的手段之一,而并不是自觉的艺术思维。就现在闻见所及的史料而言,在全世界的范围内,首先把超现实想象作为一种自觉的艺术思维来运用,并已提供成熟经验的,乃是我国古代伟大的爱国主义诗人屈原。有的同志可能指出,早在世界各国的上古神话(以及同神话关系密切的原始宗教巫歌、图画和部族英雄史诗)中,超现实想象已有充分的表现,屈原辞对中国古代的神话巫歌等显然有所继承;既然如此,为什么又说它提供了艺术思维的新经验呢?这里需要指出的根本之点,即在于神话的超现实想象是不自觉的,而屈原辞中的超现实想象则是自觉的艺术思维活动。这并不是说,神话的想象是一种“无意想象”;相反,它乃是出于认识世界和解释世界的明确目的,又为此作了巨大的主观努力来进行的“有意想象”。这里所谓的“不自觉”,主要是以下两个意思:

第一,对这种想象的“超现实”性质不自觉。神话作者虽然进行了超现实想象,却并不意识到这种想象是超现实的;相反,这是表现了他们对客观世界的认识,在他们心目中,天神鬼怪和神话英雄等超自然力量是实际存在或曾经存在过的,同时即以此来解释自然与物类的创始与变化、各种自然力量的运动和作用,以及天神鬼怪与人类生活的关系。

第二,对这种想象之作为艺术思维不自觉。神话中的超现实想象是使神话具有艺术魅力的主要原因;然而神话作者却并不意识到他们所作的想象实际是对自然界和社会形态进行了艺术方式的加工。所以,这是一种"不自觉的艺术的加工"。

用以上两点来对照屈原辞,就可以清楚地看出,屈原的超现实想象是完全自觉的。例如他在《离骚》中想象向重华(虞舜)陈词,然后又驾虬乘鹥,趁风上征,朝发苍梧,夕至县圃,令羲和弭节,望崦嵫勿迫。在《涉江》中也说:"驾青虬兮骖白螭,吾与重华游兮瑶之圃,登昆仑兮食玉英;与天地兮同寿,与日月兮齐光。"他心里完全清楚,虞舜既无法投诉,更不可同游;龙凤是神物怎能驾驭,羲和是日御如何指挥?他仅仅是为了诗的创作,为了用艺术的方式抒情述志,才故意去作这样的想象;他也深刻了解这种想象有助于提高诗的艺术魅力和感染作用。因此,超现实想象在屈原那里就不仅是一种自觉的思维活动,而且是一种自觉的艺术思维活动。

那么,超现实想象的自觉与不自觉,对文学艺术的创作来说,究竟有什么实质性的区别,又起了什么样的不同作用呢?这个问题可以通过两种超现实想象的比较来找出答案。大致说来,有以下四点:

第一,神话的超现实想象因为是不自觉的,所以也是不可以照样学习的;或者说它的某些特性与成果虽然可以吸取或模仿,但作为一种完整的思维经验来看却是不可传承的。这就如同小孩的天真尽管可爱,但"一个大人是不能再变成小孩的",所以小孩那种用以想事的方法和天真的形象也是大人不可复得的。从心理学的角度来看,神话的超现实想象出现在人类的童年阶段,这种想象并非孤立的心理活动,它是与当时人的思维能力、认识水平以及种种实际知识(包括正确的与错误的)相联系并受到制约的;后世人由于在思维能力、认识水平和实际知识上都已有了发展(其中最重要的一点是破除了对超自然力量的迷信),因此也就不能再回到原来的心理基础上去进行神话性质的想象。屈原的创作是在新的心理基础上把超现实想象变成了一种自觉的形象思维活动,这就使它成为人人都可以学习、继承并加以发展的思维经验,于是,就可以在人类的文化创造中发挥更大的作用。试以后世的文学艺术创作实践为证,像上古神话那样的创作永远不再在人类历史上重新出现,而屈辞式的自觉超现实想象却不断被人运用,还大有常用常新之势。

第二,在超现实想象中往往需要运用特定的素材,在上古时代,这种素材便是天神、鬼怪、幻境异物等超自然的事物(在后世素材也有变化,姑置勿论)。它们本是神话作者所发明创造的,但一经创造便定型下来,并不具有可以进行再创造的特性。当然,神话在流传中也发生过演变,并且在定型时也可能形成不同的说法与故事;但这些现象都是在集体的创作和流传中自然出现的变异,并非某些人自觉给以加工的结果。说到底,这仍然是因为神话的作者和传播者对他们所说的东西信以为真,认为事情就是这个样子,所以没办法也不应该有意识地加以改变。因此,神话中的神鬼异物,其地位作用以至于故事都基本上是固定的,在神话的时代,它们决不是可以用作再创造的素材。直到神话的时代过去了,神话的庄严大厦倒塌了,它所创作的那些形象和故事才变成了可供人用于新创造的材料。在屈原的心目中,天神鬼怪、幻境异物都不过是想象的产物,因此也无妨通过新的想象来进行再创造,使它们随着诗人的彩笔变为新的艺术形象。

第三,超现实想象无论自觉的或不自觉的,都包含并表现了想象者对客观世界的认识。但这种想象既是"超现实"的,所以作为认识的直接成果来看,它们本身都不是客观世界的真实反映;而如果着眼于它们所间接反映的内容或对象,那么两种超现实想象在表现认识的容量和能动性上就显然大不相同。由于神话作者对其想象结果信以为真,所以神话所包含和表现的认识也就止于想象本身。当然,后世人从有些神话中也看到了种种科学萌芽和事物内在联系的曲折而生动的反映,以至对上古人的认识能力表示惊讶和赞赏;但这毕竟是后世人对神话的内容重新作了分析与过滤的结果。作为思维的经验来看,神话想象所包含的认识容量和表现认识的能动程度都不能不是很有局限的。当超现实想象变成自觉的时候,由于想象者对其想象的结果并不信以为真,所以他对事物的认识实际上并不表现在想象本身,而在于通过想象所比喻或反映的对象。例如与屈原差不多同时的思想家庄子,也在他的著作中大量运用自觉的超现实想象,但通过想象所表现的真正认识却是它所说明的社会经验与人生哲理;所以想象只不过起了比喻、寓言的作用。《列子》中著名的"愚公移山"故事也属于这种性质,故事是出于超现实的想象,而它所表现的真正认识却是借助"移山"所比喻的哲理。在屈原的辞作中,超现实想象实际上也是起了比喻寓言的作用,其真正的认识内容则恰恰具有高度的现实性。汉代王逸《楚辞章句·离骚序》说:"《离骚》之文,依《诗》取兴,引类譬喻。故善鸟香草以配忠贞,恶禽臭物以比谗佞;灵脩美人以媲于君,宓妃佚女以譬贤臣;虬龙鸾凤以托君子,飘风云霓以为小人。"所举各例虽未必尽确,但足以说明:对于屈原辞的超现实想象,必须着眼于它所间接表现的事情,才能充分理解其认识容量。

第四,超现实想象作为心理活动的一个显著特点,就是它突出表现了想象者的愿望、情感等主观意向。那么在这个问题上,两种想象又有何区别呢?这说来非常简单,即不自觉的超现实想象在愿望与情感的表现上也是不自觉的,而自觉的超现实想象则在愿望与情感的表现上有高度的自觉性。例如神话的想象即属于前者,尽管它也清楚反映了作者的愿望与情感,然而作者却并不认为他是为了表现愿望、情感等主观意向才创作神话的,他所要表现的乃是对客观世界的"认识",并且还自信这种"认识"是真正反映了客观世界的。屈原辞中的超现实想象则属于后者,作者并不把他的想象当作对客观世界的真正认识,并不认为他的想象的直接结果符合客观事物的本来面貌;他之所以要作这样的想象,主要就是为了抒发情感,表达愿望。当然他的想象也间接反映了他对客观现实的认识(这一点已如前述),但他的认识之所以不按原样直接陈述,而定要借助超现实想象来作间接的表现,正是为了在更大的幅度上、用更加动人的形式来表现主观愿望和情感。

两种超现实想象在愿望与情感的表现上的区别虽然如此简单,但对文学艺术创作来说却无疑有巨大的意义,因为任何自觉的文学艺术创作都包含着表示愿望和抒发情感的自觉意向,这种意向又总是因人、事、时、地的不同而有所不同,因此如果要借助超现实想象来表现,也显然只有自觉的超现实想象才具有足够的适应性和表现力。例如《招魂》的前一半着力渲染四方上下的凶险可怕,东方是"长人千仞,惟魂是索","十日代出,流金铄石";南方是"蝮蛇蓁蓁,封狐千里","雄虺九首,往来倏忽";西方既有"流沙"、"雷渊",又有"赤蚁若象,玄蜂若壶",而且"其土烂人,求水无得";北方是"增冰峨峨,飞雪千里";上方是"一夫九首,拔木九千","悬人以嬉,投之深渊";下方是"土伯九约,其角觺觺","敦脄血拇,逐人駓駓"。这些形象都取材于神话,神话描写上下四方的怪物当然也表现了某种愿望与情感,然而毕竟比较模糊,因为它要着重表现的是对上下四方的"认识",至于意向表现则是不自觉的。而在《招魂》中,情况就正好相反,作者要求强烈表现的恰恰是他的意向,即通过描写上下四方的凶险而希望"魂兮归来",其中也渗透了对被招者的强烈思念与关切。所以这里的自觉超现实想象是极为准确地表现了一种特定背景下的抒情要求。

屈原以后,超现实想象便作为一种自觉的艺术思维牢固而深入地进入了文学艺术的创作领域,但其表现方式却多有变化。在后世的宗教艺术中,一方面由于作者对超自然力量和流传的宗教传说仍信以为真(当然迷信的程度不尽相同),所以对创作者的超现实想象的发挥不可能没有制约或影响;但另一方面作者在进行与宗教迷信有关的创作时,也已深刻了解把超现实想象作为一种艺术思维来运用,力求通过想象自觉追求最佳的艺术效果,这与上古神话中出现的"不自觉的艺术的加工"是全然不同的。至于近代,超现实想象更经常突破超自然事物的樊篱,不再停留在腾云驾雾、上天入地、飞仙行空、鬼怪出没、灵禽异兽、琪花瑶草等表象素材之上;而是大量运用现实的事物来作非现实的分解与综合,或对现实事物的形象作出严重的变形。同时在创作目的上则更加强调主观的意向、感受、情绪等因素的表达,而这也正是超现实想象在表现上的长处之所在。至于想象的结果究竟价值如何,那就只能对作品进行具体分析,而不应一概肯定或否定。

超现实想象因为创造了超现实的艺术形象,所以人们仅凭常识一望而知其出于想象;至于那种更加大量地出现在艺术创作中的真实事物的艺术形象,却因其"真实"而不被人们理解为出于想象;实则此种"真实"乃是艺术的真实,它们同样是创造想象或再造想象的结晶。正如美国的鲁道夫·阿恩海姆所说:"大画家提香再现一只普通的手时所显示出的艺术想象力,要比以呆板的传统方式创造几百幅表现梦呓的超现实主义的画所表现出的想象力丰富得多。”[①] 这就是从艺术心理学的角度出发,对现实主义创作中艺术想象的感受与理解。现实主义的文艺创作要求按照生活本身的形式来再现生活,但这决不意味着艺术形象的塑造只是原有表象的简单外化,而必然要对大量表象进行精细的分解和综合。

“采菊东篱下,悠然见南山,山气日夕佳,飞鸟相与还。”这是人所共知的陶诗名句,但从古至今的评论家似乎都不认为这里有什么想象。而按照心理学的观点来看,这不是想象又是什么?“东篱”难道是孤零零存在的,房舍田地一概全无?“东篱之中难道只有菊花,一棵杂草都没有?其它各句以此类推。这就可知作者在创作中是通过表象的分解把东篱、菊花、悠然、南山、山气、飞鸟等等提取出来,又通过表象的综合把它们吟成情景交融的诗句,而这就叫做想象,而且是极富创造性又高度艺术化的想象。

当然,并不是一切表象的分解与综合都可以视为创造想象;想象的创造性表现在它是否能形成新的形象,具有新的意蕴(在艺术的创造中,新的形象还需具有美学价值)。在人的心理活动中,表象的选取与联结、分解与综合,是经常要出现的,但却未必是具有新意的形象;而像以上四句陶诗所创造的抒情形象却富有诗情画意,不但前此未见同样的形象,且历经千年而令人有常读常新、意味无穷之感,这就充分显示了诗人的艺术想象力是多么精深。

杜甫的“朱门酒肉臭,路有冻死骨”也是众所周知的名句,同样也很少有人意识到这两句是出于精深的艺术想象。那么从文艺心理学的标准来衡量,这两句究竟是否创造了新的艺术形象呢?答案显然是肯定的,因为它虽似写了“人所共见之事”,却是“言人之所不能言”。而所谓“言人之所

① 《艺术与视知觉》第197页。

不能言”，实际上又并不只是一个语言技巧的问题。别人之所以“不能言”，首先是因为他大脑中从来没有出现过这样一种新的形象，新的画面。他所“见过”的，其实只是构成这种新形象、新画面的各个有关细节，例如朱、门、酒、肉、臭、路、冻、死、骨等，这些细节都作为表象而分散在复杂生活经验的记忆中，因此看到这两句杜诗便感到熟悉。但他又确实未曾运用自己的记忆表象来构想杜诗所表现的那种想象表象；他只是根据杜诗所规定的“再造条件”来进行“再造想象”，才感受到了杜甫所创造的艺术形象。所以在语言艺术中，不论写的东西使人看来多么熟悉，但凡在形象刻画上能够“言人之所不能言”的，便是通过想象而创造的新形象。再从表象的分解与综合上来作一点具体分析，“朱门酒肉臭，路有冻死骨”是在意象上彼此联系的两句诗，用来构成一幅对比强烈的画面。光从这种联系上，也可以看出它们是想象的结果。因为从作者的认识过程来说，他并不是在同一个时间和空间感受这两种截然不同的社会生活景象，并在记忆中留下相应的表象；也就是说，实际情况并不是富贵人家的“朱门”之外正好横着冻死者的尸体，等待诗人去作反映或写照。作者只是在创作构思中运用了回忆和联想，才使他在不同时间和不同空间所获得的种种有关表象联系起来。回忆和联想是想象的基础或前提，只有通过回忆和联想搜索到了种种有关的表象，然后才谈得上在“内部言语”的密切配合下，对它们进行淘选、提炼、分解和综合。当然在实际的心理活动中，回忆、联想、“内部言语”的运用以及想象的进行乃是紧密交织的复杂心理过程，没有必要也没有可能分出明确的次序来。但用分析的方法，还是可以看出回忆、联想在想象过程中所起的作用。联想可能是由对当前事物的感知而回忆起与之关联的其它事物，也可能是想起一种事物又连着想起其它有关事物。就杜甫此诗的创作情况来看，他是在回家之后回想旅途所见而写下“朱门”二句的，而且其中还可能概括了他更早的生活经验，因此显然是属于后一种联想，即完全是出现于回忆中的联想。再从联想的性质来看，“朱门酒肉臭，路有冻死骨”是强烈对比的形象，所以这是一种“对比联想”；同时这两句也包含着贫富之间的内在的因果联系，杜甫对这种因果联系是有深刻认识的(这在全诗中有深刻描述，兹不具引)，因此这两句所写的形象又是出于“关系联想”。

回忆、联想无疑要在创作中起很大作用，但它们都只是原有表象的复现，打个比喻来说，主要是起“备料”的作用；想象才是对“原料”进行加工，以完成新形象的创造。杜甫通过“对比联想”和“关系联想”，忆起了与“朱门酒肉臭，路有冻死骨”有关的种种经验与表象，而只有通过想象才能把它们加工组合成一幅尖锐表现贫富贵贱对立的画面。这一画面也并非将有关表象随便组合一下就可以形成，而是要对表象进行细致的选择、提炼、分解和综合，才能完成新形象的创造；这种选择、提炼、分解和综合，便是文艺创作中的“创造想象”的各个环节。为了说明“朱门”二句在表象分解和综合上的细致精密，下面拟将它们分开来试加剖析。

上句“朱门”是写富贵人家的大门，这固然只是表象的复呈，完全符合生活中实际事物的形象；但作者在有关富贵人家的大量生活印象中特意把“朱门”提出来作为构成新形象的细节，这种选择和分解却正是想象过程中的重要一环。“门”在封建时代是社会地位的一种标志，所以贵族称为“高门”，平民则是“寒门”；把各个家族分为三六九等也叫做“门第观念”。又“朱”是暖色，写富贵人家而突出“朱门”，就给人以煊赫红火的感觉，与下句那条冻得死人的“路”恰成鲜明的对比。再若对作者的创作心理作一点猜测，那么红色又是血色，“朱门”就无异于“屠门”，足以引发读者对富人剥削穷人的残酷性的联想。后来清代洪昇在传奇《长生殿》中揭露同一对象(天宝末年的封建贵族)时说，“可知他朱甍碧瓦，总是血膏涂”，这种想象也可能受到杜诗“朱门”的启发，而两相比照，就使“朱门”的较为潜在的意义明朗化了。“酒肉”本来是香的，作者却把它和“臭”这一嗅觉表象综合在一起，从而形象地表现了封建贵族豪奢生活的腐朽性质，也充分表现了作者的憎恶之情。

下句“路有冻死骨”当然也是想象的成果。在严寒季节，“冻死”的人是不会腐为白骨的，然而作者却把“路”、“冻死”、“骨”等表象综合起来了，从而突出表现了穷苦之人在数九寒天无家可归，饥饿已使他们瘦成一把骨头，又复冻死在道路之间的极其悲惨的情景。写穷人饥寒而说“路有冻死骨”，与写哭泣而说“眼枯即见骨”，写暴敛而说“已诉征求贫到骨”，同样是准确而深刻的想象，这些新形象都因为综合了“骨”这个表象而特别使人感到触目惊心。

上文提到阿恩海姆盛赞提香画一只普通的手就富有艺术想象力，但他并未对提香的画作具体分析，倒是用了整整一节文章分析法国古典主义大画家安格尔的名画《泉》。①这节分析的确比较深入，但篇幅太长，无法具引；只摘引数段，以见一斑：

这幅画所表现的，是一个手托水罐成正面姿势站立着的姑娘的形象。……“既要让她的右臂绕过头顶，又要不显得太勉强”，这就需要大胆的想象力。而那水罐的位置、形状和功用也会唤起大量有意义的联想。很明显，水罐的形状与姑娘的头部的倒立形象是相似的，这两个相邻近的部分不仅有相似的形状，而且有着相似的侧面，这就是它(她)的那个显得自由、舒展和不受任何遮掩，同时又都只能看到一个耳朵(水罐是一个把手)的侧面，而另一侧则都是被稍稍掩盖着。另外，这两个相邻近的部分都是稍稍向左偏离的，那飘动的长发和水罐里流出来的水的方向也都是一致

① 《艺术与视知觉》第3章第24节。

的。这种形象上的类似，一方面说明了人体形状与一个完美无缺的几何形状之间的类似，另一方面又通过这种类比展示了人体形状与这几何形状之间的差异。例如，通过把姑娘的面容与水罐那空无一物的“脸”部放在一起加以比较，就更增加了姑娘面容的吸引力。……人体的整个形状展示出一种以垂直轴为中心的对称，但这个对称无论在什么地方都没有得到严格的实现(除了脸部这一完美无缺的典型之外)，不论是她的胳膊和乳房，还是她的臀部、膝部和双脚都是对某一潜在的对称加以来回摆动的结果。同样，在整幅画中，你无论在哪一部分也找不到真正的垂直线，只有把每个局部的轴线加以稍稍纠正之后，你才能得到真正的垂直线。各个局部的倾斜的轴线是互为补偿的。头部、胸部、骨盆、腿部和脚部的轴线分别具有五个不同的方向，而全身的直立轴线是由各个局部轴线稍加摆正之后造成的，它表现了生者的平衡，而不是死者的寂灭。在身体的这种曲线运动中，展示出了一种类似水波的曲线。这曲线使得那从水罐里流出来的直线形的水柱相形见绌。通过这些形式，使这个恬静的姑娘显得比那股流出来的水柱更加具有活力，也就是说，使潜在的生命力比实际的力显得更加强大。……

……在欣赏像《泉》这样的名画时，还会不可避免地出现这样一个引人注目的问题：我们可能会被这个创造出来的形象所感染，因为它全面地再现了生活。但是，也很可能会对这些形象所展示出来的创造性完全意识不到。因为创造主体是如此有条理地将形象创造出来，以至于使我们看到的似乎就是那个简化的自然。这时，我们只是对它所传递的深刻而又丰富的经验感到无比惊奇而已。

高度真实地再现生活的艺术创作，的确有可能使人产生纯出于实际经验的错觉；然而一经深入分析，就可以发现它们的创作过程中是充满了创造想象的。没有创造想象就不可能以新颖的、典型的艺术形象再现生活，因此无法给人以深刻的感受和理解，也就谈不上感染与吸引的力量。

创造想象的成果贵在新颖，然而所用的材料却是旧的，是客观世界中为作者所见闻的（也是人人都可能有所见闻的）事物形象。旧的材料如何创造新的产物呢？这就有一个如同“从元素到合金”的化合过程。旧的材料不经精确的分解，就得不到各种纯粹而适量的“元素”；而不经精确的综合，则又不可能变成崭新的“合金”。以下这个例子[①]就生动显示了创造想象中的精确分解与综合：

一九三二年秋天，为庆祝高尔基文学活动四十周年，瓦赫坦戈夫剧院上演了这位伟大作家的新剧本《叶高尔·布雷乔夫及其他》，苏联著名演员、列宁形象的扮演者史楚金扮演剧中的主人公布雷乔夫。

……

史楚金回忆自己见过的许多商人形象，不放过这些人中哪怕部分地、在个别特点上与布雷乔夫相接近之处，努力使这些人的一切细节，如声调、步态等，在记忆里鲜明地复活起来，想象他们怎样坐，怎样自信地谈话。史楚金问遍了熟悉革命前夕商人生活习惯与风俗的朋友，贪婪地积累了各种特点与细节。总之，他占有创作形象的丰富资料，但这些还仅仅是一些原料，一堆矿砂，要得到金属还需要提炼。

为了尽力深入到角色里去，史楚金休假时便到产生布雷乔夫的伏尔加河沿岸去，每天都到河两旁的森林和岩岸上散步，留心一切风土人情，倾听伏尔加河人的和谐的、“保持O音”的谈话，身临其境地朗诵剧本的台词。这样，使形象丰富的典型细节源源而来，但还没有成熟为一个统一的整体，即产生珍贵合金的一切元素手头都有了，但还没有产生化学反应。

① 《从元素到合金》，见《艺苑趣谈录》第168—170页。

"有一天夜里，"史楚金回忆说，"我似乎觉得我所留意到的与感觉到的，以及我个别地找到的与企图发展的许多元素突然之间在我身上结合起来了。我似乎觉得我现在真正开始用活的布雷乔夫的语言谈话，开始用布雷乔夫的眼光看周围的事物，用他的头脑来思想了。这好像是当'馅饼熟了'、面粉团变成面包时的不可捉摸的一刹那。这一夜我非常激动。就在那时也就找到了布雷乔夫说话的韵律。出现了必需的'O'音，出现了嘴张得很大而发出的元音，并带些音乐旋律，以及响亮而果敢的主人口气的谈话，但是却不带多余的亲密的半音，不带偶然的腔调与中断。我突然明白了，什么是布雷乔夫不能说的，什么是他不能做的。"

关于成功的创造想象必须通过表象的精确分解与综合，这样的例证在中外艺术史上是不胜枚举的。达·芬奇的名画《最后的晚餐》，在耶稣背后的窗口，绘上了美丽的黄昏景色，这是画中一个起重要衬托和点题作用的组成部分。但这是达·芬奇根据他对家乡米兰的黄昏景色的表象画出来的，而在画中却成了耶路撒冷所发生的事情的背景。这样的分解与综合从浑成一体的画中是难以分辨出来的，结合了考证才得以了解其中的奥秘。另外《最后的晚餐》画了耶稣和他的十二个门徒，创作时其他人都基本上画成了，单单没画叛徒犹大的头像。因为达·芬奇不愿采用简单的表象综合，使这个头像公式化或脸谱化；为此他长久地在米兰各处观察人物，最后终于找到了恰当的原型并经过必要的综合，才形成了一个最能显现奸诈卑劣这些特性的脸部表象，而外化为画中的遗臭万年的犹大像。由此可见芬奇的创作在自觉的表象运动上是有多么严格的要求。明人吴承恩在著名小说《西游记》中创造了孙悟空的艺术形象，这一形象显然是人与猴的表象分解与综合。后世戏曲演员根据《西游记》的描写又在舞台上创造了孙悟空的生动形象（是再造想象与创造想象相结合的成果）；有的演员演孙悟空还只是"人模仿猴"，而有的演员演孙悟空则竟是“猴模仿人”！两种境界清楚表明了在表象的分解与综合上的不同精度。在著名昆剧《十五贯》中，南昆的表演艺术家为了塑造反面人物娄阿鼠的形象，显然曾对老鼠的形象和动作进行过分解，经过特殊的提炼而融入娄阿鼠的艺术形象。但这并不是人与鼠的简单的表象拼凑，而是经过了深入的锤炼与熔铸，所以整个形象是完整和谐的，处处引起观众联想，增强艺术效果，而毫无分裂之感。法国梅里美在小说《罗基斯》中刻画主角谢米奥特伯爵的形象，显然运用了人与熊的表象综合；由于综合的精细与和谐，竟能使人似乎感到，这个慷慨有礼的伯爵在血管中流动的却是熊血，灵魂中也潜藏着熊性，终于导致了一场惨绝人寰而惊心动魄的悲剧。这就充分显示了作者的想象力是何等活跃与精密。以上这些例证，有的属于超现实想象，有的属于表现为生活本身形式的想象，无论哪种想象，都力求表象运动的活跃与精深；正因为这样，才真正出现了新的形象和意蕴，成为有生命力的艺术创造成果。

至于听觉艺术方面的想象活动，当然主要是听觉表象的分解与综合。著名评弹演员侯莉君创造了凄婉幽美的“侯调”，有一篇报道[①]讲到了创造的过程，很可一读。解放初期，侯莉君重返舞台，尚未成名，在演出中感受到压力。“但压力也可变成动力。她经过苦苦思索，终于找到了一个道理：有艺术，才能有听众。……要发奋图强，创造自己的风格。”接着报道就描述了侯调最初问世的经过：

一九五三年冬天，侯莉君突然接到一份邀请书，使她又惊又喜。当时，上海流行星期天早上在舞厅书场演出中篇评弹。评弹实验第三组决定在“米高美”上演《玉堂春》，因缺少演员特邀她去参加演出。习惯在“边皮场子”演出的侯莉君，一下子要登上大书场，和很多著名演员同台演出，既

① 朱寅全：《含辛茹苦新辟蹊径》，见《江苏戏剧》1981年第9期。

高兴,又害怕。……在中篇里,她演出第三回《苏三起解》,……按照苏三含冤受屈,悲愤填膺的性格特点,决定在唱腔上进行一次较大的革新。她试用低沉婉转的评弹俞调衬托苏三悲痛的心情,又用高亢激越的京腔来补充苏三愤怒的感情。但是,困难来了,唱过一遍,感到"俞"与"京"的唱腔,只是机械的衔接,而不是柔和地溶化,为唱而唱,反而影响了感情的抒发。在唱腔服从内容的前提下,她苦苦琢磨,反复推敲,扣弦而歌,弦歌不绝,度过了一个个不眠之夜。有时半夜里想到了一句唱腔,就连夜爬起来试唱练习。一个只读完小学三年级的人,在乐理知识上还是空白无知的。正因为如此,有时苦心得来的一句唱腔,就会轻易地一晃溜走,她就发"憨劲"在琵琶上硬练、苦记、敲定。有一次,她在熨烫一件演出服装时,熨斗压在衣服上,脑子里正在盘旋一句唱腔,隔壁房间里的同志闻到枯焦味赶过来提醒,这才发觉衣服烧枯了。费下了无穷的心思,化出了大量的心血,她终于为苏三设计了一套唱腔。……抱着"丑媳妇总得见公婆面"的心情,侯莉君迎来了这一场演出。……当唱到"苏三离了洪洞门"时,她别出心裁,在"门"字上拖了一个小花腔装饰一下,使听众对唱腔有了一个新鲜的感觉;然后,唱法上用力一推,唱出苏三"披枷戴锁"的沉重心情,"慢步行"的唱词一出口,她放慢速度,连用两个小转弯花腔,恰如其分的描绘了缓缓而行的气氛;唱到"那一位君子南京去"时,为了倾吐苏三的满腔愤怒和寄托,把俞调冲上去揉进京剧的长腔,再还原俞调。这时,听众席上已经一片哗然,引起了强烈的反应。然后,她再用普通的评弹唱腔,加上她特有的颤音和泣音,演唱"今生不能白头吟,犬马图报得来生",声泪俱下,把一个封建社会里含冤受屈凄惨不堪的弱女演得栩栩如生。她的余音未尽时,全场已经轰动,响起了一片热烈的掌声,整个书场为她倾倒了。

从文艺心理学的角度来看这些描述,它究竟有什么意义呢?

首先是它证明了美国心理学家特里莎·阿玛贝尔经过九年研究而得出的结论:“内在的激情有助于创造性”;凡是有所创造的人,不一定智力超群,也不一定学识渊博,“最重要的是,他们有明确的目的,有为取得成果而发自内心的干劲”!其次是一切创新的、真正具有美学价值的艺术形象必因符合群众的欣赏心理而受到欢迎。这两条乃是一切艺术创造的共同法则,完全适用于其他有所创造的人。但这里需要着重注意的还是报道中所描述的创造想象过程。侯莉君本人自觉意识到的创造想象仅仅是评弹俞调和京剧青衣腔的融合(实际上尚不止于此,侯调中还有别的听觉表象“元素”),而就是这样一种“简单”的分解与综合,她也是化了多大的心血才熔铸而成。然而严格追究起来,侯调的创造想象至今仍未完成。因为它包括快、中、长三种调式,快调基本上是薛调,变化不多,也非侯氏长处所在;中调很动听,也最和谐,并有鲜明的艺术个性,但仍只是长调的衬托,并非精心创造的主要成果;唯有长调最能显示侯调的特征,富有音乐性与抒情味,往往使人入耳动心。根据这种分析,侯调的继承者有必要再接再厉,着重对快调进行加工,使整个侯调的风格高度统一。又,长调虽然很动听,但欣赏者仍觉其中有京戏青衣腔的成分,可见溶化未尽。这里有个值得注意的事实:一方面即使是对京戏颇为了解的人也很难指出侯氏长调中的京腔究竟出于什么戏、什么调;但另一方面即使是不大听戏的人也都觉察其中有京腔。这一事实或许可以说明,人们对听觉艺术想象成果的感受是更为敏锐的,要求也是更加严格的,稍有溶化未尽之处,即易于在新形象中露出旧的成分,因而有损于艺术的完整性。吴小如先生在论述京剧表演艺术大师谭鑫培的唱腔时说了一段很精到的话,虽然并非从心理学的角度立论,却切实地说明了听觉艺术的创造想象应当进行什么样的表象分解与综合:

我们一谈到谭派唱腔,首先就感到谭腔比他以前和同时的诸家的唱法复杂多变化，这是久有定评的。……比如在谭腔中已开始融入青衣腔、花脸腔，甚至于京韵大鼓和单弦牌子曲的唱法了。然而人们在听谭腔时，感到新则新矣，而且化腐臭为神奇矣，却绝对无怪异离奇非驴非马之感，始终认为他唱的是京戏而非大鼓书或什么别的。人们并不觉得谭氏把青衣腔揉入反西皮（如《连营寨》）或把大鼓腔融进流水板（如《珠帘寨》）是牵强生硬、断鹤续凫、削足适履的做法。这主要是由于谭氏已掌握了（即吃透了）京戏声腔艺术的特点，即所谓艺术本身的内部发展规律。反之，如果食而不化，活剥生吞，便容易显现出斧凿痕迹（像言菊朋在这方面的缺点就比较明显）。谭鑫培和刘宝全的关系很好，他们两人都把对方的声腔特点吸收到自己的唱法中来，而且彼此又都保持了各自的传统艺术特色。没有人说谭是唱大鼓（或京戏加京韵大鼓），刘在唱京戏（或京韵大鼓夹杂着京戏）。……谭派唱腔吸取前人及当时人的艺术成果可谓富矣，却不等于一盘“什锦小吃”或“杂拌儿”，而是浑然一个整体。这个道理应该搞清楚。这才是谭鑫培由博采众长而自成一家的更重要的关键所在。记得六十年代初，我听一位老生演员唱《碰碑》的第一个唱段，即二黄导板、回龙转原板，他第一句学余叔岩，第二句学谭富英，第三句近似李少春，第四句既像李和曾又近于马连良。这不叫“博采众长”，而是七拼八凑，“四不象”。如果唱戏都唱成这个路子，我看宁可以不唱为好。①

3. 形象思维问题

文艺创作中以有意想象为核心的自觉表象运动，已经达到了思维的高度，即形象思维。形象思维现在有广义、狭义两种理解和用法。前者不在本书讨论范围，可置勿论。

① 见《京剧老生流派综说》，《学林漫录》第2集。

后者即指文艺创作中的形象思维，其完整定义应表述为："以创造特定艺术形象为目的的、由抽象思维指导和配合的、渗透着情感活动的自觉表象运动过程。"由此可见，自觉表象运动乃是形象思维中最突出而主要的心理内容。在运动过程中，有抽象思维的指导和配合，又渗透着情感的活动，这乃是由大脑的"左右协作"、"上下互促"两条生理法则所决定的，不以个体的主观见解和意志为转移。所以，本书中凡说到文艺创作中的自觉表象运动，就其过程而言，都意味着它是与抽象思维及情感活动相联系或结合的，这在以下的章节中还将有具体的阐述；本节因为专论自觉的表象运动，所以仍用分析的方法，专门说说它为什么具有思维的性质。

自觉表象运动之所以成为形象思维，或者说构成形象思维的主要心理内容，理由如下：

第一，自觉表象运动"既能动地反映客观世界，又能动地反作用于客观世界"。这是它作为一种思维（形象思维）的根本之点。

表象在人类社会生活中起着很大的作用，这种作用是概念性认识所不能替代的。但表象作为对客观世界的直接反映，是人们在实践中自发形成的，所以还谈不上"能动地反映客观世界"和"能动地反作用于客观世界"。然而人们如果自觉地使表象活动起来，成为自觉的表象运动，那情况就完全不同了。

表象留在人们的头脑里，为什么要费尽心力"开动脑筋"，有意使它活动起来呢？这显然因为要解决什么问题，达到什么目的。而这也就是所谓"既能动地反映客观世界，又能动地反作用于客观世界"。

为了解决问题，达到目的，人们所进行的思维活动可能具有高度抽象的性质，例如在高等数学的研究中，表象的活动主要限于数学符号，那种直接反映客观事物形貌的表象就不一定出现于脑际。在哲学和一些自然科学、社会科学的研究中，有关的表象也可能出现于研究者的脑际，但表象活动的结果基本上并不表现在研究的最终成果之中，也就是说并不成为最终成果的有机组成。但如设计一只手表、一台收音机或一辆汽车，那么除了抽象思维之外，还要在一定程度上借助自觉的表象运动。因为手表、收音机、汽车的形貌固然主要取决于内部的结构，但它们在外观上也具有不同程度的装饰性和艺术性；要准确完美地解决这个问题，无论怎样精通机械学、动力学、电子学都无济于事，而必须在美学原理的指导下，进行自觉的表象运动。因此当一种新颖美观的手表、收音机或汽车问世的时候，人们就应该知道自觉表象运动是参与了创造的；它在其中所起的那一部分作用，是任何其它意识活动所不能替代的。

至于说到文学艺术的创作，情况就更加不同了。任何一件文艺创作，它的思想内容与艺术形象的关系，根本不同于汽车的内部机械和它的装饰性外壳之间的关系。文艺创作的思想内容是熔铸在艺术形象之中的，它的创造，从内容到形式都离不开表象性的认识及其自觉的运动，否则就没有形象性、形象感可言。因此文艺创作中的自觉表象运动无论从量和质来说，都同其它的物质财富或精神财富的创造很不相同。从量上说，文艺创作的自觉表象运动贯串于全过程，无所不在，因此它在整个创作的心理活动中占有巨大的比重。但更重要的是从质上说，自觉表象运动本身就是反映客观事物、进行艺术构思、结出艺术成果的主要手段。在一般的认识过程中，人们对客观事物的反映也往往从富于感性的感觉、知觉和表象开始；但最终还是要通过抽象概括达到对事物本质的认识，并具体表现为概念、判断和推理。当然这时表象及其活动也还可能随时浮现，但在认识中只起辅助使用，更不一定表现在认识的最终成果之中。文艺创作的情况与此大不相同，这可以分三点来说：

首先，创作者在社会实践中获得了对客观事物的认识，这认识就总是包含着对客观事物的形象的反映，也就是富于感性的表象；当认识向着事物的本质逐步深入时，表象不仅没有被抛弃或退居可有可无的地位，而恰恰是在它的相应的变化中把事物的本质表现得愈来愈清楚；说得具体一些，也就是表象的特征愈加鲜明而突出，具象的概括愈加深广而准确。其所以会这样，就因为在整个认识的发展中，自觉坚持了表象运动的缘故。

其次，当创作者根据他的整个认识来进行创作构思时，由于艺术法则所规定的形象化的要求，他那已经形成的深刻而生动的表象就更加成了直接的思维材料。在抽象思维的制约、配合下，在多种多样的自觉表象运动中，它们得到了进一步的加工和改造，出现了表象范围内的去粗取精，去伪存真，由此及彼，由表及里等深刻变化，从而能够更加深入地反映事物的本质。

又其次，自觉表象运动的一切成果不但充分表现在艺术创作的最终成果（即完成艺术形象的创造）之中，成为它的有机组成部分；而且严格说来，真正的艺术形象还必须主要是自觉表象运动的直接结果，它在人类社会生活中起着独特的认识作用、教育作用和审美作用。

总括以上三点，充分说明文艺创作中的自觉表象运动是“既能动地反映客观世界，又能动地反作用于客观世界”，它是一种很富有创造性的特殊思维活动。

第二，自觉表象运动能够生动具体地再现事物的发展和事物之间的联系。这是它作为一种思维的又一重要特点。

通过文艺创作，人们可以看到，它并不是静止孤立地塑造某个形象，而是从事物的发展与联系上来反映现实生活的。一幅肖像画，虽然只有一个人的形象，但其中也概括了画家对这个人的生活经历和性格形成过程的形象化认识，这种认识就是进行了相当复杂的自觉表象运动的结果。一首抒情诗往往由若干形象所组成，形象之间可能存在比喻、象征、映衬、对照、触动感想、寄托情思等关系，这就必须通过更为复杂细致的自觉表象运动，才能准确而形象地表现这些关系。一部多幕剧或长篇小说，那就要处理形象之间更加错综复杂的发展和联系。作者既要形象地认识各个人物在各特定场面和情节中怎样具体行动；也要形象地认识随着情节的发展，冲突的深化，这些人物从里到外发生了什么变化，他们在新的场面和情节中又怎样具体行动。这就更要充分调动作者在长期生活实践中直接间接积累起来的极其丰富的表象，进行更加复杂而深刻的自觉表象运动。曾经有人把表现人物之间的复杂关系和人物思想行为的发展变化称为“形象的推理”，这个名称不怎么好(因为所“推”的不是“理”)，但却说明自觉表象运动也要以其独特的具象的方式，对客观事物作出带有间接性、预见性的反映。

自觉的表象运动之所以能对客观事物作出带有间接性、预见性的反映，主要因为作为它的活动“元素”的表象是来源于知觉的，而人类的知觉具有“理解性”，它是与个体已有的知识经验相联系，并借助这些知识和经验来认识和确定当前的刺激物。因此，由此而保存在记忆中的表象，也决不是孤立的存在，而是与种种有关的知识经验相联系的。所以，当个体为了特定的认识和创造目的而进行自觉的表象运动时，表象与知识经验之间的联系便促成了表象的变化，或形成各个表象之间的联系与演变，从而对客观世界中的事物作出带有间接性、预见性的形象化反映。例如人们见到一个十分任性的小孩，便可能想象他是怎样被宠坏了的，也可能想象他未来的遭遇变化或与他人相处的情景。又如当人们看见或想起山间一个构制简陋又风雨飘摇的草亭时，可能会想象它将来倒塌时的形象，也可能想象曾经在亭间发生的情事。这都是借助了种种知识经验而使表象运动(主要是联想和想象)作出了具有可能性的间接反映。人们在读《红楼梦》的时候,用不着看到底,就可以根据知识经验想见林黛玉的结局必然是悲剧性的,这是欣赏中的想象活动。创作中的情况也一样,有人对托尔斯泰说,他让安娜死在火车轮下,实在是对她太残酷了,"对此,作家回答说:这个意见,……使我想起普希金遇到过的一件事。有一次,他对自己的一位朋友说:'想想看,我那位塔姬雅娜跟我开了个多大的玩笑!她竟然嫁了人!我简直怎么也没有想到她会这样做。'关于安娜·卡列尼娜,我也可以说同样的话"①。塔姬雅娜和安娜·卡列尼娜都是作者(普希金、托尔斯泰)想象出来的艺术形象,而在整个想象过程中由于作者的知识经验的始终制约,竟使作者认为那实际是出于想象的结局具有必然性。这就充分说明正是表象运动与知识经验之间的联系(当然事实上也取决于作者对各种联系的选择与理解),有力地影响了表象运动的走向,从而在各个阶段上都作出带有间接性、预见性的形象化表现。

第三,自觉表象运动有具象概括的作用,这也是它作为思维的一个重要特点。

文艺创作是一种特殊的意识形态,它必须通过具象概括来反映客观事物的本质。这就是说它所创造的艺术形象一方面是一个具体的、活生生的、有血有肉的、个性鲜明的形象,另一方面又有着高度的概括性,能够使人通过个别认识一般,通过事物外在特征的生动具体、富于感性的表现认识事物的内在本质、内部规律。那么人类认识客观世界为何需要这样一种认识方法呢?直接通过抽象概括揭示事物的本质不就得了吗?须知具象概括自有其存在的理由,是人类深刻反映客观事物的一种不可缺少的方式。即以社会生活中的一般性认识来说,具象概括的方式就是不能用其

① 《托尔斯泰评传》第344—345页。

它方式来替代的。例如要了解一个人,看他的鉴定固然会得到很多的认识,但有时还需要让熟悉他的人具体讲讲他的言和行。言和行讲不胜讲,因此熟悉他的人也只能挑选较有特征的几件"生动事例"讲一讲,令人由此数点想及全面。新闻记者"伸着巴掌要例子",自有其非要不可的理由。假如概念性认识在任何情况下都比具象的认识有价值,或者说足可替代具象的认识,那就根本用不着采访"生动事例"了。然而事实不是这样,"生动事例"不仅能使认识具体化,也标志着认识的深刻化。至于文艺创作,则具象概括更是美的法则所要求的。事物之美主要通过感性形象来表现;离开了生动具体的形象,美感就无由产生。同时美感的产生也有待于具体形象包含着尽可能丰富的具有美学意义的内容,反映了尽可能深刻的具有美学意义的本质。这样,除了具象概括之外,也就没有别的办法作出美的创造了。

文艺创作的具象概括离不开自觉的表象运动,它只能在抽象思维的指导、配合下,伴随着情感活动的渗透,把大量的表象作为直接的思维材料。这是因为在人类的各种心理元素中,只有感觉、知觉和表象具有形象性和可感性;感觉、知觉既然实际上不能进入创作的构思(详见前文),因此就只有借助表象的运动来实现对客观事物的具象概括的反映。有的同志不明白这个道理,所以他们谈论形象思维却并不注意表象的活动;而是仿佛存在着某种特殊的心理元素,它是既有形象性可感性,又能穿透事物的外在表现而直达其内在本质,而形象思维就是这种特殊的心理元素在那里运动、变化、联系与组合。然而这种特殊心理元素事实上是不存在的,因此他们所谓的"形象思维"也就成为一种说不出确切心理内容的东西。他们翻来覆去强调"形象的思考",却不明白那思考着的"形象",除了表象又能是什么别的东西呢?因此所谓"形象的思考",也无非就是联系着抽象思维和情感活动来进行自觉的表象运动,并无其它不可捉摸的内容。当然也有一些同志想出了另外的说法。他们因为表象只能反映事物的外在表现,而文艺创作是要反映事物本质的,因此觉得表象的活动不足以承担这个任务。于是他们就想到了概念,用它来做思维的材料,在反映事物本质这一点上就不存在难关了;同时他们又说有些概念是有形象性的,这就克服了另一个难关,即文艺创作要有形象性。这样一来,"形象思维"实际上变成了有形象性的概念的活动。然而,这在心理学上却是更加没有根据。这些同志之所以会觉得有些概念有形象性,那只不过是因为他在想到这些概念时,脑子里同时浮现与之相联系的表象而已;这实际是由概念引起了对有关表象的联想,而并非概念本身会有什么形象性。在人类的实际心理活动中,概念的确往往与一定的表象相联系,但它们毕竟是两种不同的心理元素,有着质的区别,不能混为一谈。

自觉表象运动的任何一种表现都是同具象概括有关的。例如自觉的表象深化、分化、变异和联想,无非是用种种方法来加深对事物特征的反映和表现,以起到举重明轻的作用。特征突出,具象性由此提高;举重明轻,概括性从而具备。至于表象的分解与综合,那就更是具象概括的最有效的手段。表象的分解,这实际上是一种特殊的抽象,因为通过分解排除了种种一般化的、非特征的成分,而仅仅保留表象中最能反映事物本质的、最有特征的细节。再经过表象的综合而把这些细节融成一个典型的表象,它就当然更有具象性,也更有概括性;它是在一个极为生动具体、高度个性化的形象中把事物的本质表现出来。

文艺创作通过具象概括来表现事物的本质,有两个问题应该说明:首先要说它在本质的表现上有比抽象概括更为优越之处,那就是它让人从生动具体的形象的感受中来认识事物的本质,这样的认识不仅从外到里,比较丰富充实,而且还给人以美的享受。但其次也要说明,无论多么高妙的具象概括，都只能将事物的本质表现到“呼之欲出”、“心照不宣”的境界，而毕竟不能给它以直接的、完整的揭示。这就因为事物的本质是内在的、抽象的；只要用一个外在形象来表现，即失去了本质的直接显露。照这么说来，艺术创作岂非前功尽弃，说了半天终于还是不能把事物的本质真正表现出来？这却又不然。在事物的现象与本质之间并没有不可跨越的鸿沟，既然文艺创作已将本质表现到“呼之欲出”了，何必非要创作者再来一番概念化的揭示呢？当然愿做这种揭示的作者也是有的，如雨果、巴尔扎克、狄更斯、托尔斯泰等人就经常如此，除了对客观事物进行高度的具象概括之外，作者本人还参加进来，用许多笔墨来作种种说明、分析以至于评论，帮助读者了解人物和事件的本质。就这些伟大作家而言，他们这样做，自然有其理由；同时他们的那些说明，也自有其价值。但在文艺创作中更有普遍意义的毕竟是另一种做法，那就是吴敬梓、曹雪芹、鲁迅、梅里美、莫泊桑、果戈理、契诃夫等人，以及一切画家、雕塑家、建筑家、音乐家、舞蹈家、表演艺术家、书法家、摄影家等等所采用的：只做具象概括，而把对于事物本质的最终的抽象概括留给艺术的欣赏者去做。那么欣赏者肯不肯完成这个任务呢？一般说来是肯的，而且相当积极。就连小孩看戏看电影都想尽快弄明白谁是好人，谁是坏蛋；当然他那么性急是错误的，主要因为他还不懂得欣赏艺术首先应当认真感受。生活丰富的成年人就不同了，他们是在认真感受艺术形象的基础上，再作出抽象概括的结论；这种积极性也是很高的，有时因为作不出概括的结论，还不免在心中留下一个问题。然而积极性最高的，毕竟要数艺术评论家，他们为了作出高度抽象概括的分析、解释和评论，往往不惜呕心沥血去写许多文章，甚至长期争论不休。这就又一次证明：文艺创作的客观效果之充分显现，有待于创作者和欣赏者两方面发挥能动作用。

第三节 文艺创作中的理性心理活动

一 理性心理活动的必然性

文艺创作中的典型形象必须是感性心理活动(主要是自觉的表象运动)的直接结果。但就任何正常成年人的实际心理过程来说,要使整个过程中出现的心理活动都坚持彻底、纯粹的感性化,是绝无可能的。任何以感性心理活动为主的心理过程中,必然或显或隐地交织着、渗透着表现为抽象思维的理性心理活动。这是因为大脑的机能定位和大脑活动的整体性之间存在着深刻的辩证关系。苏联心理学家巴甫洛夫正确阐明了大脑的第一信号系统与第二信号系统的分工协作关系;美国心理学家斯佩里又正确阐明了大脑左右两半球的分工协作关系。他们的实验成果都使人确信,在文艺创作的自觉表象运动中,必然有以语言为载体的抽象思维的指导、制约、调节与配合。抽象思维活动虽然在很多情况下可能处于意识的深层,但在整个创作过程中肯定要起重要的作用,这是不以人的意志为转移的。下面试就心理活动的实际情况作一些分析。

1. **大脑机能与思维惯性**

人类的大脑天然具有抽象概括和进行抽象思维的机能,它又必然在正常人的各种实践、认识活动中经受锻炼而变为一种实际的能力。这是人类在发展成为最高等动物的漫长过程中获得的,因而也就成了人类作为最高等动物的一个重要的心理标志。列宁说:“概念是人脑(物质的最高产物)的最高产物。"[①] 这说明正常人的脑袋里装着一种"物质的最高产物",即脑子;这种"最高产物"有它的物质属性,即能够在对客观世界的实践、认识过程中形成概念及相应的逻辑系统。正如近代神经生理学的研究所表明,人的大脑皮层有三个级区,第一、二级区是人与高等动物所共有的,它可以对外界刺激作出直接的反映(即无条件反射及条件反射);第三级区是人类所特有的组织。"皮质后部第三级区的活动不仅对于顺利地综合直观信息是必要的,而且对于由直接的直观综合水平过渡到象征过程水平,对于词的意义、复杂的语法结构和逻辑结构的运用、数的系统和抽象的相互关系的运用都是必要的。……在成年人那里,主导地位就转移到皮质的高级区,甚至在感知周围世界的时候,成年人也把自己的印象组织到逻辑系统中去,换句话说,成年人的最高皮质区控制着服从于它的第二皮质区的工作。"[②] 当然,由于实践、认识的深浅不同,发挥主观能动作用的大小不同,各人的抽象思维能力、概念活动的深广程度和逻辑系统的精密程度是有差异的。但是,由于生存、发展等生活规律的制约,正常人必然要在后天锻炼并发挥大脑"第三级区"的机能,并形成抽象的概念系统与逻辑系统;"机能"既经锻炼而惯于发挥,"系统"既经形成而惯于运用,就必然要在各种实践、创造活动中起到应有的作用。这早已由人类大脑的物质属性和从小养成的思维惯性所决定,所以任何正常成年人想要在一个完整的心理过程中完全排斥它,那在事实上是办不到的。反理性主义者总以为脑袋是长在他自己的脖子上,因此想要怎么活动便可以怎么活动;却不知道他那脑子作为一种特殊物质是有其特性的,又因从小就在人类社会中经受训练,他本人又由于生存发展

① 《列宁全集》第38卷第177页。

② 鲁利亚:《神经心理学原理》第101—102页。

的要求而必然要充分发挥他那大脑三个级区的全部机能;所以当他努力在文艺创作过程中排除理性心理活动时,他那脑子里实际是早已有概念系统的惯性活动了,因此就连那种反理性主义的主张也总是出于完全理性的思考,而这主张又指导着他们的实际创作活动。当然,文艺创作的思维过程确有它的特殊性,那就是其中始终贯串着自觉的表象运动,这种富有感情的心理活动占着突出的地位;然而自觉的表象运动还是自然而然地同一定的概念活动、抽象思维联系着。谁要是坚持违背大脑"左右协作"的生理机制和法则,违背"最高皮质区"的主导地位和控制作用,绝对不许概念活动、抽象思维出现在脑中,那就不仅是一个创作无法进行的问题,而且从心理健康的角度来看还是极其危险的。黑格尔曾指出艺术创造必须通过"创造想象"(即自觉表象运动的最重要形式),同时他对艺术家的"创造想象"又说了这样一段话:

在这种使理性内容和现实形象互相渗透融会的过程中,艺术家一方面要求助于常醒的理解力,另一方面也要求助于深厚的心胸和灌注生气的情感。[①]

在这里,黑格尔对"理解力"冠以"常醒的"三个字,实在是准确而形象的说法。反理性主义者对这种"常醒的理解力"无法可施,所以有些人不惜使用致幻药物,或力求在半睡眠状态中去寻找新奇怪诞的形象,还有的人竟靠抹爬滚洒来进行"创作",以为这样便可以把"潜意识"中的东西挖掘出来。然而这些做法实际上都只能说明他们在艺术创造上的无能,也根本挖不出"潜意识"中的东西。另外黑格尔强调"理性内容和现实形象互相渗透融会",又说在这种"渗透融会"中还要"求助于""灌注生气的情感",这也清楚说明了在文艺创作中,表象运动、抽象思维和情感活动之间有着密不可

① 《美学》第1卷第349页。

分的关系。黑格尔这一观点是辩证法的生动运用，也完全符合心理学的原理和心理活动的实际。正如唯物主义的心理学著作在论述想象问题时所说：

想象与思维(按：指抽象思维)密切联系着，它也像思维一样能使人预见未来。

思维与想象力之间有什么共同点和差别呢？想象也像思维一样是在问题情境中，即必需探索新的解决办法时产生的，它也像思维一样是由个人的需要所推动的。在需要得到满足的实际过程之前可能有需要在幻想、想象中的满足，即有关于这些需要能够得到满足的情境的生动的鲜明的表象。但是，在想象过程中实现的现实的超前反映是以具体形象的形式，以鲜明表象的形式产生的，而思维过程中的超前反映是通过运用能间接概括认识世界的概念而进行的。

由此可见，在促使活动开始的问题情境中存在着这一活动结果意识的两种超前系统：组织起来的形象(表象)系统和组织起来的概念系统。形象选择的可能性是想象的基础，概念重新组合的可能性是思维的基础。这项工作经常立刻在“两种水平上”进行，因为形象系统与概念系统是密切联系着的。……①

在这段引文中，没有涉及情感问题。但对想象与抽象思维的关系则已说得极为明晰，“形象系统与概念系统是密切联系着的”；在为了解决问题而作出“超前反映”时，两个系统是“经常立刻在‘两种水平上’”进行工作的。

2. 心理背景与抽象思维

文艺创作中的抽象思维的作用，不仅表现为构思过程

① 彼得罗夫斯基主编：《普通心理学》第374—375页，着重点为原文所有。

中的“理性内容和现实形象互相渗透融会”，而且还要深入到创作心理背景中去进行探究。任何人都不可能生下来就决定要搞文艺创作，为此而规定自己一辈子从头到底只搞感性的心理活动（当然，即使想要如此也不可能）。事实上，任何文艺创作者在从事创作之前的岁月里，总是努力去对客观世界进行一般的认识活动，艺术创作中的特殊思维活动只能是而且必然是在一般认识的基础上进行。再说就是在一些人成了专业作者之后，也并非一天到晚都在创作，他们也还要不断扩大和加深对客观世界的一般认识。在进行了这么多的一般性认识之后，当然会积累起大量的一般性的认识成果，而其中就必有一大部分是属于抽象思维的，即通过概念、判断、推理的形式保存于大脑之中。因此当这些人决定要从事文艺创作，为此而进行特殊的思维活动时，上述这部分认识成果就将作为创作中心理背景的有机组成，起到应有的作用。这种作为心理背景起作用的抽象思维成果，较为显著而普遍的，有以下几点：

第一是作者的世界观。世界观是人人都有的，它指导着人的一切实践认识活动。那么世界观是一种什么思维呢？它以什么思维形式存在于人的大脑之中呢？应该承认，世界上可能有一部分人很少考虑自己的世界观究竟是什么，他们也是有世界观的，只是未作确切的逻辑思维概括。但这至多是一部分人的情况。大多数人的情况显然不是这样，他们或者信仰“上帝创造世界”，或者认为“世界统一于物质”；或者宣扬“人不为己，天诛地灭”，或者坚持“毫不利己，专门利人”，这些截然不同的世界观、人生观都无不以概念、判断、推理的形式存在于人们的脑际。尤其是当人们把马克思主义的辩证唯物论作为一种世界观来看的时候，它那高度概括的抽象思维性质显然更加明确。至于说到文学艺术创作者，他们乃是属于思想家行列中的人物，当然不可能在世界观方面糊里糊涂，不假思索。所以无论是曹雪芹、托尔斯泰，还是萨特或“黑色幽默”派，他们的世界观都在创作中有鲜明的表现。有的人除了创作之外，还发表明确的宣言，例如贝多芬说：“自由与进步是艺术的目标，如在整个人生中一样”[①]，鲁迅则讲过他从相信进化论到相信阶级论的过程[②]。总之，对于文学艺术创作者来说，世界观乃是从大量知识经验中概括出来的抽象思维成果，它作为作者心理背景中的最重要组成，必然要对实际的创作过程起到深刻的指导作用。

第二是关于艺术法则的认识。艺术创作是有法则的，表现为各种艺术理论(从一般的到具体的)。例如现在的文艺创作者都学过马列主义的文艺理论，这就作为一种抽象思维形态的认识储存在作者脑子里，并在创作过程中起到指导和评估的作用。假如有人不赞成这个理论，那他心里必有别的理论在起指导作用；例如实行开放政策以来，各种西方现代派的理论迅速传来，一些作者的创作就受到这些理论的指导性影响。又假如有人认为文艺创作不需要任何理论的指导，那么这恰恰又是一种抽象思维形态的认识，事实上也是一种理论。从文艺发展的历史上看，除了比较原始的艺术之外，过去的文艺创作也总是受到各种理论，至少是技法理论的指导。例如西方音乐家要学对位法，画家要学透视法。中国古代绘画有“六法”，写字有“八法”，这是总的法则。还有具体的法则，例如画山水有应该避免的所谓“诸忌”，如“山无气脉”、“水无源流”、“树无高下”、“路无出入”等等；又有应该遵守的所谓“诸要”，如“远山无皴”、“远水无痕”、“远林无叶”、“远树无枝”、“远人无目”、“远阁无基”等等，这些都是从大量绘画经验中概括出来的正确概念和判断。记得幼时看画谱，看到“画石起手当分三面法”，又

① 罗曼·罗兰：《贝多芬传》，中译本第78页。

② 参见《三闲集·序言》。

看到“山水中点景人物诸式，不可太工，亦不可太无势”之类的法则，当时都不明其所以；稍大一点回想起来，就懂得“石分三面”才有立体感，倘若只有一面，就不象石头了。又山水画中的景观都是想象中的远望所见，因此画中人物倘若过于工细，就既失真，也不协调；但倘若过于“无势”，与景物不发生联系，也将有损画面的完整与统一。于是就感到这些法则都是符合生活逻辑与视觉原理的。当然，一个人要是成了熟练的画家，上述种种概念、判断就不再明显地出现于脑际，但这只能说明它们是更深入地融化于创作的构思，所以能够“从心所欲不逾矩”；到了这种境界，“从心所欲”当然是事情的一方面，而“不逾矩”却是事情的另一方面，说明法则与逻辑仍在起制约的作用。有人对此极为反感，竟至发表《宣言》，说：“我们仍生活在逻辑的统制之下。但它是在一鸟笼里跳来跳去，愈跳愈不容易跑出来。”[①] 那怎么办呢？终于他找到了弗洛伊德的理论，于是便“突出了一个潮流，在它的卫护下，人的研究者能够继续扩大他的工作，他不再完全束缚于单纯的现实了”[②]。说了半天，也不过是从一只“鸟笼”跳向了另一只“鸟笼”而已。至于哪只“鸟笼”更好些，现在且不去说它；总而言之是自居为“小鸟”的人仍然摆脱不了抽象思维形态的理论的指导与制约。

第三是一般认识中的抽象思维成果。世界观与艺术法则的认识，都是特定的抽象思维成果，起着特定的指导作用；除此以外，在创作的心理背景中，还储藏着不可数计的属于一般认识的抽象思维成果，它们也都要在创作构思中或隐或显地发挥作用。关于这方面的情况，拟分析一首家

① 布莱顿：《超现实派第一次宣言》，见《欧洲现代画派画论选》第180—181页。

② 布莱顿：《超现实派第一次宣言》，见《欧洲现代画派画论选》第180—181页。

喻户晓的诗作，来加以说明：

春眠不觉晓，处处闻啼鸟。

夜来风雨声，花落知多少。[①]

第一句“春眠不觉晓”，这一句就至少要在三种抽象概括的认识成果的配合下才能写出来：(1)对黑夜和白天的联系和交替的概括认识。也就是说作者认识到紧接着黑夜的是天晓，年年如此，月月如此，天天如此。正因为如此，所以天晓而“不觉晓”才成为一件事，值得一写。假如黑夜和白天的联系是没有规律的，或虽有规律而作者并无概括的认识，那么睡觉的人就只能睡到哪儿算哪儿，谈不上“觉晓”与“不觉晓”的问题。现在正因为黑夜白天的联系是有规律的，而且作者对这一规律早有概括认识，所以在天亮的时候他竟然“不觉”，才有其特殊性，写出来才足以表现一种特殊的生活现象与精神状态。(2)对睡眠与觉醒的关系的概括认识。作者认识到睡眠与觉醒是有规律的，醒到一定的时候要睡，睡到一定的时候要醒；所以到了该醒的时候而竟然没有醒，才成为一个问题而值得一写。假如作者对睡眠与觉醒的关系并无概括认识，思想上糊里糊涂，似乎既可以长醒不眠，也可以长眠不醒，那么他就不会写出“春眠不觉晓”这样一句诗来。(3)对睡眠与黑夜的关系、觉醒与天亮的关系有概括认识。作者从基本上是“日出而作，日没而息”的生活经验中，早已概括出夜里是睡觉的时候，天亮是醒的时候，因此“春眠不觉晓”才值得一写。假如作者对黑夜、白天、睡眠、觉醒四者之间的联系与规律毫无认识，那么睡下之后任何时候醒过来他都会不以为奇了。试以两种人来作对比，情况将更为明显。一种是婴儿，他是吃饱玩够就睡，睡够了就醒来吃和玩；对他来说无所谓“觉晓”、“不觉晓”的问题。还有一种是上夜班的人，由于实行“三班倒”，所以日、夜、

① 孟浩然：《春晓》。

醒、睡四者的关系已发生规律性的变化；他上了夜班，白天当然要睡一段时间，岂但是“春眠不觉晓”，即“夏眠”、“秋眠”、“冬眠”也都应该“不觉晓”，这才休息得好，使精力得到充分的恢复。综上所说，光是“春眠不觉晓”一句，就至少有以上三种完全理性化的概括认识为其思想背景，没有这种背景就不可能写出这句诗来。

读者看了以上的分析，大约早已产生怀疑，说道：像黑夜与白天的交替、睡眠与觉醒的交替，这是连动物都有反映和行为表现的，怎么能算理性的心理活动呢？的确，动物对以上四者是有反映并表现为实际行为的；它们所缺乏的就是概括、抽象的认识，特别是无法用“内部言语”将四者的规律性联系概括出来，储存在脑子里。所以许多动物虽然也是在黑夜睡觉，白天醒来，但如果你黑夜不让它睡，白天不让它醒，它也不以为奇，特别是无法据“理”力争；当然你不让它睡，它也会愤怒，甚至咬你一口，但那仅仅是因为它感到不舒服，而不是因为它认识到黑夜应该睡眠这个道理，所以向你抗议。

第二句“处处闻啼鸟”。这句诗也是得到理性思维成果(即抽象概括认识)的制约与配合的。诗人孟浩然一觉醒来，他听到户外有鸟鸣之声，这是事实，这一事实是凭听觉就可以感知的。但他此时此刻并未巡视全中国，他有什么理由讲“处处闻啼鸟”呢？广大读者又为什么对这一句显然没有直接根据的诗从未提出过疑问呢？原来，不论是诗人或广大读者在意识深处都隐藏着一种概括的认识，即在春天早晨许多鸟儿会叫得很欢；人们是在生活经验中得到这一概括认识的，正因为有这一概括认识的支持，所以诗人的想象才能冲破时间空间的局限，听到户外的鸟鸣而对“处处”的鸟鸣作出实际上带有间接性的反映。假如像有些人说的那样，诗歌创作只能进行纯粹的感性心理活动，必须表现纯粹的感觉效果，那么孟浩然在这里就只能写“户外有啼鸟”;即使在此时巡视全国也不行,因为从甲地到乙地之后,甲地的鸟鸣已不是听觉所能感知了,因此除了神话传说中的“顺风耳”之外,谁也没有资格写出“处处闻啼鸟”这句诗;由此又可以推知,凡是在诗中表现了超越时空限制的感受,对客观事物进行了带有间接性的想象反映的,都一定是以概括认识为背景,暗中得到它的支持,才能产生这种感受和想象的结果。现在若再进一步追究,“户外有啼鸟”与“处处闻啼鸟”两句诗究竟哪一句更好,更富于感性,更能表现春满人间的风光气氛呢?显然是后者。由此可见追求所谓“纯粹的感性”,竭力排除理性思维及其成果的配合,那只会束缚艺术想象的开展,只会损害诗所应有的富于感性的效果;是自己给自己穿小鞋,而且穿了小鞋也仍然不能排除理性心理活动在意识深层的配合。

第三、四句“夜来风雨声,花落知多少”。这两句包含理性的思维成果更为明显了,那就是对风雨与落花之间的因果关系的概括认识。风吹雨打能使花儿掉落,虽然作者还不能从物理学(力学)上来解释这种现象,但他早已在生活经验中形成了对这类现象的因果关系的概括认识,并将这种认识用语言判断的形式储存在大脑之中。正因为如此,所以他在夜间听到风雨之声,早晨醒来想起这件事,很自然地就想到有多少花掉落了;这已是清清楚楚的对事物变化的间接反映,即作者并未见到花落,而只是根据对事物因果关系的概括认识,作出了“花落知多少”这一带有预见性的反映。“夜来风雨声,花落知多少”在表现作者的感想与心情上,很能给读者以富于感性的欣赏效果(其中包括情绪的共鸣),然而,这却正因为作者与读者心中都有关于风雨与落花的因果关系的概括认识的缘故!这种思维成果储藏在意识的深层,人们在对实际事物的感受中不一定觉察它的作用,然而它却的确支持并制约了知觉的形成与表象的活动;这就犹如电影拍摄人物的特写镜头,虽然此时观众看不清人物的背景，但那背景却是的确存在的，而且是与人物此时此刻的表现有着内在联系的。

综观《春晓》全诗，从创作心理的角度来分析，它的好处就在于，它所表现的富有诗意的新形象乃是自觉表象运动的直接成果，也就是融和了情绪活动的艺术想象的直接成果，全然不是由概念所“派生”；但是理性心理活动及其有关成果却在意识深层起了不落痕迹而又极其有效的支持与配合作用。

有的同志可能指出，像《春晓》这样的诗只是文艺创作中的一种类型，它是符合现实逻辑并以生活本身的形式来作艺术再现的；但文艺创作中也有完全不合现实逻辑的艺术变形，你总不能说它也受理性心理活动与抽象思维成果的制约了吧？其实，变形的形象恰恰是以符合现实逻辑的正常形象为其心理背景的；作者心里很清楚事物的正常形象是怎样的，而他为了使创作更加“情意化”，更加突出他所特有的感受或使形象更富于刺激性，所以才自觉地追求变形；变形与不变形、逻辑与反逻辑，在作者心灵深处都有一种比照，所以变形才成为自觉的艺术追求。反之，疯人画就不是这样，他那不合逻辑的变形画乃是出于丧失理性的狂乱心理，心中并无变形与正形的比照，所以他那变形也就不是自觉的艺术追求，当然也就谈不上“情意化”的效果。另外，从欣赏者方面来说，在欣赏变形艺术时心中也是有比照的，通过比照才能感受那奇特的形象表现了什么样的独特感觉和情绪波动；否则见怪不怪，那怪异也就不起什么作用了。

总之，心理背景中的理性心理活动和抽象思维成果在创作中所起的作用可能相当显著，也可能极为隐蔽(以至于作者并未明确意识到它所起的作用)，只要对创作心理进行分析，就可知它的存在是无可置疑的。有的创作者想要完全排除理性心理活动和抽象思维成果的制约，殊不知他若真做到了这一步，那就无异是回到婴儿状态了，还搞什么艺术创作。至于生活的逻辑及其在作者主观上的反映（理性心理活动和抽象思维成果）究竟是不是拘禁作者的“鸟笼”，那就全看作者的创造才能如何了。别林斯基曾说：“当讲到莎士比亚的时候，如果欣赏他以无比的精确和逼真表现一切的本领，而不惊奇于创作理性所赋予他的幻想形象的价值和意义，那将是很奇怪的。在一个画家，当然，伟大的优点是那自由挥动画笔和支配调色的本领，可是光靠这本领，还不能够构成一个伟大的画家。概念、内容、创作理性——这些才是衡量伟大的艺术家的尺度。”① 理性所起的作用犹如善游泳者因为掌握了水的性能与规律，所以能运用准确的动作畅游于江海之中，而不识水性的人则只能“望洋兴叹”，不敢弄潮。对于真有创造才能的艺术家来说，生活的逻辑及其在主观上的理性反映不但不是“鸟笼”，而且完全是可以巧妙运用，使各式各样的创造想象插上翅膀的。

二 两种心理活动的“场型”联系

文艺创作中既有以自觉表象运动为主的感性心理活动，又有表现为抽象思维形态的理性心理活动，二者有机地联系在一起。但这种联系的实际情况究竟是怎样的呢？过去，曾经出现过一个公式，即所谓“表象——概念——表象”；意思是作者的表象性认识必须提高到概念性的本质认识，于是“当需要的时候，人们就能够从概念再回到感性形象上来”。这是一个“单线型”的公式，它之所以会出现，除了特定的历史政治原因之外，主要是出于论者的形而上学的思想方法，把哲学中所阐述的认识过程机械地搬运到文艺创作中来。哲学中的唯物主义反映论强调感性认识有待

① 《别林斯基选集》第2卷第45页。

于提高到抽象概括的理性认识,然后再在改造客观世界的实践中又回到对具体事物的具体认识。哲学上这种阐述当然完全正确,而且对文艺创作也确有指导意义。但是,文艺创作的认识、创造过程自有其特殊规律。落实到心理情况上来说,有三点是特别需要注意的:

第一,表象在实践中不断深化,结果可以飞跃为概念。但表象飞跃为概念是有条件的,即必须通过反复多次的实践(其中还包含着主观能动作用发挥的程度)。由于任何个人事实上不可能对他所接触的全部事物都进行反复多次的实践并大力发挥主观能动作用去努力认识事物的内在本质和内在联系,因此就不能对所有这些事物都产生概念形态的理性认识;在人的一生中,必然有许多认识始终停留在表象阶段。

第二,当一个人由于反复实践而形成对某一事物的概念认识之后,他原来所有的关于这一事物的表象并非从此消失,正如列宁所说:"不应把抽象的思维简单地看成感性材料的被抛弃,感性材料的实在性不会因抽象思维而遭受任何损失。"[①] 不但不受损失,反而更加深刻,这才叫"理解了的东西才更深刻地感觉它"。例如当人们接受了"人是一切社会关系的总和"这一理解之后,并没有把关于人的丰富而生动的表象统统抛掉(即使想抛也抛不掉);相反地是在上述正确理解的指导下,种种表象认识会变得更加深刻。

因此,人们在反映、认识客观世界的整个过程中,所出现的实际情况是:在正常的成年人的各个认识阶段上,都有大量的概念和更加大量的表象同时并存于人的大脑之中,它们在大多数情况下并不互相排斥,而是互相联系制约,彼此补充配合,共同在社会实践中、在认识的进一步提高和扩大中发挥作用。同时,表象和概念不仅并存于脑际,而且它

① 《列宁全集》第38卷第187页。

们都不会静止不动，而是随着社会实践的继续，各自都在运动，既有概念的运动，又有表象的运动；这两种运动又不是彼此孤立、互不相干，而是紧密联系、互相制约、彼此渗透的。

第三，文艺创作中的艺术形象必须是自觉表象运动的直接结果，即充分利用储存在脑中的大量表象，在情感活动的有力渗透与催化下，进行自觉的分化、变异、联想、转化、想象等等，才有可能创造出来。这种艺术形象因为是典型的（即并非是对单个事物的改造性处理），是渗透了感情的，特别是表现为特定艺术形式的，所以决不可能由概念派生出来。概念形态的理性心理活动是必然要起作用的，但主要是间接的指导配合作用。

所以，那种所谓有了概念性认识，“当需要的时候，人们就能够从概念再回到感性形象上来”的说法，是完全不符合丰富复杂、生动活泼的创作实际的。试结合一些创作实例来分析，情况将更为明显。比如说德国作曲家舒曼创作了题为《蝴蝶》的钢琴曲，假定他对蝴蝶已有了概念的、本质的认识，那就“回到”蝴蝶的形象上来吧；但事情却没这么简单，因为任何正常人都是用眼睛感知蝴蝶的，头脑中只有蝴蝶的视觉表象；然而舒曼想创作的却是一支乐曲，那么“回到”视觉表象之后，难道就会出现《蝴蝶》曲了？事情显然不可能是这样。《蝴蝶》曲既然属于听觉的艺术，那就必须从蝴蝶的视觉表象出发，经历了表象联想、表象转化、有意想象等一系列精深的自觉表象运动，才可望把这支乐曲创作出来。

《蝴蝶》钢琴曲的创作要经过表象转化，也许太特殊了，那么就再说说孙悟空吧。从吴承恩到杨小楼，他们也许都有概念的认识，然而要“回到”表象上来却仍然不可能，因为他们从来没在现实生活中见过猴面人心却又神通广大的孙悟空，因此也就没有什么现成的表象，既然如此，请问怎样

“回到”表象上来？所以，孙悟空形象的创造与再创造，也都是自觉表象运动的结果，那就是在艺术想象中对人与猴的表象进行了细致和谐的分解与综合。

如果说孙悟空的形象还是太特殊，那就再举一个现实主义小说的例子来看看。巴尔扎克在其名作《欧也妮·葛朗台》中，对吸血鬼、守财奴老葛朗台的形象是这样刻画的：

讲起理财的本领，葛朗台先生是只老虎，是条巨蟒：他会躺在那里，蹲在那里，把俘虏打量个半天再扑上去，张开血盆大口的钱袋，倒进大堆的金银，然后安安宁宁的去睡觉，好像一条蛇吃饱了东西，不动声色，冷静非凡，什么事情都按部就班的。……

至于体格，他身高五尺，臃肿，横阔，腿肚子的圆周有一尺，多节的膝盖骨，宽大的肩膀；脸是圆的，乌油油的，有痘瘢；下巴笔直，嘴唇没有一点儿曲线，牙齿雪白，冷静的眼睛好像要吃人，是一般所谓的蛇眼；脑门上布满皱裥，一块块隆起的肉颇有些奥妙；青年人不知轻重，背后开葛朗台先生玩笑，把他黄黄而灰白的头发叫做金子里搀白银。鼻尖肥大，顶着一颗满着血筋的肉瘤，一般人不无理由的说，这颗瘤里全是刁钻捉狭的玩艺儿。这副脸相显出他那种阴险的狡猾，显出他有计划的诚实，显出他的自私自利，所有的感情都集中在吝啬的乐趣，和他唯一真正关切的独养女儿欧也妮身上。而且姿势，举动，走路的功架，他身上的一切都表示他只相信自己，这是生意上左右逢源养成的习惯。所以表面上虽然性情和易，很好对付，骨子里他却硬似铁石。①

巴尔扎克无疑对高利贷者有深刻的、本质的认识，然而老葛朗台的形象却也不是按照“表象——概念——表象”的公式就得以创造出来的。巴尔扎克自己就说过，他的创作是“结

① 巴尔扎克：《欧也妮·葛朗台》“中产阶级的面目”。

合几个性质相同的性格的特点揉成典型人物”①。这已经是明确强调了想象的作用,而具体分析一下老葛朗台的形象,则事情还远不止此。首先作者把他形容为“老虎”、“巨蟒”,就要经过自觉的表象联想;而联系到“不动声色,冷静非凡”等直接描写来看,则是联想之中还有表象的综合(人与蛇的综合。下面写“蛇眼”也属此类)。至于这个人的面貌体格,竟集中了那么多富有特征的细节;特别是“隆起的肉”而竟然会“颇有些奥妙”,“满着血筋的肉瘤”竟然会“全是刁钻捉狭的玩艺儿”。这都说明在葛朗台形象的刻画中,曾充分运用了表象的分解与综合,不仅是把许多个吸血鬼、守财奴的形态特征集于一身,而且其中还穿插了不同类事物的表象综合。

总而言之,所谓有了概念的、本质的认识“就能够……回到感性形象上来”的说法是不符合艺术创作的实际的;也就是说“表象——概念——表象”这个公式的后半段是完全错误的;不但错误而且有害,因为正是诸如此类的无视自觉表象运动的巨大作用而反对形象思维的错误理论,使广大文艺创作者忽视或不敢刻苦训练自己的创造想象能力,其严重恶果至今仍灼然可见。

那么,上述公式的前半段又该如何评价呢?首先,以唯物主义反映论为指导的文艺心理学是提倡感性认识向理性认识飞跃的,创作者对他所表现的事物应力求达到反映本质和规律、反映事物内在联系的高度;因为达到这种高度的理性心理活动能够更好地指导配合创作中的感性心理活动,从而对客观事物作出尽可能深刻的艺术反映。但是也应该承认,文艺创作的情况是复杂的,不是单打一的法则可以限制得了的。倘若作者对他所表现的特定事物竟没有反映本质和规律的理性认识,而仅仅是感受了丰富多彩的客

① 《〈人间喜剧〉前言》,见《文艺理论译丛》1957年第2辑。

观事物的外在形象和外部联系，便去吟诗作画、唱歌跳舞，而他们的创作又确能给人以思想教益和美的享受，那么，谁又有理由否认这便是艺术？联系实际来说，比如有人创作了一支题为《月光》的器乐曲，此曲既然在标题中出现“月光”二字，就明白无误地证明了作者头脑中确有“月光”的概念；然而概念这个东西是可以作为一般地代表物类的符号而进入人的大脑的，所以光有概念并不足以说明人们对它所代表的事物已有本质的、规律的理解，并能用科学的定义来加以表述。世界上有“月光”概念的人可谓多矣，但能准确理解月光本质的人究有几许呢？然而对月光作出各种各样艺术表现的却大有人在。反之，研究天体物理与光学的人倒是能够说出月光的本质与规律，但又未必能创作《月光》曲。由此可见，就特定的事物而言，创作者并不是定要对它有了能够反映本质与规律的理性认识，才可以把它创作为艺术形象的。

有的同志可能问道：“照这么说来，在大量的文艺创作中，是不是至少有一部分，其创作过程是没有理性心理活动参与的？”这却又不然。理性心理活动不能与理性认识完全等同，后者是个哲学概念，有特定的涵义，即必须是能够完整反映事物的内在本质、内在联系、内部规律的认识，才叫做理性认识。理性认识在人的意识中固然表现为理性的心理形态，但却不是一切理性心理活动都可以达到理性认识的高度。客观世界的事物是多层次的，主观世界的意识同样也是多层次的。理性认识乃是理性心理活动中的最高层次（它本身还可以分出小层次，因为对事物的内在本质、内在联系、内部规律的认识是没有止境的），而理性心理活动的外延则要宽泛得多，凡是以言语为载体，对客观世界作出非感性的抽象概括反映的，都属于理性心理活动；它和理性认识一样表现为抽象概念的活动，却未必能像理性认识那样完整深刻地反映事物的内在本质、内在联系和内部规律。

例如全世界数以亿计的人有“原子弹”这个概念，这些人并且还能作出“原子弹破坏性很大”的判断，以及作出“所以，必须防止核战争”的推理；然而真正了解“原子弹”的内在本质、内在联系和内部规律的人却是很少的。

上文已经说过，文艺创作者应力求认识事物的本质、联系和规律，越深刻越好；然而事实上却不能要求创作者必须有了对特定事物的“理性认识”才能对它作艺术的表现。至于理性心理活动，情况就不同了，它与文艺创作过程的联系具有必然性，这是不以人的意志为转移的。

在文艺创作中，理性心理活动与感性心理活动的联系不是“线型”的，而是“场型”的，整个心理过程乃是一个表象运动、思维活动、情感活动三者复杂交错、互相诱发、彼此渗透的“认识场”或“创造场”。继续以假想中的《月光》曲为例，作者可以对月光这一特定事物缺乏本质的认识；而且头脑中出现的表象也决不仅仅限于月光，而是可能有许多事物表象在运动变化、分解融合；作者对这些事物的认识则或深或浅，有的触及本质，有的未触及本质。然而他对包括月光在内的这些事物又确有概括的概念符号，并且他还确实知道诸如“月光是出现在夜间的”、“月光普照大地”、“因为人们都已入睡，此时的氛围是静谧的”、“静夜之中人们是易发幽思的”等等反映事物联系的认识，这些认识未必达到哲学上所说的“理性认识”的高度，然而它们的心理形态又确是抽象的概括的，是以语言符号为载体的判断和推理。它们作为早已储存的认识成果，不但构成了创作《月光》器乐曲的自觉表象运动的心理背景，而且还处处指导、配合着表象运动的实际进程。就是这样，两种心理活动（当然还有始终活跃的情感活动）构成了一个复杂多变、生动活泼的艺术创作“认识场”。

因为两种心理活动的联系是“场型”的，所以实际的联系情况就带有极大的模糊性与变异性。由于创作所完成的艺术形象乃是自觉表象运动的直接结果,因此毫无疑问它在创作过程的"认识场"中占有显著而贯串始终的地位,然而这种运动本身就不可能是一条直线或一条单线,而必然是多有曲折、反复、集中、扩散、分叉、交织;至于它受理性心理活动的指导与配合,则又是或隐或显、或深或浅、或断或续、或顺或逆的;再加上情感活动的弥漫与渗透,所以整个"认识场"中各种心理因素的组合是模糊的,是因人、因事、因时、因地而异的,而且是始终都有运动变化的。恩格斯《反杜林论》说:"当我们深思熟虑地考察自然界或人类历史或我们自己的精神活动的时候,首先呈现在我们眼前的,是一幅由种种联系和相互作用无穷无尽地交织起来的画面,其中没有任何东西是不动的和不变的,而是一切都在运动、变化、产生和消失。"文艺创作也就是这样一种"精神活动",它所呈现的也正是这样一种"画面"。文艺心理学可以在原则上确证,整个创作的心理过程乃是以自觉表象运动为突出的内容而实现了表象运动、抽象思维与情感活动的有机结合;但是这种结合却是无法"定量分析"的,所以也决不可能确定一种或几种"配方"、形成一个或几个公式。

第四节 语言与艺术

一 艺术创作中的内部言语活动

这一小节所要论述的主要是,在语言艺术以外的艺术创作中,语言活动起了什么作用。由于这些艺术各有自己独特的形式,使用各种特殊的"语汇"(如"音乐语汇"、"舞蹈语汇"等,都是比喻的说法),所以并不要借助普通的民族语言来表现(戏剧中的台词、声乐中的歌词等,都已属于语言艺术的范围，不在此列)。但任何艺术创作仍然不可能完全脱离语言活动，而其最有普遍性的表现就是借助内部言语来配合创作和进行评估；这两项语言活动贯串于素材积累、艺术构思和形象外化三个阶段，亦即创作的全过程。

为什么在创作过程中必然会有内部言语的配合呢？因为就任何个体来说，“过去的经验总是以表象和词的形式保持着，回忆也总是凭借表象和词二者进行的”①。任何艺术创作都不能完全脱离对“过去经验”的回忆、选择与加工，因此也就不能完全排除伴随着表象的词和言语在脑中浮现。同时，“过去经验”的回忆与复现还仅仅是创作构思的前提，更为艰巨的工作还在于运用一切经验来进行符合特定艺术形式要求的艺术想象，而在此时，内部言语就作为抽象思维的载体，“经常立刻在‘两种水平上’”与想象活动同时进行(参阅本章第三节之一)。

唐代书法理论家韩方明引徐琦说：“夫欲书当先想，看所书一纸之中是何词句，言语多少，及纸色目，相称以何等书，令与书体相合，或真、或行、或草，与纸相当。意在笔前，笔居心后，皆须存用笔法。有难写之字，预于心中布置，然后下笔，自然容与徘徊，意态雄逸。不得临时无法，任笔所成，则非谓能解也。”② 优秀书法家创造一种有艺术个性的书法形象，往往要经历许多年的临写、读帖、想象与外化，在这一宏观的构思过程中，诸如识别各种学习对象(书法及其它文化艺术成果)的特征，以及吸收融化、触类旁通、巩固成绩、纠正误差等等，均须借助内部言语的配合，当是不言而喻的了。至于独特风格的书法形象已经形成之后，则在一般人看来，创作无非就是写字，会写什么样的字便是什么样的字，似乎不再有构思的问题了。然而在徐琦、韩方明看

① 曹日昌主编：《普通心理学》上册第233页。

② 《授笔要说》，见《佩文斋书画谱》。

来,任何一篇具体的书法艺术创作却都要经过那么精密的思考,而在这些思考中,伴随着表象构想的内部言语活动,简直是呼之欲出了。当然现在有些书法家写字未必如此注意于"意在笔前,笔居心后",但也只有程度的差异,若说完全不用内部言语来考虑考虑,恐怕也是不可能的。

日本著名芭蕾舞演员森下洋子在她的"自传"中说:

人们常常说,芭蕾是以《天鹅湖》开始,以《天鹅湖》完结的。

一九八三年春,在松山芭蕾舞团的纪念公演中,第一次和努里耶夫合作演出《天鹅湖》,这时候我才有了实感。

我遇见"天鹅"时,还只十五岁。

最初表演奥杰塔的时候,我真担心是否能够演到终场。这首先是因为我当时并不喜欢《天鹅湖》。也许是由于只有十五岁的年龄吧,我以为表演的不是人而是天鹅,所以不知道应该如何去表现,只是一味地去记住它的动作。

后来,我又表演了不知多少次,在很长时间里,表演白天鹅使我负担很重。为什么呢?因为这是一种非常需要注意的舞蹈,愈演愈会暴露自己的缺点。真没有办法,使人完全失去了自信。

这种情形一直到我在日本音乐鉴赏公演中才突然有了有趣的发展。我已经第三十二次演《天鹅湖》了,由于身体渐渐习惯于这一舞蹈,因此,作品所表演的优美高超,深邃隽永,自己也觉得忽有所悟。

对于黑天鹅奥吉丽雅的解释也不同了。过去,因为她是欺骗王子的,所以只感到她的华美,富于挑逗性;而现在开始感到了"她"的纯洁的美。她具有与奥杰塔同样的女性的美,女性的温柔和可爱。

我想奥杰塔在形体上虽然是天鹅,但在她的动作中,却具有着一个女性所有的本质的美,既坚强又纤弱。

像这样来解释《天鹅湖》,便会感到第二幕的音乐更为悦耳和能够理解了。这是多么动人的旋律呀！踏着轻盈的舞步，只觉得心怡神驰。

是一只天鹅，但是她对于人间的悲惨、苦恼和喜悦，又是都能感觉到的。舞剧看来像是在描写天鹅的美丽的童话世界，但实际上它是描写人的心灵，描写善良可以战胜邪恶。在这个意义上，像《天鹅湖》那样要求表演深刻的内心世界的芭蕾舞剧是很少的。①

《天鹅湖》有固定的舞蹈程式，同时优秀演员的表演又总是一种再创作。森下洋子对此剧从不喜欢到喜欢，从不理解到理解，这当然也是她再创作过程中的一个阶段，而其间却有多少思想矛盾与斗争，显然都要通过内部言语来进行。更主要的是在她喜欢和理解之后，写在"自传"中的那些认识和解释，更显然是她在创作过程中曾经有过的内部言语活动的经过整理的外化（表现为书面言语），而这些体现了她的认识与理解的内部言语是怎样配合并促进了她的再创作过程，通过她的自述可以说是一清二楚了。

在绘画方面，一般遵循现实逻辑的画家，作画方法比较正常，其创作过程中也将自然而然地伴随着内部言语活动，似乎无可置疑。（笔者还曾见有人作画时口中念念有词，这虽明显是内部言语的外化，但由于这种情况并无代表性，所以不可视为正式例证，只算附带说说。）那么一些对绘画有特殊理解的画家，情况又如何呢？德国"蓝色骑士"派的弗朗兹·马克曾说过这样一些话：

我见到没有比动物形象更幸运的手段，来把艺术"动物化"。对于艺术家，较之想象出在动物眼睛里所反映的大自然是怎样的，还有什么更神奇的观念呢？

我们的传统习惯，把动物放进一个自然里去（而这个自然是属于我们的眼睛的）来替代把我们自己浸到动物的灵

① 《我的"芭蕾人生"——一个演员的自传》，见《世界之窗》1985年2期。

魂里去，猜测着它的视觉圈子，这是个多么贫乏的没有灵魂的习惯呀！

……

那真是这样的，如果我思想着这样一个小动物的短小的生命，我将不能摆脱掉这思想：它仅仅是一个梦；这次是一个鹿梦，另一次将是一个人梦，但那做着梦的，那个本体，它是内在的，不可摧毁的。……我现在另样地看见它们（花和叶）了，某一种同甘共苦的情感，总是和它们在一起，一种同知共感。相互看着，沉默而具那姿态："我们已相互了解，真理是完全另有所在，我们双方都是从那里来的，而也将回到那里去。"①

这些话中，可注意之点有三：第一，画家要想象"动物眼睛里所反映的大自然"，这究竟有无可能、有无好处，且置勿论；但这既然不合"传统"的思想"习惯"，所以在观察与创作时，就必须持续地、顽强地用内部言语提醒自己："要用动物的眼睛去看世界。"因为稍一走神，就必然又回到"传统习惯"，继续用人的眼睛去看世界了。第二，当画家"思想着"（这"思想"当然既指观察，也指构思）动物时，他将"不能摆脱掉"一种想法，即包括人在内的任何动物，都是"那个本体"在"做梦"，"这次是一个鹿梦，另一次将是一个人梦"。显然，这种想法也是要以内部言语为载体的，正是在它的指示或暗示下，才或许有可能把作者自认为是梦一般的动物画出来。第三，作者看着花和叶，会产生"一种同知共感"，当他和花叶沉默"相看"时，心中会想道："我们已相互了解，……"当然也不见得任何一次观察或描绘花叶都要在心中说全这些话，不过有那零散的内部言语活动则是无疑的了。总上所说，在弗朗兹·马克的独特创作过程中，内部言语活动真是太执著而频繁了。附带说一点，他对绘画的理解，显

① 见《欧洲现代画派画论选》第116—117页。

然大大违反客观世界本身的逻辑(即他所说的“传统习惯”),但从他的自述中可以看出,他的指导思想是高度理性形态的,不但纯由概念、判断和推理组成,而且已成为一种“理论”。

内部言语在创作过程中所起的作用是各式各样的,但其中最有普遍性的一项,无疑是作者在创作的各个阶段上借助内部言语所进行的自我评估。有了这种评估,才会“创作千古事,得失寸心知”,或知成功所在而思巩固经验,或知败笔所在而欲弥补纠正;或自觉状态惬意而决定多所创作,或处于“高原期”而思勤学苦练;至于自叹“心识其所以然而不能然者,内外不一,心手不相应,不学之过也”,或自吹“腕底有鬼,目中无人”等等,那就更是内部言语的外化了。

艺术创作过程中作者对正在选择、构思或已经外化出来的东西进行评估,当然不会像作品问世以后出现的文艺评论那样充满了理性的分析;作者大抵是借助以全部知识经验为背景的直觉来进行分辨与品味。但伴随着直觉的评估,至少也会有一些零碎的词或不完整句出现在心中,例如“不错”、“很好”、“可以”、“就这样得了”等等,或“不行”、“糟了”、“还差点”、“要改改”之类。这些内部言语作为符号来看确实简单,而其所指却可能很有深度与广度,不但是直觉评估的简化了的表现,还可能联系着直觉背后的种种知识与经验。如果选材、构思或已经外化的结果要作大幅度修改,甚至彻底重来,那就更可能对失败的方面作较为深入的分析,这时的内部言语活动当然也将相应地复杂起来。

在所有艺术中,也许器乐的创作是最为“纯粹”的形象活动(主要是听觉表象)的过程,但在意识的深层也不可能完全没有内部言语的活动。“一八一六年,十九岁的舒伯特由于生活贫困,不得不在他父亲的学校里教小学生。有一天午后,较平常放学要早一些。他回到自己的小屋里,顺手拿起歌德的诗作《侏儒王》,读着读着,他忽然觉得有些东西涌上了心田，飞进了脑海；那些在眼前跳跃的诗句忽然变成了节奏、旋律，乐思翻腾起来，眼前的诗句越来越模糊，而脑中的乐曲却越来越明晰。他立即拿起笔来，很快就写成了一首名曲。”① 诗句变成乐句，这是表象转化；在转化中“眼前的诗句越来越模糊”，这是由意识的表层转入了深层，表层让给了音乐形象的活动，而转入深层的诗句是不可能完全遗忘的，它仍作为内部言语起着指导配合的作用。当然，这样的创作故事即使传述完全准确，也并不能代表音乐创作的全部情况；但在其它情况下，不论是表现一个主题或一种思索，还是描述一件事情或一些物象，或者仅仅是捕捉一种幻想或情感，由于表现对象总是在不同程度上与内部言语相联系的，所以在意识深层也总有内部言语的活动。特别是那普遍存在于艺术创作过程中的自我评估，同样要出现于器乐创作之中，所以一般的情况是，构思而成的乐句还要到钢琴上去“敲定”，在实际音响的感受中作出评估，然后再决定保留或修改；即使是一气呵成、完美无瑕的乐曲，也要在完成以后心中说声：“行了！”

二 语言与形象

任何一种民族语言（以及文字）都是一个由词（字）组成的符号系统。在这系统中，只有少数象声词的读音因为直接用人声来模拟客观世界中的声音，因而能给人以某种由听觉感知的形象，可以说具有一定的形象性。例如“当当当”，不论哪国人都知道是指敲击硬东西发出的声音。假如整个语言都像“当当当”这样具有一定的形象性，那么学习外语就容易得多了。然而事实不是这样。在任何一种民族语言（以及文字）的符号系统中，基本的、占绝大多数的符

① 见丰子恺《近世十大音乐家》。

号，本身都是没有形象性的。“形象性”这个概念有其确定的含义，不能随便乱用；它是指能使人得到感性反映的事物的种种外部情况（状貌、声音、联系、活动等等）的形象表现。它既然称之为“性”，就是事物的一种“属性”；这种“属性”正是语言（以及文字）所没有的。因为语言文字乃是一个以声音（或线条）来作表示的符号系统，是客观事物的抽象的、概括的反映；从人的心理活动上说，属于第二信号系统。而对客观事物的形象作出感性反映的，则是第一信号系统。二者各有分工。当然，任何词汇都有读音，文字则有线条，它们都给人以听觉或视觉的感受。但这读音与线条却是符号性的，而非形象性的，也就是说它们与客观事物本身的形象并无必然的联系。例如“钢笔”一词的读音与线条，即与钢笔本身的形象并无联系；正因为如此，所以在各种不同的民族语言中，可以用全然不同的读音与线条来指代钢笔这种东西。又如汉语中的“太阳”一词，是客观世界中那个物质太阳的符号，物质太阳本身具有种种形象特征，如圆的、红的、热的等等，但在“太阳”一词中却没有任何表现。固然它能给人留下“tài yáng”两个音的印象，又能给人留下“太阳”两个字的印象，但那都与物质太阳本身的形象毫无必然联系。正因为如此，世界上许多民族才可能用种种不同的语音或文字线条来做物质太阳的符号，尽管客观世界中那个物质太阳不论在古今或是在中外，其形象都没有多大的改变。

有的同志认为，汉语的听觉表现形式固然没有形象性，但它的视觉表现形式却是有形象性的，因为汉字是象形的嘛！这话不符合事实。汉字至晚从秦汉古隶算起，已经没有象形特点了（例如日字写成方形，而太阳本身的形象却是圆的）；至于楷书、行书、草书，那就更不象形了。就算在篆书中，也只有一部分象形字，而这象形字也并不充分表现客观事物的形象，仍然不过是概括的符号。至于书法艺术中的书法形象,则是另一种性质的艺术形象,而并不是对客观事物形象的模拟或直接反映。总之,无论是词汇或文字,除了给人以符号性质的听觉与视觉感受之外,本身都是没有形象性的。

那么,由词组成的语句,情况又如何呢?语句是由词组成的,也就是通过符号的组合来表现事物存在的情况、运动的情况和事物之间联系的情况,它们当然也没有形象性。这同用电码组成电报本质上是一样的(不是说全无区别,详见下文)。电报作为符号的组合人们共知其没有形象性,语句、文句之作为符号组合同样也是没有形象性的。

有的同志提出了专门名词的问题,其实专门名词恰恰很能说明语言没有形象性。比如"苏州"这个地名,如果你没有去过苏州,也没看过有关的记录片或照片,光从"苏州"这个词上能看出什么形象来呢?但如果你去过苏州,那么看到这个名词确能产生对苏州地方的某种形象联想和想象;这是另外一个问题,下面要着重谈。

下面再进一步谈一个问题:语言中的词不仅只是事物的符号,而且还只是经过抽象概括的事物的符号。正如列宁所说:"任何词(言语)都已经是在概括。"① 心理学在讲到语言、词是"个体反映现实的工具"的同时,也认为"通过词而以抽象和概括的形式来反映这一切"②。当然概括的程度在历史上有一个发展的过程。在人类社会的初期,语词虽然也有概括性,但这是初级的概括,很多语词符号所代表的实际是带有概括意义的表象。例如原始人用"树"这个词,最初只是指在他见闻范围之内的那种具有树的外形特征的一类事物,这种事物反映在人们脑子里,就成为或多或少带有形象性的、具有一定概括意义的表象;通过"树"这个

① 《列宁全集》第38卷第303页。

② 曹日昌主编:《普通心理学》上册第99页。

词来交流的也是这种表象。恩格斯在《自然辩证法》中说："孩童的精神发展也不过是我们的动物祖先、至少是比较近的动物祖先的智力发展的一个缩影。"这一点在语言的学习和运用上也毫不例外，幼儿刚学语言时，他所讲的一些词，实际是代表了他脑子里的表象。但就在这种情况下，无论是原始人还是幼儿，他们所运用的语词也仍然只是符号；尽管符号所代表的是带有形象性的表象，但符号本身却没有形象性。而随着幼儿见闻的扩大和知识的积累，分析、综合、抽象、概括的能力的提高，他所使用的语词的抽象性和概括性也就越来越大。这个缩影又正好反映了语言在人类进化史上发展的情形。在人类进入文明社会之时，由于知识的积累、科学的发展和抽象思维能力的提高，词和言语已经成了概念和概念的活动的载体或"物质外壳"，它们是客观事物在人们头脑中的抽象的、概括的反映。所以，对于文明社会的正常成年人来说，不仅词和言语作为符号本身不具有形象性，而且连它的直接内涵也不具有形象性了。

语言虽然没有形象性却能够引起形象感。关于这个问题，有人作了个很有意思的比喻："字词存储和表象存储就像是记录、保存信息的图书馆，而字词存储中的语言信息可以说是为了查找表象存储中的形象信息的图书索引。'火箭'这个词就是'火箭'这个形象的索引卡片；'自行车'这个词就是'自行车'这个形象的卡片；卡片与'图书'(即形象)一起被记录、保存在大脑这个图书馆中。所以，当我们听到'火箭''自行车'这些词语时，就能够将与它们有关的信息作为具体的形象在头脑中再现。"① 这个比喻用来说明语词和形象的关系，真是非常明白。一方面"索引卡片"(字词)决不是"图书"(形象)，但另一方面前者又的确可能引出后者。人在说话的时候，脑子里就可能出现一定的表象活

① 〔日〕坂本保之介：《提高记忆力的奥秘》第35—36页。

动;而听话的人也可能被词和言语引起相应的表象复呈、联想和想象,因而产生形象感。这一现象的心理根据即在于"人的表象经常是和言语、词联系着的","过去的经验总是以表象和词的形式保持着,回忆也总是凭借表象和词二者进行的"①。

前面说过,语言作为一个符号系统本质上同电报字码是一样的,但电报字码乃是"符号(语词)的符号(文字)的符号(字码)",与客观事物的关系间接而又间接,当然不易使一般人对之而生"形象感"(实际是表象的复呈、联想与想象),只是专业的译电员可能例外。词和言语虽然也是符号,但它与事物的感性反映之间的联系却较为紧密。正如巴甫洛夫所说:"由于成年人过去全部生活的关系,词是与那些达到大脑半球的一切外来的和内起的刺激相联系着,并随时成为这些刺激的信号,随时代替这些刺激,因而词也能够随时对有机体引起那些刺激所能引起的行为和反应。"② 事实上正常人从生下来不久,就开始受到一种训练,即通过在词和事物或其表象之间建立联系,以学会说话。试看教养婴幼儿的人总是让他们把具体事物同一定的声音符号联系起来,例如把婴幼儿本身叫做"宝宝",把一种可爱的动物叫做"大熊猫"等等。孩子大一点了,又教他们把各种语音符号与各种文字符号联系起来。所以正常人从幼年时起,在意识中就有许多抽象符号性质的语词(以及文字),也有许多具体事物的记忆表象,二者建立了较为稳固的"暂时神经联系"。一方面经验的记忆要靠表象和词二者来保持,另一方面在同别人交流思想时,事实上又往往需要通过言语来表述某些表象活动。还有,语言符号系统中的

① 曹日昌主编:《普通心理学》上册第231、233页。

② 〔美〕普拉托诺夫:《词的作用》引,见《心理学科普园地》1982年第4期。

有些词，人们在运用它的时候可能从来就很少考虑它的概念内涵，而仅仅用来表示某种表象。例如说某某风度很好，有多少人会去追究“风度”的确切定义呢？无非是大致说出了某种表象形态的认识而已。所以“风度”这个语音或文字的符号虽然本身并没有什么形象性，其直接包蕴的概念内涵也没有形象性，然而却经常被作为易于引起表象复呈、联想和想象的有效符号来运用的，以至在解决“终身大事”时，听说对方很有“风度”，虽不知这句话究竟意味着什么，却也不免引起某种表象活动，成为考虑约见的一个因素。以上种种情况，从神经反射机制上说，都无非是第一信号系统与第二信号系统的分工协作、联合运用。这对于任何正常人来说都有普遍性。所以，在任何民族语言的实际运用中，都大量存在词(字)引起表象的复呈、联想和想象这类情况，也就是说词和言语虽然没有形象性，却可能引人产生形象感；这形象感并非是对语言符号的直接感受，乃是由这些符号引起了头脑中的表象活动。有一个英国人曾说，中国文字很奇怪，使他感到陌生；但是他说英国人看见“home”一词，便会想起关于家的各种情况，他料想中国人看见“家”这个词，大概也有类似的感觉。这话说得很对，不过这也说明不懂汉语的外国人看见“家”字只是一堆无意味的线条拼凑，所以他只觉得奇怪和陌生；同样，不懂英语的中国人看见“home”，也同看电报字码差不多，没有什么意味可言。这充分说明语言和文字本身是没有形象性的。然而“home”对于英国人以及“家”对于中国人来说，那感受就不同了，上面必然凝结着某种表象以至情感的联想；这就因为“home”或“家”作为英语或汉语中的一个词，曾经在英国人或中国人的生活中被反复应用，同他们的生活经验有着密切联系的缘故。同时，由于这两个词分别联系着不同的民族生活，又由于在同一民族中各个个人的生活也不相同，所以，“home”与“家”虽然就它们所体现的概念来说全然无别，但就它们所引起的表象和情感的联想来说，那就不仅英国人和中国人之间有所不同，而且在英国或中国内部来说，各人被引起的联想也决不会完全相同。这种差异充分说明，一方面各人所产生的表象活动不属于“home”或“家”这个词本身所有的含义（其本身含义仅仅是“家”的抽象概念）；另一方面它在各人心中引起某种表象和情感的联想又具有一定的普遍性。——这就是落实到一个词上来了解为什么语言没有形象性而能引起形象感。

有的同志问道：既然语言能够引起形象感，而且经过艺术加工的语言还能引起更为鲜明的形象感，那么何妨就说语言（或艺术的语言）本身具有形象性呢？何必一定要“抠字眼”，硬说它没有形象性而能引起形象感呢？关于这个问题，可以作两点说明：

第一，从心理学角度看，在个体的实际意识活动中，内部语言活动固然可能伴随一定的形象联想和想象，但这毕竟是概念活动和表象活动两种心理形态的交织。它们交织在一起，这是一个事实；它们是两种不同的心理形态，这又是一个事实。必须同时看到这两个事实，才有助于用辩证的观点去准确认识实际心理活动中诸种因素既有区别又有联系的情况，这对于正确了解某些重要的心理活动规律是完全必要的。这里还需要指出，由于对文艺心理学长期缺乏研究，目前的确存在一种现象，即个别同志往往仅凭自我感觉就对文艺创作和欣赏中的一些心理活动随便加以描述，并由此引出种种结论。本来，适当借助自我感觉也是可以的，但必须根据心理学的基本原理对之进行分析检验，而不能自己怎么感觉就怎么作出结论；要知道自我感觉尽管属于你自己，但你的体验还有可能是不精确的，是包含着错觉和误解的。认为语言有形象性，这就是不顾心理学和语言学的原理、仅凭自我感觉作出的结论，而这种自我感觉实际上乃是一种错觉，是由于未作深入分析而把大脑中互相联系着的语言活动和表象活动混为一个东西了。

第二,从文艺创作和欣赏的角度看,准确了解语言本身没有形象性而能引起形象感这个事实,有助于人们从一个方面去认识语言艺术的创作和欣赏规律。就创作者来说,掌握丰富的词汇,能够熟练运用富于变化的语句结构形式和修辞方式,以及懂得运用语言的声韵和节奏等,固然都很重要;但因为语言本身没有形象性,所以片面追求华词丽句是有害无益的。孤立地看,华词丽句比一般词语较能引起表象的联想;但把华词丽句堆砌在一起,就只能妨碍读者发挥其活泼的联想和想象,因而根本得不到较为清晰而深刻的形象感。试看整个的文学史,华词丽句而成为千古传诵的名句的情况是相当少见的,千古传诵的名句绝大多数是准确描述了事物的特征、有力地启发读者通过表象联想和想象而深刻感受其形象的语句。所以创作者如果真正懂得语言本身没有形象性而能引起形象感这个原理,并自觉地加以运用,那就有利于掌握语言艺术的奥秘。再就欣赏者方面来说,由于形象感的获得是在艺术语言所表述的条件下自己进行了“再造想象”的结果,因此欣赏语言艺术创作必须认真发挥联想和想象的作用。当然如果面对一篇失败的创作,它根本缺乏使人联想到有关表象的力量,那么读者也就没有义务硬着头皮去进行联想或想象之类的积极心理活动;但如果面对的是一篇真正的语言艺术创作,那就不能一目十行草草读过,而是必须细嚼慢咽,反复玩味,通过自然而充分的联想和想象,以深刻领略其形象之美。许多人对《红楼梦》读了一遍又一遍,对很多名诗名句读得滚瓜烂熟,还时而加以吟哦玩味,这都是语言艺术欣赏中的正常现象。

三 关于语言艺术的创作

从心理学的原理来看，像感觉、知觉、表象这些富于感性的心理活动是无法通过语言来直接交流的。比如说有人吃过梨子，吃的时候有味觉，过后还能留下关于梨子的味觉表象；可是如果有人来问他梨子是什么滋味，他却无法通过言语把梨子的味觉表象直接转移到对方头脑中去。所以任何人想要确切知道梨子的滋味，就必须亲口吃一吃。这是事情的一方面，然而事情还有另一方面。在人类的社会生活中，人与人之间却是经常需要通过语言来交流表象的；特别是语言艺术的创作，在创作者和欣赏者之间实现转移的一项主要内容，就是通过艺术构思所完成的“想象表象”。那么这种转移或交流究竟是怎样实现的呢？这就是通过语言虽然没有形象性却能够唤起形象感这个特点，来间接地引发接受者头脑中的表象活动。为什么说这是“间接”的呢？因为说话人所发出的只是言语符号所组成的“再造条件”，听话人据此而进行了表象的复呈、联想和“再造想象”，这才能在头脑中形成相应的形象。就日常生活中的情况而言，说话人为了转移表象固然也必须向对方提供“再造条件”，但却不一定那样准确与充分。例如有的人看了一个生动热闹的场面，很想描述给别人听，但尽力形容之后仍觉得没说清，只能加上一句“就那意思吧”。类似这种现象在日常的表象交流中是比较多见的；然而在语言艺术的创作中，因为不能说得准确充分而用一句“就那意思吧”来代替，却万万不可以，必须尽可能运用艺术的语言来达到交流表象的目的。正如德国著名文学家歌德所说：“我在内心接受印象（按：这就是指客观事物反映在作者头脑里而形成表象），并且是那类感官的、活生生的、媚人的、丰富多彩的印象，正如同一种活泼的想象力所呈现的那样（按：想象即是在头脑中改造原有的表象而创造新的形象)。我作为一个诗人,是要把这些景象和印象艺术地加以琢磨与发挥,并且通过一种生动的再现,把它们展露出来,使别人倾听或阅读之后,能得到同样的印象。"① 这里所说的就是在文艺创作和欣赏中应当怎样实现表象的交流,其要求之高显然不是日常的表象交流可以比拟。虽然如此,但转移与交流的基本方法仍然只有一个,即创作者提供准确充分的"再造条件",欣赏者由有关的词引起相应的表象复呈与联想,又进而进行"再造想象",才能在头脑中形成一定的形象。

这里必须附带说明一个问题。歌德说他的语言艺术创作,要"使别人倾听或阅读之后,能得到同样的印象",此话应作模糊一点的理解,而不可以绝对化。正如鲁迅所说:"作者用对话表现人物的时候,恐怕在他们自己的心目中,是存在着这人物的模样的,于是传给读者,使读者的心目中也形成了这人物的模样。但读者所推见的人物,却并不一定和作者所设想的相同,……不过那性格、言动,一定有些类似,大致不差。"② 即以歌德的名著《浮士德》来说,主人公的形象从里到外都写得很充分,然而读者看了这部诗剧所形成的浮士德印象却是决不可能与作者心中的印象完全相同的。歌德自己也说过,"绘画是将形象置于眼前,而诗则将形象置于想象力之前"。③ 其实就是绘画也还有个"落笔倏作变相,手中之竹又不是胸中之竹"④ 的问题,即形象外化过程对构思的成果有所改变,欣赏者所见的既是落笔以后的竹子,那么得到的印象也就不能与作者"胸中之竹"完全一样了。至于语言艺术则情况更有不同,从创作到欣

① 《西方文论选》上卷第477页。
② 《花边文学·看书琐记》。
③ 《歌德自传》第288页。
④ 《郑板桥集·题画》。

赏的表象转移，必然要发生更多的变异；而其原因概括说来有以下三点：

第一，欣赏语言艺术必须通过“再造想象”，而借助艺术言语所表述的“再造条件”又决不可能像设计图那样机械与精确，必然包含了一定程度的解释的灵活性。最简单的如说“那女孩子穿一件蓝底黄花的连衣裙”，但究竟是什么样的蓝，什么样的黄，什么种类的花，什么款式的连衣裙？不同的读者必有不同的“再造想象”，而这些想象又不可能与作者所想的完全一样。

第二，在欣赏任何艺术的心理过程中，都必有不同程度的“创造想象”，欣赏语言艺术当然也不例外，可能想象的余地还较为宽广；而这种“创造想象”又因各人的知识、经验、思想、性格的不同而有所不同。现在有不少专业的和业余的画家画了《红楼梦》中的女性形象，他们的依据都只是一部《红楼梦》，然而由于语言艺术提供“再造条件”的灵活性，再加上不同的画家发挥了不同的“创造想象”，所以各人的画都不完全一样；而这些画与《红楼梦》作者心目中的人物形象也不会完全一样。

第三，语言艺术要通过言语来表述，而言语却有“个人的含义”。诚如彼得罗夫斯基《普通心理学》所说：“心理学家们认为词的意义与词的个人的含义两者是不相同的。如果说意义是包含着词的具有社会意义的特征，那末，个人的含义则是词的内容的主观体验。‘死亡’这个词的意义对一切人来说都是共同的。但是这个词的含义对年轻人、老人和患不治之症的病人却是不同的。个人的含义是该物体(现象)在人的活动的系统中所占的地位在意识中的反映。”他这里所说的还只是词，而在用词组成的言语中(特别是在富有感情色彩和启发作用的艺术言语中)，各人的“主观体验”就可能有更多的差异。例如唐代张继的《枫桥夜泊》：“月落乌啼霜满天，江枫渔火对愁眠。姑苏城外寒山寺，夜半钟声到客船。”这诗的意境本来已很有引发联想与想象的力量，所以许多人读后各有其会心之处。有的苏州人因久离家乡，所以欣赏此诗竟激起了“对故乡的美好回忆”和“对少年生活的多少怀念”①，这种“主观体验”就更有其特异之点了。

语言艺术因为有这些原因，所以在实现形象转移时会有较大的变异。但这并不意味着“诗无确诂”，似乎语言艺术所创造的形象根本是不确定的。要知道确定性与变异性有辩证统一的关系，而前者具有主导的意义。例如欣赏《三国演义》，总不至于让诸葛亮与张飞的形象在观感上发生混淆。读者对这两个人物所产生的基本的形象感，乃是由语言艺术的确定性所引发的；而有了这种基本的形象感，才谈得上通过“主观体验”而滋生各有差异的个人观感。这种欣赏中的变异性又往往丰富了、加深了对语言艺术确定性的感受与理解。所以就连读《枫桥夜泊》而说到被它引发了思乡忆旧之情，也是为了从一个侧面更深地阐明诗中所确定的情景与意境。当然，那过于朦胧的、以引发读者自由联想为主要目的的创作是不在此列了。但就一般的、绝大多数的语言艺术创作而言，在其形象转移过程中都存在着确定性与变异性的辩证统一。创作者应该充分了解这一特点，以便巧妙地运用艺术言语，既使读者产生明确的形象感，又调动他在欣赏中的能动性，通过活跃的联想与想象，得到更为丰富深入的感受和理解。

在语言艺术创作中，怎样才能通过本身没有形象性的语言符号，来有效地唤起欣赏者的形象感呢？关于这个问题，早在西晋时期，著名文学家陆机就在他的《文赋》中说过两句虽然朴素却很有意义的话，即写文章“恒患意不称物，

① 胡经之：《美感与真实》，见《文史知识》1982年第6期。

文不逮意”。他并没有把语言艺术创作仅仅看作是一个语言问题，而是能从创作过程的整体，即反映、构思、外化的有机联系上，来探索语言艺术的奥秘。“意”要“称物”，“文”要“逮意”，这两个要求适用于一切文章，而在语言艺术创作中却又有其独特之点。语言艺术创作中的“意”(意识活动)并不仅仅是只要思想观点能够如实反映客观事物就算完事；它乃是一种形象思维活动，即在抽象思维和情感活动的配合下，通过头脑中自觉进行的表象运动，以形成能够深刻反映客观事物的、清晰而稳定的、具有美的特征和典型意义的“想象表象”；假如形象思维的过程本身就是模糊粗糙的，形成的“想象表象”本身就是不清晰、不稳定、不典型的，那么相对于所要表现的对象或作者企图创造的形象而言，又怎能通过语言加以“生动的再现”(歌德语)呢？语言艺术创作中的“意”既是如此，那么“文”要“逮意”也就不像一般的写文章那样，只要用雅洁的书面语把意思说清楚，而是必须致力于运用准确的艺术言语来“凝固”头脑中的表象运动的成果；这种言语不仅要富有表现力，而且要富有启发性，能够使欣赏者很自然地引起对表象的联想和想象，从而获得形象感；当然此外还有情感的共鸣、美的享受和思想教益，但获得形象感是个前提。下面就通过一些具体例证的分析，来说明语言艺术创作中几个互相关联的问题。

第一，语言艺术的创作首先不是一个语言问题，而是要看作者能否通过精密的观察与富有创造性的想象以形成生动明确的“想象表象”。试看以下各例：

雨果在《悲惨世界》中描写容德雷特(即德纳第)的面貌，说那是“秃鹫和法官的混合形象；猛禽和讼棍能互相丑化、互相补充，讼棍使猛禽卑鄙，猛禽使讼棍狰狞”①。

狄更斯在《大卫·科波菲尔》中描写洛莎·达特尔的形象

① 雨果：《悲惨世界》第3部第8卷第6节《兽人窟》。

说:“她的瘦削似乎由她内心一种销蚀的火造成的,这火在她那可怕的眼睛里找到一个出口。”①

屠格涅夫在《猎人笔记》中描写退职陆军少将赫伐伦斯基说:“符亚契斯拉夫·伊拉利奥诺维奇很少看书,看书的时候,髭须和眉毛不断地动着,仿佛把一阵波浪从脸的下部推向上部去似的。”②

莫泊桑在《俊友》中描写马莱勒太太说:“她带着一种活泼的姿态进来了,衣裳从头到脚,无一处不是和身材的大小恰好相合的,所以衣裳像是一套模型,她的身材像是整个儿从那条很简单的深颜色裙袍里面浇出来的,铸出来的。”③

当代秘鲁作家略萨在《胡利娅姨妈和作家》中描写广播剧作者彼得罗·卡玛乔说:“一个身材如此矮小,体质如此单薄的人,居然能发出这样洪亮悦耳的声音,而且发音咬字又是这样的完美,实在令我惊讶。仿佛在他发出的声音里,不仅每个字母都清晰可闻,一个不缺,而且连每个字母的分子和原子,每个音节里的音素都鱼贯而出,点滴不漏。”④ 这些描写都很能唤起读者的形象感,然而取得这种显著的艺术效果却不是因为作者所用的语言有什么出奇之处,而根本上是因为作者对事物观察精细并善于联想和想象。试看各例的描写都用了比喻,这正是联想和想象的结果。由于比喻是一种修辞方法,所以一般都认为它是个语言技巧问题;但从文艺心理学的角度看,包括比喻在内的许多修辞技巧首先就都是艺术思维的问题。就形象类比喻而言,倘若没有生动的表象联想与创造想象,也就谈不上用准确的言语去表述它。

① 狄更斯:《大卫·科波菲尔》第20章。

② 屠格涅夫:《猎人笔记·两地主》。

③ 莫泊桑:《俊友》第2章。

④ 《外国文艺》1981年第3期。

第二，由于语言艺术的特点在于通过语言符号的组合引发欣赏者的表象复呈与联想，进行再造想象和创造想象，所以特别要在突出事物特征上用力气，尽可能加强语言艺术的启发性，而不可迷恋于华词丽句的堆砌。在任何民族语言中，作为符号的各类语词，与表象之间的心理联系的确是不完全相同的。一般说来，名词、动词、形容词大都有相应的表象联系，而一些仅表语法关系的词，基本上是没有相应的表象与之联系的；它们仅在特定的语言环境中，或通过特殊的声调处理，才有可能唤起某种表象的联想。至于象声词和部分感叹词，则是直接用语音模拟听觉表象，所以本身就是有一定形象性的。现在再说在名词、动词、形容词中，表象联系的情况也是很有差异的，有些词所联系的表象清晰具体，这类表象在人们意识中的存储也比较深刻、鲜明，因此就较为容易被词的符号所"唤醒"；反之也有些词所联系的表象是比较模糊游移的，于是也就不容易清晰地呈现（当然清晰与不清晰还与各人的知识经验有关系，这里不暇详说）。正因为如此，语言艺术中较多地运用描写繁声艳色的华词丽句，这是可以理解的，有时也是必要的。但是，语言艺术的创作不可能简单地依靠堆砌这类词句而获得成功，它应在各种情景中从不同的角度捕捉事物的特征，通过富有创造性的艺术想象而使之突出，并使这种想象的成果在艺术的言语中得到准确的表现，就能够使欣赏者产生丰富而深刻的形象感。

所谓特征，就是一事物区别于他事物的特别显著的征象、标志；这种征象、标志也往往是客观事物内在本质的突出表现。对事物特征的把握，即使在人类的一般认识过程中也极为重要。人们就是在实践中把握了这一个或这一种事物的特征，才能够把它们同别个、别种事物区别开来，进而对这些事物的外形和内质获得准确而全面的认识。所以在人的认识训练中，对事物特征的把握和记忆早已成为一种重要的心理活动经验与习惯，例如就表象的记忆来说，主要也只是较为牢固地反映了事物形象的特征，因此如果有什么符号突出地表现了事物的特征，也就最能够引起表象的复呈以至于联想，这就是符号抓住了特征便最能使人产生形象感的原因。至于说到艺术创作的过程，则抓住事物特征并给以艺术的再现，尤其成为一个重要的环节。因为，艺术创作作为一种特殊的认识过程，是不可能脱离人类的一般认识过程这个基础的，所以在一般认识过程中所必须遵循的规律和必须运用的方法，也必然渗透于整个艺术创作的过程。而尤其值得注意的是，艺术创作作为一种特殊的认识过程，又有其自身特有的规律、方法和特有的社会功能。现在光就其社会功能来说，艺术创作必须把客观事物表现为具有鲜明思想倾向的、生动具体的艺术形象，使广大观众或听众由此而对客观事物的外形和内质都有所感受和理解，并起到一定的教育作用、认识作用和审美作用。但是，任何艺术又都有特定形式的局限性，不可能完全而充分地表现事物的形象及其发展变化，因此就更有必要使表现特征化，而将未曾或无法“着笔落墨”之处留给欣赏者自己去想象。这就是巴尔扎克在小说《幻灭》中所说的：“真正懂诗的人会把作者诗句中只透露一星半点的东西拿到自己心中去发展。”

任何艺术都要突出事物的特征，而突出的方法却是各不相同的。关于这个问题，莱辛在其名著《拉奥孔》中，通过绘画与诗（指语言艺术）的比较作过一些说明：

绘画也能摹仿动作，但是只能用暗示的方式通过物体来摹仿。……诗也能描绘物体，但是也只能通过暗示的方式通过动作来描绘。

绘画在它的空间中并列的结构里只能运用动作中某一顷刻，所以就要选择最富于启发性的顷刻，使得前前后后都可以从这一刻中了解得最透彻。

同理，诗在它的有持续性的摹仿里也只能运用物体的某一属性，所以所选择的那个属性应该能唤起就绘画所特别注意的那一方面来看是那物体的最生动的感性形象。[①]

这里所说的绘画所选的"顷刻"和诗所运用的"某一属性"，就都是指事物特征之所在。莱辛也没有忘记语言艺术是要通过言语(文字)来表现的，而并不能直接示人以形象，所以他又说诗人"要我们想象，仿佛我们亲身经历了他所描绘的事物之实在的可触觉的情景，同时，要使我们完全忘记在这里所用的媒介——文字"。其实中国早在北宋前期问世的文学史上第一部"诗话"中，大文学家欧阳修已引诗人梅尧臣的话说，诗要"意新语工，得前人所未道者，斯为善也"；又说"必能状难写之景如在目前，含不尽之意见于言外，然后为至矣"；又说诗是"作者得于心，览者会以意"。[②] 这些话实际是已把语言艺术的一些主要之点作了朴素而简明的表述。而要做到"状难写之景如在目前"，以至于"完全忘记"作为"媒介"的"文字"，根本一条就在于通过敏锐的感受、创新的想象和准确的言语以突出事物的特征。《红楼梦》作者曹雪芹通过书中人物香菱之口，议论王维诗"大漠孤烟直，长河落日圆"，说："想来烟如何直？日自然是圆的。这'直'字似无理，'圆'字似太俗。合上书一想，倒像是见了这景的"[③]。"见了这景"岂不就是"如在目前"？而主要的奥秘就在于特征的突出。"大漠孤烟直"是苍茫大漠的完形表现，写烟为直或有变形，但非此不足以突出烟的孤特态势，强化大漠形象在整体上的特征观感；倘若把烟写成"依依"之态，那就会有损于塞上景观的完形映象，与整个画面所综合呈现的粗犷壮阔的特征不相协调。"长河落日圆"突出事

① 《拉奥孔》第16节。

② 均见欧阳修《六一诗话》。

③ 《红楼梦》第48回。

物在规定情景中的特征更为明显。太阳是圆的、发光的、发热的，这三种外在表现是人所共见共历的，但在不同的情况下，人们对这三种外在表现的感受却不是均等的。晴天中午，太阳发出那样的强光，使人很难注视，因此在人们的生活经验中，对它的圆的特征就不能有很深的感受；假如有人写出“当空烈日圆”一句诗，读者就不会有“先得吾心”之感，因为在他的生活经验中并未对正午烈日的圆有过较深的感受。到了傍晚太阳落山时，由于光线减弱，人们对太阳形状的印象就加深了，一般人大概都曾注视过傍晚的太阳，对它的圆是留有印象的，因此谢灵运的“运峰隐半规”也就成为名句。而在“长河落日圆”这句诗中，太阳不是傍山成为半圆，而是快要贴近地平线了，它的光更加减弱，于是它那又大又圆的形状在人们心目中就更加突出了；况且它又得到长河的衬托，所以圆的形象格外鲜明。读者虽然未必都见过长河落日的景象，但根据部分生活经验(注视过傍晚的太阳，对它的圆有所感受)进行再造想象，便不能不感到“长河落日圆”的描写是逼真的，形象是壮观的。单从语言上看，圆是一个极其普通的词，但因为它准确突出了规定情景中的事物特征，所以这句诗便成为高度艺术的语言，使人产生鲜明的形象感。

除了诗以外，其它语言艺术也必须在捕捉与突出特征上用力气。《红楼梦》第三回贾宝玉出场，作者用几句话描摹他的容貌，写得很富有形象感，特别是其中有这样两句：“虽怒时而似笑，即瞋视而有情。”事实上，“怒时似笑”的面孔一般人是很少见过的，然而看了《红楼梦》的描述，却竟觉得这种面孔似曾相识。这是什么原因？就因为作者使用语言的力量，诱导或甚至是逼着读者去进行想象，对脑子里原有的关于人的容貌情态的表象进行了不由自主的分解和综合，以按照作者的规定去迅速形成一个新的表象。试问这是多么大的语言力量！“怒”与“笑”是很一般的词，它们固然也各有相应的表象,但光说"怒"或"笑",却只能引起读者轻微的表象联想;可是二者一经组合成为"虽怒时而似笑",却像起了化学变化似的,立即显现了极其突出的容貌特征,诱使读者不得不去想象它究竟是什么样子。在这里,起决定作用的是作者"所见者真,所知者深"。他脑子里关于贾宝玉容貌的表象既十分清晰而富有特征,并且他还深刻理解"虽怒时而似笑,即瞋视而有情"这一容貌特征的种种含义,以及它与贾宝玉的整个思想性格、行为作风的内在联系。所以贾宝玉的容貌特征才成为他整个形象的有机组成部分。同样,林黛玉的容貌特征"两弯似蹙非蹙笼烟眉,一双似喜非喜含情目","泪光点点,娇喘微微",以及王熙凤的容貌特征"一双丹凤三角眼,两弯柳叶掉梢眉","粉面含春威不露,丹唇未启笑先闻",也莫不如此。

在语言艺术创作中,也有些作者不了解突出特征的重要性,总以为写得越详尽便越"形象化",而不考虑读者是否耐烦去作如此琐细的表象联想与再造想象,于是结果便适得其反。试看以下一例:

谁能从这老花农身上、脸上和奇形怪状的五官中间找到聪慧、美和知识的影子呢?瞧,他穿一身皱巴巴的黑裤褂,沾满污痕,膝头和袖口的部分磨得油亮;像老农民那样打着裹腿;脚上套一双棉鞋篓子;面色黧黑,背光的暗部简直黑如锅底。这颜色和黑衣服混成一色;满脸深深的皱纹和衣服的绉折连成一气。他身子矮墩墩,微微驼背;罗圈腿,明显地向里弯曲。坐在那里,抱成一团,看上去像一个汉代的大黑陶炉,也只有汉代人才有那种奇特的想象,把器物塑造得如此怪异——他的脑门向外凸成一个球儿;球儿下边,便是两条猿人一般隆起的眉骨,眉毛稀少;眼睛小,眼圈发红,眸子发灰,有种上年纪的人褪尽光泽而黯淡的眼神。下半张脸差不多给乱杂杂的短髭全盖上了。那双扇风耳,像假的,或者像唯恐听不清声音而极力乍开。尤其总偏过来的右耳朵，似乎更大一些……

显然，作者的观察很细致，他头脑中关于这个老花农的"想象表象"也是清晰的；然而他却没有充分注意语言艺术的特点，尽力向读者灌输而不注意于启发，使读者很难追随那琐碎而杂乱的语言符号的组合去进行有效的表象联想与再造想象；而且即使仔细想了，也仍然难以得到清晰而难忘的完形印象，因为这整个人物形象的特征就是不明显的。俄国现实主义作家契诃夫说："小说应该一下子，在一秒钟里，就（在读者的意识中）清清楚楚。"又说："当我写'一个人坐在草地上'的时候，这句话是很明白的，因为清楚，所以不妨碍我的注意力。相反的，如果我这样写：'一个身材细长、胸部狭窄，或者中等身量的、留着红胡子的人坐在已经被游人踏倒的青草地上，一声不响地坐着，羞怯地和害怕地四面张望着'，这样就使我的脑子很难理解。这样的句子在脑子里不能一下子弄明白，小说的叙述却要非使人在很快的时间里一下子弄明白不可。"① 这虽是仅凭创作和欣赏的经验说话（而且也不可以作机械的理解），但其精神却是很符合语言艺术创作和欣赏的心理特点的。

第三，语言艺术的创作虽然以形成表现事物特征的鲜明生动的"想象表象"为前提，但是却不能理解为表象活动与语言运用是分两步走的；也就是说不能认为是把一切形象都想好之后，再用准确的言语来表述它。实际的情况是，艺术想象的过程始终交织着语言的活动。试想语言艺术以外的其它艺术的创作过程，尚且始终离不开内部言语的配合，何况语言艺术完全以语言为表现形式，一切形象思维成果都寓于这种形式之中，可想而知整个创作过程是决不能分裂为两个步骤的。所以在语言艺术的构思中必须不断选择准确的语词和恰当的组合方式把表象运动的成果随时固

① 肖尔：《俄罗斯作家的故事》（下）第243—244页。

定下来；而且语言的运用不仅是对表象运动成果的凝固，事实上还随时促进了表象运动的深化与成熟。所以在整个创作过程中，表象运动和语言运用始终是参差交织、彼此促进、密不可分的。试以两个人们所熟知事例为证：

(贾)岛初赴举京师，一日，于驴上得句云："鸟宿池边树，僧敲月下门。"始欲着"推"字，又欲着"敲"字，练之未定，遂于驴上吟哦，时时引手作推敲之势。时韩愈吏部权京兆，岛不觉冲至第三节，左右拥至尹前，岛具对所得诗句云云。韩立马良久，谓岛曰："作敲字佳矣。"①

贾岛这两句诗算不得精彩，作"推"或作"敲"也不见得对诗的质量有多大的关系。但他那种吟哦的状态，却生动地说明了诗人构思过程中表象运动与语言锤炼的紧密交织。这种构思状况相当典型，所以"推敲"二字终于结成了一个被人常用的词，这恐怕也不是偶然的。不过人们往往误以为"推敲"仅指语言的斟酌，殊不知就语言艺术创作来说，语言的斟酌是始终联系着作者的表象运动的。(我们从贾岛所作的手势中，就不难想见他脑子里正在进行着相应的表象活动。)只有在创作构思中始终把二者紧密结合，最终才能使清晰稳定的表象在毫无隔膜的语言中得到准确的表现。

又一例就是宋人诗话中所津津乐道的王安石名句"春风又绿江南岸"，"绿"字最初作"到"字，后改为"过"，又改为"入"，再改为"满"，最后才定为"绿"。这种情况不但反映着表象活动与语言锤炼的交织，而且还反映着语言锤炼促进了表象的积极变化。在语言艺术的创作中，字句的锤炼虽然并不都像这一句那样多变，但炼字炼句既反映了表象的活动，又促进了表象的活动，这却是有普遍性的。

表象活动与语言活动的参差交织，在小说、戏剧人物对话(包括独白)的构思中表现尤为明显。因为对话表现人物

① 《苕溪渔隐丛话·前集》引《刘公嘉话》。

的思想感情和个性，是人物艺术形象的有机组成；不可能设想作者在构想这种形象时，脑子里出现的是类似于无声电影那样的“形象思维”活动，直到一切都想定之后再来给人物“配音”。所以事实上必然是人物的状貌动态连同他的言谈话语一起在构思中结合为完整的有声有色的艺术形象。

第四，语言艺术创作虽然不仅仅是个语言问题，然而语言问题毕竟是十分重要的，正如高尔基所说，“文学的第一要素是语言。语言是文学的主要工具，它与各种事实、生活现象结合在一起，构成了文学的材料。”① 所以，作者完全有必要尽可能提高有关语言运用的各种本领，例如掌握丰富的词汇，善用多变的句式，具有敏锐而准确的语感，善于活用词性和调节声韵，以及掌握各种修辞方法等等。宋代大文学家苏轼说：“求物之妙，如系风捕影；能使是物了然于心者，盖千万人而不一遇也，而况能使了然于口与手者乎。是之谓辞达。辞至于能达，则文不可胜用矣。”② 法国现实主义小说家莫泊桑说：“不论一个作家所要描写的东西是什么，只有一个词可供他使用，用一个动词要使对象生动，一个形容词使对象的性质鲜明。因此就得去寻找，直到找到了这个词，这个动词和形容词，而决不要满足于‘差不多’。”③ 这都说明了在文学创作中对语言的要求之高和运用之难；不掌握有关语言的各种本领，势必陷于“茶壶里煮饺子”的困境。关于这种情况，美国小说家杰克·伦敦在其自传体小说《马丁·伊登》中有过生动的描写。例如主角马丁在一次面对他所热恋的罗丝时想道：

一个无边无际的世界，下面是阳光普照的大地，上面是满缀繁星的太空，他跟她在这天地之间飘荡，胳膊搂着她，

① 高尔基：《文学论文选·和青年作家谈话》。

② 苏轼：《答谢民师书》，见《苏东坡集》后集卷一四。

③ 莫泊桑：《小说》，见《古典文艺理论译丛》第3辑。

她那一头浅金色的头发拂上他的脸。这一眨眼工夫，他感到言语真是贫乏得可怜。天！要是他会把字眼儿组织起来，把他当时看到的情景用话传达给她，那多好啊！他感到心里有股欲望在蠢动，像剧烈的怀念般叫人痛楚，直想把这些不召自来地闪现在他心灵里的明镜上的幻景描绘出来。啊，这就是啦！他触及了这秘密的边缘啦。这就是那班大作家和大诗人所达到的境界。这就是他们为什么是大人物的缘故。他们懂得怎样表达他们自己想到、感到和看到的事。狗睡在阳光里，往往会咕噜、呋叫，可是它们就说不上来，究竟看到了什么才忍不住咕噜、呋叫。他时常觉得奇怪，这到底是怎么回事。说起来，他就跟这么一条睡在阳光里的狗一样。他看到了崇高而美丽的幻景，可是只会对罗丝咕噜、呋叫。……有些人找到了表达思想的窍门，会把字眼儿变成服服帖帖的奴隶，使联在一起的字眼儿的含义比它们各自的意义的总和要来得丰富。①

这段话对语言运用的难度和妙用可谓形容尽致；最后说“使联在一起的字眼儿的含义比它们各自的意义的总和要来得丰富”，尤其值得注意。另外，马丁还对罗丝说过：“把感情和感觉变成书面的或者口头的语言，要叫读者或听到的人再把它回复成完全同样的感情和感觉，真是桩了不起的工作。”② 这些都深刻接触到语言艺术的奥秘，显然以作者本人在文学创作中的切实感受为依据。

为了使艺术言语既能充分表现作者的形象思维成果，又能为读者提供富有启发性和引诱力的“再造条件”，语言艺术的创作就必须通过“炼字”“炼句”来调动语言的一切积极因素，充分发挥它的表现力量。这个问题极为复杂，需要另作专题的研究，这里只想以古代诗词为例，略谈一个词义

① 《马丁·伊登》第101—102页、第136页，上海译文出版社出版。

② 《马丁·伊登》第101—102页、第136页，上海译文出版社出版。

的准确运用问题，可分为两层意思来说：

第一是词的本义的准确运用。

这看来是理所当然之事，似乎用不着多说；但在实际的创作活动中，对词的本义用得准确，却是语言艺术创作中最最基本的工夫。陶渊明诗"暧暧远人村，依依墟里烟"(《归园田居》之一)，这"暧暧"与"依依"就是民族语言中现成的词，但作者要在那么多的词中把它们找出来却不容易；而一经找出来就是不可替代的，因为它们高度准确地描述了对象的情景。《红楼梦》中记香菱论诗，称赞王维诗"渡头余落日，墟里上孤烟"，说"这'余'字合'上'字，难为他怎么想来！我们那年上京来，那日下晚便挽住船，岸上又没有人，只有几棵树，远远的几家人家作晚饭，那个烟竟是青碧连云。谁知我昨儿晚上看了这两句，倒像我又到了那个地方去了"。后来林黛玉又说："你说他这'上孤烟'好，你还不知他这一句还是套了前人的来。我给你一句瞧瞧，更比这个淡而现成。"说着便把陶渊明的"暧暧远人村，依依墟里烟"翻了出来，递给香菱。(四十八回)"余"、"上"、"暧暧"、"依依"，都是简简单单用了词的本义，给人以举重若轻之感；然而它们启发人想象的力量却是巨大的。南朝沈约诗"方晖竟户入，圆影隙中来"二句(《应王中丞思远咏月》)，写得也非常准确。读者猛一看说，月亮光怎么会是方的呢？再结合以下提供的"再造条件"去想，它从开着的门中满满照进暗室，地上当然出现一长方块光亮，这就叫"方晖竟户入"；经过"再造想象"，读者所得的形象感是很鲜明的。下句"圆影"还符合物理学上"小孔成像"的原理，圆的月亮从窗的小孔中射进暗室的光影，必然成为圆形。当然这句诗的妙处首先在于观察准确，抓住了事物的特征；但也需要用语言来准确表现这个特征。诗中"方"、"圆"二字也是现现成成用了词的本义，但居于句中的突出地位，形成对比并诱人想象，从而使两句诗给人以突出的观感。宋代欧阳修在《六一诗话》中记载了一件事，说陈从易得到一个杜甫诗集的旧本，其中《送蔡都尉诗》有一句是“身轻一鸟”四字，脱了一个字。陈从易就与几个客人各用一字补上，有的说是“疾”，有的说是“起”，有的说是“下”；后来得到一个杜诗善本，才知原文乃是“身轻一鸟过”。“陈公叹服，以为虽一字，诸君亦不能到也。”平心而论，杜甫所用这一“过”字，是要比陈从易他们几位所补的强一点。这首诗是描写一员勇将（蔡希鲁都尉），说他作战时“身轻一鸟过，枪急万人呼”。（仇兆鳌注：“一鸟过，见其势疾；万人呼，畏其锋锐。”）在这种情况下，用“起”和“下”显然不合适，勇将从队伍中出马，请问如何“起”法？如何“下”法？又不真的是一只鸟！用“疾”字倒是通的，但形象太虚。只有“过”字才较为实在地写出了勇将飞马冲锋，一闪而过的情景；而且“过”了以后，他的形象也还在人的视线之内，不像“疾”字那样，似乎飞去之后就不见踪影了。总之，“身轻一鸟过”是较为确切地写出了实际情况，符合“用一个动词要使对象生动”的要求。同时这句诗也很能诱使读者去进行“再造想象”，以求想见那勇将冲锋是一种什么情景与劲头。

准确运用词的本义，可以说是语言艺术的最基本的要求；在古今中外的名篇中，从未见有连词的本义都不能准确运用而竟成为佳作的。

第二是词的附加义的准确运用。

语言中的大量词汇，由于在一个民族中被长期使用，与这个民族的历史文化、传统习俗、生活方式、心理特点等方面发生各种各样的联系，所以往往在它们的本义之外，还在历史的运用中被赋予了某些言外的意味和情感的色彩；如果再结合词性的活用、词序的变化、各种修辞手段的运用以及特定语言环境的影响来看，那么词和语的含义与意味就可能更为丰富或微妙。这些都要靠敏锐而准确的“语感”去加以感受和理解。

"语感"对把握词语的本义也起作用，而在把握词语的附加义时作用更为显著，因此它在诗歌创作中极为重要；它的准确运用，对于艺术言语是否能充分表现形象思维的成果，以及对欣赏者是否具有启发联想和想象的作用，都有巨大影响。然而一个作者要形成敏锐而准确的语感，并能在创作中巧妙运用，那首先是因为他长期生活在一个民族之中，除了精通这个民族的语言之外，还深刻了解这个民族的历史文化、传统习俗、生活方式、心理特点。因此，"语感"的运用作为一种创作经验来看，乃是与一个民族中长期传承与积累的种种因素相联系的；只要这些因素继续存在，那么与"语感"有关的创作经验就是不可抛弃的。下面主要围绕词的附加义以及运用有关知识和"语感"来把握它的问题，举些实例谈谈。

许多人去过上海，上海的马路两旁一般都种梧桐之类，唯有火车站外边那条路，却是杨柳夹道，这显然是有意设计的。因为车站乃是离别的地方，而在中国的文化传统中，写离别往往是要与杨柳相联系的。因"柳"可以谐音"留"，所以说到杨柳就意味着要留住离人，舍不得分别；同时柳条披拂又有一种依依不舍的姿态，这也象征着依依惜别之情。把杨柳同离别联系起来，最早见于《诗经·小雅·采薇》"昔我往矣，杨柳依依"；以后就有许多人在送别时说到杨柳。如最有代表性的送别诗王维《渭城曲》就说到"客舍青青柳色新"，下面是"劝君更尽一杯酒，西出阳关无故人"。陈子昂《送客》诗"故人洞庭去，杨柳春风生"；李白《金陵酒肆留别》诗"风吹柳花满店香"；杜甫《和裴迪送客》诗"江边一树垂垂发，朝夕催人自白头"；梁简文帝萧纲《送别》诗说"岸柳拂舟垂"，似乎柳条要把离人的船系住；《西厢记·长亭送别》又说"柳丝长玉骢难系"，则是想用柳条把马拴住。总之，在"柳"这个简单的词上，除了它本身的词义之外，又被我们传统的民族文化和生活习俗赋予了更多的意义和情味。

与离别关系密切的还有草,最早见于《楚辞》中淮南小山的《招隐士》,其中说“王孙游兮不归,春草生兮萋萋”。草之所以会与离别有关,就因为芳草连天,向远方延伸,而人的思念也似乎随着连绵不断的青草驰向天涯,所以无名氏古诗说“青青河畔草,绵绵思远道”,就是这个意思。王维《送沈子福归江东》说“惟有相思似春色,江南江北送君归”,这“春色”主要也指草色。李白《灞陵行送别》说“上有无花之古树,下有伤心之春草”。李煜《清平乐》说“离恨恰如春草,更行更远还生”。白居易《赋得古原草送别》写得更绝了,他说“离离原上草,一岁一枯荣。野火烧不尽,春风吹又生。远芳侵古道,晴翠接荒城。又送王孙去,萋萋满别情”,原上之草不仅连上古道,而且接着荒城,所以在空间上是越伸越远;而时间上又是“野火烧不尽,春风吹又生”,意味着思念年年不断。总之是借助草色使思念之情得到了形象化的表现;久而久之,它甚至可以引发通感,使人感到离别之情是带有色彩的,是一种“绿色的感情”。由此可见,就像草这样一种简单的东西,普通的语词,由于深厚的民族文化的酝酿与催化,在特殊的运用中也会滋生多么深长的意味。电影《城南旧事》的主题曲是弘一大师李叔同的著名《送别》词,在影片中起了显著的渲染气氛的作用:“长亭外,古道边,芳草碧连天,晚风拂柳笛声残,夕阳山外山。”其中“长亭”、“古道”、“芳草”、“杨柳”等,都是被历史文化涂满了离情别绪的事物与词汇,所以中国人看了这词都会产生种种联想,觉得情味深长;而作者在创作中,也显然是自觉运用了他那与深厚的历史文化知识相联系的“语感”。

在汉语中,像“柳”与“草”这样的富有言外意味的词汇是不胜枚举的。诸如天文地理、自然物类、社会生活、历史文化,以至四时八节的时序、东南西北的方位等等,都有许多词汇,经过特殊的运用,在中国读者的心中能引起一些联想,从而在本义之外感受更多的意味。在词汇附加义的有效运用上，中国古代诗歌积累了丰富的经验，这种经验连同以上所说的对词的本义的准确运用，因为都与民族的文化、习俗、生活、心理相联系，所以有极强的传承性；只要用中国话写诗，就一定会继承和发展这些经验，不管是自觉的还是不自觉的。

第三章

情感与认识

文艺创作的实际心理过程,主要是(或者说基本上是)表象运动、抽象思维、情感活动三者的交织与融合。前章运用分析的方法,先讲了文艺创作中的自觉的表象运动;然后又讲它如何受到抽象思维的指导与制约。这一章就要说到情感活动是怎样与表象运动、抽象思维联系在一起的。

第一节 情感的性质与作用

一 什么是情感

情感就是人们对与之发生关系的客观事物(包括自身状况)的态度的体验。为了具体了解这个问题,必须抓住两点,一是"态度",二是"体验"。现在先说"态度"。人在社会生活中,总是会同客观世界的许多事物发生这样那样的关系,同时他自身也总是处在一定的状况之中(如生活状况、行动状况、健康状况等,这些也是独立于意识之外的);个体对于这些事物和状况,会由于它们是否符合自己的需要而分别采取肯定或否定的态度。这里必须说明的是,人类的需要分为天然需要和社会性需要两种。后者是在前者的基础上,通过人类社会历史的发展而形成的、为人类所特有的需要。这种需要一方面受到社会历史条件的制约,所以在不同的历史时期、不同的民族、不同的阶级等等条件下,人们的社会性需要是互有差异的。另一方面,由于人对社会的存在和自身的社会属性都有其自觉意识,所以就可能在个人的需要中反映社会、民族、阶级、集体等等的需要,或者说把社会、民族、阶级、集体等等的需要变为个人的需要。

下面再说"体验"。人对于客观事物和自身状况持有肯定或否定的态度,这还不等于通常所说的情感;必须是这种态度引起了个体的以某种生理感觉为其特征的体验，这才成为情感。与这种体验有关的心理和生理过程极为复杂，专业的心理学工作者对此作了大量的研究和解释。就文艺心理学的要求来说，没有必要对上述心理和生理过程作全面的介绍；但应该说明两点，因为它们同以后所讲的内容是有关系的：

第一，情感的活动与位于大脑皮层之下的丘脑、下丘脑、网状结构和边缘系统（统称“皮层下部位”）的神经过程密切有关。而下丘脑又是控制植物性神经系统的中枢。“植物性神经系统分为交感神经系统和副交感神经系统；它们共同控制内脏器官（心脏、血管、胃肠、肾等），外部腺体（唾腺，泪腺，汗腺等），以及内分泌腺（肾上腺，甲状腺，胰腺等）的活动。”因此当神经兴奋达到皮层下部位时，就会在人体中引起种种生理反应，“呼吸、循环系统，骨骼、肌肉组织，内、外腺体，以及代谢过程的活动，在情绪状态中都发生变化”①。这一事实一方面说明了情感作用于人为什么具有较大的力量和较深的影响，另一方面也同情感在文艺创作中的表现很有关系。所以这是文艺心理学应予注意的。

第二，在情感活动的过程中，大脑皮层仍然起着控制和调节作用。首先，个体对客观事物和自身状况形成肯定或否定的态度，这就是大脑皮层进行了分析和综合的结果；在分析综合中，大脑不仅发挥了它的认识功能，而且还运用了它所储存的认识成果，这样才会对刺激物形成一定的态度。其次，大脑形成态度的神经过程传至皮层下部位，才引起了人体的生理变化，这种变化再作为感觉传送到大脑，于是才成为一种体验。所以说“情绪过程是被皮下机构调节的，而评价、认识等过程则是大脑皮层的机能，只有大脑皮层能评价经验的感情性质，并组合这些情绪为怕、怒、爱或恨。大

① 曹日昌主编：《普通心理学》下册。

脑皮层促成感情体验，下丘脑促成情绪表现”[1]。文艺心理学对于大脑在情感活动中所起的作用应予以充分的重视，因为它从心理活动的生理基础上证明了情感决不是超意识的存在，而是必然同一定的认识相联系的。一定的认识构成了某一情感活动的内容，因此情感活动的性质是可知的，其价值是可以评论的。这一点不论对文艺创作或文艺欣赏来说都非常重要。（当然，对情感活动起制约作用的，不一定只有属于认识范畴的单一因素；而是还可能有别的因素。例如现代心理学所说的情绪，即是指与有机体生理需要相联系的态度体验，也就是由防御本能、性本能、求食本能等无条件反射所引起的多种较为低级的情感活动。有的科学家甚至找出了脑部的某种化学物质对情感的制约作用，从而引出了“情感移植”等实验活动。但是这些发现并不能否定人的实践认识在情感活动中所起的最关键和最普遍的作用。对于正常的人来说，即使是与生理需要相联系的情绪也是与动物情绪不相同的，因为“人的情绪是经社会生存条件所改造过的，并且除了某些病理情况之外，是以人化了的受社会所制约的形式表现出来的”[2]。也就是说，这种情绪事实上是与有关“社会生存条件”和“社会制约”等认识相联系的。至于“情感移植”之类，则纯属生理性试验，与人的社会性活动没有关系。）

二　情感在文艺创作与欣赏中的作用

情感的作用，一言以蔽之，可称为“感动”。具体分析起来，对欣赏者的作用主要是“感染”，没有情感的感染作用，文艺即不成其为文艺；而对创作者的作用则主要是“促动”，

① 曹日昌主编:《普通心理学》下册第10章。

② 彼得罗夫斯基主编:《普通心理学》第405页。

必须情动于中，才会有真正的艺术创作。但因为人的情感是与行为相联系的，所以“感”与“动”无论对创作者或欣赏者来说都并非两不相干：创作者是因为有所“感”才产生了创作的冲动；欣赏者受到感染也必影响于行为，所以文艺才有宣传鼓动或潜移默化的作用。

人类的种种创造都伴随着一定的情感活动，正如列宁所说：“没有人的感情，就从来没有也不可能有人对于真理的追求。”但在哲学、科学以及种种体力劳动创造中，尽管人们也是带着感情在进行创造的，然而感情一般都不能在创造的成果中得到充分而具体的表现。只有在文学艺术的创作中，情感的活动不但作为一种推动力量在起作用，而且它们本身也在创作的成果中鲜明生动地表现出来。恩格斯在《反杜林论》中曾引用古罗马诗人尤维利斯的诗句“愤怒出诗人”；马克思更先后五次引用过这一名言[①]。当然这句话还应作更为广泛的理解，即“愤怒”所推动的并不只是诗的创作，而可以是一切艺术创作；同时推动艺术创作的也不仅仅是“愤怒”，还可以是其它的情感。“愤怒出诗人”之所以成为名言，主要因为它高度鲜明地表现了情感与创作的关系。这种关系不论古今中外均已成为普遍的认识，并且可以在无数的创作与欣赏实践中得到深刻的印证。

就中国而言，传为战国时公孙尼子所作的《礼记·乐记》是现存最早的音乐和美学论著之一，其中讲到“凡音之起，由人心生也。人心之动，物使之然也。感于物而动，故形于声”，表现了朴素而鲜明的反映论观点；它同时又说“情动于中，故形于声。声成文，谓之音”，说明作者在坚持反映论的前提下，已经能够充分估计情感活动对音乐创作的推动作用。伟大的史学家司马迁在《史记·太史公自序》中说：“昔

① 参阅陈力丹：《马克思与“愤怒出诗人”》，见《文艺研究》1984年第6期。

西伯拘羑里，演《周易》；孔子厄陈蔡，作《春秋》；屈原放逐，著《离骚》；左丘失明，厥有《国语》；孙子膑脚，而论兵法；不韦迁蜀，世传《吕览》；韩非囚秦，《说难》、《孤愤》；《诗三百篇》，大抵贤圣发愤之所为作也。”（类似的话亦见《报任安书》。）这是说各种著作都有情感的推动，而《离骚》与《诗三百篇》则为中国古诗的典范之作。传为汉人所作的《毛诗序》说：“情动于中而形于言，言之不足故嗟叹之，嗟叹之不足故永歌之，永歌之不足，不知手之舞之，足之蹈之也”，则又是专论诗歌而强调“情动于中”。南朝梁时刘勰说：“夫缀文者情动而辞发，观文者披文以入情。沿波讨源，虽幽必显。”[①] 结合下文来看，这里所说的“情”是兼指思想和情感的；现在光就情感而言，作者从“缀文者”与“观文者”两方面看问题，清楚地说明了情感的活动及其表现是在创作和欣赏中分别起了作用的。刘勰又说：“昔诗人（按：指《诗三百篇》的作者）什篇，为情而造文；辞人（指汉代辞赋家）赋颂，为文而造情。何以明其然？盖风雅之兴，志累蓄愤，而吟咏情性，以讽其上，此为情而造文也；诸子之徒，心非郁陶，为驰夸饰，鬻声钓世，此为文而造情也。故为情者要约而写真，为文者淫丽而烦滥；而后之作者，采滥忽真，远弃风雅，近师辞赋，故体情之制日疏，逐文之篇愈盛。”[②] “为情造文”、“为文造情”两句话，以其警辟而成名言；优秀的作品只能在真情实感的推动下写出来，也成了许多人的共同认识。唐代诗人白居易说：“感人心者，莫先乎情，莫始乎言，莫切乎声，莫深乎义。诗者，根情，苗言，华声，实义。上自圣贤，下至愚骙，微及豚鱼，幽及鬼神，群分而气同，形异而情一，未有声入而不应，情交而不感者。”[③] 在感动人心的东西

① 《文心雕龙·知音》。

② 《文心雕龙·情采》。

③ 《与元九书》。

中，作者把情放在优先地位；在组成诗歌的诸因素中，作者把情与言的关系比作根与苗的关系。这都充分强调了情感的作用。但白居易也没有把情感孤立起来，他认为诗是情、言、声（指诗的音乐性）、义的有机结合，看法也比较全面。

再看外国的情况。古罗马哲学家、文学家西塞罗在其《神性论》中说："德谟克利特不承认有某人可以不充满热情而成为大诗人。"[①] 可见早在古希腊德谟克利特的时期，情感在文艺创作中的作用已经被人认识了。文艺复兴以后，情感的作用更为论者所重视。十八世纪法国启蒙思想家狄德罗说："根据情感和兴趣去描写，这就是诗人的才华。"[②]"没有感情这个品质，任何笔调都不可能打动人心。"[③] 这也是着眼于创作和欣赏两方面来强调情感的作用。狄德罗还在《绘画论》中说，作者"必须先感动我，惊吓我，使我心碎、恐怖、战栗、流泪、愤怒；然后如果你还有此余力，怡悦我的两目"[④]。心碎、恐怖等等，都是情感的活动，在狄德罗看来，绘画对情感的表达是应该放到形式美的追求之上的。十九世纪俄国进步思想家和文艺理论家别林斯基说："感情是诗情天性的最主要的动力之一；没有感情，就没有诗人，也没有诗歌。"[⑤] 俄国伟大作家托尔斯泰对情感问题作过更多的论述，在他看来，"艺术的感染的深浅决定于下列三个条件：(1)所传达的感情具有多大的独特性。(2)这种感情的传达有多么清晰。(3)艺术家真挚程度如何，换言之，艺术家自己体验他所传达的那种感情的力量如何"[⑥]。由此可见，就整个文艺思想发展史来看，情感在创作中的动力

① 见北大哲学系编译《古希腊罗马哲学》。
② 《文艺理论译丛》1958年第2辑第129页。
③ 《文艺理论译丛》1958年第1辑第149页。
④ 见《文艺理论译丛》1958年第4辑。
⑤ 见《古典文艺理论译丛》第11辑第72页。
⑥ 见《艺术论》第149页。

作用和在欣赏中的感染作用是始终为人重视，而且越来越被强调的，这正是从一个角度正确总结了创作和欣赏的实践经验。

结合创作与欣赏的实践来说，在中外文学史上，情感的“感动”作用表现最为突出的事例之一，即是屈原之创作《离骚》。正如司马迁在《史记·屈原传》中所说：“屈平疾王听之不聪 也，谗谄之蔽明也，邪曲之害公也，方正之不容也，故忧愁幽思而作《离骚》。”由于屈原的忧愁幽思有其极为深刻的根源，久经斗争的淬炼，终于成为火花四射的激情，无法怀而不发，忍与终古，这才变成了犹如火山爆发、江海汹涌一般的诗篇。在激情的催动下，诗人的思索可以那样深刻而执着，他的想象竟会那样雄奇与奔放，真是倾心吐胆，欲罢不能。而从欣赏的一面来说，后世读者固然也惊叹《离骚》词采之绚烂，形象之瑰丽，气势之宏伟，想象之活跃，但其作用于人的心灵而最为强劲有力的，仍然是诗中激情的感染。正因为如此，《离骚》才成为抒情诗作的不朽典范。

中国的书法艺术在各类艺术中带有很大的特殊性，它的艺术形象是通过对汉字的想象加工而创造出来的，由于受到素材（汉字）的制约，又并非表现直接反映客观现实的内容（书法所表现的语言文字内容是另一回事，这里所说的仅是书法形象本身），所以在表情达意上带有模糊性，可以说是很不明确的。然而真正的书法艺术却也是形、质、情、性四者兼备，它和其它艺术一样，也是因为倾注了创作者的感情而具有内在的感染力量。在这一点上，唐代大书法家颜真卿的《祭侄季明文稿》和《刘中使帖》显有最为突出的表现。《祭侄季明文稿》是颜真卿追祭从侄季明的文章草稿。唐代安史之乱时，平原太守颜真卿和他的从兄常山太守颜杲卿分别在山东、河北境内起兵讨伐叛军，颜杲卿的幼子季明曾往来平原、常山之间做过联络工作。不久常山被叛军攻陷，杲卿父子被俘，先后被害。唐肃宗乾元元年（758），颜真卿命人到河北寻访杲卿一家的流落人员，结果由常山携归季明的首骨，所以颜真卿为文致祭。作者在书写时深受当年斗争经历的激动，既怀同仇敌忾的义愤，又感颜氏家族“巢倾卵覆”的悲痛，临文时激昂的感情一发难收，根本顾不上考虑书法的精粗而一气呵成。但也正因为如此，所以能毫不拘谨地将长期积累的精湛书艺充分发挥出来。全篇运笔的畅达果断和转折之处锋毫变换的熟练自然，都证明了这一点。大量渴笔的出现，本来也是临文时心情激切的表现，并非艺术上的有意识考虑，然而却使书法形象更显得豪迈苍劲；并且在东晋以来的行草书法中还是一种新的创造。《刘中使帖》一名《瀛州帖》，作于代宗大历十年(775)，当时作者在湖州，得悉两处军事胜利，感到非常欣慰。所以此帖的写作，是同作者殷殷在怀的克服分裂叛乱、推进全国统一的素志密切相关的。全帖四十一字，字迹比他的一般行书都要大得多，笔画纵横奔放，酣畅矫健，大有龙腾虎跃之势。前段最后一字“耳”独占一行，末画的一竖以渴笔贯串全行，不禁令人想起诗人杜甫在听说收复河南河北以后，伴随着放歌纵酒、欣喜欲狂的心情所唱出的名句：“即从巴峡穿巫峡，便下襄阳向洛阳。”所以元代书法家鲜于枢说此帖和《祭侄季明文稿》等一样，都是“英风烈气，见于笔端”。当然有的同志可能会说，以上分析书法创作与情感活动的关系，都是在了解作品的创作背景的情况下所作的论断；要是欣赏者并不了解这种背景，难道也能从书法形象中受到情感的感染？关于这个问题，首先要知道在艺术欣赏的心理过程中，对形象的感受总是同理解相联系的，欣赏者对有关创作背景的了解正是形成理解的一个重要条件，而理解则必然促进感受的深化，这也正是所谓“只有理解了的东西才更深刻地感觉它”。况且书法创作也总是同一定的语言文字内容相联系的，这方面的内容也必然为了解创作背景提供一定的材料。其次，欣赏书法艺术也的确可能出现对创作背景一无所知的情况，但有经验的欣赏者也还是能够根据欣赏的经验，根据书法与书法、书法与文字的比较，来感知某一特定作品的形象特点，从而意识到作者之所以把一个个汉字写成那样，这显然是表现了他的思想感情、个性特征与美学趣味的；而作者的感情如果的确在书法形象中得到了准确而充分的表现，那么欣赏者通过玩味也是会受到感染的。在这一点上，欣赏书法的确和欣赏无标题音乐有相似之处，后者也无一字来表示作品的内容，但欣赏者通过乐音的高低、强弱、快慢的艺术性变化也能感知作者的情感活动并受到感染；书法与此相比，只是把听觉上的艺术性变化改为视觉上的艺术性变化而已，两种变化都能引发联想、想象和情感的活动，这是毫无疑义的。正因为如此，所以书法欣赏者若把王羲之的《兰亭集序》与颜真卿的《祭侄季明文稿》相比，是显然可知它们表现了不同的感情并受到不同感染的。

近代著名画家毕加索说："色彩和形式一样，与我们的感情形影不离。""我想达到任何人都无法超越的高度技巧，我的每件作品也是这样创造出来的。为什么我要如此行事？很简单，我希望的仅仅是它能喷射出热情。"① 当然，任何艺术创作都决不可能"仅仅是喷射热情"的东西(说详下节)，但"喷射热情"、以情动人，的确是艺术创作的重要功能。在毕加索的绘画中，表现他的这一主张的最为典型之作，当然要数反法西斯的名画《格尔尼卡》。1937 年，原籍西班牙的画家毕加索正为巴黎世界博览会西班牙馆设计壁画。当年 4 月 26 日，法西斯德国为了试验新型的炸弹，竟趁西班牙格尔尼卡镇赶集之时突然进行空袭，狂轰滥炸达三个半小时，不仅把这个小镇炸为废墟，还炸死了两千多人。这一令人发指的罪行使毕加索深受震惊并无比激动，

① 《与泽沃的谈话》，见《世界美术》1981 年第 1 期。

出于强烈的爱国之情和对法西斯匪徒的仇恨,他立即改变了原来的构思,毅然决定通过壁画来控诉格尔尼卡的惨剧,结果仅用一个多月的时间,便完成了这一举世闻名的巨作。《格尔尼卡》画中出现的事物既是现实的,又因强烈变形和非逻辑的组合而成为超现实的;全画所用的黑、白、灰色异常阴冷低沉,但夸张的物象及其怪异的组合却表现了激烈的动态与高速的节奏,二者的矛盾统一使整个画面既阴沉压抑又激动狂乱。浮现在画上的有兽性发作的公牛,受伤嘶叫的奔马;极度悲痛的母亲托着死亡的婴儿,肢体断裂的战士横尸在地而仍有剧烈的痛苦;一个妇女号叫着从上跌落,另一个吓得发昏张皇奔逃,……这些形象都给人以强烈的印象,而照耀并凝视着这一切的竟是一隻以电灯泡为瞳仁的眼睛,更使人感到触目惊心。整个画面不仅充分表现了作者的愤激之情,是真正"喷射出热情"的力作,而且即使是不了解创作背景的观众也不免对之而生阴惨、恐怖、迫压、痛苦之感,同时又有一种不可名状的愤慨在心底躁动。因此"感"与"动"的统一在这幅画的创作与欣赏上有着极为突出的表现。

在古今中外的艺术创作中,作为情感活动之一的爱情,显然表现了普遍而有力的"感动"作用。法国启蒙思想家伏尔泰曾在《天真汉》中说:"世界上无论什么地方,一个人有了爱情未有不成为诗人的。"这看起来像是一句笑话,但结合事实来看却很有理,试看古今中外的民间情歌响遍人间,其作者不但本来不是诗人,而且大都没有文化,然而在真挚热烈的爱情催动下,他们却也出口成章,天籁声茂,其间多有优美感人之作,传世不绝。同样对于专业的作者来说,爱情也会起到神奇的催化作用,所以美国著名作家海明威说:"最好的写作一定是在恋爱的时候。"① 除了诗歌之外,爱

① 《海明威访问记》,见《文艺研究》1980年第2期。

情推动创作的事例尤以音乐史上为多，其为人所艳称者，如贝多芬在1806年热恋苔莱斯·特·勃伦丝维克，并同她订婚，还称之为“不朽的爱人”；第四、第五、第六三部交响乐的创作是同这种爱情的鼓舞分不开的；这三部交响乐都题献给苔莱斯，正说明了这一点。① 又如罗伯特·舒曼的许多乐曲都是因为受到他的爱人克拉拉·维克的爱情鼓舞而写的。他赞美她说：“别的人只不过写诗，本身却不是诗；克拉拉本身实在就是诗。”1840年舒曼与克拉拉结婚，单在这一年里，舒曼就写了一百三十八首歌曲，音乐界因而把1840年称为舒曼的“歌曲之年”②。

情感在文艺创作和欣赏中所起的作用非常巨大。正因为如此，也就有人把这种作用绝对化，并把情感活动从人类充满辩证关系的心理过程中孤立出来；他们认为文艺创作只是为了表现情感，而这情感又是不具有认识内容的所谓“纯粹的情感”。这种看法和主张是不符合正常人的心理活动法则的，因而事实上也是行不通的。

第二节　情感与认识的关系

《礼记·礼运》说：“何谓人情？喜、怒、哀、惧、爱、恶、欲，七者弗学而能。”如果只从生理机能上看，这话是正确的。但“弗学而能”不等于“无故而生”。正如毛泽东同志所说：“世上决没有无缘无故的爱，也没有无缘无故的恨。”③ 而且因为人是生活在社会现实之中，所以产生情感的“缘故”

① 均见《外国文学艺术家轶话》。

② 均见《外国文学艺术家轶话》。

③ 《毛泽东选集》4卷本第827页。

又必然与社会生活的实践相联系。这不仅是唯物主义反映论的观点,而且从心理学的角度来看也可以得出根本上一致的结论。因为"情绪和情感虽然与有机体的生理唤醒状态有着密切的关系,但它不是单纯地由生理唤醒状态决定的。情绪、情感产生的源泉是客观现实。但是,情绪、情感又不是客观现实直接、机械地决定的。作用于人的外部世界的各种事件与人的各种需要的联系是发生在认知活动之中的。客观事物对人的作用必须通过人的认知过程,而且由于人的认识的每一次活动又不是单独地被孤立的一件事物决定的,人在生活实践中积累的知识和经验制约着当前的认识,并与人的态度或愿望结合起来。因此,人们对作用于他们的事物的判断与评估,才是情绪的直接原因;同一事件对不同的人或在不同的时间、条件下出现,可能被作出不同的评估或料想,从而产生不同的情绪。"① 由此可见,正是人们在已经积累的知识经验的制约下,在生活实践中所形成的对客观现实的反映和认识,以及由此而作出的判断与评估,这才是引起情感活动的"缘故"。

但是,情感也并非只是消极地接受认识的影响与制约,它一经产生又会对认识活动(包括创造活动)发生反作用。这一事实和认识制约情感一样,也有其神经生理方面的根源。因为人的任何意识活动,在其进行中都需要大脑皮层保持一种与之相适应的紧张度与积极性,而现代神经生理学的研究表明,调节大脑皮层的紧张度和积极性的器官,"不是位于皮质本身中,而是位于下部的脑干和脑的皮质下部位中,这些器官与皮质有着双重的关系,它既增强皮质的紧张度,同时又经受它的调节作用"②。这就是说,作为认识活动中枢的大脑皮层与作为情感活动中枢的皮层下部位

① 曹日昌主编:《普通心理学》下册第65页。
② 鲁利亚:《神经心理学原理》第84页。

之间的神经过程不是单向的，而是彼此影响、相互交促的，这样就从神经生理机制上决定了认识活动与情感活动的辩证关系。再从心理活动的情况来看，由于情感活动所产生的体内生理变化在大脑皮层上引起兴奋，这就既可能加强个体对引发情感活动的特定信息的注意，又可能唤醒大脑这个“信息库”中所储存的许多有关信息，于是信息与信息之间又可能建立各种暂时联系。所以不论从神经生理机制或从心理过程上看，一定的情绪反应很可能使大脑处于活跃状态，去形成新认识，以至作出新创造。上一节中所讲的情感在文艺创作和欣赏中的巨大作用，也就是情感活动使大脑皮层处于活跃状态的表现；同时也是情感对认识、创造活动的反作用在文艺创作和欣赏中的具体表现。瑞士心理学家皮亚杰说：“没有一个行为模式(即使是理智的)，不含有情感因素作为动机；但是，反过来讲，如果没有构成行为模式的认识结构的知觉或理解参与，那就没有情感状态可言。”[①] 这个看法是辩证而全面的。

情感与认识有密不可分的关系，而认识又由于实践的深浅和大脑加工程度的不同而表现为种种形态(感觉、知觉、表象、思维等)。各种认识形态都可能成为引起情感活动的“缘故”，当然也都可能受到情感活动的反作用。下面分别作一点较为具体的说明。

一　感觉、知觉与情感

感觉和知觉都可能引起情感活动。例如冷热痛痒，甜酸苦辣，气味香臭，光线明暗，暖色冷色，乐音噪音等等，由此而生的种种感觉在一定情况下都可能引起情绪反应或情感活动。而像一见倾心与望而生畏，喜闻乐见与惨不忍睹，

① 皮亚杰：《儿童心理学》第118页。

望海观日而心旷神怡，登山临水而悦目动情等等，那就是知觉引起了情感的波动。

感觉、知觉与情感的联系一般说来比较单纯，但有两点情况也值得注意。第一是它可能受到个体的处境、思想、心情等状况的制约和影响。同一种自然现象或社会现象，个体在不同的状况下反映它们，就有可能产生带有不同感情色彩的感觉或知觉。第二是在人的实际心理活动过程中，感觉、知觉的产生往往又引起其它心理活动，如回忆、联想、想象、思维等，与此相应也就必然引起情感活动的变化和深入。这两种情况在文艺创作中经常有所表现，所以研究文艺创作中的心理活动尤应给以注意。

在《感性与理性》一章中曾经说过，由于感觉和知觉只有在客观事物直接作用于人的感觉器官时才会产生，随着客观事物脱离感知的范围，它们立即消失，因此感觉和知觉不能作为创作的素材被积累，一般说来也难以直接进入创作的构思。但这不等于说感觉、知觉以及它们可能引起情感活动等情况在文艺创作中是无关紧要的。分析创作过程中的一些实际情况，可以发现感觉、知觉所起的作用还是不容忽视的。因为第一，感觉、知觉在有些创作中起了某种契机的作用，即当创作者面对某种客观事物时，可能被当时的感觉、知觉(连同被它诱发的其它心理活动)引起某种创作的冲动或构思的启发。第二，表象是可以积累的创作素材，也是构思中需要大量运用的材料，而感觉、知觉正是表象的最初来源。当然就创作者个体来说，表象也可以通过间接途径而获得；但无论如何，创作者本人通过直接感知而保存在记忆中的表象总是比较生动深刻，因而在创作中也就更为有用。第三，感觉、知觉固然不能作为创作素材被积累，在一般情况下也不能直接进入创作的构思，但是，由客观事物的反映而产生感觉或知觉，由感觉或知觉又引起情感等心理活动，这些作为普遍存在的生活现象却往往需要在文艺创作中加以表现，因此创作者如果对这一类心理活动有比较丰富而准确的体验，这就显然有利于文艺创作。下面试分析两个实际的例证。

唐代杜甫的著名诗篇《春望》说："国破山河在，城春草木深。感时花溅泪，恨别鸟惊心。烽火连三月，家书抵万金。白头搔更短，浑欲不胜簪。"这首诗作于唐肃宗至德二年(757)，当时作者羁居于被安史叛军所攻陷的长安。诗的题目叫《春望》，前四句就是复述通过"望"而得到的知觉(在创作时实际运用的构思材料则是由知觉留下的表象)。由于知觉的形成离不开个体的处境、思想和心情，因此本来的山河就成了国破以后的残山剩水，茂密的草木又成为人烟寥落的对比而被反映；连花开鸟鸣这样的景物也因为是在"感时"与"恨别"的心情下被感知的，所以竟成了催人泪下和惊动愁心的东西。作者对上述事物的知觉都在特定的处境、思想和心情下形成，于是这种知觉又引起了更深的情感活动，并联想到战火蔓延，家书断绝，忧患易老，一个个愁念连绵不断，而痛苦的感情也愈来愈深。这首诗的写成当然是作者在一定的思想感情下进行了深刻的表象运动的结果，但它所描写的生活现象却清楚地显示了知觉与情感的联系。正因为作者确实有过这样的心理活动经验，所以才能够写得这样深入具体。

托尔斯泰在《战争与和平》第六卷中写安德列公爵在经过战争又失去妻子以后隐居乡间，他在查看田庄的路途中穿过一片树林，看到一棵橡树：

路边上立着一棵橡树。它大概十倍于成林的桦树的年龄，比它们粗十倍，高两倍。那是一棵大树，它的腰围有两抱大，显然好久以前它的一些杈子已经折断，它的皮上也出现了瘢痕。它生有不匀称地伸出的不好看的大胳臂，又生有多结节的手和指头，它像一个古老的、严厉的、傲慢的怪物一般站在含笑的桦树中间。只有点缀在树林中间的死样的、常绿的枞树，还有这一棵橡树，不肯对春天的魔力屈服，既不注意春天，也不注意阳光。

“春天，爱情，幸福！”这棵橡树似乎说道。“你们不厌倦那种愚蠢的、无谓的、经常反来复去的欺骗吗？永远是一个样子；永远是一种欺骗！没有春天，没有太阳，没有幸福！看那些受了压迫的死枞树，从来不变，也看看我，把我那些折断的脱皮的手指头顺着生出的地方（不拘是从我背上，还是从我两侧）伸出去：正如它们长了出来，我站在这里，我不相信你们的希望和你们的谎话。”

穿过树林的时候，安德列公爵几次转过身子看那棵橡树，好像从它身上期望一点什么。在这棵橡树下面，也有花有草，但是它站在它们中间，依旧板着脸，僵硬、丑陋、冷酷。

“是的，橡树是不错的，一千倍不错的，”安德列王爵想道。“让别个——年轻的人们——再来上当吧，但是我们认识人生，我们的生命已经完了！”

一整串绝望而又愉快得可悲的新思想，随着那棵树在他灵魂中腾起。在这趟旅行中间，他好像把他的生活重新考虑过，得到他的旧结论，安于它的绝望：他没有资格再来开创任何什么——不过他应当度完他的生命，以不作有害的事为满足，不惊扰他自己，也不希求任何什么。

这里描写了安德列对橡树所生的清晰知觉，而这个知觉被涂上了安德列当时所有的情绪色彩，它的形象实际上也就是安德列的阴冷绝望的心情的写照。关于橡树的知觉又引起了他一连串的联想以至于幻想，特别是使他在“灵魂中腾起”了“绝望而又愉快得可悲”的新的思想与感情，从而重新肯定了他早已对生活所作的结论。但等到六个星期以后，当他重见那棵橡树时，情况却大不一样了：

“是的，跟我意见相投的那棵橡树，就是在这个树林子里，”安德列公爵想道。“可是在哪里啦？”他又惊疑道，一面向路左边看，于是满怀赞美地看他寻找的那同一棵橡树，他认不出来了。那棵老橡树，完全变了样子，展开一个暗绿嫩叶的华盖，如狂似醉地站在那里，轻轻地在夕阳的光线中颤抖。这时那些结节的手指，多年的疤痕，旧时的疑惑和忧愁，一切都不见了。透过那坚硬的古老的树皮，以至没有枝子的地方，生出了令人无法相信那棵老树会生得出的嫩叶。

“是的，这就是那棵橡树，”安德列公爵想道，于是他陡然起了一种欢喜和更新的不可理解的春天感。他一生最好的时刻突然都记了起来。……

“不，生命在三十一岁上并未过完！”安德列公爵突然斩钉截铁地说道。……

橡树的变化本来平淡无奇，但在这六个星期中安德列已经初次见过了纳塔莎，受到了她热爱生活的青春活力的感染，而且实际上已在心灵深处萌发了对她的爱情。因此当他重见橡树时，他所得到的知觉已经被不自觉地涂上了新的感情色彩；而这个知觉又挑起了他更多的思想和情感活动，把潜伏在心底的东西（包括彼尔对他的影响和纳塔莎对他的感染）也给唤醒了。托尔斯泰对安德列两见橡树所作的艺术化描写，极为真实生动地表现了一种普遍的心理现象，即知觉的形成受思想感情的影响，又引起更多的思想感情活动。这种真实生动的艺术描写，显然是以作者本人的丰富而准确的心理活动经验为其基础的。

二 表象活动与情感

表象与情感的关系同上面所说的感觉、知觉与情感的关系有一致之处，因为表象和感觉、知觉一样，也是客观事物的直接反映，而且表象的最初来源也就是感觉、知觉。但丁说：“你的感觉力从实物抽取一种印象，便展开在你心里，使你的心倾向于他，这倾向就是爱，这是心和物之间经过喜悦而发生的新联系。”[①] 这里所说的就是通过感知而形成的表象,引起了情感的活动。但是表象与情感的关系也有它本身的特点,大致表现为以下两种情况:

第一,表象不像感觉、知觉那样随着客观事物脱离感知范围而消失,它是可以长久地保存在大脑之中的,因此与之相联系的情感也就可能长久地发挥作用。“毒蛇咬一口,井绳怕三年”,这就是有关毒蛇的表象同怕的感情长期联系的一个例证。笔者还曾见过一个同志,他并没有被蛇咬过,但他不喜欢别人提到蛇,一说到蛇这个词,他就会想到蛇的形象,于是马上就会恶心,据说他几十年来一直这样。所以表象与情感的联系并不以三年为限。这一情况在文学艺术创作中就有了巨大的意义。因为文艺创作既然是把表象作为可以积累并用于构思的材料,那么与之结合的情感当然就能够在创作中发挥作用。这种保留在记忆中的情感,当它随着表象复现的时候,也许没有当初随同感觉、知觉出现时那么强烈,但由于岁月的磨炼、生活的酝酿和理解的深入,也可能变得更为深沉。

法国大文学家雨果十六岁时在巴黎法院门前广场看到一个年轻妇女受烙刑,这是个著名事例,这一事例说明了表象和情感的记忆可以是多么深刻。雨果到了六十岁时在给朋友的信中描写这一往事,还是那样细致和具体,“她的脚边放着一炉烧红的炭,一把木柄的烙铁插在炭火里,烧得通红,观众好像感到很满意”。“正当时钟响了十二下,一个男子不让她看见,从她背后走上了刑台。我事先已经看到,那女人穿的粗毛布小衫背上有一条缝,用带子拴着。那男子上来,很快地解开带子,敞开小衫,让女人的背一直袒露到腰部,接着拿起炉子里的烙铁,就往她赤裸的肩头上放,而且深深地往下按去。烙铁和刽子手的拳头被一阵白色的烟

① 《神曲·净界》第18篇。

雾遮没了。”[①] 雨果信中的这些话，充分说明他对一个妇女受烙刑的表象记忆是多么牢固；而在四十多年中，随着受烙表象之被忆起，当然也就会有相应的情感活动。至于这种表象和情感如何随着生活认识的提高而更加深化，那是可以从《巴黎圣母院》、《悲惨世界》等一系列名著中得到印证的。

再举一个事例。前一节中说过，贝多芬在1806年曾热恋苔莱斯·特·勃伦丝维克，称她为“不朽的爱人”；但贝多芬和苔莱斯终于没有结合，而在1816年，贝多芬说：“当我想到她时，我的心仍然和第一天见到她时跳得一样剧烈。”同年，他写了六曲“献给遥远的爱人”的歌。他在笔记里写道：“我一见到这个美妙的造物，我就心潮澎湃，可是，她并不在这里，并不在我身边。”[②] “并不在这里”而竟称之为“见到”，可知表象的记忆是多么深刻；想到她时，“心仍然和第一天见到她时跳得一样剧烈”，可知情感追随表象的复现是何等紧密。

第二，表象既然可以长期记忆，它在记忆中就会因为受到不同的生活处境和心理状况的影响而发生活动与变化。这就又可能引发新的更为复杂的感情，出现新的表象与情感的结合。这种情况，从情感活动的角度来说，就是表象的活动引起了情感的变化；而从表象活动的角度来说，就是变化了的表象带上了新的感情色彩。这些心理现象在文艺创作中所起的作用非常值得注意，它便于创作者加以巧妙的运用，以深入细致地反映人的心理活动，创造经得起玩味的意境。试看南唐李煜的《望江南》词：

多少恨，昨夜梦魂中，还似旧时游上苑，车如流水马如龙，花月正春风。

① 《外国文学艺术家轶话·永不磨灭的印象》。

② 同上书，《贝多芬和他“不朽的爱人”》。

上苑游春，车水马龙，这是多么富丽繁华的景象，同它相联系的本应是欢乐的心情。然而这首词是在他降宋被囚之时所作，因此表象的浮现不再带来欢乐，只能引起愁恨。再看宋末蒋捷的《虞美人·听雨》词：

少年听雨歌楼上，红烛昏罗帐。壮年听雨客舟中，江阔云低断雁叫西风。而今听雨僧庐下，鬓已星星也。悲欢离合总无情，一任阶前点滴到天明。

从词作来观察作者的心理活动，当是晚年在僧庐下听雨，而勾起了对少年时、壮年时听雨的回想。全词以听雨为线索，通过具有极大概括性的表象活动，展示了一生的经历和心情变化。其中关于少年、壮年生活的表象本来是同离合悲欢的复杂感情相联系的，但因为作者是在亡国避世以后回想这一切，因此便以消极的态度把种种变化归结为空虚与自然，离合悲欢也变成"无情"的了。本来应当包含着复杂的表象和情感活动的整个回想，在这里都被涂上了消沉而又隐藏着悲愤的情感色彩。

下面再举一个小说方面的例子。由于小说中的描写细致具体，因此关于表象活动与感情的变化往往被表现得更加明显。英国史蒂文森在《新天方夜谭·印度王的钻石·三》中写了银行职员佛兰西斯·斯克瑞姆格尔的遭遇。他本来对他的职业和生活"心满意足"，又"非常崇拜"他父亲的品德。突然有一天，一个律师告诉他，有个匿名人愿意给他每年五百镑的津贴（他在银行的薪水是每年二百镑）；律师还告诉他，他现在的父亲实际是他的养父，而愿给津贴的匿名人大概是他的生父。于是佛兰西斯就决定接受这笔不明来历的津贴，随之而在心理上也出现了变化：

他发现自己这时候从心里对斯克瑞姆格尔这个姓起了一阵无法抑制的憎恶，虽然他过去从来没有不欢喜过这个姓。他开始鄙视自己在过去的生活中、那些狭窄、庸俗的兴趣。……苏格兰大街上那一层房子，在他眼里，显得很蹩脚；他的鼻子有生以来头一次厌恶肉汤的气味。同时，他又看出他那位养父的态度和举止有许多小小的缺点，使他心里充满了诧异，甚至感到厌恶。

这是作者在刻画人物，而并不是描述自己的心理活动。但因为他的刻画是以人类的实际心理活动经验为基础的，所以显得真实而生动。这当然不是说人人都像佛兰西斯那样庸俗势利，但是表象在特定情况下因处境和心理的变化而发生变异，从而带有新的感情色彩，这却是常有的现象，而文艺创作则往往给以艺术的表现。

总的来说，表象因为能够活动变化，所以它与情感的关系就相当复杂。一定的情绪状态和情感活动能引起表象的活动，而表象的活动又可能加重原有的情感，或使之发生新的变化。同时，表象的活动多种多样，这就可能以多种方式对情感发生影响。就文艺创作而言，想象是表象运动中最重要的表现，因而它与情感活动的关系也最值得注意。

雨果在《悲惨世界》第三部第三卷中描述马吕斯的父亲彭眉胥曾长期追随拿破仑英勇作战，在滑铁卢战争中升为上校并受封男爵。马吕斯从小被外祖父吉诺曼收养，吉诺曼是顽固的保王党，一直把彭眉胥视为“匪徒”；马吕斯受他的影响，也对自己的父亲缺乏了解和感情。直到彭眉胥死后，马吕斯才逐渐了解事情的真相，并改变了对他父亲以及整个法国革命和拿破仑的态度。下面这一段是小说描写马吕斯阅读历史资料时的情况：

他读着大军的战报，那是些在战场上写下来、具有荷马风格的诗篇；在那里面，他偶尔见到了他父亲的名字，也处处见到皇帝（指拿破仑）的名字；伟大帝国的全貌出现在他的眼前了；他感到一阵阵潮头似的，在他胸中澎湃，直往上涌；他有时候仿佛觉得他父亲像一阵微风似的打他身边拂过，并且在他耳边和他说话；他的感受愈来愈奇特了；他仿佛听到鼓声，炮声，军号声，队伍行进的整齐步伐；骑兵在远处奔驰的马蹄声也隐约可辨;他不时抬起眼睛仰望天空,望着那些巨大的星群在无涯无际的穹苍中发光,他又低下头来看他的书,他在书中也看见另外一些巨大的形象在纷纭移转。他感到胸中郁结。他已经无法自持了,他心惊体战,呼吸促迫,猛然一下,——他自己并不知道自己在想着什么,也不知道自己受着什么力量的驱使,——他立了起来,把两只手臂伸向窗外,睁眼望着那幽溟寥寂、永无极限、永无尽期的邈邈太空,大吼了一声:皇帝万岁!

这一段描写说明情感是多么有力地推动着想象,而想象又多么有力地加深了情感。当然小说中的描写不能视为心理活动的实录,但描写必须在一定程度上符合人们的心理活动经验,才会使人感到真实与生动。特别是雨果本人在政治思想上也经历过从保王党观点到共和主义的转变,因此他对马吕斯的思想感情变化的描写(不止以上所引的一段),是值得注意的。至少可以说作者是怀着深厚的感情来进行表象活动,以塑造人物的。

英国大文学家狄更斯在其名著《大卫·科波菲尔》的序言中说:"我在这部书上的兴趣是那么亲切,那么强烈,我的思想是那么悲喜交集——喜的是一个长久设计的完成,悲的是许多伴侣的别离";"在一种经过两年的想象工作的结尾,这枝笔是怎样悲哀地放下;或,当著者头脑中一群人物就要永远离开他时,他怎样地觉得仿佛把自己的一部分投入淡忘的世界";"对于我的想象所产生的每一个孩子,我是一个溺爱的父母,从来没有人像我这样深地爱他们。不过,正如许多溺爱的父母,我在深心的最深处有一个得宠的孩子,他的名字就是'大卫·科波菲尔'"。这些话清楚地说明,小说中的人物乃是通过想象创造出来的;想象的过程始终伴随着情感的活动,而其成果尤其联系着作者的深厚感情。狄更斯说没有人像他那样深地爱他们,这可是有点主观。事实上在文艺创作中塑造人物形象,这对任何作者来说,都是长久怀着浓厚的感情孕育而成的;至于对一种认识成果的爱,那就更具有普遍性。

前苏联捷普洛夫在其所著《心理学》一书中说:"柴考夫斯基论到他的歌剧《欧琴·奥涅金》时写道:'如果以前所写作的音乐曾经带有真情的诱惑,而且附带着对于题材和主角的爱情,那就是对于《奥涅金》的音乐。当我写作这篇音乐时,由于难以借用笔墨表示的欣赏,我甚至完全都融化了,身体都在颤抖着。'在更前进的创造过程中,在情感影响之下所创建出来的想象的形象本身,就变成情感的源泉了:它们能够激动创作它们的艺术家,较比真实生活事件的力量并不少。葛林卡回忆着说,苏萨宁和波兰人在树林中的一幕的情景激动着他,甚至'头发都竖立起来,而且全身打着寒噤。'(按:指歌剧《伊凡·苏萨宁》的创作。)柴考夫斯基在他的《黑桃皇后》最末一段的写作完成之日,就在自己的日记中写道:'当葛尔曼死亡的时候,我便深深地哭泣了。'"① 在这段论述中,除了柴考夫斯基和葛林卡的事例生动说明了创作想象中的情感活动外;尤应注意中间的一段话,即"在更前进的创造过程中,在情感影响之下所创建出来的想象的形象本身,就变成情感的源泉了:它们能够激动创作它们的艺术家"。这说明作为表象活动最重要表现的想象,本身就可以成为引发情感的一种认识内容。这一现象又有助于说明为什么艺术家在创作中有可能始终保持连绵不断的热情(当然艺术家的热情从根本上说是来自生活实践,想象只是反映客观现实的形式之一,所以它决不是热情的唯一源泉)。另外,艺术家本身同时又是他的创作的"第一个欣赏者",他必须自己在创作过程中受到感动,才有可能去感动广大的欣赏者,这又表现了想象的成果与情感的关系。

① 捷普洛夫:《心理学》第7章第42节,何万福、赫葆源译。

德国剧作家席勒指出:“一切同情心都以受苦的想象为前提;同情的程度,也以受苦的想象的活泼性、真实性、完整性和持久性为转移。”“想象越生动活泼,也就更多引起心灵的活动,激起的感情也就更强烈。”① 这是从悲剧艺术的角度对想象和情感的联系作了很好的概括。想象是各种文艺创作过程中用得最多的表象活动,所以需要作较多的论述;至于其它表象活动与情感的联系情况,就不一一细说了。

三 抽象思维与情感

抽象思维需要理智和冷静,但它也会引起情感活动,反过来又受到情感的推动和影响。这种同思维相联系的情感活动,和前面所讲的同感觉、知觉、表象相联系的情感活动相比,有什么特点呢?这个问题又需要从思维本身的特点说起。

思维也是人脑对客观事物的反映,但它是间接的反映、概括的反映。所谓间接反映,就是通过其它事物为中介来反映客观事物。例如看到地里的农作物长得好,作为感觉、知觉和表象等直接反映来说,认识到此也就为止了。然而倘若由此而展开思维活动,那就可以通过农作物长得好而认识到农民进行了精细的耕作;再进一步又可以认识到精细的耕作是因为农民发挥了生产的积极性,而生产的积极性又是由正确的农业政策调动起来的。在这里,认识者的直接反映不过是农作物长得好;至于耕作精细、生产积极、政策正确等等在此时此地就都是间接的反映。(当然这个例子仅仅是一种可能出现的实际思维活动,不能看作正规的逻辑推理。)这些间接反映首先有赖于人们对事物之间的联系有所认识和理解,假如根本不知道精细耕作同农作物

① 〔德〕席勒:《论悲剧艺术》,见《古典文艺理论译丛》第6辑。

生长有什么关系，那么上述间接反映也就不可能出现了。不仅如此，认识者还必须借助人类共同积累的经验和知识，确切知道事物之间的某种联系是有概括性的，是一般地适用于同类事物的，间接反映才可能形成。仍以上面这个例来说，精细耕作是农作物长得好的一个必要条件(当然还不是充分条件)，对于这种联系的认识，是从人类大量生产经验中概括出来的，因此才能借助它来展开上述思维活动。假如认识者只知道在某一次种植中曾采用某一种耕作方式，后来又知道那次所种的东西长得很好，其它则概无所知，那么上述思维活动就没有理由出现，即使出现了也算不上可靠的间接反映。

正因为思维活动是一种概括的、间接的反映，所以通过思维有可能认识那些并未直接作用于人们的事物。关于这个问题，又有几种具体情况：从事物的因果关系来说，可以由原因推想结果，也可以由结果追溯原因；从事物的内涵来说，可以从现象认识本质，也可以从本质加深对现象的认识；从事物的外延来说，可以从一点想到全面，也可以从全面想到一点，等等。这种种情况制约着与思维相联系的情感活动，使它也有自己的特点，这些特点可概括如下：

第一，由于思维的认识范围远远不止于直接反映的事物，因此伴随着思维而出现的情感活动，在深度和广度上，也就会大大超过以感觉、知觉和表象为认识内容的情感活动，例如《红楼梦》二十七至二十八回，写贾宝玉偷听林黛玉的《葬花诗》，“先不过点头感叹；次又听到‘侬今葬花人笑痴，他年葬侬知是谁？……一朝春尽红颜老，花落人亡两不知’等句，不觉恸倒山坡上，怀里兜的落花撒了一地。试想林黛玉的花颜月貌，将来亦到无可寻觅之时，宁不心碎肠断，既黛玉终归无可寻觅之时，推之于他人，如宝钗、香菱、袭人等，亦可以到无可寻觅之时矣。宝钗等终归无可寻觅之时，则自己又安在呢？且自身尚不知何在何往，将来斯处、斯园、斯花、斯柳,又不知当属谁姓?——因此一而二,二而三,反复推求了去,真不知此时此际,如何解释这段悲伤”!这一段文字描写思维与情感活动的关系非常真实具体。从情节来看,贾宝玉所直接感知的只有林黛玉在葬花和作诗,这当然也会引起他的情感活动;但如果认识内容仅限于此,那么情感活动的深度和广度就很有限。然而贾宝玉在听林黛玉的诗时,又运用了思维来“反复推求”,终于通过事物的类比关系、因果关系、点面关系等,对并未直接反映的东西越想越深,越想越广;而随着认识内容的剧烈变化,他的情感活动也就愈来愈强烈了;由“点头感叹”到“恸倒山坡”,以至于不知“如何解释这段悲伤”,其情感活动的深广程度就远非直接感知时所能够比拟了。通过书中对贾宝玉心理活动的描写,当然也可以窥知作者在创作中的心理活动,他的情感也是随着思维在那里运转的。在与思维相联系的情感中,还应专门提一下恐惧之情。这种情感当然也可能由知觉和表象引起,但它同思维的联系则是更为普遍而深刻的。因为恐惧或恐怖往往产生于思维对于不可确知的祸害的间接反映。人类对于未来的祸害总是要求能够预知,以便能够防止或避免。因此当出现祸害的迹象时,便力图运用思维作出准确的间接反映。而当未来的祸害终于无法确知时,思维所作的间接反映就愈加复杂而模糊,恐惧不安的心情也随之扩大和加深。许多文艺创作者深知这个道理,因此当他们描写神秘恐怖的事情时,总是着意渲染种种迹象,而不肯轻易揭示事情的实质与结果,因为这样更易于挑动读者的思维和情感。

第二,与思维相联系的情感有可能出现复杂矛盾的情况,这和完全由事物的直接反映所引发的情感是有所不同的。前面论述感觉、知觉、表象与情感的联系,都曾谈到情感的产生会受到个体在当时的处境和心理的制约,因此情感及其认识内容(指直接反映)之间的关系也并非永远固定不变，有时会出现一定的变异。但是在同一个情况下，由同一个事物的直接反映所引起的情感总是比较单纯的。然而情感一经和思维相联系，情况就可能复杂起来。因为思维通过事物之间的联系能够得到间接的反映，而事物之间的联系是复杂的，所以由此而得到的间接反映也可能是复杂以至于矛盾的。《论语·里仁》说，“父母之年不可不知也，一则以喜，一则以惧”，这种由同一事物引起的矛盾情感，的确有可能通过思维而产生出来。十年动乱中，有的农村干部把生产抓上去了，想到这是为国家多作贡献，又可以提高人民生活，固然很可喜；但又想到这可能被批判为“唯生产力论”，又未免可惧。有的人在考虑一个问题时“患得患失”，矛盾的感情交替起伏，这也因为通过思维对多种因素进行了分析，而无法肯定究竟会出现什么样的后果。总之，在人的实际心理活动中，有些事情经过思维活动就可能得到复杂的间接反映，从而引起复杂的情感活动。这种情况在文艺创作中的反映，那就往往成为深入细致的心理描写。

第三，情感具有可控性，无论是情感的种类、强度或表现，一般说来都有控制和调节的可能；而从根本上看，情感的控制和调节主要是靠思维活动。这是情感与思维相联系的又一特殊表现。

人是社会的一员，因此不论在生活中、工作中，还是在人与人的交往中，都必然受到种种社会准则的制约。由于人具有思维能力，所以能够正确反映这些准则并在行动中自觉遵守。为了做到这一点，人还往往运用思维来控制情感的活动，以防止任性肆情而有害于正常的生活、工作或人与人的交往。例如人在过于激动的时候，就可能通过内部言语提醒自己“要保持冷静”，这句话本身就是一个思维判断，而在它背后还完全可能有更为复杂的思维活动。又如在喜庆欢乐的场合，大家都高高兴兴，唯有一人愁眉苦脸，以至向隅而泣，这就很不得体。相反，在吊丧问忧的场合，如果有人欢天喜地,笑逐颜开,那也将为其他人所不齿。因此在诸如此类的活动中,如果个人的心情与整个气氛是矛盾的,就有必要控制情感的活动,至少也要控制其外在表现。不过仅仅控制情感的表现也可能流于虚伪,如《红楼梦》第三回描写王熙凤初见林黛玉,先是携着黛玉的手,笑道"天下真有这样标致人儿",接着又说"只可怜我这妹妹这么命苦,怎么姑妈偏就去世了呢","说着便用帕拭泪"。等贾母叫她别再提这事了,她又"忙转悲为喜道:'正是呢!我一见了妹妹,一心都在他身上,又是喜欢,又是伤心,竟忘了老祖宗了,该打,该打'"。这就是对王熙凤控制情感表现的生动描写;若问她是用什么来控制的,那么虽然作者未作心理分析,读者还是一望而知,即一心讨好贾母的卑鄙思维活动控制了她的情感表现。一般人因为尊重社会准则而控制情感的表现,当然不能与王熙凤的丑恶表演并论齐观,但在许多社会活动中仅仅控制情感的表现毕竟是不够的,还应当进而对情感的种类或强度有所控制和调节。而一般说来,在意志的配合下,通过思维活动的自觉调整,是能够在一定程度上和一定时间内控制情感的种类或强度的。但这在乳儿和婴儿身上却办不到,他们对情感的种类、强度以至于表现都无法控制,那就是因为他们还没有思维活动的缘故。

在文学艺术的创作中,情感的控制相当重要。最明显的如演员扮演角色,当然要对角色的情感有所体验和表现,但演员的实际心情有时却可能与所演角色的情感很不一致,这就有必要运用思维活动来控制自己的情感活动。在这种控制中,起根本作用的首先是如下一些判断:"我是演员","现在我的任务是演戏","我必须把戏演好",等等。这些判断就是在一定的社会准则和现实处境的制约下的思维活动的表现。对于演员克制自身的意识活动及其相联系的情感活动来说,这些判断是强而有力的,它们在演员的情感控制中起着根本的作用;正是在这个前提之下,才谈得上"进入角色"。至于具体地把角色演好,那当然要运用形象思维来认识剧本所塑造的人物;但形象思维的实际心理内容离不开逻辑思维的指导、配合和渗透,所以我们说控制情感根本上是要靠思维活动的。当然,由于演员在其职业活动中都经受过情感控制的训练,因此在一般的情绪状态下能较快地"进入角色";特别是在演出次数较多的戏中,熟练的情感记忆也自然会缩小控制的难度。因此,像"我是演员"之类的判断就不见得一定会出现于演员的自觉意识之中,而是潜伏起来,使演员似是"习惯成为自然"地由生活状态进入舞台状态。但这并不说明那些潜伏的思维活动同演员"进入角色"和控制情感没有关系。演员在演出之前所有的不同程度的紧张感,以及那种朦胧而强烈的把戏演好的愿望,就正是那些潜伏着的思维活动(包括对社会准则、现实处境和演出后果等等的考虑)在心理过程中弥漫和模糊化的结果。如果一个演员由于"习惯成为自然"而一点紧张感和演好的愿望都没有了,那就容易在舞台上出现"走神"、"笑场"等现象,这就是思想和情感都出了戏;而仅就情感来说,正是思维活动失却了对情感控制的一种表现。

演员的舞台情感的控制,在文艺创作中的确可以算是特例,但这决不意味着其它的创作都不存在情感控制的问题。事实上情感控制在各类文艺创作中是相当普遍的,只不过不像舞台情感的控制那样具有严格的时间空间规定而已。除了短小的即兴随感之作而外,凡是文学艺术的巨制,其创作必然多历时日,这就不能保证作者在任何时候的实际心情正好与创作的要求相适应。如果巴尔扎克在某个晚上正处于愉悦的情绪之中,而《人间喜剧》的某一部正有个悲惨阴暗的情节有待在当晚写出,他就不能不对自己的情感有所控制与调节。这种情形和演员之"进入角色"正有其类似之处。

有的同志可能会说，照这样进行情感控制，那与"为文而造情"或"为赋新词强作愁"之类又有什么区别？我们说区别即在于有无实际的生活体验和真正的认识。如果根本没有某种体验和认识，当然也无从引发相应的情感；这时倘若硬要创作，那就只能"为文而造情"，而这种情必然是虚假或浮浅的。反之，如果作者确有足够的体验和认识储存在大脑之中，并曾对之作了必要的酝酿(包括有关的思维活动和自觉的表象运动)，那么在需要的时候就可以把它调动起来，而这种调动也必然引起与之相联系的情感记忆。创作有时还需要激情，但激情的可靠来源并不是什么"情感的无故爆发"，而恰恰在于情感与认识(包括思维性的与表象性的)的深刻联系。显而易见的事实是，文艺创作者有了某种体验、认识和情感，未必总是"趁热打铁"，立刻付之于创作行动的(这不是说"趁热打铁"的情况根本没有)，而是很可能储存、积累起来，并加以酝酿。既然如此，在有些创作活动中，就难以避免要进行思维的调整和情感的控制。

第四，思维可以控制情感，然而情感也会反过来制约思维。人在醒着的时候，总是处于一定的情绪状态之中。这种情绪状态的出现当然不是无缘无故的，深入追究起来，就可以发现它总是与一定的认识内容相联系的。但是一种情绪状态既已出现，它就可能反过来影响当前的实践与认识。我们在前边已分别说过感觉、知觉、表象的感情色彩很可能受到它们出现时的特定心情的影响；同样，思维活动也是一样。人在情绪低沉的时候，想什么和怎么想都会趋向于消极(例如多想困难与挫折，对事物发展的看法也比较悲观等等)，于是情绪就更加低沉。反之，在情绪高昂的时候，想什么和怎么想就会是另外一种样子。由于在一些人身上某种情绪状态具有相对的稳定性，所以还可能对这些人的用以想事的方法长期发生影响。这种情况表现在文艺创作中尤其值得注意，因为它是决定作者形成稳定的选材趋势和艺术风格的重要因素之一。但在思维与情感的辩证关系中，起主导作用的毕竟是前者，所以人们即使形成了相当稳定的情绪状态，但在生活经历的变化中，在不断深入的实践和认识中，在对客观世界的更加深刻的反映中，这种情绪状态也是会发生变化的。

文艺创作中的情感活动和一切情感活动一样，决不是孤立存在的心理现象；一定的认识内容总在情感、情绪的产生中起决定性的作用。所以以上我们结合文艺创作的实例，用分析的方法，分别谈了情感活动与感觉、知觉、表象、思维的联系，以便较为具体地说明文艺创作中的情感活动情况。下面还要总括起来说明几个问题。

首先，在人的实际心理活动中，感觉、知觉、表象和思维往往不是孤立存在的。例如人在身体的一个部位产生痛感时，他总不会仅仅停留在感觉上，而要分析其原因，推想其后果，这时感觉就和思维交织在一起；倘若痛感或思维又引起一些表象的联想，那心理状况就更加复杂了。又如人在思维的时候，思考对象的某种形象也往往浮现于脑际，这就是思维与表象的交织，也是一种常有的心理状况。至于文艺创作中的自觉表象运动，那更是受到抽象思维的紧密配合，二者有机统一。因此我们虽然分别讲了感觉、知觉、表象、思维和情感的联系，但在人的实际心理活动中，情感与认识的关系大抵总不像采用分析法所显示的那么单纯；而是往往出现情感与多种认识形态，多项认识内容相联系的情况，从而构成了情感与认识的复杂关系。具体说到文艺创作中的心理活动，那就尤其不能把情感与认识之间的关系简单化，否则就难以深入理解创作中情感活动的复杂与微妙。

其次，情感虽然同认识紧密联系（一般说来不存在没有认识内容的情感），但是不能机械地认为情感的强度必定与认识的深度成为正比。例如作为认识来看，思维比知觉当然深刻，但由思维引起的情感却不一定比知觉引起的情感强烈。这是因为情感是同人的需要(包括天然需要和社会性需要)有关的；需要，以及由需要转化而成的愿望、追求与意向的强度直接决定了情感的强度，某个事物如果不同个体的强烈需要(包括积极的获得和消极的排除)有关，那么即使他对这个事物认识很深，也不见得能产生强烈的感情。但是在同一个需要的前提下，那么认识的深度当然会促进感情的强度。以上这些情况，对于了解文艺创作中的情感活动是非常重要的。一个作者要完成对真善美事物的歌颂和对假恶丑事物的批判，就必须通过高度的社会自觉性，把人民群众对于真善美的追求和对于假恶丑的排斥真正变为个人的强烈需要(也就是在个人的需要中体现社会的进步要求)，于是他的歌颂和批判才会带有强烈的感情，因而感人至深。假如一个作者仅仅只有对真善美、假恶丑的认识，而并不感到它们的存在同自己有什么关系，那么他的创作无论如何也不会饱含感情，因而也决不能感人。能够把人民群众的需要真正变为个人的需要，不惜满怀热情为之而献身，这是一种极其崇高的觉悟，有待于长期进行世界观的提高和思想感情的锻炼；而不论在何时何地，评价一个作者表现在创作中的感情，总要看激发这种感情的个人需要究竟在多大程度上反映了社会的进步要求。

再其次，情感的类别无高下之分。情感的价值取决于它的认识内容，取决于它在个人需要中所反映的社会要求的性质，而并不取决于它是什么类别。例如评论欢乐与悲愁，就要看它欢的是什么，悲的是什么，为什么而乐，为什么而愁；而不能片面地、抽象地肯定一种情感、否定一种情感。否则就会导致情感的简单、粗俗以至于虚假。情感活动的敏锐深入，情感分化的细致多样，是人类特有的精神现象，是人类的心理活动机能高度发展的结果。一切具有进步认识内容的、反映社会进步要求的情感，都是有积极意义的精神力量。我们不反对一定历史时期的文艺创作根据现实情况较为侧重地表现某一些情感，但是反对完全否定或排斥任何一个类别的情感，因为这是不利于社会发展和人类自身进步的。当然，各个类别的情感均为人类所固有，否定或排斥也不能影响它们的实际存在。

第三节　情感的表现与交流

文艺创作者的情感活动在创作过程中起了巨大的作用，但是这种情感活动还必须得到准确而充分的表现，才会产生感人的力量。那么情感究竟怎样才能得到准确而充分的表现呢？从文艺心理学的角度来看，情感表现的艺术方式变化多端，而其根本途径却必须从情感与认识的辩证关系上去寻找。

一　交流的要求决定表现的特点

人在社会生活中往往需要抒发和表现自己的情感，而表现的性质与方式可分为两大类，即非交流性的表现与交流性的表现。诸如自怨自艾、吞声饮泣，或心里喜滋滋，脸上笑眯眯之类，就都是非交流性的；此类情感表现皆苦乐自知，无待于人，因此也不计较表现方式的有效与否。至于诉苦报喜、吊丧问疾、祝贺致敬、宣传鼓动等等，则是属于交流性的，必须采取有效的方式，才会达到预期的目的。文艺创作的情感表现显然属于后一类，正如托尔斯泰所说："人们用语言互相传达自己的思想，而人们用艺术互相传达自己的感情。""艺术活动是以下面这一事实为基础的：一个用听觉或视觉接受他人所表达的感情的人,能够体验到那个表达自己的感情的人所体验过的同样的感情。"[①] 当然,作一支曲给自己听,画一幅画给自己看,写一首诗给自己读,这些情况也是存在的。然而从文艺创作的社会功能来看,各种作品主要还是为了给别人欣赏而创作出来的。(即使纯粹是创作给自己看,那么自己也是第一个欣赏者,也还要求感情的"传达"能够清晰和真挚。)所以,文艺创作中的情感表现固然是抒发了作者自己的感情,但更重要的目的还在于实现创作者与欣赏者之间的情感交流,即通过创作而在欣赏者心中引起对情感的体会以至于共鸣。文艺创作如果不能从情感上打动欣赏者,就不会有深入的审美活动,也不会有真正的社会效果。

那么在情感的交流中,什么样的表现方式才是有效的呢?不妨先看一般的交流:例如诉苦,假使一个人只是大声叫苦,哭哭啼啼,那是不可能有深刻效果的;诉苦必须以诉为主,具体诉说受到什么样的压迫残害及其前因后果(也就是造成苦况的缘故),这才能激起倾听者的同情以至于义愤。又如报喜,假使报告者只向对方哈哈大笑,连称恭喜贺喜,却不说出喜从何来,那就只能叫对方着急;必须原原本本把喜事讲明,这才能叫对方也产生喜悦之情。文艺创作中的情感交流,其根本原理是与一般情感交流中的情况完全一致的,也就是说必须向交流对象提供足够的认识内容,这才能实现有效的表现和有效的交流。例如读者看法国欧仁·苏的小说《巴黎的秘密》,对其中主角少女玛丽花的悲惨命运必然会有深刻的同情,并由此而对她的一个个遭遇产生强烈的悬念,而这也正是作者在情感表现上所预期的效果。其实在黑暗的旧社会,像玛丽花那样的不幸少女是非常之多的,但因为人们对其身世缺乏具体的认识,因此也就

① 《艺术论》第 45 页。

不会产生相应的感情;而玛丽花则因小说作者提供了大量的认识内容,这就不能不引起人们的同情与关怀。文艺欣赏中还有看起来更为“无理”的现象,例如看日本电视连续剧《排球女将》和反映摩托车运动员生活的电影《铁骑兵》,观众的情感总是偏向于主角或主角所在的一方,遇到比赛就希望他们击败对手,获得胜利,这原因仅仅在于观众通过影片对主角的成长有较多的了解。事实上,那些对手也可能是优秀的运动员,其成长道路也同样是艰苦感人的,观众对他们本无成见,只是因为影片并未提供有关他们的认识内容,因此也就不能唤起相应的感情。情感与认识的联系,于此灼然可见;因此,为了交流而作的情感表现,必须以提供充实的认识内容为前提。

二 文艺创作中的情感表现

通过文学艺术交流情感与一般的情感交流从道理上说是根本一致的,但在具体表现上又有它自己的特点。

1. 提供形象化的认识内容

文艺创作中的情感表现和情感交流,是艺术创造和审美活动的有机组成,因此作者的情感必须融铸在对客观事物的形象化认识之中,通过给欣赏者提供富于感性的、具有美的特征的艺术形象这样一种特殊的认识内容,来引发他的情感活动。为了做到这一点,在创作过程中,情感活动必须始终和抽象思维指导配合下的自觉表象运动紧密结合在一起,最后才能通过自觉表象运动的直接成果(艺术形象)来实现情感的表现和交流。

著名音乐指挥日本人小泽征尔说:“音乐包含快乐、诙谐、忧伤、孤独等情绪,这如果用语言来表达是很简单的。但音乐中的情绪不需要用文字来解释,它能直接进入人们的心灵中去。"① 音乐交流情感的确可以不用语言文字的解释，但事实上也不是"直接进入人们的心灵"；它乃是以音乐形象为载体，使听众感知一种特殊的形象化认识内容，这才引发情感的活动，有效地实现了交流。正如毕加索所说："认为作画可以不用'物象'的想法是可笑的。人、物、环境——所有这些都是物象。它们程度不同地作用于我们。它们当中的一部分与我们的感情近在咫尺，能唤起我们内心世界的感情；另外一部分直接作用于理性。"② 这是讲创作中的情况，至于欣赏过程的情况，则是由物象加工而成的艺术形象作用于人，以"唤起"人们"内心世界的感情"；只是不同的艺术门类提供了不同的艺术形象而已。

由于情感与认识的必然联系，所以情感的表现主要是通过"想什么"和"怎样想"来实现的；但文艺创作既是以艺术形象为载体来交流情感，所以它的"想什么"和"怎样想"也就具体表现在形象化的思考之中，主要也就是在自觉的表象运动中进行了什么样的表象分解与综合，从而使表象运动的成果带上情感的色彩。例如广泛流传的民歌《孟姜女寻夫》四季调中的第二支歌说：

夏季里来热难挡，蚊子嗡嗡叮人忙；
宁叮奴奴千口血，莫叮儿夫万喜良！

民歌作者为了表现孟姜女思夫的深情，并没有让她直接诉说心中如何悲痛，却是用了诸如此类的表象分解和综合来塑造孟姜女的形象；广大听众也是因为感知孟姜女心中有这样感人的想法而不禁恻然心动，甚至凄然泪下。又如鲁迅创作《阿 Q 正传》，是他从许多人身上看到了"精神胜利法"的表现，因而通过表象的分解与综合，集中创造了阿 Q 这个典型形象。而就情感的表现来说，他之所以要作如此

① 特德·韦斯特：《小泽征尔的才华》，见《世界之窗》1982 年第 2 期。
② 《与泽沃的谈话》，见《世界美术》1981 年第 1 期。

这般的分解与综合,创造这样的一个形象,显然是为了表达“哀其不幸,怒其不争”的沉痛心情;这种心情在整个小说中未作一个字的说明,然而广大读者通过《阿Q正传》所提供的高度形象化的认识内容,却是可以明确感知并引起共鸣的。再看《楚辞》名篇《九辩》中的第一章:

悲哉秋之为气也!萧瑟兮,草木摇落而变衰。憭栗兮,若在远行;登山临水兮,送将归。泬寥兮,天高而气清。寂漻兮,收潦而水清。憯凄增欷兮,薄寒之中人。怆怳圹悢兮,去故而就新。坎廪兮,贫士失职而志不平。廓落兮,羁旅而无友生。惆怅兮,而私自怜。燕翩翩其辞归兮,蝉寂漠而无声。雁廱廱而南游兮,鹍鸡啁哳而悲鸣。独申旦而不寐兮,哀蟋蟀之宵征。时亹亹而过中兮,蹇淹留而无成。

这一例和以上二例有所不同,因为有不少直接描述情感类别的词语,例如一开头就说“悲”,而“悲”就是情感的一个类别。但在情感的表现上,这些直接写情的词语只起辅助作用;具体表现了作者的情感并有效完成了交流使命的,还在于对秋天的一系列事物作了富于形象感的描述。当然,秋天的事物是多种多样的,它是果实累累的收获季节,又是秋高气爽,适于旅游的时光,然而作者却没有作如此想;他在贫士失志的情况下,既无收获的欢乐,也无旅游的雅兴,悲愁的情怀使他只是对秋天的凄凉肃杀的一面感受深切。因此他便借助自觉的表象运动,把那秋气的寒凛、山水的凄清、草木的凋残、禽虫的飞鸣以及人事的坎坷等等特征鲜明的表象集中到一起,组成内容丰富而色调统一的画面,来突出表现秋天的一个方面的总貌。这样一种做法,就情感的表现来说,当然要比一般的情感交流中那种就事论事的做法有力得多。读这首长诗的人,通过感知作者在这里想的是什么和怎样想的,也就很能体会他心中的感情,并在一系列形象的感染下(指由诗句引起的表象活动),产生情感的共鸣。因此《九辩》才被公认为悲秋的绝唱。

在文艺创作所提供的形象化认识内容中，有一种构成形象的要素是极为常见又比较特殊的，那就是对情感的生理性反应的艺术再现。

在情感活动中，由于大脑皮层的兴奋扩散到调节植物性神经系统的皮层下中枢，所以人体上便出现种种生理反应，内脏器官、骨骼肌肉组织、内分泌腺和外部腺体等方面的活动都发生一定的变化。比较强烈的情感活动，能使人产生某些体内变化的感受，同时也有种种外在的表现，如笑逐颜开、泪流满面、手舞足蹈、愁眉苦脸、面红耳赤、目瞪口呆之类。文艺创作通过统一的形象思维过程对这些生理反应加以艺术的再现，不但是创造人物形象的一种手段，也很有助于情感的表现。例如在各种声乐中，气声和哭腔之类的运用，便是对情感在发声方面的生理反应的艺术表现。在以人物为主体的绘画和雕塑中，在电影、戏剧和舞蹈中，艺术地再现"面部表情"和"身段表情"，更是形象创造和情感表现的重要手段。人物画历来重视画眼睛，以眼睛为重点的"面部表情"，连同身体各部分姿态等生理反应的准确再现，显然对人物的思想性格和情感活动有巨大的表现力。舞蹈艺术则更重在"身段表情"（当然也有"面部表情"的配合），事实上有些优美而抒情的舞蹈动作正是对生理反应所引起的人体动作姿态进行了艺术加工的结果。在小说、诗歌等语言艺术中，则往往运用艺术的语言对情感的生理反应进行从里到外、细致入微的描述，以利于人物形象的创造和情感活动的表现。至于在单体的人像雕塑中，则艺术再现情感的生理性反应（涉及全身各部位），简直可以说是表现和交流情感的唯一直接手段。

由于任何人在较为强烈的情感状态中都会在身体上产生一定的生理反应，并且能够切实感知而成为人们都曾有过的经验，因此情感的生理表现便往往被用作人与人之间交流情感的一种有力的信息。文艺创作对此作了艺术的表现，使之成为作品所提供的形象化认识内容的有机组成，也往往能收到引发欣赏者情感活动的深刻效果。例如雨果在《巴黎圣母院》中描写巴格特·相得佛勒西失去女婴以后的急痛之情：

她奔出房门，跑到楼下，把头往墙上碰着哭叫道："我的孩子！我的孩子在什么人那儿呵？谁把我的孩子带去了呵？"……她走遍城里，找遍一切街道，整天这儿那儿地到处跑，疯狂地、猛烈地敲打着一切门窗，像一匹丢失了小兽的野兽一样。她衣服褴褛，头发蓬乱，样子可怕得很。她的眼睛里有一股疯狂的火，烧干了她的眼泪。……相得佛勒西跪在那只小鞋子面前，那是她曾经爱过的一切所留给她的唯一的东西了。她长久地跪着，不动，不说话，也不呼吸。人家以为她死去了。马上她又全身战栗起来，热狂地亲吻那宝贵的鞋子，迸出一串叹息，仿佛她的心快要碎了似的。

事隔多年之后，当相得佛勒西作为"居第尔女修士"蜷伏在教堂的"老鼠洞"中时，人们隔窗看到她的形象还是一点也没有减少悲痛：

她的下巴靠在膝盖上，两手紧紧地交叉着合抱在胸前。她这样蜷伏着，身上裹着一件全是皱折的棕色粗布袍子，她长长的头发从前额披垂下来，一直沿着腿垂到脚上。人第一眼看见她时只会觉得她是一个怪人，从那小屋的幽暗的深处出现，好像一个黑黑的三角形，从窗上射进来的阳光，把她照成两个影子，一个幽暗，一个明亮。……这也不是一个男人也不是一个女人，也不是一个活着的生物，也不是一个有定形的形体；……从那披垂到地上的长发，你很难看清楚她的瘦削而严肃轮廓；从她的袍子下只能看到一双蜷缩在冷而硬的地上的赤脚的脚尖。在这个裹着丧服的形体上没有什么人类的形迹，使人看见它禁不住战栗。

这个人家会以为是嵌在地上的形象，仿佛也没有动作，也没有思想，也没有气息。……她仿佛不会呼吸也没有知觉了。你会说她变成了那洞穴的石头，那季节的冰块。她的双手紧握，目光凝滞，第一眼看去像个幽灵，第二眼看去像个塑像。

……

这时从她悲惨的眼睛里投出一个眼光，一个无表情的眼光，一个深沉的、朦胧的、呆定的眼光，不停地注视着人们从外面看不见的一个角落；那是把这个悲惨灵魂的一切阴暗思想紧紧拴系在什么神秘事物上的一种眼光。[①]

可以看出，相得佛勒西的形象已经成了悲痛的化身，苦难的结晶；而这主要就是通过对她的生理状态的描写来完成的。通过这个形象的描写，读者既因相得佛勒西的悲痛而惨然动心，也可以感受到作者对这个受尽蹂躏又惨遭巨变的下层妇女的深刻同情和他对那个黑暗社会的强烈愤恨。

艺术地再现情感的生理反应，虽然已成为文艺创作所提供的形象化认识内容的有机组成，但就情感的表现和交流来说，仍然不能脱离了情感产生的深刻"缘故"而孤立评价它的作用。因为生理表现本身只能表明情感的类别和强度，无法表现情感的具体内容而实现深刻的交流。即以上文所引雨果小说一例来看，假如读者根本不知道相得佛勒西的身世与遭遇，那么情感的生理表现无论描写多么生动，也是难以使读者产生深刻的情感活动的；唯其作者已经清楚说明了她的身世和遭遇，于是那些生理表现的描写才使人感到触目动心，大大有助于情感的表现。再以人物画为例，再现人物的生理表现尽管占了那么大的比重，但其本身远不是表现的目的。《蒙娜·丽莎》中著名的微笑固然是精彩的情感表现，但又长期吸引人探索那意味着什么，假如这微笑在情感表现上已经充分了，为什么还要去探索它的意

① 见《巴黎圣母院》第6卷第3节。

味呢？事实上文艺创作者艺术地再现情感的生理表现，决不甘心仅仅停留在表现情感的类别和强度这种水平上，他是渴望由此揭示更为深刻的认识内容，实现更为深刻的情感表现和交流。正是因为这个道理，所以文艺创作在处理情感的生理反应时，切忌流于自然主义。要知道再现情感的生理反应，即使是高度艺术化的，也终究是表现情感的辅助手段；假如像有的电影那样，一写到人的悲痛，就让演员没完没了地哭哭啼啼；而对于造成悲痛的“缘故”，即与情感相联系的更为深刻的认识内容，却缺乏深刻而充分的挖掘与交待，那就不仅不能实现真正有效的交流，甚至还有可能使观众感到厌烦。

有的同志可能提出：许多优秀的雕塑和绘画，其表现人物的手段主要就是刻画人的生理形象，因限于形式，事实上不可能提供更多的认识内容，为什么也能充分表现情感而具有感人力量呢？这个问题主要应从创作与欣赏的辩证关系上来作解释。就创作者一方来说，刻画人物的生理形象务必重在启发与吸引，以求充分调动欣赏者的积极性，通过玩味、思索、联想、想象以至于考证，把眼前的形象与更为丰富的认识内容联系起来，从而更为有力地引发情感活动。再就欣赏者一方来说，事实上存在三种情况：第一种情况如观赏巴黎凯旋门上的石雕《马赛曲》(法国雕塑家吕德所作)和法国画家籍里柯的名作《梅杜萨之筏》，由于作品本身就提供了较多的信息(前者突出表现了法国大革命中人民群众的英勇战斗；后者清楚显示了漂流在大海中的木筏上的人正在挣扎呼救)，这些信息与作品中人物的生理表现(表情、动作等)有机地结合在一起，就较为充分地表现了人物形象和作者本人的情感，并收到激动人心的客观效果(当然，欣赏者如对作品的创作背景了解得更多，那就会对它们所表现的情感有更深的感受)。第二种情况如观赏俄国画家列宾的名画《一八五一年十一月十六日的伊凡雷帝和他的儿子伊凡》及苏里科夫的名画《女贵族莫洛卓娃》，欣赏者如果缺乏有关的知识，就看不出画中表现了什么事情；但这两幅画在再现主要人物的生理表现上都是极为生动深刻的，因此欣赏者在被画面打动的同时，还会产生探索的要求，以图了解作品所反映的历史事件，从而更深地感受人物的生理表现所传述的感情。第三种情况如观赏古希腊雕塑《斗士》和法国雕塑家罗丹的名作《思想者》，这样的作品显然不一定有具体的事件为其背景，《斗士》就是表现一个奴隶角斗士，《思想者》就是表现一个苦苦思索的人，似乎并不提供更多的认识内容；但是欣赏者面对那样的艺术形象却会不由自主地产生种种联想与想，通过"自己给自己"提供更多的认识内容，从而产生丰富的情感活动。当然，在第一、第二两种情况下，欣赏者的联想和想象也是会起作用的，任何优秀的文艺作品都是"象外有象"、"景外有景"的，这种"象"与"景"都要通过欣赏者的联想和想象才会"思而得之"；"思而得之"的东西当然也构成一种认识内容，在创作与欣赏的交流中起到引发情感活动的作用。

以上论述，都是讲文艺创作是通过生动具体的艺术形象来表现和交流感情的；但在艺术形象的创造中，抽象思维也曾渗透于整个过程，起了指导、配合的重要作用(详见前章)。既然如此，根据情感与认识的辩证法则，创作中的抽象思维活动也就必然与情感的表现发生密切的关系。有的人可能以为，抽象思维是冷冰冰的逻辑推理，它只能阻碍情感活动。其实情况并不是这样，抽象思维同样可以成为情感的认识内容；当抽象思维与自觉表象运动结合起来，结出艺术形象的硕果时，它在情感表现和情感交流上所起的作用就尤其明显。现在试分析一个实例。晚唐李商隐的《乐游原》诗：

向晚意不适，驱车登古原；夕阳无限好，只是近黄昏。

作者在第一句就说自己情绪不好，但这一句在情感的表现和交流上并不有力，只大致说明了情感的类别。真正表现了作者的惆怅之情的是最后两句，谁看了都会觉得它感情色彩很浓，而这感情色彩主要就在作者想什么和怎样想上表现出来。夕阳、黄昏是人人都见过的，为什么作者会有这样的认识和感想？是什么东西促使他这样想的？于是作者的思想和情绪状况就清晰可感地表现出来了。这两句是通过艺术形象来抒情，当然很富于形象感。但只要分析一下就可以看出，虽然夕阳、黄昏这两个词本身也能唤起一定的表象联想并引发一定的情感活动，但这种表象联想和情感活动都相当微弱；而“夕阳无限好，只是近黄昏”这两句诗之所以很富有形象感并能引发浓郁的情感，恰恰在于作者在构思中运用了非形象的东西，即抽象思维。这抽象思维是什么呢？那就是对夕阳在黄昏时快要沉落的认识。夕阳在黄昏时快要沉落，这是事物之间的非感性的内在联系，它还具有高度的概括性（天天如此）。人们如果只对夕阳、黄昏进行直接反映并获得有关的表象，那是无法认识这种具有概括性的内在联系的；必须在生活经验的基础上运用抽象思维，对事物作出间接反映，才能在黄昏时预见到夕阳快要沉落。由于这一间接反映太频繁也太简单，人们对此不必动多少脑筋，因此便以为这里不需要什么抽象思维。其实，确定一种认识活动是否属于抽象思维，并不在于动了多少脑筋，而要看它是间接的、非感性的反映呢，还是直接的、感性的反映？再看反映的对象，它是反映了事物之间的有概括性的内在联系呢，还是反映了事物的外在属性。看见屋顶潮湿，便知道下过雨了，这也不需要动多少脑筋，然而这个事例却往往被心理学著作用来说明什么是抽象思维。现在回到这首诗上来说，夕阳在黄昏时快要沉落，这种间接反映究竟如何使诗句获得巨大的感染力？这要说两点：一是它助长了读者追求形象感的主观努力。我们曾反复说过，语言艺术使人产生形象感是要通过读者自己的表象活动的。在这里,诗人如果只讲夕阳和黄昏,也可能唤起读者相应的表象活动,然而这活动并不需要什么努力,所以产生的形象感也不强。现在作者把抽象思维的成果融到夕阳、黄昏的描述中去了(如同使它有了"潜台词"),读者便会发挥主观努力,运用表象活动去追寻"夕阳无限好,只是近黄昏"究竟是一种什么景象,于是形象感便大大增强。二是这两句诗所包含的间接反映既极其现成,极其自然,又具有高度的概括性和启发性;它不仅能轻而易举地唤醒人们去认识夕阳和黄昏的联系意味着什么,还吸引人们运用相似联想去认识与之相似的更为广泛的事物联系,从而深深感到这两句诗意味深长。综上二点来看,这两句诗唤起形象感的力量既是很强,含义又那么深长,这样的认识内容怎会不引发浓郁的情感活动? 总起来说,抽象思维在情感表现和情感交流方面的作用,无非在于它有效地扩大和加深了艺术创作所表现的认识内容,而根据情感与认识的辩证关系,这当然有助于情感的表现和交流。

在"提供形象化的认识内容"这个题目中,最后还要简单谈谈用艺术语言直接描述情感的问题。

直接描述情感的言语当然主要见于语言艺术创作(包括戏剧中的台词、唱词和声乐中的歌词),同时也可能出现于音乐、舞蹈、绘画、雕塑的标题之中,起到画龙点睛的作用。这种表现情感的方式同再现情感的生理反应一样,都是来源于生活实际的。但在生活中运用情感的直接描述,只不过说明情感的类别和强度,例如"非常高兴"、"极其伤心"之类;当然善于说话的人也可能对类别和强度表现得相当生动有力,但他毕竟不曾进行自觉的形象思维活动,更没有想要塑造什么抒情形象来实现情感的交流。文艺创作的情况就不同了。它对直接写情的言语的运用,恰恰是包含在统一的形象思维之中的，是艺术形象塑造的有机组成部分。因此那种直接描述情感的艺术语言所起的作用，就不是简单地表一表情感的类别和强度。

所谓直接描述情感的艺术语言，大致上相当于古代诗论家所说的"情语"。同"情语"相对的一个名词就是"景语"，近人王国维在《人间词话》中说：

昔人论诗词，有景语情语之别，不知一切景语皆情语也。

词家多以景寓情。其专作情语而绝妙者，如牛峤之"甘作一生拚，尽君今日欢"，顾敻之"换我心为你心，始知相忆深"，欧阳修之"衣带渐宽终不悔，为伊消得人憔悴"，(周)美成之"许多烦恼，只为当时，一饷留情"，此等词，求之古今人词中，曾不多见。

王氏指出"词家多以景寓情"、"一切景语皆情语"，是完全正确的，因为"景语"就是通过事物形象的描述来表现情感。同时他所举的那些"情语"，也可以说是"绝妙"的，其妙处就在于它们不是抽象地表表情感的类别和强度，而是一种很能引起形象感的词句，有助于整个抒情形象的刻画。

当然，对情感的直接描述，主要作用毕竟在于艺术地表现情感的类别和强度，做到这一点并不能实现深刻的情感表现和交流；但也应该指出，在语言艺术创作中想要排除直接的情感描述，却也是不可能的。一首短小的诗词，也许可以完全通过"景语"来抒情，而在小说、戏剧等创作中，至少在人物塑造上是不能不用直接写情的语言的，因为人物是按照生活本身的形式在那里活动着。下面试举托尔斯泰《战争与和平》第八卷第二十二章中的一个情节为例，那是纳塔莎在受阿纳托尔的诱骗、爱情上背叛了安德列公爵之后，第一次见到她和安德列的共同好友彼尔的情况：

纳塔莎站在跳舞室中央，憔悴，脸色苍白，呆板，但是完全没有彼尔所预料的惭愧神情。他在门口出现的时候，她慌张起来，显然拿不定主意去迎接他呢，还是等他走过来。

彼尔赶忙向她走去。他原以为她会像往常一样伸手给他；但是向他走来的她却停下来了，沉重地呼吸着，她的两臂没有生气地下垂着，正如她去跳舞室中央唱歌的时候常有的姿势，但是脸上的表情完全不相同。

“彼得·吉力罗维契，”她急忙开始道，“包尔康斯基王爵作过您的朋友——是您的朋友，”她改正自己道。（她觉得过去的一切现在都应当不同了。）“他有一次对我说，求您……”

彼尔在看她的时候吸了吸鼻子，但是没有说话。直到那时他还在心里责备她，极力鄙视她，但是他这时觉得那么为她难过，灵魂中没有责备她的余地了。

“他现时在这里：对他说……饶……饶恕我吧！”

她停下来，呼吸得更快了，但是不曾流泪。

“是的……我一定对他说，”彼尔回答道。“不过……”他不知道说什么好了。

纳塔莎想到他可能把她的意思揣想成什么，显然局促不安了。

“不，我知道一切都成为过去了，”她赶快说道。“不，那是断乎不能的了。我只为了我加在他身上的损害而痛苦。只消对他说，我求他在一切事上饶恕，饶恕，饶恕我……”

她全身颤抖，坐在一张椅子上。

一种先前一直不曾有过的怜悯感涨满彼尔的心。

“我一定告诉他，我一定再一次把一切都告诉他，”彼尔说道：“不过……我想知道一件事……”

“知道什么？”纳塔莎的眼睛问道。

“我想知道，您爱过……”彼尔不知道怎样提阿纳托尔，一想到他，脸就红了——“您爱过那个坏人吗？”

“不要说他坏吧！”纳塔莎说道。“不过我不知道，完全不知道……”

她哭起来了，一种更大的怜悯感，柔情，和爱意从彼尔内心涌出来。他觉得一行一行的眼泪从他的眼镜下面往下流，希望不会被人看出来。

……

他知道他还有一些话要对她说。但是他一说出来，他就对自己的话吃惊了。

“住下，住下！您是有前途的，”他对她说道。

“前途？没有了，我是一切都完了，”她怀着羞愧和自卑感回答道。

“完了？”他重复道。“假如我不是我，而是世界上最漂亮、最聪明、最好的人，并且是自由的，我一定趁这时跪下来向您求婚和求爱了！”

许多天来第一次纳塔莎流下感激和热情的眼泪，她看了彼尔一眼就走出去了。

彼尔在她走了以后，也几乎是跑进接待室，忍着窒息的热情的欢喜的眼泪，不去找皮斗篷的袖子，把它披在身上，就上了雪橇。

在这一段细致入微的描写中，倘若没有那些看似平淡无奇、实则极有分量的直接描述情感的语言，整个情节就将不知所云了。其实这种直接描述情感的语言（包括对情感的生理反应的刻画）也不过是表明了情感的类别与强度，然而它揭示情感的类别是如此准确，揭示情感的强度是如此有分寸，所以能清晰地表达复杂的情感活动，而且使读者对人物心中更为细致隐蔽的情感变化也似乎有所感受。

语言艺术创作要运用语言对情感活动和情绪状态作准确的直接描述，这就必须精细辨别情感的性质与程度，确切选炼字词和句式；在这两方面，语言艺术要求之严格，都不是一般的情感表述所能够比拟的。

情感具有概括性和两极性。从概括性来说，中国古代讲“七情”，就只有“喜、怒、哀、惧、爱、恶、欲”七类。近代构造派心理学的创始人德国心理学家冯特提出“情感三度说”,即情感的基本性质只有愉快与不愉快、激动感与平静感、紧张感与松弛感三个主要方面。但在人的实际心理活动中,由于情感活动与千变万化的实践认识相联系,随其变化而变化,所以事实上存在着极为复杂细致的情感活动和情绪状态。再从情感的两极性来说,由于人对客观事物的态度从根本上说只有肯定与否定、积极与消极之分,所以由态度而生的感情亦必与此相应,即任何一种情感都有与其性质相反的另一种情感,二者构成一对,如爱和恨;但爱有各种程度、各种意味的爱,恨亦是如此;因此事实上各对感情都有从强到弱的一系列层次,其间的差别可能是极为微妙的。另外在许多实际情况下,各类感情(以至互相对立的感情)还可能互相交织渗透,构成极为复杂的情感活动或情绪状态。这种种情况,在日常生活的一般情感交流中都可以不去深究;而在语言艺术创作中,则必须细加辨别,才会表现真切,既利于形象刻画的生动,也利于在交流中引发同感。又,各民族的语言作为交际工具,在其形成发展中密切反映了情感交流的要求,所以都有许许多多表示情感活动的词汇与句式;语言艺术创作者显然必须充分掌握并善于选炼这些词汇与句式,才有可能准确表现情感活动或情绪状态。

准确辨别情感活动的类别与强度,准确运用表述情感的字词与句式,这在语言艺术创作中非常重要;但仍然只是两个“必要条件”,而非“充分条件”。因为情感的分辨无论多么精微,仍然具有概括性,即从大类中辨明小类,从高层次的两极中辨明低层次的两极;至于字词与句式的选炼则无论多么确切,也仍然是语言符号及其组合,具有更为明显的概括性。因此,如果只求情感的自我表现与抒发,那么能做到以上两点当然也就可以了;但若是为了实现充分有效的交流,那么做到以上两点还并不能使人切实体会所表现的情感究竟是什么意味，因而也不能产生深刻的同感。要想取得如此精妙的效果，归根到底仍然要在提供情感由之而生的认识内容上用力气，而把准确写情的字词用作点睛之笔。例如屈原《离骚》“长太息以掩涕兮，哀民生之多艰”；《九歌·少司命》“悲莫悲兮生别离，乐莫乐兮新相知”；刘向《说苑》引《越人歌》“山有木兮木有枝，心悦君兮君不知”；江淹《别赋》“黯然销魂者，唯别而已矣”；高适《封丘作》“迎拜长官心欲碎，鞭挞黎庶令人悲”；杜甫《赴奉先县咏怀》“穷年忧黎元，叹息肠内热”等等，都可以说是千古“情语”中的绝唱。因为其中情感性质的辨别是高度准确的，表情字词的选炼是不可移易的。然而“长太息以掩涕”倘若不与“哀民生之多艰”结合，人们就不能感知那悲哀的分量；“悲莫悲”、“乐莫乐”则是因为随之揭示了“生别离”、“新相知”这两个“缘故”，人们才能够体会那悲乐是什么意味。其它各例皆可类推。当然，文学史上也有许多抒情名句本身并没有揭示相应的认识内容，如《诗经·小雅·小旻》“战战兢兢，如临深渊，如履薄冰”；蔡琰《悲愤诗》“旦则号泣行，夜则悲吟坐，欲死不能得，欲生无一可”；鲍照《拟行路难》“对案不能食，拔剑击柱长叹息”；李白《宣州谢朓楼饯别校书叔云》“抽刀断水水更流，举杯消愁愁更愁”；李清照《声声慢》“寻寻觅觅，冷冷清清，凄凄惨惨戚戚”等等；这些诗句在情感表现上当然也是出色的，但就读者来说，却必须结合全篇所提供的认识内容（有的还需要了解其背景与本事），或者在诗的艺术形象启发下产生联想与想象，才能较为充分地引发情感活动，实现有效的交流。

在语言艺术创作的“情语”中，凡是直接表情的语言符号，它所指示的具体的情感内容实际上都有浮动性，即因全篇所提供的认识内容之不同而有所不同。这种情况当然也存在于一般的情感交流之中，但就语言艺术创作而言，则因交流双方（作者与读者）都要注意辨别情感的意味，所以浮动的情况便更为清晰可感。试比较南唐中主李璟和后主李煜的两首词：

手卷珠帘上玉钩，依前春恨锁重楼。风里落花谁是主？思悠悠。青鸟不传云外信，丁香空结雨中愁。回首绿波春色暮，接天流。①

春花秋月何时了，往事知多少？小楼昨夜又东风，故国不堪回首月明中！　雕阑玉砌应犹在，只是朱颜改。问君能有几多愁？恰似一江春水向东流。②

两首词都写到“愁”，但这是一个有概括性的语言符号；只有结合了全篇所提供的形象化认识内容（连同对两首词的创作背景的了解），人们才能够切实感受前一首中的“愁”乃是因怀旧伤今而产生的迷茫感伤；而后一首中的“愁”则是在国破家亡、身为臣虏之后，因恋念不可再来的往昔而产生的巨大哀愁。所以虽然同样叫做“愁”，但其实际的情感活动却是很不相同的；而这种实际的情感活动则必须依附于一定的认识内容方能得到有效的表现与交流。

总而言之，在准确辨别情感性质、准确运用表情词句的基础上所产生的“情语”，在语言艺术创作中是重要的，但它只有在密切配合形象化认识内容的前提下，才能收到切实的表情效果，并成为整个抒情性艺术形象的有机组成。有些初学创作的人，不了解情感与认识的关系，也不了解创作与欣赏的关系，因此往往滥用直接描述情感的言语，或作不必要的夸张，或作自然主义的铺叙，以为这样就能激起共鸣，引发同感，实际上却必定是事与愿违的。

2. 关于“移情”问题

在情感活动的形象化表现中，“移情”是一种极为多见

① 李璟：《浣溪沙》。

② 李煜：《虞美人》。

的方法;正是因为运用了这种方法,所以客观世界中的许许多多事物都被寄以人的思想感情,在艺术家的笔下成为具有深义浓情的意象。关于这个问题,在美学史上已有不少人作过探讨与论述;这里仅从文艺心理学的角度作一点补充,重在说明所谓“移情”究竟是一种什么样的心理活动。

首先还是要简单说一说“移情”方法及其传统解释。

“移情”作为构想抒情形象、表现情感活动的方法,早在《诗经》中就已广泛运用,诸如风花雪月、草木虫鱼都被寄以人情而成言志抒情的意象;不过后代诗论家是从另一个角度把这类经验统统纳入“比兴”二法,实际上有许多“比兴”形象是包含着情感的“转移”或“外射”的。从《诗经》、《楚辞》以下,“比兴”二法在中国诗歌创作中竟成为一种传统,直至如今始终不能不用;而情感的“转移”或“外射”也就在“比兴”二法中得到越来越深入细致的表现。南朝梁刘勰在《文心雕龙·比兴》中说:“诗人比兴,触物圆览。物虽胡越,合则肝胆。拟容取心,断辞必敢。攒杂咏歌,如川之涣。”又《文心雕龙·神思》说:“夫神思方运,万涂竞萌,规矩虚位,刻镂无形,登山则情满于山,观海则意溢于海,我才之多少,将与风云而并驱矣。”这些话都清楚说明了“比兴”与“移情”的关系以及“移情”作为一种创作经验的巨大作用。在外国,“移情”方法也早已为作者所运用并为论者所阐述。例如古希腊亚理斯多德从修辞学角度举例说:“荷马也常用隐喻来把无生命的东西变成活的,他随时都以能产生现实感著名,例如他说,‘那块无耻的石头又滚回平原’,‘箭头飞出去’和‘燃烧着要飞到那里’,‘矛头站在地上,渴想吃肉’,‘矛头兴高采烈地闯进他的胸膛’,在这些事例里,事物都是由于变成活的而显得是现实的。”[1] 亚理斯多德因为是讲修辞学,所以把这些“事例”称为“隐喻”,而实际上石头、箭头、矛头

① 《修辞学》第3卷第11章。

等等之所以会“变成活的”，即是因为“移情”的缘故。荷马以后，在西方（以及在任何地方），“移情”都始终是一种重要的情感表现方法而为文艺创作者运用不衰。这种方法究竟有何特点，说来也是很简单的。正如朱光潜先生在《西方美学史》中所说：“什么是移情作用？用简单的话来说，它就是人在观察外界事物时，设身处在事物的境地，把原来没有生命的东西看成有生命的东西，仿佛它也有感觉、思想、情感、意志和活动，同时，人自己也受到对事物的这种错觉的影响，多少和事物发生同情和共鸣。”这个解释的确是简单明了的。

然而在近代美学史上，通过德国美学家费肖尔、里普斯、谷鲁斯、英国美学家浮龙·李、法国美学家巴希等人的研究，事情却变得复杂起来，“移情说”竟而成了美学理论中的一个重要流派。当然，复杂也往往意味着深入，美学家们在探索“移情”的美学意义和作用方面，尽管众说纷纭而未归一致，却的确提出了不少细致而新颖的看法。[①] 然而，当探讨涉及心理学时，亦即落实到心理活动上来解释“移情”现象时，这些美学家却往往发表飘泊无根之言，他们总是过分信赖自己的内省经验而陷于主观主义，有时甚至把一个简单的问题说得颇为神秘。例如劳伯特·费肖尔曾认为，视觉到的外物的形式组织，是“我自己身体组织的象征，我像穿衣一样，把那形式的轮廓穿到我自己身上来”，“那些形式像是自己在运动，而实际上只是我们自己在它们的形象里运动”；在看一朵花时，“我就缩小自己，把自己的轮廓缩小到能装进花里去”；看庞大的事物时，“我也就随它们一起伸张自己”[②]。这种说法也许有一定的感觉经验为依据，然而他

① 参阅朱光潜《西方美学史》第 18 章和〔英〕李斯托威尔《近代美学史评述》第 7 章（蒋孔阳译）。

② 朱光潜：《西方美学史》下卷第 602 页。

却没有去分析这究竟是一种什么样的心理活动，遵循什么样的心理法则；而只是把它说成“一种奇妙的本领”，有了这种“本领”，就能够“把自己身体的形式去代替客观事物的形式，因而就把自己体现在那种客观事物形式里”[①]。显然，这种类似魔术表现的语言是不能视为科学论断的。

总而言之，“移情”的现象以及作为一种方法，在古今中外的文艺创作中都是常见的，但它作为一种心理活动的实际内容和作用还有必要从心理学的角度来作点解释。

从心理学的角度看，“移情”有一个必要的前提，就是“移识”，而其实际的心理活动乃是一种特殊的想象。高尔基说：“想象——这是赋予大自然的自发现象与事物以人的品质、感觉、甚至还有意图的能力。”[②] 这一解释虽然未能概括想象的全部意义，但的确说明了“移情”是一种想象。

人的情感可以转移或外射到客观事物上去，使它在交流双方（创作者和欣赏者）心目中似有一种情感的色彩。但这情感的转移却必须有一座“桥梁”，通过它，情感才能转移到外物之上；否则，即使创作者本人感到已经实现了强烈的情感外射，欣赏者也还是看不出那客观事物有什么情感色彩。“登山则情满于山，观海则意溢于海”，这种现象在个体的心理活动中是常常会有的，而那“满山”、“溢海”的究竟是什么样的情和意，也只有他自己心里明白。但如果登山观海的人想进行文艺创作，情况就大不相同了，他必须做到文艺欣赏者也能体会他的情和意。假如他所表现的山海形象并未清晰地传达他的情意，仍然停留在只有自己心里明白这种水平上，那么他的“移情”就算没有移成。所以就文艺创作来说，关键的问题在于如何有效地把情“移”过去，把情

① 朱光潜：《西方美学史》下卷第602页。

② 高尔基：《论文学》第160页。

感的色彩真正涂上了事物的形象，使人看了不仅对作者的情感有所体会，而且还可能引起共鸣。那么怎样才能做到这一点呢？这别无它法，只能仍然借助那座老的“桥梁”，也就是认识。由于情感与认识的辩证联系是一条普遍的心理法则，因此通过“移识”便能够达到“移情”的目的；在这个过程中，不管创作者本人自以为向某一客观事物投射了多大的情感，实际上他却只是给欣赏者提供了对于该事物的一种新的独特的认识，这种认识被欣赏者接受和认同了，于是认识便引发情感，欣赏者也就深感该事物是的确带有情感色彩的，这样便完成了情感的表现与交流。

举些实例来看。比如说梅花，它在冬末春初开放本是自然现象，并无社会意义；然而诗人根据对社会生活的感受与比较，却对它产生了一种新的认识，认为它不怕风雪严寒，敢于一花独放，迎春、报春，却不争春，这是很可贵的品质；这种新的认识被移到梅花身上，同时也就实现了“移情”。而从欣赏者一方来说，他是从创作者“想什么和怎样想”中来感受其情感活动的，如果欣赏者认为创作者的想法很有道理，确是如此，于是也就在接受一定的认识内容的同时产生相应的感情。这样，创作者和欣赏者便都感到梅花具有那样的感情色彩，成功地实现了形象的认同与情感的交流。其它如松柏之后凋，荷花之出于污泥而不染，竹子的直节虚怀，兰草的空谷幽香，以及其它一切被文艺创作者“移情”的事物，情况亦皆如此，都是由于情感与认识的辩证关系，通过“移识”来实现“移情”的。迄今为止，并没有任何科学实验可以证明人的情感会像放射性元素那样“外射”出什么东西涂到了客观事物之上。对“移情”现象作出种种神秘的解释，是根本无助于这种方法的有效运用的。

“移情”的“桥梁”在于“移识”，但在文艺创作中，所“移”之“识”却不是一般的认识，而是形象化的认识，它乃是受到抽象思维必然制约的艺术想象活动的直接结果。所以，在整个“移情”的心理过程中占据主要地位的实际内容，只不过是想象活动(以及其它自觉的表象运动)。包括洛慈所说的“把自己外射到树的形状里去”，费肖尔所说的“缩小自己，把自己的轮廓缩小到能装进花里去”，里普斯所说的“移置到外在于我们的事物里去”等等，假如这些人果真曾作如此想，那决不是因为他们有什么“奇妙的本领”，而只不过因为他们作了这样的想象。想象是一种认识形态，把客观事物想象成一种新鲜模样，同时便感到它已具有相应的情感色彩；反回来自己又被这新鲜模样引发或加深了相应的情感活动，因而“多少和 事物发生同情和共鸣”。这一切无不是情感与认识的辩证关系在起作用。只是在文艺创作中，由于其特定的社会功能的制约，那与情感相联系的认识必须是形象化的，即必须是艺术想象的直接成果。“客愁看柳色，日日逐春风。荡漾春风里，谁知历乱心。”(温庭筠《客愁》)“我见青山多妩媚，料青山见我应如是。”(辛弃疾《贺新郎》)都在较为精深的形象思维活动中实现了情感的转移或外射；读者虽只看到一堆文字符号的组合，也很自然地被唤起形象感并引发相应的情感活动。至于画中孤鹰，目蕴义愤；舞中天鹅，手足传情；流水变作琴声，凄然如咽；汉字写成书法，表情丰富多彩；诸如此类的艺术杰作，在创作中也无不有“移情”的作用在，所以能象中寓情，境中有意，直接作用于欣赏者的耳目，如响斯应地收到情感交流的效果。

“移情”通过想象而得以实现，那为什么说这种想象是“特殊的”呢？主要就因为它总是按着一个基本的方向进行，即把客观事物人格化。当然实际的移情想象千差万别，极其富于变化，但概括起来看，却总是把客观事物(包括有生命的和无生命的)想象为具有人的思想、感情、意志、品格等心理素质的东西，而且这些心理素质还往往是按照“移情”者本身的心理模式来“复制”的；又若说到这些客观事物的“动向”与“处境”，这又往往与“移情”者本身的状况有这样那样的联系。这种特殊的想象由来已久，早在原始社会，初民们已惯于对自然物和自然力进行人格化的想象，这在上古神话和原始宗教中有极为明显的表现。但把这种想象作为自觉的艺术思维来运用，却是进入文明社会以后的事。在移情想象变为自觉的艺术思维之后，它便得到了非常广泛的应用，而所以会如此广泛则是有深刻的心理根源的。人最熟悉的是自己，而在人与客观世界的各种联系中最为重要而密切的又是人际联系；任何个体又必须运用自己的知识经验来认知和理解客观事物，特别是经常要运用关于人类的知识经验去了解客观人事；这一切都足以在事实上形成较为牢固的心理定势，使个体在直觉范围内易于“以己度人”，“以人度物”。当然，离开了直觉的范围，由于有关的知识经验的制约与干预，个体也能清楚意识到“以己度人”往往不正确，“以人度物”更是一种错觉；但移情想象既已成为自觉的艺术思维，那么在艺术创作中就不妨“将错就错”，正好运用由直觉引发的想象来创造艺术形象，表现思想感情。同时就欣赏者一方来说，由于也存在“以己度人”、“以人度物”的心理定势，所以在欣赏过程中不仅会有“移情”的直觉，而且也完全能够体会创作中表现了什么思想感情。这样，“移情”现象便相当普遍地出现于艺术创作和艺术欣赏之中。

“移情”在文艺创作中占有重要地位，特别在情感表现上可以发挥巨大的作用，但是由于近代西方的有些美学家曾对它作了纯属主观唯心主义的解释，所以很容易使人产生误解，而概括说来不外乎两点：第一是因为存在着移情的现象，所以便认为要想创作动人以情的作品，只需要深入挖掘自己心中的情感活动，然后“外射”或“移置”于客观事物；于是客观事物便也有了“生命”与“灵气”，这样就自然会有“情象并茂”的作品。第二是迷信直觉，以为靠着敏锐而特异的直觉就可以不受制约地把无论什么感情转移到无论什么事物上去。从植根于唯物主义反映论的情感与认识的辩证关系来看，以上两种看法都是有害无益的。首先，作者的情感的确是创作的巨大动力，也是作品能够感人的重大因素；但是作者的深厚感情是从何而来的呢？是从心中挖掘出来的呢，还是从实践、认识的过程中产生和锤炼出来的？经过上文的全部论证，这个问题的答案想来是比较清楚了。有源之水，深挖可成涌泉；无源之水，深挖也不过是个干窟窿。古今中外的优秀作者无不因实感而有真情，因深感而有深情；矫情揉意强作愁，是不可能真正动人心魄的。其次，从情感的表现来说，“移情”也并不像有些人想的那样带有随意性；事实是必须对事物的某一方面的特征有较为深刻的感受和确切的认识，才有可能使“移情”的想象较为生动而传神。“树上的鸟儿成双对，绿水青山带笑颜”，这当然是“移情”，但因为表现事物的特征不鲜明，所以“移情”的深度不够，在情感的表现和交流上所起的作用也就比较一般（这两句是戏曲唱词，此处仅就词句而言）；而像“春蚕到死丝方尽，蜡炬成灰泪始干”，那“移情”的深度就非等闲可比，而原因就在于作者对事物特征的认识是准确而深刻的。“移情”固然往往出现于直觉范围，但一经成为自觉的艺术思维而进入创作的构思，那就不仅要运用活跃的想象，而且要准确地借助抽象思维，来尽可能地促进“移情”的生动性与深刻性，使特征的突出与情感的表现高度和谐地融为一体。假如不在认识和把握事物的某一方面的特征上用力气，而误以为凭着作者本身的主观直觉就可以随意“移情”的话，那就至多只有自己心里明白，而难以引起欣赏者的同感与共鸣。

总而言之，想要解开“移情”的奥秘，仍然处处离不开一把钥匙，就是情感与认识的辩证关系。

3. 艺术效果的考虑与情感表现

一般的情感交流和表现当然也要考虑效果，但无论如何总是自然流露，所以方式简单、较为直接，不讲什么“起承转合”；假如太讲究方式，反倒显得做作而不能感人了。文艺创作中的情感表现与此大为不同，它的情感表现往往与故事情节的曲折变化、人物性格的逐步展示相联系，因此在表现上也就有波澜起伏，以至转折多变，由此而增强了艺术创作的总体效果；有的作者还“故弄狡狯”，通过悬念制造、疑阵布置、底蕴发现、突然转变等手段来增强创作的艺术效果。于是，与此相应的情感表现也就有收放开阖之变，并在交流中使欣赏者忽喜忽忧、或憎或爱。

日本电视连续剧《命运》中的岛崎荣次一角，在出场以后相当长的一段戏中，很可能使观众感到憎厌；然而随着连续剧对他的身世与性格的全面揭示，观众的感情也就自然而然发生变化。电视剧的创作者们当然对这个角色早有明确而稳定的感情倾向，然而他们在表现这种感情时却不愿意（也不可能）一上来就向观众“交底”，而是有意要在全剧的情感交流过程中造成一种变化与转折，以便通过心理反差来加深观众对这一人物的印象，取得更大的艺术效果。

英国女作家达夫妮·杜·穆里埃的著名小说《吕蓓卡》则又是另一种情况。作者基于她对上层社会生活的阴暗腐朽面的认识，是怀着强烈的憎恶来刻画那个不出场的女主角吕蓓卡的，书中对此一再有所暗示，甚至还通过一个人物之口把吕蓓卡比作一条蛇，情感“交底”可谓明白无误。但因为作者对吕蓓卡的可憎之处久久不作具体描写，所以她的“交底”恰恰又是制造悬念的一种手段。直到小说接近结尾时，男主角德温特向他的后妻揭开谜底，具体描述了前妻吕蓓卡的所作所为。在这里，作者对吕蓓卡的憎恶之情才有了痛快淋漓的表现；而读者心中也自然被激起情感的反响。

同时值得注意的是,德温特对吕蓓卡的揭露是层层深入的,而读者的情感反响也正与此相应合拍。试看德温特一上来就说是他杀了吕蓓卡,又说他俩的婚姻打一开始就是“一出滑稽戏”,“这女人心肠狠毒,活该下地狱,是个十足的坏女人”。这种咬牙切齿的语句分明也就是作者的心声;然而读者由于心目中尚未形成具体的形象,因此即使情有所动也极为有限。接着德温特用一系列事实来说明吕蓓卡怎样貌美心毒,虚伪泼辣,淫荡无耻;读者由于认识内容的增多,情感的热度也就不禁随之上升。最后德温特才说到他枪杀吕蓓卡的那天晚上的详细情况,他到海滩小屋捉奸,结果出现了“摊牌”的局面。吕蓓卡不仅无耻地讥笑德温特奈何她不得,还诈称她已经怀孕,“不管是你本人还是世上随便哪一个外人,都将无法证明孩子不是你生的”。她还洋洋得意地声称这孩子将在德温特的庄园长大成人,承继全部财产,而德温特则无计可施。在这最后的大段描述中,作者在满腔憎恶之情的推动下,淋漓尽致地描述了吕蓓卡的狡诈毒辣和咄咄逼人,终于使她完全露出了一条蛇的原形;这种富于情感色彩的认识内容,也就必然激起读者的强烈憎恶和义愤。甚至在德温特因忍无可忍而枪杀吕蓓卡这件事情上,读者不仅认为吕蓓卡死有余辜,而且还对德温特能否逃过法网产生强烈的悬念,这也正是作者所预期的效果。这一效果的出现充分说明作者对自己情感所作的艺术表现是成功的。

就情感的艺术表现而言,无论是电视剧《命运》所采用的“转折反差法”,或小说《吕蓓卡》所采用的“层层深入法”,都必须以情感的控制和调节为前提。有控制调节才有巧妙的安排,这既是艺术创作整体效果的要求,也为了使情感表现更加深入人心。俄国著名文学家契诃夫在《致阿维洛娃》的两次信中说:

您描写苦命人和可怜虫,而又希望引起读者怜悯时,自己要极力冷心肠才行，这会给别人的痛苦一种近似背景的东西，那种痛苦就会在这背景上更鲜明地显露出来。

人可以为自己的小说哭泣、呻吟，可以跟自己的主人公一块儿痛苦，可是我认为这应该做得让读者看不出来才对。态度越是客观，所产生的印象就越有力。①

这种看法是有其心理根据的。人们在自己的生活经验中，确曾看到有的人由于情感倾向而影响了对客观事物的准确反映，因此在他们欣赏文艺创作而意识到作者的主观感情过于外露时，便会不自觉地产生戒备心理，从而有碍于情感的自然活动。历史记载之所以重视“实录”，新闻报道之所以强调“用事实说话”，道理也是一样的。契诃夫的看法，在现实主义作家中实际上具有普遍性，只不过有的人是在整个创作中始终坚持“喜怒不形于色”；有的人则比较灵活，既保持客观的态度，也不排斥在有些地方表露自己的感情。就是在浪漫主义作家中，也有人善于运用这种方法，最突出的如法国梅里美，他的名作像《马铁奥·法尔哥尼》、《塔芒戈》、《卡门》、《高龙巴》等等，都使读者惊心动魄，然而作者却似乎总与他笔下的人物保持一段距离，既不说出赞美之词，也不流露鞭挞之意；他总像在那里平平静静地讲故事，却能够叫读者乍喜乍忧，忽惊忽怒。完全证实了契诃夫所说的，“冷心肠”能成为“一种近似背景的东西”，把人物的行动和心理衬托得更加鲜明。

当然，对于情感的艺术表现来说，契诃夫所谓的“冷心肠”仍然只是方法之一；但他的话说明了文艺创作中的情感活动是需要和可以控制调节的，这一点却适用于一切作者和作品，只是控制的方式有不同，控制的程度有区别。不论古今中外当然都有热情奔放的作者，创作了“火山爆发”式

① 均见契诃夫《论文学》。

的作品；而且“激情”在创作中的作用也早已得到广泛的重视和充分的肯定。但是也应该指出，文艺家所说的“激情”往往有夸张的成分，不一定包含确切的心理学意义。从心理学的角度来看，有些激情的确是积极的，可以成为使人献身于有益活动的巨大动力。但激情乃是“迅速地控制着一个人，像暴风雨般进行的，以意识的显著变化、对行动的意志监督失调(失去自我控制)以及有机体的整个生活活动的变化为特征的情绪过程”，“激情是短暂的，它们像一把火突然燃烧，像爆炸，又像猛然袭击的风暴”①。既然如此，文艺创作者怎么能始终在激情状态中进行有效的创作，特别是完成那种需要经年历月的宏伟巨制呢？所以，实事求是地说，就应该一方面肯定激情的巨大动力作用，另一方面也应看到与激情相交替的情感控制与调节的作用。总而言之，任何真正的艺术创作都必须情动于中而后发，但在实际的创作心理过程中，又总是存在着自觉或不自觉的情感控制与调节，这才谈得上最佳的艺术效果与准确的情感表现。

三　情感交流中的逆反与变异

由于情感与认识存在辩证关系，所以情感有交流的可能。但交流是有条件的，文艺创作中的情感表现并不是在任何情况下都能引起观众听众的共鸣。因为文艺创作所表现的主要不是抽象的情感，而是富于情感色彩的具体认识内容；这种认识内容必须为人们所接受，才会导致作者所预期的情感共鸣。然而人们的认识活动都受到各种社会因素和心理因素的制约，由于人与人之间在民族传统、阶级利益、生活遭遇、思想观点、个性特征以及特定的心理状态等方面会有种种区别，所以某一文艺创作所提供的与情感相

① 彼得罗夫斯基主编：《普通心理学》第410页。

联系的认识内容,就未必能为所有人接受,并由此引发情感的共鸣。鲁迅说:"穷人决无开交易所折本的懊恼,煤油大王那会知道北京捡煤渣老婆子身受的酸辛,饥区的灾民,大约总不去种兰花,像阔人的老太爷一样,贾府上的焦大,也不爱林妹妹的。"[①] 这里说的主要就是阶级地位对情感活动的制约,这种制约是的确存在的。除了这种制约之外,也还有其它种种心理因素的制约,因此创作者与欣赏者便可能出现情感上的不一致,各个欣赏者面对同一形象也可能出现情感上的不一致;这都是因为欣赏者对创作者所提供的认识内容不一定"同意",而没有"同意"就没有"同情",甚至还可能产生反感。不久以前公布的社会调查表明,女大学生一般都不喜欢林黛玉,还感到贾宝玉讨厌,这就是在情感上对原作者持有逆反倾向的显例;而出现这种倾向的根本原因仍在于当代青年在种种复杂的心理因素制约下,已对原作所提供的认识内容有了不同的感受与理解。

在创作与欣赏的情感交流中,除了可能出现相反的倾向以外,还有更大的可能出现种种变异;即创作者与欣赏者、或欣赏者与欣赏者之间,虽然情感的基本倾向是一致的,但具体的情感活动却有深浅强弱、纯杂偏正之分。因此艺术创作实现的情感交流事实上往往带有模糊性,只是在创作者和欣赏者之间大致出现了情感活动此呼彼应的情况,而不一定意味着创作者所倾注和表现的感情会一模一样地出现在欣赏者的心中。至于造成情感变异的原因,主要有以下两点:

第一是创作者和欣赏者各有不同的生活经历和认识淀积,因此必然对引发情感的认识内容各有不同的态度和体验。例如颜真卿写《祭侄季明文稿》是有颜氏家族的惨烈遭遇为背景的(详见本章第一节),所以写作中情绪激动,似有

① 鲁迅:《二心集·"硬译"与"文学的阶级性"》。

血泪交迸;欣赏者既无同样的遭际与认识,也就不可能激起同样强烈的感情。曹雪芹塑造贾宝玉、林黛玉的形象也有其独特的生活基础和思想背景,欣赏者的情况与此不同,当然也难以在心中再现作者那样的感情。况且贾宝玉和林黛玉这两个形象既已被塑造出来,本身就又成为相对独立的认识内容,可以作用于读者并引发其感情,于是不同的读者便对这两个形象产生不同的态度和体验,这显然又增加了情感交流的复杂性。有的人在欣赏电影、戏剧或小说时,有时会被一个极普通的情节引起感情的激动,那就是因为这个情节引发了某种对他本人有特殊意义的联想,所以他的情感反应会与其他观众很不相同。这当然是一种特例,即所谓“伤心人别有怀抱”;至于情感反应的细微差别,那是肯定会普遍出现于所有的欣赏者身上的。所以,创作和欣赏中的情感交流可以是相当复杂的,决不能作简单的理解。

第二是通过艺术形象表现感情,总的来看具有“含蓄”的特点。这里所说的“含蓄”不是指作者的个人风格而言,而是把文艺创作的情感表现与一般的情感表现相比较,说它有一定的模糊性。人们欣赏绘画、雕塑、摄影、音乐、舞蹈等艺术,往往对作者倾注于其中的感情有所感受,欣赏者自己也被引发某种情感活动;然而要把这种情感说清楚却不容易,似乎言语的表述总不那么确切具体。特别是像书法、篆刻这样的艺术,由于并不直接反映生活,表现形式极为特殊,其中的情感就更难说明。然而它们又的确是表现了情感的,如唐代草书家张旭,凡有“喜怒窘穷,忧悲愉佚,怨恨思慕,酣醉无聊,不平有动于心,必于草书焉发之”[①];就是观赏一般比较优秀的书法、篆刻创作,人们心中也可能荡漾情感的波纹。但是除了审美的愉悦明显可觉之外,其它情感因素就大有“遇之匪深,即之愈稀”的意味了。语言艺术

① 韩愈:《送高闲上人序》。

在情感表现上，整个说来比其它艺术较为鲜明，但仍然有“含蓄”的特点。且不说“朦胧诗”、“荒诞剧”以及那些力图表现“潜意识”的作品，就拿《水浒》这样的小说来说，其中刻画宋江的形象可以说是相当充分，那么作者对这个人物的感情总该是明朗的了；然而经过金圣叹的考查与分析，《水浒》作者对宋江这个人物究竟是爱是憎，是肯定还是否定，却又似乎疑不能明了。实事求是地看，至少书中有些叙述描写是耐人寻味的。

通过艺术形象表现情感比较“含蓄”，这是有原因的。首先因为种种艺术创作在时间或空间的表现上是受到限制的，不可能提供充分展开的认识内容，于是也就限制了相应的情感表现。其次因为艺术创作反映人类生活是经过特殊概括、表现为特殊形式的，有声有色、有味有香并富于触觉感受的现实生活，在音乐中却只能表现为乐音，在绘画中又只能表现为线条和色彩，而语言艺术则要用本身并无形象性的言语去“刻绘”生活中的千姿百态、繁声丽色，这在提供认识内容上既有局限，当然也就会影响情感的表现。

照这么说来，艺术创作在情感表现上，岂非不但不是一种利器，反而是一种障碍了？情况却又不然。上文曾说过，写一首诗、作一支曲、画一幅画，只给自己欣赏，这种情况的确存在，那么不妨想一想，如果只就情感的表现来说，作者为何不自言自语一番，或大哭大笑一场，以抒发自己的感情，而偏偏要去吟诗、作曲、画图呢？这只能说明，艺术形象在情感表现方面自有为其它方式所不可企及的地方。许多情感活动和情绪状态是只有用艺术形象来表现才会细致入微的。这种情况在心理上要用情感与表象性认识内容的联系来解释。表象中包含着对直觉的记忆，而由直觉引发的情感，常常有思维和语言一时难以准确概括的成分。艺术形象是自觉表象运动的直接成果，尽管自觉表象运动是在抽象思维指导配合下进行的，但其心理过程的主要组成却是从表象到表象(表象活动始终不断线,而不像有些人所说的那样表象变成了概念再回到表象),经过自觉运动而创造出来的新的表象外化为艺术形象,仍然保留着直觉性质的认识内容,因此艺术形象有可能表现出那种一时难以为思维和语言所准确概括的情感成分。这就是艺术形象所表现的某些情感活动"可以意会,难以言传"的原因。(语言艺术的情况并不例外,它固然要靠"言传",但所"传"的主要不是情感活动的概括,而是能引起形象感的认识内容,情感则寓于其中。)

我们说艺术形象表现情感比较"含蓄","含蓄"就是不显露、不单薄。艺术形象对情感的表现,由于受到种种限制,所以不显露;又由于包含着思维和语言难以准确概括的认识成分和情感成分,所以不单薄。艺术形象往往使人感到"含不尽之意,见于言外",而根据情感与认识的联系,既有言外之意,必有言外之情。非言可表,所以为"含";言外有意又有情,所以为"蓄"。而从交流来说,由于艺术创作富有启发性,所以它的客观效果之充分显现,有待于创作者和欣赏者两方面发挥能动作用;欣赏者面对艺术形象而被引起丰富的想象与联想,同时也就有相应的情感活动。

人在社会生活中是需要表现和交流情感的。表现和交流情感的方式不只一个,而具有"含蓄"特点的艺术方式,整个说来是既不能替代别的方式,也不能为别的方式所替代。

第四章

修养与创造

第一节 直接经验与间接经验

人类的创造活动都以实践经验为基础，文学艺术的创造活动当然也不例外。由于文学艺术创作主要反映人类的社会生活，因此对创作来说，决定作品产生并获得成功的一个根本原因，就是社会生活经验的积累及其有效的运用。

毛泽东同志说："一切真知都是从直接经验发源的。但人不能事事直接经验，事实上多数的知识都是间接的东西，这就是一切古代的和外域的知识。这些知识在古人或外人是直接经验的东西，如果在古人外人直接经验时是符合列宁所说的条件：'科学的抽象'，是科学地反映了客观的事物，那么这些知识是可靠的，否则就是不可靠的。所以，一个人的知识不外直接经验和间接经验的两部分。而且在我为间接经验者，在人则仍为直接经验。"① 这里讲了直接和间接两种经验，而尤其强调了直接经验的作用。这些论述适用于人的各种认识与创造活动，当然也适用于文学艺术的创作活动。

一 直接经验与文艺创作

直接经验的广泛积累和有效运用，对于文艺创作者来说，有非常重要的意义。试从一些实例来看：俄国著名作家契诃夫原先是一名开业医师，他在给神经病理学家罗索列莫的信中说："我不怀疑，研究医学对我的文学活动有重大影响；它们大大地扩展了我的观察领域，丰富了我的知识，

① 《毛泽东选集》4卷本第264—265页。

只有本人是医生的人才能理解这些知识对我作为一个作家的真正价值；它们还有定向影响。”契诃夫作为一个杰出的现实主义作者，重视直接经验是理所当然的，但直接经验并不仅仅对现实主义作者有重要意义。英国著名小说家史蒂文生是以撰写浪漫主义的传奇小说著称的，他也非常重视实际的生活经验，而这种经验也在他的创作中起了极为重要的作用：“为了写作历史传奇小说，他在每次写作之前，必对那个时代的语言、服装、礼节、历史和社会情况，作深刻的研究，因而写起来能够操纵自如，运用适当；为了获得生活经验，他曾乘了一叶扁舟在比利时和法国北部的河道中航行，驱着一匹怪驴，驮了行李，在色芬山昼夜旅行；他将他的所见所闻写成了他最初出版的两本游记：《内河航程》(1878)和《骑驴游记》(1879)。为了写作《新天方夜谭》(1882年出版)，他有颇长一段时间，在伦敦和巴黎的许多警察所不能到的地方出没，跟各个阶层的各种人士接触、交往，搜集了许多光怪陆离、荒诞惊人的事实。他从小就是一个天性乐观、爱好冒险的孩子；凡为文明社会所重视的东西：安逸、奢侈和舒服的床铺，他都厌弃，他最爱搜奇猎异，漂流海外，甚至与亡命者为伍。他自己曾被海盗掳去，但他却把那个有黑色鬈须的盗魁抛入海中，升起盗旗，自作首领。他的离奇经历，往往使人不禁联想起他的小说中的一些人物；……如果说不是通过作者自己的生活，很难写得如此传神。”① 又如美国电影演员、两次奥斯卡奖获得者莎莉·菲尔德，1978年拍摄获奖片《诺玛蕾》时，“她为了扮演诺玛蕾这一人物，曾到阿马州一个小纺织厂去体验生活。她仔细观察工人们的语言、举止和心理状态，还强迫自己做最脏最累的活，以体验工人生活的艰辛。小厂房里空气污浊，机器声震耳欲聋，有些女演员两三天就支持不住，呕吐头晕

① 《新天方夜谭·译者题记》。

了。她虽然口唇红肿,两目发胀,但最后还是坚持下来。结果由于演出的巨大成功,使她第一次赢得了第五十二届奥斯卡最佳女主角奖”。1982 年拍摄《我心深处》,“为了逼真地扮演好农妇艾娜这个角色,一向生活在城市的莎莉·菲尔德冒着酷暑,只身来到南方棉田,在烈日暴晒下,不厌其烦地重复着摘棉动作,最后十指血迹斑斑,长起了厚厚的一层老茧,晒得黝黑的莎莉·菲尔德成了一个道地的农妇”。结果她又得第五十七届奥斯卡奖。①

直接经验对个体思想认识的形成,对文艺创作的思想艺术质量,都有重大的关系。关于这个问题,许多文艺理论著作已作了相当充分的论述。这些论述不必重复,所以下面只从文艺心理学的角度补充(或者说强调)直接经验的两个特点。

第一是直接表象的积累与感知能力的锻炼。

任何文艺创作都要以生动具体、富于感性的艺术形象来反映社会生活,发挥现实作用。这种形象的创造,显然必须以作者对客观事物的实际感受为前提;而那种直接来自生活经验的感受无疑是最为具体而深切的,是其它途径的有关传述所不能替代的。著名京剧表演艺术家盖叫天对直接生活经验与艺术创造的关系有非常深刻的认识,他的名著《粉墨春秋》对这个问题作了许多切实而生动的阐说。例如他讲到科班中教孩子们学《石秀探庄》一剧,说戏里的石秀是扮作樵夫挑着柴担下山打探的,老师认为这柴有六十斤,所以便把孩子们领到柴房,“让他们拿着筐拿着扁担实地经历一回。先担二十斤,再挑四十斤、六十斤、八十斤,一定得这么拿各种轻重不同的分量给他压一压,他们才知道挑二十斤是怎么个模样,四十斤、六十斤、八十斤又是怎么

① 《第 57 届奥斯卡最佳女主角——莎莉·菲尔德》,见《台港与海外文摘》1985 年 6 期。

样。这样，在表演挑担的时候，心里就有了谱，所以分别出各种不同分量的挑法来，表演也就真实了”[①]。这番话从心理学的角度来看是很有道理的，因为任何重量压着人体引起的实际感觉，是言语所无法说清的，必须经过直接经验而留下直接的记忆表象，到表演时“担子压在肩上沉甸甸的，就像是真的挑着个六十斤重的担子似的。太轻，显假；压得呼哧呼哧直喘气，那又不是石秀了”[②]。事例虽然简单，却说明了直接经验与艺术创造之间的深刻联系。毛泽东同志在《实践论》中说：“你要知道梨子的滋味，你就得变革梨子，亲口吃一吃。”不仅味觉是如此，对事物的任何感觉与知觉，都只有在直接经验中才可能获得。但是因为感觉与知觉事实上不能进入创作构思（说详前文），所以真正起作用的乃是在直接经验中所留下的直接表象的记忆。

在文艺创作中，要创造真实生动的艺术形象，必须首先依靠由大量直接表象所构成的形象记忆系统，这是保证创作富有感性的一个可靠基础。当然，在创造艺术形象的表象运动过程中，那种通过间接途径而获得的间接表象也要起巨大的作用（说详下文）；但是这种作用却只有在直接表象系统的基础上才可能得到有效的发挥。由于直接表象对于作者来说是最为亲切而伴随着实感的，所以在艺术的想象活动中自然而然要起骨干的作用。中国古代画论中往往有人讲到，李思训画的是蜀道山水，王维画的是终南山，荆浩画的是太行山，黄公望画的是虞山，倪云林画的是惠山，石涛画的是黄山，等等。事实上这些优秀画家所画的山水形象当然不会止于一山一水，而是充分运用艺术想象来完成具象概括的；但是对于他们来说，“所见者真，所知者深”的毕竟是那些直接经验积累最多的山水景观，因此不管他

① 盖叫天：《粉墨春秋·六十斤重的担子压一压》。

② 盖叫天：《粉墨春秋·六十斤重的担子压一压》。

们的想象如何活跃，这些印象最深的山水形象仍然要在他们的艺术创造中起着决定基本风貌的作用。清代蒙族画家松年说："北人画马多工，因其目中尝见马也；南人画船多工，因其目中尝见船也。"[①] 其实，北人目中未尝不见一船，南人目中也未尝不见一马；然而只见一船、一马便来画船画马，那还是很不够的；必须多见船马而进行具象的概括，才可能画出更特征鲜明、富于感性的典型船马。"表象不够，概念来凑"，这就是北人画船、南人画马之所以不能巧妙的缘故。高尔基说过："为了大概真实地写出一个工人、一个神甫、一个小店铺老板，必须很好地认识清楚成百个工人、神甫和小店铺老板。"[②] 所谓"成百个"，无非是强调要多多积累直接表象；在一定数量的基础上，才可能有既反映本质又生动具体的具象概括，"而这才是艺术"。

直接经验因为富于感性，所以也会使经验者的感知能力得到有效的锻炼。

对炼钢工人辨别色彩能力的研究表明，炼钢工人能十分精细地辨别浅蓝色的微小差异（通过蓝色眼镜看马丁炉的火焰）。

熟练的研磨工人能辨别1/2000毫米的微隙，而平常人只能辨别1/100毫米的微隙。小商品的包装工人有高度完善的肌肉关节感觉，熟练的包烟工人能够用手一次地从一堆纸烟中正确而敏捷地抓取一包所需要的纸烟。[③]

这种高超的感知能力除了直接的实践是无法锻炼出来的。同样的道理，艺术家要练出"画家的眼睛"、"音乐家的耳朵"等等，除了直接的实践（包括生活实践和创作欣赏实践），也是别无更为有效的方法的。所以从文艺心理学的角度来

① 松年：《颐园论画》。

② 高尔基：《论文学》第262页。

③ 曹日昌主编：《普通心理学》上册113页。

看，直接经验并不仅仅为创作提供素材，它也使创作者的主观方面经受锻炼，既包括认识能力的深刻化，也包括感知能力的敏锐化，这对于文艺创作来说，都无疑是十分重要的。

第二是深刻的情感活动与情感记忆。

直接经验与间接经验都可能引发情感活动，留下情感记忆。但两种经验相比，由于前者作用于个体一般说来更为深刻，因此往往引发更深的情感活动，留下更深的情感记忆。“听评书掉泪，替古人担忧”，这情感活动也是真的，但究竟不能像当事者身历其境而有其切肤之痛。“毒蛇咬一口，井绳怕三年”，这才是由直接经验引起的深刻的情感(怕)记忆。屈原的政治热情产生于他所长期进行的实际斗争，因此炽热而又执着。汉代的楚辞作者通过间接途径了解屈原的斗争经历，他们也是动了感情的，所以才用“代言体”为屈原鸣冤叫屈；但这情感的深度究竟不能与屈原本人相比，所以那些拟骚之作不能像《离骚》那样感人肺腑。曹雪芹“半世亲见亲闻几个女子”，有感于她们的“行止见识”、“事迹原委”，竟不惜“十年辛苦”，带着“一把辛酸泪”写下了“字字成血”的《红楼梦》；《红楼梦》传述的生活经验可谓细致入微，然而作者仍明智地预料“都云作者痴，谁解其中味”，这是无可置疑的。尽管《红楼梦》也曾使天下多情儿女流下眼泪，并有许多学者写出了无数的研究文章；但对书中人事的感受与认识，以及由此而留下的情感记忆，究竟不能像作者本人那样深刻具体、刻骨铭心。现代著名作家巴金在谈到《家》的创作时说：“我也说过：‘书中的人物都是我所爱过和我所恨过的。许多场面都是我亲眼见过或者亲身经历过的。’的确，我写《家》的时候，我仿佛在跟一些人一同受苦，一同在魔爪下面挣扎，我陪着那些可爱的年轻生命欢笑，也陪着他们哀哭。我一个字一个字地写下去，我好像在挖开我的记忆的坟墓，我又看见了过去使我的心灵激动的一切。"[1] 这些话同样也说明了深刻的直接经验使人留下深刻的情感记忆。而深刻的情感记忆乃是进行文艺创作的一个强大的动力。

古今中外的文学艺术作品,可以说没有一件是纯粹根据直接经验创作出来的,然而构成创作的重要契机和强大动力的,却往往是某些直接经验以及由此而留下的情感记忆。雨果因为在少年时见到一个女仆受烙印的惨状,由此下决心要永远和剥削阶级法律的"恶劣行为"作斗争,并特别致力于控诉下层妇女所受的迫害。狄更斯因为童年时期有过困苦的经历,所以在一系列巨著中满怀同情描写儿童在资本主义社会中的悲惨遭遇。反之,莫扎特却因为有一个"金色的童年",而在其后的大多数音乐作品中留下了相应的情感记忆的痕迹。此外如歌德创作《少年维特之烦恼》,小仲马创作《茶花女》,也都人所共知是以本身的恋爱经验和情感记忆为强大动因的。诸如此类的事例在中外艺术史上不胜枚举。当然,因间接经验而引发创作冲动的情况也大量存在,但无论从冲动的强度或所得效果来看,都是难以与直接经验所起的动因作用相比的。

除了以上两点之外,直接经验对于个体的世界观和人生观的树立,对于个性心理特征的形成,对于一些理论的习得和种种思想认识的产生等等,当然也都起了非常重要的、甚至是决定性的作用。但是在这些重要方面起作用的不仅仅是直接经验,所以也并不充分显示直接经验在文艺创作中所独有的特点,这里就不多说了。

二 间接经验与文艺创作

直接经验在文艺创作中的重要意义是众所周知并且比

① 《中国现代作家谈创作经验》第206页。

较深入人心的，理论方面的阐发也比较充分；相比之下，间接经验的重要意义却尚未引起人们的充分重视，至少在理论上较少专门的论述。毛泽东同志明确指出："人不能事事直接经验，事实上多数的知识都是间接的东西。"这是很实事求是的说法。事实上，间接经验的传承、积累和发展变化，还是人类社会所特有的现象，是人与其它动物的本质区别之一。试看一些动物，它们何尝没有一定的本领？例如牛会耕田，马会拉车；然而老牛不教小牛，老马不教小马，一代代的小牛小马都还要人去教它们。还有，猫会捕鼠，蜘蛛会结网，这是出于本能，倒不需要人去教它；但小猫、小蜘蛛的本领也不过如此，几千年来未曾见长。这都因为动物的本领没有社会性，无法传授和积累。人类的情况就大不相同了。因为人类在实践中所得到的知识经验和作出的文化创造都有社会性，可以用语言文字或其它符号系统（如数学上的 xy、音乐上的简谱或五线谱、地图上的各种图形符号等等）记录下来，所以个人的直接经验都可以转化为间接经验而为整个社会所用，反之整个社会的文化创造也可以作为间接经验而为个人所用。于是整个人类社会的文明就成为一种不断积累又不断向前发展的社会财富。而且这种积累和发展的速度是很快的，只用了几千年时间，就从洪荒茫昧的原始时代发展到今天这样高度文明的现代社会；尤其值得注意的是这种发展还不是等速度的，而是以越来越大的加速度在飞快地进行。人类的一切真知都起源于直接经验，但正因为有了直接经验向间接经验的有效转化，人类的真知才得到传承、积累和越来越快的发展。这个道理，人类是早就认识到了，所以从很古的时代起便已大力组织教育和学习。教育和学习当然绝不排斥人们去取得新的直接经验，事实上取得新经验还是教育和学习的根本目的；但同时却把间接经验的传承放到了极其重要的地位。特别是到了现今这个信息时代，人们对间接经验更有了种种新的观念和处理方法，力求使它所包含的巨大信息量得到最为迅速而有效的储存、传送、选择和使用，以便让它在各种认识和创造活动中充分发挥作用。

文学艺术创作作为一种特殊的认识和创造活动，情况也和其它认识、创造活动一样，是根本不可能离开大量间接经验的准确使用的。不妨先以一些实例为证。如杜甫的诗作号为“诗史”，那真像脉搏一样反映着他个人的实际经历以及他所置身其间的那个时代的动荡。虽然如此，杜甫的诗却不是光靠直接经验写出来的。杜甫自己说“读书破万卷，下笔如有神”，“读书”就是吸收间接经验，这两句话充分说明杜甫对间接经验在创作中的作用是多么重视。当然，这两句话是有毛病的，毛病之一就是杜甫还没有自觉意识到直接经验对创作的决定性意义（另外还有别的毛病，说详下文），但无论如何这两句话还是正确地强调了间接经验乃是从事文艺创作的一个必要条件。至于后来江西诗派代表人物竟说杜诗“无一字无来处”，那就把间接经验的作用夸张到荒谬的地步了；不过即使荒谬，也还可以说是从一个侧面强调了杜诗与间接经验的密切关系。曹雪芹创作《红楼梦》，直接经验起了重大的作用，这在前面已经说过了；但是这部伟大的小说是不是全靠直接经验创作出来的呢？显然不是。这只要指出一点就足可证明了：曹雪芹只在幼年时代有过一段贵族豪门的奢侈生活。（因考证结果未有定说，所以不能确指这种生活到几岁为止；其中断限最晚又最为可信的说法，是曹雪芹十三岁时被抄家，生活上出现根本转折。）从心理学的角度来看，这样的一个孩子是不可能带着豪华生活的确切记忆进入晚年创作时期的；因此所谓“诗礼簪缨之族，花柳繁华地，温柔富贵乡”的情境，对于成年的曹雪芹来说就只可能有模糊的记忆表象（当然情感记忆可能是深刻而强烈的）。然而《红楼梦》中描画封建权贵奢侈豪华的生活却是那么细致具体、淋漓尽致；并且其中所描述的种种情状还不全是清朝所有，而是掺杂了明朝汉族豪门的一些生活现象。由此可见，至少在八十回《红楼梦》的生活场景和许多细节描写中，作者不是完全依靠他对直接经验的记忆，而是充分运用了历史生活的知识和文化艺术的素养；当然，作者借助间接经验之处还远不止此，但其它方面的情况就无烦多说了。美国著名作家海明威在创作中非常重视直接经验，他早在年轻的时候“就下定决心，没有亲身体验绝不动笔”；并且明确声称：“我追求真实的唯一办法，就是直接体验，然后尽我所能把我在场时发生的一切写下来”[①]。但他是否真能做到这一点呢？试看他的获奖名作《老人与海》是怎样创作出来的：

刚满四岁，父亲就教海明威在密执安湖上钓鳟鱼，而钓鱼——不论是在江河、湖泊，还是在大洋之上——也就成了他终生的爱好之一。在古巴海岸边捕捉特大的马林鱼和金枪鱼带给他无限的欢乐，对他诱惑太大了，终于使他着了魔。结果有一年他整天打鱼，终年只字未写。有一次出海，他站在舵轮前与台风搏斗了整整十二个小时，一手操舵，一手拿瓶威士忌，而他的船员们却在甲板下发抖。

在墨西哥海滨的小酒店喝啤酒时，海明威喜欢听那儿的康丘人聊天。他曾听到这样一件事：一位老渔夫捕到一条巨大的马林鱼，鱼拖着他的小船在海上飘流了三天，他历尽艰辛驶了回来，可捕获物却被鲨鱼撕烂了。海明威成功地把这个故事写成了小说《老人与海》；并为它获得了诺贝尔奖金。[②]

海明威在海上捕鱼的直接体验可谓深矣，然而《老人与海》

① 见拉赛尔·J·伯顿：《“人可以被毁灭，但不会被打败”——海明威与体育运动》，《台港与海外文摘》1985年第6期。

② 见拉赛尔·J·伯顿：《“人可以被毁灭，但不会被打败”——海明威与体育运动》，《台港与海外文摘》1985年第6期。

毕竟还是听了别人讲的故事才写出来的。总之，由于“人不能事事直接经验”，所以在创作中借助间接经验乃是很自然、很普遍的事情。

那么间接经验对文艺创作者来说究竟起了什么样的作用呢？

首先应当指出，任何个体的世界观和人生观的树立、个性心理特征的形成以及一些理论的习得和种种思想认识的产生等等，都是由直接经验和间接经验互相联系而共同起了作用的结果。由于这是最有一般性而又相当明显的事实，所以不烦详说。下面主要谈谈间接经验在文艺创作中所起的较为独特的作用。

第一是扩大创作素材。

这一点是不言而喻的，因为一个人的直接经验无论多么丰富，相对于全人类从古至今积累的知识经验而言，总是极为微小的。所以优秀的创作者总是既重视直接经验，也重视间接经验，在两方面都表现了很高的自觉性；中国古代学问家和创作者强调“读万卷书，行万里路”，就是这种自觉性的朴素表现。任何创作者如果拘守个人的直接经验，他的视野就不能开阔，识力就不能提高，想象既不能活跃，素材也不能扩大。关于素材问题，上文已说过《红楼梦》借助间接经验的情况，其实比《红楼梦》更为显著的事例文学史上还不胜枚举。罗贯中不生于三国时代而创作了《三国演义》，施耐庵未被逼上梁山而写了《水浒传》，吴承恩不随唐僧取经而写了《西游记》，关汉卿据《搜神记》“东海孝妇”事而作《窦娥冤》，王实甫据唐传奇《莺莺传》而作《西厢记》，诸如此类的不朽巨著，创作者都是根据载籍所记，或征诸故老传闻，取为创作素材，发挥艺术想象，精心结撰而成。蒲松龄在《聊斋自志》中说：“才非干宝，雅爱搜神；情类黄州，喜人谈鬼。闻则命笔，遂以成编。久之，四方同人又以邮筒相寄，因而物以好聚，所积益夥。”清楚说明了得自间接传闻的故事是如何扩大了他的创作素材的。(当然,这些故事已经不是严格意义的"间接经验"了,因为它对他人的直接经验已作了想象加工,有的还纯粹是出于超现实的想象。但即使是超现实想象的产物,其中也必然包含着人类的经验成分,而这对创作者来说,也仍然是一种间接经验。)

第二是开拓想象领域。

对于文艺创作来说,积累素材固然重要,但其作用毕竟还是比较外在的。素材不能直接变为艺术创作,还有待作者进行加工,主要就是艺术的想象。想象与知识经验之间存在着深刻的辩证关系,即丰富的知识经验使想象活动有一个宽广的天地,而活跃的想象又使知识经验得到富有创造性的处理。例如创作科学幻想作品必须具备较为丰富的科技知识;这些知识经过想象处理却可以创造出艺术形象。这就是一个特殊而又明显的例证。

由于构成想象天地并得到想象处理的知识经验既包括直接的,也包括间接的,所以大量吸取间接经验也很有助于开拓想象的领域;有些间接经验还可以使人得到生动的启示,学到想象的方法。广西画童王亚妮曾受过这样的训练:她的父亲王世强"有空就带亚妮去动物园看猴子,同时每天都编三个关于猴子的故事,绘声绘色地讲给孩子听。有时一些叔伯来看亚妮作画,王世强也要求他们给亚妮讲猴子的故事。就这样,亚妮对猴子产生了强烈的感情。同时她的脑子里也装下了许许多多变化着的猴子的神态。因此,现在亚妮画的猴子坐着的都给人以欲动的感觉。她画的一幅画中数十个猴子都各具形态,栩栩传神"[①]。王亚妮到动物园看猴子以取得直接经验,这是她画好猴子的基础;但她还要通过听讲猴子的故事以增加间接经验,这不仅加深了她对猴子的感情,而且大大活跃了她对猴子的想象。王亚

① 唐承荣:《画童王亚妮的父亲》,见《文汇报》1980年9月17日。

妮长大之后还将懂得不仅听猴子的故事有益于画猴，其它的故事以及其它的知识经验也都有可能启发或扩展她关于猴子的想象，只要她善于在各种知识经验之间进行联系与反联系，在各种直接间接的表象之间进行分解和化合。

第三是传承艺术经验。

对于文艺创作者来说，凡是得之于传授的艺术经验当然都是间接经验，有的经验并且已概括为理论。这些经验以至于理论，或由老师言传身教，或由书本载录流传，都对创作者的成长以至整个一类艺术的继承发展起了巨大的作用；要是没有这一种间接经验的传承和积累，则各类艺术都将始终处于原始阶段，也谈不上一代代艺术家的学习与成长。所以这种间接经验的重要性是至为明显的。川剧表演艺术家周慕莲曾记述他年轻时跟名丑周海波学演《秋江》，周海波先问他“船有好大?”“上流下流?”“大河小河?”“大河中小船怎么走”等问题。“往下，周海波提的一连串的问题他就更答不上来了。比如问：船到放流时船身怎么动，船到滑滩时船身又怎么动？软皮浪有好大的浪头？河上是什么风？等等。这些问题，不是亲自当过几年船工的人是回答不出来的。周慕莲被考得抓耳挠腮，满头大汗。他心中纳闷：教戏就教戏嘛，问这些做啥呢？见周慕莲不解，周海波就向他解释道：《秋江》是折做工戏，舞蹈表演是关键，虽然戏中有‘俏头’，但要演好却不容易。演《秋江》的演员，如果不把河性、水性、船性、风性——这‘四性’摸清楚，那他的表演就是盲目的，一定演不像，更谈不上有创造性。此外，还要掌握好三个字：你要想到舞台上有船有水，船行水中，是一个‘动’字；陈妙常赶潘心切，是一个‘追’字；江上行船，舞蹈表演要体现出一个‘风’字。”① 周海波所传授的艺术经验，其深刻意义还不限于《秋江》一剧，事实上他是要求徒弟

① 龙协涛编著：《艺苑趣谈录》第92—93页。

在写意传神的戏曲表演中根据生活真实发挥艺术想象，而达到生动逼真的境界。所以周慕莲学了《秋江》的演技，“觉得终身受益非浅”。

第四是提高文化艺术素养。

文化艺术素养对文艺创作者所起的作用是陶冶性的，主要使人受到潜移默化。这种作用进程缓慢，又几乎不着痕迹，不像以上三点那样很快显出效果。但文化艺术素养的陶冶作用又的确是存在的，并且是重要的。一个创作者有无较深的文化艺术素养，其作品自有精粗、雅俗之分，这是众所共见的。

文化艺术素养对创作者的作用是多方面的，但归结到一点来说，就是对个性心理特征的深刻影响。个性心理特征是以先天的生理素质为基础，在后天的习得中形成并发展的，后者起着决定性的作用。而在后天的习得中，接受广义的社会文化教育与在生活中取得直接经验可以说是同样重要的。那么所谓个性心理特征究竟有哪些心理内容呢？它乃是个体的带有显著个人特征的、较为稳定的心理因素的总和，这些因素包括能力、气质、性格、兴趣、爱好等等。它们在接受社会文化教育的过程中无不受到影响，而深厚的文化艺术素养则显然对这些因素起着有益的陶冶作用，从而促进了整个个性心理特征的积极变化。即以能力一项而言，文化艺术素养使个体的注意、感受、记忆、想象、思维等基本的心理活动能力都受到深刻的训练，因而也必然影响到带有综合性的专业特殊能力的组成与发展。例如对文艺创作者来说，文化艺术素养既可以使个体对光色、线条、形质、音响、曲调、节奏等等的感受都受到训练，又有益于视觉和听觉的形象记忆力和想象力；同时在广泛积累知识和开拓思路的基础上，也有助于形成较为正确的思想方法(包括分析、概括等能力)。一个人考虑问题如果只依据本身的直接经验，就难免目光短浅，思想偏狭，拙于辨察。反之，包含在历史文化中的间接经验却无比丰富，其中多有可资借鉴吸取的认识成果。吸取这些成果并使思想方法受到训练，有利于洞明世情，通达人事物理；而表现在文艺创作中则可以加深内在的理性，使创作起到益人心智、发人深思的作用。宋代诗论家严羽在《沧浪诗话》中说："夫诗有别材，非关书也；诗有别趣，非关理也。然非多读书，多穷理，则不能极其至。"关于"别材"、"别趣"之说，近人已公认这是个形象思维的问题。然而在形象思维的过程与成果中，也必须有内在理性的支持与配合，这种支持与配合很可能并不明显地出现在艺术构思的意识域中，所以说"非关书也"、"非关理也"。但书理教养的影响却早已深入到作者用以观物察世、识人想事的方法与习惯之中；也就是说，作者大脑中进行的明显的形象思维活动，乃是在意识深处的复杂而牢固的暂时联系系统的基础上进行的，而这个系统中的许多暂时联系乃是事物之间的理性联系的反映，它对以个体为特定目标而进行的一切思维活动（当然包括为文艺创作而进行的形象思维活动）都要起到支持与配合的作用。如果这种支持与配合是顺当而有效的，是符合文艺创作的特点与形象思维的法则的，就显然有助于创作臻于精深的境界，所以严羽说"非多读书，多穷理，则不能极其至"。杜甫的名言"读书破万卷，下笔如有神"，也从创作实践上提供了有力的佐证。当然，文化素养并不仅仅限于读书，但在思想通达方面所起的作用，都是基本上一致的。

以上只是谈了文化艺术素养对创作者的能力的影响，而在能力中也只着重说了文化素养与理性思维的关系，这当然是很不全面的。文化艺术素养对个性心理特征所起的作用是广泛而深刻的，除了以上所说的一点以外，它还有益于创作者情感的丰富与趣味的提高，甚至对性格的变化发展也有一定的影响。因此可以说，在文艺创作者通过长期的专业实践而形成的特征鲜明的艺术个性中，文化艺术素养是起过重要作用的。

三 两种经验的辩证关系

以上分别谈了直接经验和间接经验的特点和作用，这是用分析方法来说明二者的区别。但在人类实际的认识、创造过程中，二者又是紧密联系、难解难分、相辅相成的。这种情况可以说从人的出生时便已开始，因为任何个人在正常情况下，一出生便落到了人类社会；他在这个社会中开始的任何直接实践，都是在一定的民族文化背景和知识传承中进行的，所以就连最初的直接经验也是伴随着间接经验而取得的；现在强调对婴儿进行“零岁教育”以至于“胎教”，这种情况就更加明显了。由婴儿变为成人，两种经验也始终是互相联系着增长起来的，这是因为任何个体既时时处处进行着社会实践，又不断接受家庭、学校和社会的教育。

那么，具体说来两种经验究竟怎样互相发生作用，构成一种辩证的联系呢？这个问题，从人类的生活生产、科学研究、物质建设和文化发展等一切领域都可以得到清楚的回答。现在主要从文学艺术的创作来说，比如在孩子的生活实践中本来并没有绘画、唱歌等项目，他是看了成人作的画、听了成人唱的歌才学画学唱的，而学画学唱又可能得到成人的指导。由此可见，对孩子来说，是间接经验开拓并指导了直接经验的进取。但是反过来说，孩子所接受的间接经验从根本上说却是他人的直接经验；同时，孩子在成人指导下，画画或唱歌都有进步，这又是对间接经验的验证；倘若这个孩子竟成长为一个优秀的画家或音乐家，那么他所提供的直接经验又丰富和发展了人类所已经积累的艺术知识和经验。总之，间接经验开拓并指导了直接经验，直接经验验证并发展了间接经验，这就是两种经验的辩证关系的大致情况。

"初唐四杰"之一的王勃写了著名的《滕王阁序》。这是他在省父途程中路过南昌，正值洪州都督阎伯屿于重九日在滕王阁大宴宾客，王勃因而与会并作序赋诗。可见这篇名作的产生是与王勃的直接经验密切相关的。序中所说"家君作宰，路出名区，童子何知，躬逢胜饯"；"关山难越，谁悲失路之人。萍水相逢，尽是他乡之客"；"临别赠言，幸承恩于伟饯。登高作赋，是所望于群公"等等，都是他的实际经历。又"时维九月，序属三秋。潦水尽而寒潭清，烟光凝而暮山紫"；"落霞与孤鹜齐飞，秋水共长天一色。渔舟唱晚，响穷彭蠡之滨；雁阵惊寒，声断衡阳之浦"等等，都是他的实见之景。而如"所赖君子安贫，达人知命。老当益壮，宁知白首之心；穷且益坚，不坠青云之志"等等，则是他的实际心情。这些直接经验的艺术表现是精彩的（其中当然也体现了他的文化水平和艺术修养等间接经验的熏陶，姑置勿论）；但仅有这些直接的叙述还不能使《滕王阁序》成为名作。必须兼有骈文所必备的艺术铺叙，才能显得花团锦簇，情文并茂。例如他写滕王阁的地理历史背景说：

南昌故郡，洪都新府。星分翼轸，地接衡庐。襟三江而带五湖，控蛮荆而引瓯越。物华天宝，龙光射牛斗之墟；人杰地灵，徐孺下陈蕃之榻。

又铺叙参与盛会的经历说：

勃三尺微命，一介书生。无路请缨，等终军之弱冠；有怀投笔，慕宗悫之长风。舍簪笏于百龄，奉晨昏于万里。非谢家之宝树，接孟氏之芳邻。他日趋庭，叨陪鲤对；今晨捧袂，喜托龙门。杨意不逢，抚凌云而自惜；钟期既遇，奏流水以何惭。

又描述个人的心情说：

呜呼！时运不济，命途多舛。冯唐易老，李广难封。屈贾谊于长沙，非无圣主；窜梁鸿于海曲，岂乏明时。……孟尝高洁，空怀报国之心；阮籍猖狂，岂效穷途之哭。

这些铺叙皆切事应景，用典精辟，因此这篇序文并非泛泛的应酬之作，而是才华横溢，情意感人的优秀文艺创作。又分析其创作心理状况，则分明可见广博的间接经验记忆（主要是历史文化知识）既大大开拓了创作的思路，丰富了文章的内容，也为写景抒情曲折尽致提供了有效的手段。但是间接经验所起的这些积极作用，却是由于直接经验（实际经历及其所生的情意）的催化才得以实现的。正是为了充分表现实际的经历和情意，作者的文化知识记忆才得到准确的提炼和加工，把它们和当前的情事恰切联系起来，其中既有生动的印证，也有创造性的发挥。这就使人清楚看到两种经验的相辅相成的关系。

唐代大书法家颜真卿曾向草书名家张旭请教“笔法十二意”，也就是十二条笔法经验，颜真卿都一一根据自己的直接经验加以理解和验证。最后张旭说到他的笔法得之于陆彦远。陆彦远讲到他曾听褚遂良说：“用笔当须如锥画沙，如印印泥。”这是书法艺术史上的两句名言，究竟怎样理解呢？陆彦远说他“始而不悟。后于江岛，遇见沙平地静，令人意悦欲书，乃偶以利锋画而书之，其劲险之状，明利媚好，自兹乃悟用笔如锥画沙，使其藏锋，画乃沉着。当其用笔，常欲使其透过纸背，此功成之极矣”。这是陆氏通过直接经验理解了“锥画沙”的意义。那么“印印泥”又如何呢？近人沈尹默解释道：“这里所说的印泥，不是我们今天所用的印泥。这个泥是粘性的紫泥，古人用它来封信的，和近代用的火漆相类似，火漆上面加盖戳记，紫泥上面加盖印章，现在还有遗留下来的，叫做‘封泥’。前人用它来形容用笔，自然也和锥画沙一样，是说明藏锋和用力深入之意。而印印泥，还有一丝不走样的意思，是下笔既稳且准的形容。”①

① 以上引文均见沈尹默《书法论丛·唐颜真卿〈述张旭笔法十二意〉》。

这又是根据知识经验(包括直接的和间接的)来理解"印印泥"的意义。在书法艺术领域中,前人之所传述往往偏重笔法;当代作者在学习前人笔法的基础上,又在结构、布局、墨法等方面多有探索和创新,这说明许多人正以自己的直接经验来补充和发展传统的经验。

电视连续剧《四世同堂》放映后很受观众欢迎,这部连续剧原著的创作过程很能说明两种经验的辩证结合。老舍夫人胡絜青同志在电视剧的座谈会上说,在小说中所描述的抗日战争时期,老舍本人并不在沦陷的北京,他是后来听了胡絜青同志的描述,脑子里便浮现栩栩如生的形象,终于完成了一部巨著的构思与写作。这个事例一方面说明间接经验可以开拓作者的创作,包括提供素材与引发想象。但另一方面却正因为老舍对北京生活有极为丰富的直接经验,非常熟悉这个地方的人物特点和生活细节,所以听了发生在抗日战争时期的种种事情的转述,便能根据直接经验加以印证并产生具体而生动的想象,在心中出现一个个人物形象、一幅幅生活画面。就整个创作过程来说,要是没有胡絜青的转述(或通过其它途径间接获知),那么无论老舍多么熟悉北京,也写不出抗日战争时期的北京情事;反之,若不是老舍富有北京生活的直接经验,那么无论间接转述多么详尽具体,也难以写出具有如此浓郁的生活气息和乡土特色的小说。所以《四世同堂》原作的创制生动地说明了两种经验相互促进的辩证关系。这种关系同样也清楚地表现于《四世同堂》电视剧的制作过程。因为该剧的制作者(包括编剧、导演和演员)有的并未经历抗日战争;有的虽然经历过,但也不一定有剧中那些情事的直接经验。因此所有的制作者又是根据小说原作所提供的间接经验及有关的历史知识,加上本人对北京生活的直接经验,来进行创作的。

总上所说,在人类社会中,任何个体的实际认识与行为,都是既离不开直接经验,也离不开间接经验的。由此而得出的一个明显结论就是文艺创作者必须既大量积累直接经验,也大量积累间接经验,使两种经验在创作过程中发生尽可能深广的辩证结合。由于间接经验历来不为论者所重视,所以本节对此作了较多论述。但是现在仍然需要明确指出,尽管两种经验事实上是互相联系以至难解难分的,但直接经验还是有其突出的重要意义。这首先因为一切真知都来源于直接经验。正如毛泽东同志所说:"一切古代的和外域的知识","在古人和外人是直接经验的东西"。特别是对于文艺创作者来说,由于知识经验的间接传授事实上不可能充分包含其原有的感性,所以积累直接经验、通过直接经验以由表及里地认识客观事物,乃是创作中至为重要的事情。其次是因为直接经验一般说来对人的认识和行为更有深刻影响和动力作用,所以文艺创作者也更应充分重视在直接经验中所获得的感受与认识,以及由此而生的创作情感与冲动。再其次是人类之所以需要一切知识经验,根本目的即在于进行创造性的实践;此种实践所导致的一切结果,对于创造者来说都属于直接经验的范围。就这个意义上说,间接经验乃是为取得直接经验服务的;也就是说,积累间接经验只是手段,进行创造实践并取得直接经验才是目的。就文艺创作者而言,进行文艺创作便是创造实践,为此而积累其它知识经验都是服务于这个目的的。关于创作实践问题,因在后文"边学习边创造"一节中还要详为论述,这里就不再多说了。

第二节 职业敏感与艺术通感

直接经验和间接经验的积累都很有必要,但是,任何经验都不会自然而然变成特定的创造活动中的有用因素；要实现这一重要的转变，还需要创造者积极发挥主观能动作用。这种主观能动作用的重要表现之一，就是职业敏感及艺术通感的养成和动用。后者是前者的一种独特而重要的表现。

一　文艺创作者的职业敏感

什么是职业敏感？从字面上看，“敏感”似乎是指一种“敏锐的感觉”；事实上在各种职业中，也的确有一些专业性的敏感主要表现为感知的敏锐。但是，对于文艺创作者来说，职业敏感却不仅仅是一个感知的问题，而是必然包含着多种心理活动的有效配合。下面主要谈谈文艺创作者职业敏感的养成和运用。

1. 职业敏感与专业注意

职业敏感的养成，首先是长期对与职业有关的种种事物进行注意的结果。所谓注意，是指感觉、知觉、记忆、思维等心理活动指向并集中于一定的对象；人们不论是在感知着什么、记忆着什么、或者思考着什么的时候，都可以发挥注意的作用，使这些心理活动取得更大的认识成果。而在职业敏感的养成过程中，人们的注意又经常指向与职业有关的事物，是一种专业性的注意。久而久之，由于这种反映活动的大量反复，就使这些人大脑中与反映专业有关事物相应的神经细胞得到高度的分化，因而从业者在这方面的感知会越来越精细，相应的记忆和思考也会变得敏锐而深刻。

注意分为有意注意和无意注意，对于文艺创作者来说，这两种注意都是同职业敏感的养成有关的。

有意注意是一种怀着预定的目的，并自觉加以坚持的注意。文艺创作者为准备创作而进行的注意，显然有着明确的目的，同时也一定会自觉地给以不同程度的坚持，而注意的对象又总是与文艺创作有关的事物，于是这就成为一种专业性的有意注意。这种注意能使文艺创作者受到极为艰巨而深刻的训练。首先因为它是“有意”的，得到了第二信号系统的配合，有内部语言活动的参与，所以这种注意可以不受特定的时间空间的约束，变得更为持久与深入；其次因为它是“专业性”的，类似的心理活动过程大量反复，所以训练又是集中而深刻的。例如一个演员，他在演出时固然必须坚持有意注意，但在演出之后，时间空间上明明已经脱离了职业活动，却因为他头脑中仍然有“自己是一个演员”的自觉意识，又由内部语言规定了他作为一个演员的任务和需要，所以他还可能随时随地注意与自己的职业有关的事物。詹姆士·莱文是美国当代最有影响的歌剧指挥，“莱文说：‘根据我的回忆，我与音乐一直有缘分，音乐对我是那么自发，那么自然，那么迷人，所以我不记得我的生活什么时候离开过音乐。’即使莱文没有指挥，没有排练，没有弹钢琴的时间，他也是迷在音乐里，他说：‘如果我是在森林里散步，那我是在听我脑子里的音乐；如果我是坐在船上，我也许在用脑子复习乐谱。对我来说，音乐如同吃饭、呼吸、睡觉’”①。这种情况在创造性的脑力劳动中很有普遍性。有的人甚至在睡梦之中，也可能在进行与职业相关的探索。前苏联著名芭蕾舞演员乌兰诺娃说：“如今，我还常在梦境里跳新的舞蹈，排练新节目，这对一生从事芭蕾舞的演员来说，是很自然的！”② 当然梦中出现的情况不再是什么有意注意，但由此而证明了醒时所作的有意注意是多么持久和

① 《大都会歌剧院的艺术大师》，章廷权译自〔美〕《时代周刊》，见《世界之窗》精华本。

② 《激动的心灵——乌兰诺娃谈芭蕾舞》，见《世界之窗》1980年第6期。

深刻,它对大脑皮层的刺激是多么强烈！一个人长期处在这样的训练之中,方能谈到职业敏感的养成。

再谈谈无意注意。这是一种既无一定的目的,也不作什么努力来坚持的注意。这种注意对于有些职业的职业敏感来说,的确没有多大的关系。但对文艺创作这样的职业来说,情况则又不然。上面说过,职业敏感的养成有赖于长期坚持专业性的注意,即把心理活动指向并集中于与专业有关的事物。例如炼钢工人能十分精细地辨别钢焰浅蓝色的微小差异,陶瓷工人根据敲击制品所发出的声音能确定它的质量,他们的职业敏感主要是通过长期注意特定事物而养成的;也就是说他们的专业性注意是定向的。但就文艺创作者来说,广大的生活天地中都可能出现“与专业有关的事物”。因此在他的职业敏感的养成中,就存在着一种不容忽视的现象,即他们的专业注意应该是辐射式的,也就是出于创作的目的,运用文学艺术的眼光去注意万事万物。但文艺创作者事实上不可能时时刻刻对万事万物进行有意注意;在许多情况下,必然会出现从无意注意开始,而向有意注意转化的过程。就这种情况而言,无意注意对于文艺创作者来说,就不是毫无意义的。

无意注意的产生,就其客观原因来说,是由于刺激物具有新奇或强烈的特点。例如有人走在大街上,忽然看见一堆人围在那里大吵架,这可以算是新奇而强烈的刺激物,而他本人又有爱看热闹的浅薄兴趣,于是也就加以注意。但这种注意并无一定目的,他也不会作什么努力来加以坚持,看看没意思了,转身就走。这全部过程始终属于无意注意。但是如果这人是个小说家,他起先也只是对这场吵架作无意注意,但看着看着却发现其中含有同小说创作有关的东西,于是便作出努力来坚持他的注意,并使这种注意来为他的职业目的服务,这时无意注意就变成了有意注意。(当然这只是为了说明问题而随便举例,并非提倡小说家去看吵架。)总之,由于同文艺创作相关的事物非常广泛,作者往往难以事先决定只对哪些特定事物作有意注意,但他又随时随地怀着职业的自觉意识在观察生活,所以无意注意转化为有意注意是相当常见的。

无意注意向专业的有意注意转化,这是职业敏感的一种表现;同时它又使职业敏感经受更多的锻炼,使之更为敏锐。所以对文艺创作者来说,无意注意与职业敏感的养成还是有一定关系的,这种关系不那么直接,却很说明问题:只有强烈要求养成职业敏感的人,才会在许多情况下把无意注意变为有意注意。十九世纪俄国现实主义画家苏里科夫曾讲到一件事:"我偶然看见雪地上有一只乌鸦。乌鸦站在雪地上,一只翅膀向下垂着,一个黑点停在雪地上。在好些年里,我不能忘记这个黑点。后来,我画了《女贵族莫洛卓娃》。"[①] 这是一个无意注意转化为有意注意的生动例证,转化的出现,深刻说明了苏里科夫对事物的形态、线条等特点的敏感。

文艺创作者通过长期的专业定向注意,主要应该做到善于发现和识别事物的特征。所谓特征,就是一种事物区别于其它事物的显著征象和标志,它又往往突出表现了客观事物的内在本质。所以把握事物的特征在人类一切认识过程中都极其重要。文艺创作作为客观世界的一种特殊反映,尤应注意从特定角度捕捉事物的特征,然后给以艺术的再现。因为从创作方面来说,抓住特征才能做到存大略小、举重明轻,实现对客观事物的具象概括。再从欣赏者方面来说,只有看到对事物特征的准确把握和巧妙再现,欣赏者才会被引发丰富的联想和想象,从而造成"画面表现出的东

① 《绘画心理学》第177页,科学出版社出版。

西越少，观众接受的东西就越多"① 那样一种惊人的艺术效果。十九世纪法国著名作家莫泊桑在转述他的老师福楼拜对他的指导时说：

……对你所要表现的东西，要长时间很注意去观察它，以便能发见别人没有发见过和没有写过的特点。……

并且，他还告诉我这样的真理：全世界上，没有两粒沙、两个苍蝇、两只手或两只鼻子是绝对相同的，所以他一定要我用几句话就把一个人或一件事表现得特点分明，并和同种其他的人同类其他的事有所不同。

他说："当你走过一位坐在他门口的杂货商的面前，一位吸着烟斗的守门人的面前，一个马车站的面前的时候，请你给我画出这杂货商和守门人的姿态，用形象化的手法描绘出他们包藏着道德本性的身体外貌，要使得我不会把他们和其他杂货商、其他守门人混同起来，还请你用一句话就让我知道马车站有一匹马和它前前后后五十来匹是不一样的。"②

福楼拜的这些话，是从他的创作经验中总结出来的，而莫泊桑也因为行之有效才着重加以转述。类似的关于识别特征的重要性的论述，在中国古代艺术论中也极为多见，可见这是一条具有普遍意义的重要艺术经验。所以文艺创作者主要应该从发现和识别事物的特征上来养成并运用自己的职业敏感。同时特征的发现既"要长时间很注意去观察"有关的事物，这就充分说明它乃是创作者在反映客观世界的过程中大力发挥主观能动作用的一种表现。

① 美国著名画家安德鲁·怀斯语，见《世界美术》1981 年第 1 期《怀斯的世界》。

② 莫泊桑：《小说》，见《西方古典作家谈文艺创作》第 612—613 页，春风文艺出版社。

2. 职业敏感与心理定势

职业敏感的养成与运用，与心理定势也有一定关系。心理定势“也叫思维定势或心向。指由一定的心理活动所形成的准备状态，影响或决定同类后继心理活动的趋势或形成的现象”[①]。那么构成“准备状态”的“一定的心理活动”究竟是指什么呢？美国心理学家克雷奇等指出，知觉定势主要来自两个方面：一个是“早先的经验”，另一个是“像需要、情绪、态度和价值观念这样一些重要的个人因素”。“简言之，我们倾向于看见我们以前看过的东西，以及看见最适合于我们当前对于世界所全神贯注的和定向的东西。这一点能使知觉更迅速，更有效。这就经常使我们撇开不适当的刺激模式，通过预期而达到真实的知觉。”[②] 但是定势并不限于知觉。克雷奇等在解释“定势”是“有机体作特殊反应或系列反应的准备”时，还说到“运动定势是准备作特殊动作；心理定势是准备进行特殊的思维过程；知觉定势是对刺激作特殊组织的准备。”[③] 这些定势现象在日常生活中就相当多见，至于表现在文艺创作中，则因得到艺术的加工而更为突出。例如卓别林在电影《城市之光》中所扮的角色，因为在生产线上连续不断地用钳子拧紧螺丝，所以到大街上看到妇女身上的大钮扣，竟也想用钳子去拧，这就既是“知觉定势”，也是“运动定势”。又如美国电影《爱德华大夫》(一译《神魂颠倒》)中，由格雷戈里·佩克所饰的假爱德华，只要看见几条平行的纹路，就会感到痛苦并表示反感；这是由他幼时的一个惨痛记忆所决定的，而其定势所在已不限于知觉，也涉及思维活动，并且已到了反常的地步。又

① 宋书文等主编：《心理学词典》第170页。

② 〔美〕克雷奇等著：《心理学纲要》下册第78页。

③ 〔美〕克雷奇等著：《心理学纲要》下册第88页。

如在一首题为《麻油专业户》的诗中，描写户主眼中所见的月亮，竟说：

也像浇了麻油，馥郁又滑润，
香喷喷的月亮，
油汪汪的月亮，
圆滚滚的月亮，
滑溜溜的月亮。[①]

把月亮看成这样，显然是由"需要、情绪、态度和价值观念这样一些重要的个人因素"所决定的，而诗人则是巧妙地运用定势现象写出了富有形象感的诗作。

那么心理定势究竟与职业敏感有什么关系呢？首先，从二者的产生上看，职业敏感的养成显然也和心理定势一样，离不开"早先的经验"，更离不开"像需要、情绪、态度和价值观念这样一些重要的个人因素"。就"经验"而言，文艺创作者的职业敏感显然是在他的生活经验、特别是创作经验中养成的。因为他是画家，便惯用画家的眼光去观察生活中的一切；因为他是诗人，所以要求做到"夕阳芳草寻常物，解用都是绝妙词"。就是在这样一类长期磨炼中，才能真正养成职业的敏感。再就"需要"和"价值观念"等等来说，画家之所以用画家的眼光来看万事万物，就是因为他有创作的需要。同样是瑰丽的珠宝，珠宝商注意的是它值多少钱，而审美者所注意的是它有多么美；带着两种不同的情绪、态度去进行长期的观赏比较，显然会导致两种不同的职业敏感。至于"价值观念"，则情况也很明显，许多艺术家都是把他所从事的艺术视为最有价值的，例如日本著名芭蕾舞演员森下洋子竟说她自己"仅仅为舞蹈而生活着"[②]。怀

① 刘祖慈：《乡村（二首）》之二《麻油专业户》，见《人民日报》1984年8月17日。

② 森下洋子：《我的"芭蕾人生"》，见《世界之窗》1985年第2期。

着这样的“需要”、“情绪”、“态度”和“价值观念”来注意万事万物，又怎会找不到“全神贯注的和定向的东西”呢？而“全神贯注”和“定向”，就既是心理定势的表现，也是养成职业敏感的主要心理过程之一。

其次，再从定势和敏感的积极作用上看，前者能使人们“在认知和评价客观事物的过程中按照一定的模式、系统，有组织地、自动地收集有关的信息，使认识和思维活动更敏捷更有效”①。显然，争取这样一种美妙的效果，也正是文艺创作者之所以要养成职业敏感的目的。无论是诗人、画家，或是音乐家、舞蹈家，都是力图按照其专业艺术所决定的模式和系统来发现和收集有用信息，并使其特殊的认识和思维更为敏捷有效的。正因为如此，所以音乐家从“阳春白雪”、“潇湘水云”以至“英雄”、“命运”等对象中也能收到与音乐创作“有关的信息”，并进行有效的音乐构思来表现这些对象。同时山水画家则能在一堵破墙上认出复杂优美的山水形象来；但他倘是一个人物画家，那就会从破墙的纹理痕迹中认出人物形象来。这事情看起来似乎“神秘”，其实并不如此，无非是从生活实践和创作实践中养成了专门的心理定势和职业敏感，敏于对客观事物的线条、音响以至于较为内在的意蕴作定向的选炼、认知和想象，从而得到有用的创作信息，进行有效的艺术思维。这也就是克雷奇等所说的，心理定势“经常使我们撇开不适当的刺激模式，通过预期而达到真实的知觉”②。只不过他在这里所说的仅仅限于知觉而已。

总上所说，心理定势与职业敏感的确有密切的关系；从多数情况来看，可以说定势的作用促进了敏感的养成与运用，而敏感的养成与运用又反过来强化了定势。

① 《心理学基础知识问答》第 57—58 页。

② 〔美〕克雷奇等著：《心理学纲要》下册第 78 页。

以上联系文艺创作者的职业敏感，主要谈了心理定势的积极作用，但是也应该指出，对于心理定势在认识、创造活动中的作用，是应该一分为二来看的。心理定势既可能有助于认识与行为的敏捷性与专业性，也可能形成惯性、惰性，以至流于主观主义，使认识和行为发生差误，不能正确地反映客观实际。所谓定势“经常撇开不适当的刺激模式，通过预期而达到真实的知觉”这两句话，事实上也有消极的一面，因为客观事物给人的刺激本来是千差万别的，不一定符合对某个人“适当”的“模式”；通过“预期”而得到的“知觉”，就“知觉”本身来说固然是“真实”的，但由于“预期”的缘故，这“知觉”究竟是否反映了客观的实际，那就不一定了。拿人的一般认识活动来说，以“先入之见”来看后继的事物，就可能正确，也可能不正确，所以“先入为主”这句成语就含有贬义；敏于反映客观事物本来是好事，但“神经过敏”就不好了；“推己及人”也是好的思想方法，但“以小人之心度君子之腹”就不好了。至于十年动乱期间，强调对任何事物都要用阶级斗争的眼光来看，这种社会性的心理定势所造成的严重后果，现在大家都已看清楚了。

在文艺创作这种特殊的认识和创造活动中，心理定势的消极方面可能不像在一般的认识活动中那样显著。这是因为文艺创作者在感知和思维过程中，本来就要运用各种艺术的专业眼光和模式；文艺创作中的艺术形象也是包含作者主观因素和主观创造作用的“意象”的外化，并不斤斤计较于外表的反映是否绝对符合客观事物的本来面目。但是，文艺创作这种特殊的认识创造活动是离不开一般的实践认识这个基础的，如果由于心理定势而在基础认识中造成严重的错误，那也势必影响文艺创作对客观事物的本质和规律的反映。例如十九世纪末叶瑞典作家奥古斯特·斯特林堡以嫌恶妇女著称，这是因为他从小家里贫穷，母亲脾气暴躁，子女又多，经常拿孩子出气。后来斯特林堡又受继母的虐待。再往后他结婚三次又离婚三次。这些“早先的经验”所形成的心理定势，使他“总是以最阴暗的调子来描写妇女，不仅把她们写成依靠男子的钱袋和脑袋为生的寄生者，还把她们写成是有蛇蝎心肠的专门与男人为敌的人。他不从社会存在的客观原因去分析妇女问题，去解释她们所处的地位与家庭关系的虚伪，完全从主观成见出发，片面地诅咒女子无情，当然只能得出荒谬可笑的结论”①。斯特林堡的小说在艺术上并非没有可取之处，但他对妇女形象的歪曲和丑化却严重影响了他的作品的认识价值和社会意义。而他之所以会这样来看待妇女，重要原因之一即在于心理定势的作用使他“完全从主观成见出发”。

再就文艺创作者的职业敏感这个问题来说，心理定势固然对敏感的养成和运用起了作用，但这种作用也不能作绝对化的理解。所谓“伦敦雾的创造者”这个著名事例，就很能说明一些问题。法国印象派画家莫奈曾到伦敦画了威斯敏斯特教堂，“他的这幅画，一直是在伦敦常见的雾天下画完的。画面上，教堂哥特式屋顶的轮廓在雾中隐约显现，无疑这是一幅极其精美的风景画。那知这幅画展出时，却在伦敦惹起了一场风波。人们看到莫奈把雾画成了紫红的颜色，大为哗然：我们整年累月生活在伦敦，只见到雾是灰颜色的，什么时候看见过紫红色的雾？去查查历史文献吧，自古以来记载的雾都是灰色的！莫奈这个爱标新立异的法国人真是胆大妄为！然而，当激动的人们走出展览大厅，情况就截然不同了：抬头望望伦敦上空的雾，他们不相信自己的眼睛！他们第一次发现，伦敦的雾的确是紫红色的。于是人们很有兴趣地寻找起原因来。终于逐渐弄明白，其原因是由于英国工业发达，伦敦烟囱林立，空气中弥漫着煤和灰的尘粒。它们在阳光的作用下，就使那笼罩着伦敦的雾

① 黎央编著：《外国文学艺术家轶话》第118—120页。

呈现出紫红色。此外,伦敦红砖墙的建筑物比比皆是,也是造成这种颜色的一种因素。遗憾的是,这种现象人们长期没有观察到,而是被注重研究光和彩色微妙变化的印象派画家最先反映在作品里。莫奈当然是这场风波的胜利者。正是他的这幅画,引导人们开始照他那样来看伦敦的雾,他也因此得了一个'伦敦雾的创造者'的雅号。但更有意义的是,莫奈的发现可以给我们艺术创作以宝贵的启示:任何真正有成就的艺术家,都不能没有自己的发现"①。从这个事例中可以看出,显然伦敦的人们是带着心理定势来看伦敦雾的,而莫奈却没有这种定势;然而不受定势影响的莫奈却比伦敦人更为准确地辨出了伦敦雾的颜色,充分表现了他作为重视光色变化的印象派画家的职业敏感。由此可见心理定势虽然一般说来可以促进职业敏感的养成和运用,但有时不受定势的影响,反倒能够有新的发现。职业敏感的养成与运用毕竟是由多种因素决定的,并不仅仅是心理定势起了作用。

3. 职业敏感与能力配置

职业敏感的养成与运用同人的能力的正确使用也很有关系。这里所说的能力是指个体在完成各种活动中稳固地表现出来的高度概括化了的心理因素。能力有一般能力与特殊能力之分,前者经常表现于基本的实践活动,如感知能力、记忆能力、想象能力、抽象概括能力等等;后者经常表现于专门的实践活动,如绘画能力、音乐能力等等。在任何人身上,一般能力与特殊能力都是辩证统一的,"特殊能力是在一般能力中获得充分发展的某种特殊的心理活动的系统,而一般能力则是在种种特殊系统基础上发展起来的一

① 龙协涛编著:《艺苑趣谈录》第137—138页。

般智力”[1]。

文艺创作者的职业敏感当然是他的特殊能力的表现，而且主要是表现在创作素材的发现与选炼上。试以画家的职业敏感为例，意大利美学家克罗齐在《美学原理》中说：“画家之所以为画家，是由于他见得到旁人只能隐约感觉或依稀瞥望而不能见到的东西。”法国雕塑家罗丹的《论艺术》中也有这样的话：“所谓大师，就是这样的人，他们用自己的眼睛去看别人见过的东西，在别人司空见惯的东西上能够发现出美来。”所以画家养成职业敏感，首先就要通过绘画的创作和欣赏实践，在一般的视觉感知能力中充分发展一种特殊的视觉感知能力，形成所谓“画家的眼睛”。

然而“画家的眼睛”又不是孤立的东西，它必须结合着其它的能力，才能发展得敏锐而深刻。例如画家创作时也要在不同程度上依靠听觉、嗅觉、味觉、触觉、运动觉等等的感知能力（其中有的并非直接用器官去感知，而只是根据已有的感觉经验去加以体会），这才能全面感知客观事物的形、质、动态和氛围，经过表象的加工，统一表现于绘画这一特定的形式之中；这样的画出现在观众面前，才能使他感到不仅仅是用线条和色块机械模拟物体的外形，其中还有鸟语花香，瓜甜李苦，水柔山坚和人物动静等等，于是才能全面领略画中的意境。

再进一步说，画家的一切创作，都是先由客观事物反映而为画家头脑中的记忆表象，再经过自觉的表象运动而成典型的艺术表象，才能通过特定的工艺技巧外化而为画中的形象。由此可见，“画家的眼睛”又必须结合他的记忆能力（特别是对形象的记忆力），才能真正通过创作来显示这双“眼睛”的威力。假如画家得了健忘症，那就至多只能画写生画了。

① 曹日昌主编：《普通心理学》下册第149页。

想象能力在画家职业敏感中所起的作用尤其明显。因为对于画家来说，所谓职业敏感的主要表现，无非是善于发现客观事物之美，善于发掘有用的创作素材；但是世界上任何具有美的特征的事物也难以原封不动地进入画家的创作，包括写生画在内，凡是聪明的画家都不会仅仅满足于简单地“依样画葫芦”，而总是要对客观事物留在脑海中的表象进行或多或少的加工，以创造一种含义更为丰富、美的特征更为突出的新形象，这就是想象起了作用。虽然想象更多地表现于构思阶段，但就在原始表象变为创作素材的阶段，它也总是起作用的。特别是有时客观事物所提供的很可能仅仅是某种苗头或因素，“画家的眼睛”之所以会发现它，重视它，完全是因为得到了想象或联想的配合，于是才觉得这点苗头或因素大有意思。能够发现这种苗头或因素的画家，显然具有高度的职业敏感，而事实上他那双“眼睛”却是得到了联想与想象能力的密切配合的。

那么“画家的眼睛”是否还需要抽象概括能力的配合呢？答案也是肯定的。文艺创作中的典型形象是作者对客观事物进行艺术概括的结果，而没有一定程度的抽象也就无所谓概括。我们说艺术概括是一种具象的概括，这只是意味着它并非通过完全的抽象而得到概念性质的思维成果，而决不意味着它不需要任何的抽象。事实上只有通过一定程度的抽象，以撇开那些无用的、琐碎的、不能显示事物本质的形象细节，才能使那些最具有特征的、生动显示了事物本质的形象细节得以突出，从而完成真正的具象概括。这种概括也和前面所说的想象一样，既贯穿于艺术构思之中，也应用于素材积累之时。当艺术家带着专业的眼光去观察和体验生活时，抽象概括能力已经很自然地在发挥作用；倘若情况不是这样，那么艺术家在万象纷纭的生活天地中就会目迷五色，不知所措，哪里还谈得上运用职业敏感捕捉事物特征呢？因此所谓职业敏感竟无妨概括成为两句

话,即取其所当取,弃其所当弃,二者相反相成,彼此依存,缺一不可。著名的西班牙画家毕加索说:

抽象艺术一般并不存在。人总是从某物开始,然后才可以把现实的一切痕迹去掉。这并不可怕,因为物体所包含的观念给予艺术家以最初的刺激,使他产生智慧,燃烧起热情,观念和感情在画中体现出来。不论怎么说,它们不会消失。……

……你以为在我的画面上描写了两个具体人物这是重要的吗?对我来说,他们俩存在过,现在没有了。在观察他们时出现的印象,引起我最初的某些感情。然后我对于它们作为客观存在的感觉便很模糊,它们变成某种虚构物,最后无影无踪,或者更准确地说,被概括到各种可能的课题中去了。这已经不是两个人,而是形式与色彩,这形式与色彩逐渐吸收了这两个人的观念和保持着他们生命力的脉搏。①

作画从物象开始而终于要"把现实的一切痕迹去掉";画中体现出来的是观念和感情;物象被概括进各种可能的课题;形式与色彩所表现的主要是人物的观念和生命力的脉搏。这些话虽未免说得夸张,流于绝对;但是,较高程度的艺术抽象,则确是毕加索曾经使用的方法,而由此作出的艺术创造还广为世人所欢迎。不过对于我们广大中国人来说,由于深受民族的传统美育,还是更易于接受那种"形神兼备"的创作;而就在这种创作中,艺术的抽象同样也有突出的表现,宋元以来的文人画和种种富于象征性、装饰性的民间艺术均其显例,无烦赘说。下面且看著名画家孙其峰所说的一段话:

我画了大半辈子的画,深感国画在某些方面落后于京剧。你看,《秋江》一剧中,因无船,少女和艄公才能优哉游

① 毕加索:《与泽沃的谈话》,见《世界美术》1981年第1期。

> 哉;《挑滑车》中因无马,将军才能更显其铁骑陷阵的雄风。如果真在船上和马上表演,那就不美了。这是因为京剧艺术家把生活中最美的东西提炼出来,加以再创造的结果。现在,某些国画作品在"师造化"问题上,与京剧那种敢于摆脱自然状态束缚的大胆手法相比,确实相差很远。如果我们画家也能像京剧艺术家那样去捕捉生活,表现生活,那国画的天地就非常广阔了。①

当然绘画与京剧是不同的艺术,理应有不同的抽象方法和概括方法。但这段话的精神在于强调运用"敢于摆脱自然状态束缚的大胆手法"(实际上就是用更加巧妙的抽象,实现更加高深的概括),则无疑适用于一切艺术创作。

综上所说可以证明,所谓"画家的眼睛"(其它艺术家的职业敏感由此类推)乃是各种心理活动能力的某种特殊的配置或组合;它突出表现于创作素材的发现与选炼,同时也或多或少涉及艺术构思。那么,这种特殊配置或组合是不是艺术家们生与俱来的天然本领呢?当然不是。它只能是通过艰苦的实践、反复的训练而出现的结果;是艺术家们在长期体验生活、从事创作的过程中发挥了巨大的主观能动作用才摸索出来的。世界上生有明目聪耳的人不计其数,然而并非人人都能使之成为"画家的眼睛"和"音乐家的耳朵",原因就在于他们并未将其耳目用之于音乐或绘画的实践,也并未在这种特定的实践中努力摸索各种能力的特殊配置或组合。明目聪耳也可以用在别的方面,以练出"炼钢工人的眼睛"或"语言学家的耳朵"等等,那就需要另外形式的能力配置或组合,这同样也有待在炼钢或语言学的实践中发挥主观能动作用,才能摸出路数,训练成功。

① 《功夫在画外——访著名国画家孙其峰教授》,见《北京晚报》1981年3月29日。

4. **职业敏感与其它**

同职业敏感养成有关的,还有几个较为重要的问题,拟略加说明。

第一,通过以上论述可以看出,文艺创作者为了养成职业敏感,需要作出巨大的主观努力。那么是什么力量促使文艺创作者积极主动去经受那样的训练呢?看来有两点是显而易见的:一是兴趣。许多文艺创作者开始从事创作,是由于他对这种活动有兴趣,为此而孜孜以求,长期坚持这样的研求,才有可能养成职业敏感。二是理想。尽管许多文艺创作者开始是由于兴趣而从事创作的,但兴趣能否坚持,能否遵循正确的路子去进行探索,这却不是由兴趣本身决定的。兴趣必须同进步的理想、远大的目标相结合,才会得到意志的配合而成为志趣,从而在专业实践中持久地发挥作用。大量事实证明,很多专业工作者由于理想的支持,往往从本来不感兴趣的活动中培养出兴趣来;而没有理想支持的兴趣,则容易衰退或变迁。同时理想本身也有各种不同的境界,越具有进步意义的崇高理想,便越能有力地推动人们去作出艰巨的努力,追求有益于人民、有益于历史发展的创造。

理想与兴趣使人对专业工作产生持久而专注的深厚感情;有了这种感情,才可能时时处处作为一个专业工作的有心人去观察研究万事万物。比如见到一座山,地质学家注意的是其中有什么矿藏,植物学家注意的是山上的植物,动物学家则更关心山中的动物,山水画家由此引起创作的冲动,登山队员对之而生攀登的雄心。他们都由于定向比较明确,注意比较集中,毅力比较坚强,所以能够让这座山在自己的专业实践中成为有用的对象,而职业敏感也因此得到了锻炼与运用。反之,那种对专业工作漫不经心的人,尽管也可能对这座山产生一些观感,却往往不着边际,毫无中心，终于是虽入宝山，却空手而回，这当然也谈不到职业敏感的锻炼。

第二，文艺创作者的职业敏感只能在比较厚实的生活经验的基础上养成。这不仅因为人的各种基本能力的形成和发展都离不开生活实践，这些基本能力又深深地制约着在各种特殊活动中所形成的特殊能力；更主要的是因为文艺创作本身就是以表现人类社会生活为主的，所以如果把文艺创作者的职业敏感同别的职业敏感相比，前者显然同作者的生活经验有着更为直接而紧密的关系。首先从广度上说，有志于创作的人必须对生活中无比丰富复杂的事物有相当广泛的观察与比较、感受和理解，才能对某一具体事物的特征有敏锐而深刻的认识。所以即使是“马车站的一匹马”，也要在“前前后后的马”的相比之下，才会显出它怎样与众不同。“搜尽奇峰打草稿”，更说明了对同类事物的广泛认识如何有利于典型形象的创造。再从深度上说，世界上任何事物都不是静止、孤立的存在，只有在事物的运动变化及与其它事物的联系中，它的本质属性和各种内在含义才会比较清楚地显示出来。因此有志于创作的人又必须投身于生活的巨流，从中对各种事物进行较为深入的观察和体验，才有可能认识它们的运动变化和种种深刻的联系。总之，生活经验的广度和深度会有力地制约文艺创作者职业敏感的养成，这是不容置疑的。

这样，我们就不难识别两种消极的倾向。一种是长期局限于狭隘的天地，陶醉于身边琐事的玩味；以为独坐斗室、漫步长街、茶余饭后、花朝月夕无处不可养成职业敏感，摄取有用的素材，滋生创作的灵感。另一种是本无深入生活之志，只是为了猎取素材而去蜻蜓点水，浮光掠影，并沾沾自喜于一孔之见，一得之功。这两种倾向在创作上的害处并非一端，现在只从职业敏感的养成这个角度来看，虽然我们并不认为以上两种做法丝毫没有养成职业敏感的可能;但问题在于职业敏感本身还有深浅、阔狭和敏锐程度的差别,而以上两种做法的结果很可能是敏于浅显而昧于宏深,因而难以察觉生活的主流、事物的萌芽,无从展示时代的风貌与历史的趋势。特别是我们还应该考虑到文艺创作的职业敏感与作者的精神状态大有关系。深入生活的激流,感受时代的脉搏,很有利于坚定进步的理想,保持蓬勃的朝气,这对于作者发挥主观能动作用以养成职业敏感当然是一种巨大的动力;反之,生活狭隘,目光短浅,既无理想,又少激情,则纵有一定的敏感也将由于缺乏源头活水、不得用武之地而终于不可避免地要出现衰退。从这个意义上说,广泛而深入地体验现实生活,防止思想僵化、情感枯竭,又是使职业敏感永葆青春活力的重要途径。

第三,文艺创作者职业敏感的养成同丰富的文化知识修养也有密切关系。先说文学艺术以外的各种知识。古今中外的伟大文学家、艺术家无不具有渊博的知识。这些知识对整个创作过程都有用,而仅就职业敏感的养成来看,它也有助于作者从深远的历史背景和广泛的现实联系上去理解某一具体事物(要取得这样的理解,光靠直接生活经验是远远不够的,必须借助大量的间接生活经验,即前人、他人所积累的知识);有了这样的理解,才会有对事物的敏锐而深刻的感知。

其次说文学艺术本身的知识和修养。从事某种专业创作的人,当然首先会重视有关的专业知识和艺术修养。任何文学艺术创作都开始于对前人成果的学习,在学习中,习作者总是力图领会专家们是怎样使用他们的职业敏感的;在纷纭复杂的客观世界中究竟什么是与专业创作有关的事物;在注意这些事物时,如何才能注意到点子上;发现了有用的东西又如何加以摄取,变为在创作中真正用得上的素材,等等。在以上这些环节上经受训练,增进涵养,当然大大有利于职业敏感的养成。但除了专业的知识和修养之外，创作者还必须尽可能吸取多种艺术的知识，接受多种艺术的熏陶。这既是为了通过比较分析、触类旁通，有效地提高审美能力，也是为了从种种不同的艺术形式中去体验和概括文艺创作捕捉事物特征、再现事物“形神”的共同奥秘。这反过来当然会有益于某一特定艺术的职业敏感的养成。

二　艺术通感问题

1．什么是通感

对于文艺创作者来说，艺术通感从根本上说属于职业敏感的范畴，是职业敏感的一种特殊的表现。其所以特殊，一则因为它是职业敏感的发展与深化；二则因为它的作用范围已经不限于创作素材的发现与提取，而是贯穿于整个创作与欣赏的过程。

艺术通感从字面上看，似乎只是一种特殊的感知活动，所以也有人仅仅把它归结为“感觉的转移”，即一种感觉引起了另一种感觉的兴奋，这种兴奋又强化了原来的感觉。例如不同的色彩引起“冷”或“暖”的感觉，不同的声音引起“尖”或“圆”的感觉，不同的动作引起“脆”或“粘”的感觉，不同的笔墨引起“甜熟”或“生涩”的感觉，等等。这种“感觉转移”的心理现象是广泛存在的，同时也的确表现了通感的显著特征。但是，如果深入分析通感的心理内容，就可以看出通感并不仅仅限于感知活动，实际上它还必然包含着表象的活动。因为被称为“通感”的心理现象，不外乎以下两种模式：一是从感觉到表象，二是从表象到表象。以下二例中所写的情况即分属此两种模式：

踏进房门，飘来一阵清奇的幽香，香味儿虽浓，但来得温雅，不慌不慢的韵律，如一曲柔婉的江南丝竹。①

① 薛尔康：《卖花谣》，见1984年6月24日《文汇报》。

张君秋说:“我的唱腔是枣核型,开始时轻,中间重、醇厚,结尾又轻。”一句话使季小兰茅塞顿开。[①]

在第一例所写的事情中,一个人“踏进房门”,他通过感觉器官所得到的只不过是“幽香”的嗅觉;他并未在听觉器官所及的范围之内听到什么不慌不慢的“韵律”与“柔婉的江南丝竹”,因此也并不能产生真正的听觉。他只是被花的香气引发了在美感上与之相通的某种听觉表象的联想。而由于此种听觉表象是富有感性的,在大脑皮层上有某个听觉记忆部位出现了一定程度的兴奋,所以,才有那种似乎听到“韵律”和“江南丝竹”的感觉。这一例中所写的通感的实际心理内容,主要是由感觉(嗅觉)引起了听觉表象的联想。

在第二例所写的事情中,张君秋说那番话时并不在唱,所以他所说的“唱腔”乃是关于唱腔的听觉表象;又,他说到“枣核型”,也并非眼前真有枣核,因此在心里产生的也只是有关枣核的视觉表象。同时,季小兰在听这番话时,也是既未听到张派唱腔,也未见到枣核。总之他们师徒二人在文章所记述的特定情景中,都是既不产生对唱腔的听觉,也不形成对枣核的视觉;他们的通感乃是出现在听觉表象与视觉表象之间的,是从一种表象引起了另一种与之相通的表象的联想。

由此可见,凡是通感的出现,都是必有表象联想(以至于想象)参与的。十九世纪奥地利音乐评论家汉斯立克说:“通过音乐的高低、强弱、速度和节奏化,我们听觉中产生了一个音型,这个音型与某一视觉印象有着一定的类似性,它是在不同的种类的感觉间可能达到的。正如生理学上在一定的限度内有感官之间的‘替代’,审美学上也有感官印象

① 《天津京剧团演员季小兰来京学艺》,见1980年8月23日《北京晚报》。

之间的某种'替代'。"① 这里所说的"替代"就是通感。汉斯立克的表述有一个很值得注意的准确之点，即在于他说通过听觉感知的"音型"是与"某一视觉印象"有着类似性；同时最后一句他还谈到审美学上的"替代"是发生在"感官印象"之间的。他强调"印象"而不简单地说是"感觉"，这是完全准确的；而他的所谓"印象"，也就是各种感觉的记忆表象。所以通感给人的直接感受似是"感觉转移"，但实际的心理内容却主要是表象联想(以至于想象)。特别是把通感表现在文艺创作(或其它任何事后的追述)之中，则在作者心中出现的实际上大都是通感的第二模式(即从表象到表象)，也就是地地道道的自觉表象运动；因为在进行创作或追述时，一般都已离开了现场，不再有引起感觉的实际对象存在于感官所及的范围之内了。当然，这种表象运动仍有一定的感性，通感也仍可以称之为通感，因为具有感性正是表象的一个显著特征。

通感的实际心理内容主要是表象联想，但并非一切表象联想都会产生通感，例如说到红花想起绿叶，看到汽车想起火车，看到美国人想起纽约，听到柔婉的二胡曲想起高亢的唢呐调，尝到苦味想起甜味等等，都谈不上有什么通感。那么，究竟什么样的表象联想才会产生通感呢？这个问题，现在还不能确说；只能根据不完全的研究提出两点初步看法，供读者参考：

第一，凡是一种感觉(或表象)引起了不同类的感觉表象的"相似联想"，其间就往往存在通感。例如听人唱歌而感到演唱者嗓音甜亮，这就有通感在；因为听歌用的是听觉，而"甜"却是味觉表象，"亮"则是视觉表象，可见是由听觉引发了不同类的感觉表象的联想，而且这种联想又有感受上的相似、相通之处，这就是通感。

① 〔奥〕汉斯立克：《论音乐的美》第28—29页。

第二，凡是一种感觉（或表象），引起了同类感觉表象的相似联想，而这种相似联想又伴随着某种相似、相通的积极感受与情绪（如美感、快感、愉悦感、舒适感等），其间也往往存在通感。例如有一个爱看各种球类比赛的同志说，任何球类运动员，凡是技术高超者，总有“动作清楚、干净利落”的特点，使人看了觉得“漂亮”、“舒服”。他又说他原来只是个“篮球迷”，是在篮球运动中深刻感受了“动作清楚”这个特点的；后来看别的球赛，发现凡是技术高超者也都有像在篮球运动中所见的那种“动作清楚”的特点，而他只要看到这一特点，就感到“漂亮”、“舒服”。从这一事例中可以看出，篮球运动中的“动作清楚”与其它球类运动中的“动作清楚”，显然是内容很不相同的感知对象，但它们都要用眼睛来看，因此是同属于视觉感知的一类。而在这同类的感知中，有人看到其它球赛中的“动作清楚”却能想起篮球运动中的“动作清楚”；而且这种“动作清楚”又都伴随着“漂亮”、“舒服”之感，这就是通感的又一种表现。

由于存在着上述第二种通感（即同类感知对象中的通感），所以把通感仅仅归结为“联觉”或“感觉转移”是不全面的。“联觉”或“感觉转移”都必须涉及两类以上的感觉对象，如听觉转视觉，视觉转味觉等等；假如通感仅限于此，那么，观赏书法、绘画与篆刻就不可能有通感，观赏中国画与外国画、观赏书法与舞蹈也都不可能有通感了；因为这些都是视觉的感知对象，并无感觉类别的“转移”。然而，这却是不符合实际的创作与欣赏经验的。吴昌硕《刻印长诗》说：“诗文书画有真意，贵能深造求其通。”这“通”的意思当然是多方面的，但其中显然包含“通感”这一项内容却是无可置疑的。事实上无论就哪一种感觉来说，通感在同类感知对象中的活动天地都是很广阔的。

综上所说，正因为通感既能沟通不同类的感觉经验，又能沟通同一类的感觉经验，所以它在文学创作中所起的作用是显著而广泛的。正因为有了它,“红杏枝头”才有“春意闹”,而“呖呖莺歌”竟然“溜的圆”;画家才不仅仅靠眼睛,音乐家也不仅仅靠耳朵,去积累声色并茂、芳芬甘美的生活经验。

下面再谈谈通感是怎样产生的。

客观世界的各种事物或同类事物的各种属性都不是孤立存在的。它们彼此之间有着种种形式不同、性质各异的联系;当客观事物及其联系反映于人的大脑而产生种种心理活动时,这些活动之间也就有各种各样联系。这些联系的形成也是因为大脑活动遵循整体性原则,所以它的各个机能区域能在感知和认识活动中协同起来发挥作用,从而反映事物之间与属性之间的联系。不仅如此,大脑还能发挥主观能动作用,从某种特定的角度或要求出发,对各种客观事物的属性进行较为特殊的观察、分析、比较与综合,从而在意识中形成感性经验之间的某种特殊的联系与概括。通感的产生,既有赖于事物联系与属性联系的一般反映,也往往与个体在感性经验之间所体验到的特殊联系与特殊概括有关。后一种情况的通感显然有较大的专业性,是各类专业工作者在其专业实践中通过特殊努力而形成的。“球迷”易于产生关于球类运动的通感,“戏迷”易于产生关于戏剧表演的通感,也是属于此类,虽然他们并非“专业工作者”。

从更为具体的心理活动上说,通感的形成也是条件反射和建立暂时神经联系的结果。其基本情况有如下述:“对人来说,客观刺激物作用于感受器,引起大脑皮层的活动,就产生一定的心理现象(如感觉、知觉、表象等等)。由于客观刺激物彼此间存在着一定的联系,反映在心理现象中就成为各个心理现象之间的联系,并且可以彼此互相引起,成为联想。这种联想的生理机制就是大脑皮层中的暂时联系。所以巴甫洛夫把联想称为‘主观现象之间的联系’,并且认为联想‘与暂时联系的生理学事实、与大脑皮层各点间道路的接通相符合，……’正是在这种意义上，暂时联系被认为是心理的，又是生理的。”① 通感的实际心理内容，正如以上所说，主要是由感觉（或表象）所引起的关于其它表象的某种“相似联想”。所以它的神经机制既是“大脑皮层中的暂时联系”，也是“主观现象之间的联系”（反映了客观事物之间某些特性的联系）；从神经生理过程上说，则是“大脑皮层各点间道路的接通”。而其所以会“接通”，首先是因为“兴奋泛化”的结果，“泛化”使大脑皮层中储存相同或相似信息的各点兴奋起来，这就使人感知事物的相通之处。同时“兴奋泛化”又与“分化抑制”相交替，“分化”的结果使人察觉事物之间的相异之处；从而又突出了特定线路的“泛化”，使个体所注意的特定的相通之处更显得清晰。所以“泛化”与“分化”的交替，就能使个体在同中见异，异中见同，而这种辩证的感受与认识，正是通感由之而生的根本原因。试以一个通感实例来作说明：最早把美丽的建筑说成“凝固的音乐”的是贝多芬，贝多芬是大音乐家，对于他来说，音乐乃是一个持久的兴奋中心，因此“兴奋泛化”的结果，竟感受到建筑与音乐的相通之处。但他的“兴奋泛化”又是与“分化抑制”相交替的，所以他并不简单地把建筑视为音乐，而是准确地称它为“凝固的音乐”，表明他同时也感受到建筑与音乐的某一突出的相异之处。建筑的“凝固”与音乐的“流动”既如此相异，而贝多芬却还是深刻感受到它们之间有一种相通的艺术美，这就充分说明贝多芬的那种以音乐美感为中心的艺术通感是多么敏锐。

2. 艺术通感的作用

一般的通感是人人都有的。它的出现，虽然事实上也

① 曹日昌主编：《普通心理学》上册第59页。

是人的大脑发挥了能动作用、在感觉经验之间找到了联系的结果;但这种能动作用只是人的大脑本身所有的特性的表现,个体并未作出自觉的主观努力来发现这种联系,并且一般说来也没有想要把它用于实际的认识或创造活动。艺术通感与此有两个显著不同之点:第一,它是个体为了提高艺术创作和欣赏能力而自觉追求的一种专业性的敏感。第二,养成艺术通感正是为了把它用于艺术创造和欣赏,使它在创作和欣赏中能有效地发挥积极作用。

那么艺术通感在创作和欣赏中究竟能发挥哪些积极作用呢?

第一,创作素材的发现与冶炼。

艺术通感是文艺创作者职业敏感的深刻表现,它当然会在创作素材的发现与提炼上发挥巨大的作用。这种作用特别是在需要进行表象转化的艺术创作中表现尤为明显(表象转化问题参阅第二章第二节)。例如“二泉映月”的美景显然主要靠视觉感知,然而华彦钧却把它化为诉之于听觉的音乐形象。这样的创作素材,如果不是借助准确敏锐的艺术通感来加以感受和想象,那是根本发现不了、冶炼不了的。唐代著名书法家李阳冰在谈到篆书时说:“于天地山川,得方圆流峙之形;于日月星辰,得经纬昭回之度;于云霞草木,得霏布滋曼之容;于衣冠文物,得揖让周旋之体。……”[①] 这些东西虽然未必都能成为书法创作的直接素材,但也可见李阳冰的冶炼范围之广。舞蹈也是一种特殊的艺术,用它来反映社会生活和人类感情也往往要借助通感的运用。比如说创作一个“炼钢舞”,就必须把炼钢的动作准确转化为真正的“舞蹈语汇”,否则观众就只看到“怎样炼钢”而看不到舞蹈之美了。但炼钢这种素材毕竟是取于人的活动,人的活动转化为人的舞蹈,距离可能还小一点;

① 《上采访李大夫论古篆书》,见《佩文斋书画谱》卷一。

而整个舞蹈艺术的取材远远不限于人的活动，所以往往要实现更大的转化：

一八七六年，俄国作曲家柴可夫斯基创作了音乐舞剧《天鹅湖》，一八七七年，奥地利人列津格尔主持编导这个舞剧，但首次演出遭到惨痛的失败，致使柴可夫斯基在给友人的信中痛心地宣布："今后我再也不写舞剧了。"然而，过了不到二十年，一八九四年二月，著名舞蹈艺术家列夫·伊凡诺夫在纪念柴氏逝世一周年音乐会上，演出重新编排的《天鹅湖》第二幕时，却引起了广泛的注意，从而促成了一八九五年全剧在彼得堡帝国剧院恢复上演，使"天鹅"起死回生，并成为屡演不衰、走遍世界的艺术珍品。而伊凡诺夫改动的，主要之点居然仅仅是女主角奥杰塔和她的女友——一群"天鹅"的外形与动作！列津格尔导演的"天鹅"，背插双翅，双臂象僵硬的木棍一样上下挥动，摹拟着天鹅翅膀的拍动；而伊凡诺夫的"天鹅"，则只是在头顶、肩上和裙子上饰有羽毛，后来全剧上演（那次上演的《天鹅湖》，编导是马里乌斯·彼季帕，伊凡诺夫为助手）时，则更是基本上抛弃了羽饰，只是在裙子和头饰中保留一点羽毛作为典型特征的暗示，演员的表演也只是画龙点睛地暗示天鹅的特征，如低头左右舐臂（翅膀），从微屈的手臂下面窥视，轻盈的小跳，急速的碎步等等。

为什么列津格尔的"天鹅"有翅不能飞翔，而伊凡诺夫的"天鹅"无翅却飞进亿万人心呢？关键在于前者过分追求外形与动作和天鹅酷似，结果笨拙不堪，引不起观众的美感；后者却从天鹅的动作中提炼舞蹈语言，从音乐形象出发构思舞蹈形象，着力于角色的"灵魂"的刻画，着力于表现人和人类的情感，而不是表现天鹅和它的动物属性。[①]

这一事例可以说明许多问题，而从艺术通感的角度来看，列

① 龙协涛编著：《艺苑趣谈录·"天鹅"起死回生》，第233—234页。

津格尔与伊凡诺夫两种再创作的重大区别，就在于前者致力于追求人体与天鹅之间的形似，而后者则充分运用了艺术通感，从而找到了人体与天鹅在动作的特征与美感上的相通之处，这才能"从天鹅的动作中提炼舞蹈语言，从音乐形象出发构思舞蹈形象"。

第二，对艺术感性的充分表现。

文艺创作要富有感性，而在语言艺术创作中，由于表现手段只是语言符号的组合，所以往往要借助种种较为特殊的手段，来突出再现作者对事物形象的生动感受，同时使读者看了也产生鲜明的形象感。在这些手段中，比喻是最为常见的一种。而在描述形象或说明感受的生动比喻中，就往往可见通感的运用，而且多数表现为隐喻、借喻的形式。以中国古代诗歌为例，如晋代陆机写"佳人抚琴瑟"而说"哀响馥若兰"，唐代白居易写乐伎弹琵琶而说"大珠小珠落玉盘"；前者说琴声似兰香，是借嗅觉强化听觉；后者说琵琶声令人想见珠子，是借视觉强化听觉。晚唐周朴说："风暖鸟声碎"，宋代宋祁说："红杏枝头春意闹"，前者借视觉强化听觉，后者借听觉强化视觉，都在隐喻中表现了敏锐的通感而成名句。它如王维写溪水而说"色静深松里"，刘长卿写磬声而说"寒磬满空林"，李贺写浮云而说"银浦流云学水声"，贾岛写虫鸣而说"促织声尖尖似针"，也都有通感的表现。[①] 比喻的运用，最早在《诗经》、《楚辞》中已极为普遍；但比喻中包含通感则是后起的现象，在唐代以下才较为多见。发展到当代，则通感在诗歌创作中的运用不仅广泛，而且更富于变化；这一发展过程，也说明了创作者对诗歌艺术探索的深化，因为通感的准确运用的确有效地加强了诗的感性表现，也因涉及意境而更加耐人寻味。

① 中国古诗词中的通感表现，在钱钟书先生《通感》（见《旧文四篇》）一文中征引最富，本段所说各例大都为钱文首引，谨此声明。

小说创作中的通感运用,同样也起到强化艺术感性的作用。前面已经举出《老残游记》中"王小玉说书"一例,现在再补充外国文学中的两个例证。在俄国屠格涅夫《猎人笔记》的《歌手》一篇中,有一大段描写造纸厂工人雅科夫在酒店里比赛唱歌的情形:

……他唱着:"田野里的道路不止一条",于是我们大家觉得甘美而恐怖。我实在难得听到这样的声音:它稍稍有些破碎,仿佛零珠碎玉的碰响;开头甚至还带有一种病态的感觉;但是其中有真挚而深切的热情,有青春,有力量,有甘美的情味,有一种销魂而广漠的哀愁。……他的声音不再战栗——它颤抖着,但这是一种不很显著的、内在的、像箭一般刺入听者心中的热情的颤抖,这声音不断地剧烈起来,坚强起来,扩大起来。记得有一天傍晚,退潮的时候,海水的波涛在远处威严而沉重地汹涌着,我在海岸的平沙上看见一只很大的白鸥:它那丝绸一般的胸脯映着晚霞的红光,一动不动地坐在那里,只是偶而对着熟悉的海,对着深红色的落日,慢慢地展开它那长长的翅膀,——我听了雅科夫的歌声,就想起这只白鸥。……他唱着,他的歌声的每一个音都给人一种亲切和无限广大的感觉,仿佛熟悉的草原一望无际地展开在你面前一样。……

这一段描写的是歌声,由于它作为声音的特性,可以说无论作者有多么高超的语言艺术技巧,也是无法使之再现在读者耳边的;然而由于作者运用了包括艺术通感在内的多种艺术手段,却使整个描写非常富于感性,虽然读者在这里听不到雅科夫的歌声,但却有可能产生"此时无声胜有声"之感,因为作者所表达的对歌声的感受是太丰富而深入了,不能不引发读者的种种想象,以求想见那歌声究竟什么样的。

再一例是"现代派"小说的先驱者之一法国普鲁斯特在

《司旺的爱情》[1] 中对音乐感受的描写:

一年前在一次晚会上,他听到一首由钢琴和小提琴演奏的乐曲。起初,他仅仅品味到乐器上飞扬出来的乐音的物质性佳妙之处。然而,当他听见小提琴弦的尖细声抗拒着,在它那密集的主导音响掩盖之下,忽然有波涛拍击声,力争腾跃而起,那是钢琴部的雄浑声音,色彩多变,然而浑然一体,平滑流畅,而又互相冲击,宛若淡紫色水波激荡,在月光魅力之下以降低半音阶变幻着。这时他已经享受到极大的乐趣。忽然,在某一瞬间,他还没有来得及清楚分辨其轮廓,没有来得及给予所获快感以恰当名目,就如同着魔一般,竭尽全力去捕捉那乐句或和声(他自己也说不清究竟是什么):它瞬息即逝,然而已经大大打开了他的心灵,就像玫瑰的芳香在黄昏湿润的空气中飘荡,必然使我们不由得张大鼻孔。……这时我们听到的音符,已经按照它们的音高和时值,渐渐在我们眼前包容各个大小不同的面积,描绘出错综复杂的花纹图案,给予我们以广阔、纤细入微、稳定、多变的感觉。……他在想象中重现这些乐句的广延、它们之间匀称的组合、乐谱书写、表现价值,这时他眼前所见已经不是纯粹的音乐,而是图画、建筑、思维,然而 仍然使他回想起音乐。(着重点为引者所加。)

这一段中无论所写的是感知或是联想以至想象,都表现出作者的艺术通感的敏锐与精细。普鲁斯特的最为显著的本事,就是运用语言文字符号来表述难以表述的感觉经验(就创作而言是用语言文字符号表述自觉表象运动的成果);而这种表述之所以细致入微、清晰可感,重要原因之一就在于他充分运用并准确表现了他那高度发展的通感。同时,运用通感而转向内心世界的细致再现,正也是普鲁斯特小说

① 见《外国文艺》1981 年第 5 期,这是普鲁斯特名著《追忆似水年华》第 1 部《在司旺家那边》中的一段。

的一大特色。

第三，对艺术奥秘的感悟与融会。

文艺创作者在创作实践中发挥艺术通感的作用，还往往能对各种艺术触类旁通，甚至于融会贯通；同时在日常生活中，也能经常有感于物，有悟于心。这样的训练和收获，当然有益于文艺创作者对各种艺术奥秘的理解和把握，使之不断扩展与加深。试看京剧演员张剑鸣同志回忆他父亲著名表演艺术家盖叫天的一段文章：

> 我父亲正像他常说的是"幼而失学"，可是他能够勤学多思，几乎形形色色的人和事，都有可供他学习、借鉴的地方。从前，杭州街上，常见有给酱园送酱油的，一行几个人，步子齐整，负担而过。我父亲曾经站在路旁注视着他们而出了神。他说："走得多利落，多美！你看，这每人满满两桶酱油，上边仅盖着一片荷叶，那挑担的人要不走得那么匀称，把节奏掌握得那么恰到好处，这满满两桶酱油又怎么能始终保持着这个涓滴不向外溢的水平面呢？应该说，这个时候的挑担姿势是最准确，也是最好看的，这也是我们演员应当学习和吸收的地方。"①

这就叫有感于物、有悟于心；所感之物是那样平凡，所悟之理却如此深刻。"注视而出了神"，说明这是多么集中的"有意注意"，从中表现了艺术家为了深刻认识客观事物与自己的专业工作之间的内在联系是发挥了多么巨大的主观能动作用。由挑酱油不向外溢而悟出什么是"准确"，以及"准确"和"美"的关系，这确是不可忽视的认识成果。因为如果工人所挑酱油只有半桶而不向外溢，当然就不算"准确"；或者酱油虽是满桶而挑时淋漓泼洒，当然也不算"准确"；唯有既是满桶又涓滴不溢，那挑者的姿势与节奏才算得上是真正的"准确"。这种"准确"的美学意义就在于它是在一个点

① 《追忆父亲盖叫天的艺术创造》，见《文汇报》1979年6月28日。

上最大限度地表现了人类劳动的创造力量；这个点固然是小事一件，但由于它生动表现了某一创造的最大限度，因而它显示人类克服艰难险阻的力量也就是充分的，是体现了生活理想的。于是为完成这一创造而出现的劳动形象便使人感到美！“准确”一词，在艺术评论中不知被人用过多少次，然而能像盖叫天这样来加以说明的，实不多见。他对张剑鸣所说的那些话，看起来主要是讲道理，但这道理却是和他的艺术通感相联系的。“走得多利落，多美！……这个时候的挑担姿势是最准确，也是最好看的”，这些话充分说明他感受到挑担姿势与武生艺术之间有一种相通的美感，所以才作出了“我们演员应当学习和吸收”的论断。盖叫天在武生艺术上历来追求“准”与“美”，由此出发而用心观察万事万物，他就养成了敏锐的艺术通感；这种通感又反过来加深了他对武生艺术的理解。此外，唐代书法家张旭观公孙大娘舞剑器而“笔势益俊”，怀素听嘉陵江水声而有悟于草书，也都是有感于物、有悟于心的著名事例，而在这种感悟中便有通感在起作用。在中国古代，诗、书、画是文人经常接受的艺术素养，因此集“三绝”于一身的颇有其人；而通感的树立和运用，正是沟通“三绝”、使之相互为用的重要因素之一。从清代迄今，艺术上公认的多面手有郑燮、邓石如、吴熙载、赵之谦、吴昌硕、齐白石等人，他们的创作都通过个性鲜明的风格表现了对艺术辩证法的范畴、法则的比较深广的把握，从而使观者清楚地感受到他们所树立的艺术通感的深度。试看钱君匋先生对赵之谦艺术成就的论述：

赵之谦在艺术创作上的成就是多方面的。巧妙地掌握了通感。讲究笔墨，既善于运用书法入画，又通书画之法于刻印，因此他才有可能说，“古印有笔又有墨，今人但有刀与石”，可知笔墨是指表现力和意境而言。凡是前人阐说书法或绘画乃至诗文的美学观点，诸如虚实、向背、隐显、疏密、刚柔、奇正、开合等等，他总是圆满地以之运用于书法、缘篆和绘画上。小之如寸以内的印章，大之如寻丈的画幅，无不成功地体现了邓石如的“字画疏处可以走马，密处不使透风，常计白当黑”的卓越见解。①

赵之谦是如此，其他有多方面艺术才能的艺术家也无不如此。融会贯通，由艺术通感而上升到艺术辩证法的把握，正是许多优秀艺术家的共同追求。

第四，通感在艺术欣赏中的作用。

对于艺术欣赏者来说，通感所起的主要作用，无非是使欣赏中的感受更为丰富而深入，感受深了当然也有益于对艺术的理解。这里不妨说一点个人在欣赏中的事情，记得小时候老师带我们去参观书法展览，我觉得有一种字体很好看，老师说：“这叫‘铁线篆’，你看它那线条那么硬，很有力道和弹性，就像钢丝似的。”其实当时我觉得这种字好看，只不过因为它整齐均衡，而老师却还感到了“力道”、“弹性”之类。但“力道”、“弹性”是要靠肤觉才能感知的，用眼睛看怎么会有这种感觉呢？这就是通感在起作用，老师有通感，所以他的感受就比我丰富而深入。我最初听黄桂秋唱《春秋配》，只觉得腔调好听，后来有人对我说，不要光听腔，还要听声，他的声特别甜；而且连伴奏的京胡都是甜的（当时操京胡的是袁杏宝）。于是我用心捉摸这“甜”味，果然感受丰富了，深入了。我在江南家乡听评弹，曾听到老听众评论某演员的唱像一碗莼菜汤，鲜滑香脆；某演员的唱像一杯二泉水，清冽甜净；某演员的唱则象加了漂白粉的自来水，不是那个味儿。这似乎也证实了我的一个想法，即听觉比较容易引发“感觉转移”，而“转移”到味觉也较为多见。

再说点其它方面的事例。苏东坡评论王维，说他“诗中有画”、“画中有诗”，真要从诗中看出画意、从画中感到诗情，那不是仅仅依靠通感所能济事的，但通感（主要是“美感

① 钱君匋：《赵之谦的艺术成就》，见《文物》1978年第9期。

概括")无疑也在其中起了作用。《红楼梦》第四十八回写香菱论诗,谈到王维的"日落江湖白,潮来天地青"中的"白""青"二字时,竟说"含在嘴里,倒像有几千斤重的一个橄榄似的"。橄榄是要通过味觉才能品出味道来的,而"几千斤重"则更是一种"压觉"("肤觉"的一种)。当然这些都不过是比喻,但正如前面所说,在比喻的运用中,凡是用来描述一种形象或说明一种感受的,其间往往有某种通感在;有通感的比喻也比一般的比喻更使人感到真切。另外,如欣赏颜真卿的书法名作《祭侄文稿》和裘盛戎的唱腔,都使人感到有悲壮之美;"无言独上西楼,月如钩,寂寞梧桐深院锁清秋"的画面和弹词演员侯莉君的中调、长调都有凄婉之美;渴笔书、破笔画与周信芳的唱腔都有苍劲之美。……当然,具有某种美的特征的视觉形象和听觉形象是全然不同的,然而富有能动性的"美感概括"以及由此而生的通感却可以从中找出相通之处来,从而丰富并加深了对美的感受和理解。

这种情况在一些艺术赏析文章中也可以得到印证。例如有的作家描述陈爱莲的舞蹈,说:

《蛇舞》中,她的手臂像妖媚的蛇尾,将猎人缓缓围住;《天鹅之死》中,她的手臂像哀怨的翅膀,在湖上袅袅飘浮;《拍球舞》中,她的手臂富于韵律,球,无形的球,那样活泼地在她手臂上下飞舞;《春江花月夜》中,蜂儿、蝶儿、花影、月色,在她的手臂上尽情跳跃……

难怪人家说她有一双会说话的手臂。①

又有论者在发挥建筑是"凝固的音乐"一说时指出:现代大型建筑物的"柱、窗、柱、窗"或"柱、窗、窗、柱、窗、窗"的节奏与韵律,"颇富有圆舞曲的味儿";山西应县佛宫寺释迦塔在多层垂直方向上的音乐感,"犹如一曲音乐的高亢结尾,突

① 萧复兴:《会说话的手臂》,见《北京晚报》1981年1月16日。

出而悠长”；从天安门进入故宫，“人们所看到的，是一部大型的、凝固了的乐章”；颐和园长廊给人的感受，“与一部狂想曲毫无二致”；而音乐的旋律，“特别是在苏州园林中，有淋漓尽致的发挥”。① 这些描述都相当生动地运用了以表象联想为主的艺术通感，也都清楚地表现了赏析者对审美对象的深刻感受与理解。就一般的艺术欣赏而言，如果一个人爱看电影，又读过不少诗，能在二者之间产生通感，那末在看某些电影时就可能感受诗情；如果他懂画，还可能感受画意。这些显然比单看一个故事要丰富得多。

3. 艺术通感的养成

通感是一种很有普遍性的心理现象。因为正常人在广泛的实践、认识活动中，都有两种(或两种以上)感觉器官联合运用的经验，因此经由不同感官而取得的感觉经验有可能建立条件反射性质的“暂时联系”；同时，经由同一感官而取得的种种感觉经验，也因其存在相似、相同之处而受到弃异求同的概括。由于这两种情况在人的实践、认识活动中事实上普遍存在，所以一般的、自发的通感可以说是人人都有的；这种通感也有助于人们去感受客观事物在感性上存在的某些联系。

但是，对于专业的文艺创作者和赏析专家来说，通感不能停留在一般的、自发的阶段，而必须积极自觉地养成一种有益于创作或赏析的艺术通感，这是他的职业敏感的一种表现，也是他的专业特殊能力在对客观事物感受上的一种表现。那么究竟怎样对这种通感进行有效的训练呢？

通感因为有一个“通”字，所以人们很可能认为首先要尽量广泛地接触各种艺术、用心感受各种事物，“通”的境界才会出现。这种想法从根本上说并没有错，但从训练的步

① 均引自安怀起《凝固的音乐——建筑》，见《科学画报》1979年第4期。

骤上说却是摆错了重点。艺术通感的养成应该首先突破一点再扩及其它;也就是说应该首先在自己从事的专业上扎根深固,然后才可能有真正的“一通百通”与“百通一通”这两种境界。之所以要强调先突破一点,原因不外两个:

第一从创造目的上看,任何专业的文艺创作者或赏析者都有特定的创造目的,因此他必须首先精通本门业务,在这一点上有个扎根深固的“立足境”,那么养成了艺术通感才能为其所用,即真正有益于他的专业创造活动。否则,即使有丰富的通感也起不了很大的创造性作用。比如说有人想成为舞蹈演员,他倒的确在生活实践与各种艺术中养成了丰富的通感,唯独对舞蹈的基本功不甚过硬,那么请问他的通感又如何用在舞蹈表演之中呢?又比如有人要搞音乐赏析,他对各种艺术“无所不知”,很有通感,只是对音乐不甚精通,那么请问他的通感又如何有效地运用于他的著述呢?自觉培养艺术通感,这件事具有明显的功利性,是不折不扣为专业的创造目的服务的,所以非首先精通本门业务不可。

第二从方法的有效性上看,对本专业的业务钻得越深,就会对其它的事物看得越细,所能吸收来的东西也越多。比如一个人初学花鸟画,他必然尽力去认识花鸟本身的特征,以求画出来能像花鸟;这时他不可能想到观察人类的风度神情对花鸟画也很有用;即使他通过指点从道理上懂得要作这种观察,也仍然无法真正看出人类的风度神情同花鸟画有什么关联;或者他果然看出了这种关联,也还是无法把观察所得融化到花鸟的艺术形象中去。然而,随着他对花鸟画的艺术越钻越深,他的观察能力和融化能力就可以越来越强。再从实际事例来看,前面说过的那位爱看各种球类比赛的同志的经验就很值得注意。他说他原先只看篮球比赛,是在篮球运动中深刻感受了什么是“动作清楚”的(就是说他的这种感觉经验已经相当准确而牢靠),然后就较为容易去感受其它运动中的“动作清楚”。这个现象很可以推而广之,比如画家是在绘画实践中形成了对线条、色彩的敏感,一经形成之后,便可能在绘画以外的任何地方,对形形色色事物的线条和色彩有较为敏锐的感受。又比如说“建筑是凝固的音乐”,这句话因为是艺术通感的典型表现,已经提过几次了;而它首先出于贝多芬之口就不是偶然的,因为贝多芬是大音乐家,总是从音乐的角度去感受其它事物与音乐的相通之处。倘若换为拉斐尔,他大约不会把建筑视为“凝固的音乐”,倒很可能说“建筑是立体的绘画”了。再若换为欧阳询,他也可能说“正楷是纸上的建筑”、“草书是笔下的音乐”。中国有句俗话,叫“三句话不离本行”,这句话就反映了持久的兴奋中心的存在和通感的运用。“本行”是人们念念在心的东西,所以老要说到它;人们在“本行”中又有一些感受最深的东西,所以老要把它来和其它事物联系对比,甚至惯用本行术语来称呼生活中的一些东西,在这些特殊的语言现象中,往往就有通感的自发运用。分析“三句话不离本行”所表现的通感现象,就有助于看到:追求通感本是为了触类旁通以至融会贯通,而其发端则恰恰要在一个点上用力气;有一个“本行”才更容易产生通感,这也是一种辩证法。

关于艺术欣赏,有一句话是不妨一说的,即“外行人的眼睛不带钩子”。这句话是笔者思索了自己的欣赏经历之后杜撰出来的,同时在别的“外行人”身上也发现了这种现象。什么叫“不带钩子”呢?就是当一种艺术创作出现在眼前时,看不到点子上,“钩”不住应该“钩”住的东西,让它轻轻滑过去了。我们一生中,重复欣赏同一件艺术创作的机会是相当多的,在这种经历中不难发现,原来看不出什么好坏的东西,后来却能分出好坏来。过去笔者凡是碰到这种情况,总要感叹自己当初未免太粗心了,连这么明显的“妙处”或“败笔”都看不出来。这样的事情经过得多了,才逐渐懂得不完全是个“粗心”的问题，而主要是“不知如何用其心”的问题。“妙处”或“败笔”是要经过同类艺术创作的许许多多对比之后才能够发现的。所谓“看到点子上”，那“点子”也是在看了许多同类创作之后，才能在感觉经验中概括出来。对于一个初学欣赏的人来说，在不同类的创作中进行对比和概括就要难得多，甚至于不大可能（就距离较远的艺术门类而言）；所以应该先着重在一类创作中训练自己的眼睛或耳朵，使之“带上钩子”。而由于各种艺术之间存在着一些共通的法则；再则在欣赏各种艺术的经历中，其感受和思维经验的发展也总要经历相似的阶段和过程，所以在一定程度上，“举一反三”的确是可能的。这就是说，“钩子”虽然是在一类艺术的欣赏实践中养成的，但它一经养成，便有可能在其它类艺术的欣赏中发挥一定的作用。在“一通百通”这句话中，古人之所以先强调“一通”，决不是偶然的。当然“百通”也会反过来加强“一通”，现在报刊上常常报道某某艺术工作者除了钻研本门业务之外，还广泛涉猎各种文学艺术，他们这样做是完全正确的。因为他们是专业的艺术工作者，已经在一定程度上突破了一点，当然应该扩及全面，以收彼此启发、相互促进之功。

以上强调艺术通感的养成要先突破一点，再扩及全面，这只是就训练步骤的不同重点而言，并不是说“一点”与“全面”可以截然分开。在实际的创作和欣赏过程中，在“突破一点”的阶段上，也不可能脱离各种艺术的欣赏与吸取；反之，在“扩及全面”的阶段上，也不可能不顾属于本职工作的专业创造活动。所以“一点”与“全面”事实上存在紧密联系与相互促进的关系。但因为“通感”这个“通”字很容易引起误解，并且事实上也存在那种在艺术海洋中东张西望、飘荡无依的浪子，满足于广知薄能而缺乏真正的创造；所以还是有必要强调从“一通”到“百通”这两个阶段的不同的训练重点。

最后还要说的一点是:“通感不负有心人。”艺术欣赏固然有娱乐作用,可是如果仅仅为了消遣解闷,观赏时心不在焉;甚至因为空虚无聊,只想在艺术中寻求低级趣味或官能刺激,那就不可能对艺术有准确而深入的感受与理解,当然也就谈不上什么通感了。从道理上说,自发的从生活经验中获得的通感,是人人都可能有一些的;但能否自觉意识到它的存在,特别是它的用处,那就是另外一回事了。我们现在所说的通感,既是专门用于艺术创作和艺术欣赏的一种积极自觉的心理活动,那就必须在有关的实践中发挥主观能动作用,才能够形成并加以有效运用。光就艺术欣赏来说,也需要全神贯注地看或听,仔细玩味以分辨各种感受和印象,用回忆对比来切实认识各个欣赏对象的优劣与异同,注意归纳总结以找到“点子”与“门道”,等等。总之,通感除了有赖于较为丰富的欣赏实践之外,还必须通过持久的“用心捉摸”才会自然到来,所以要做一个有心人。

至于“捉摸”之道,当然不止一端,现在只较为具体地谈一点。在人的认识过程中,解决问题总是从发现问题开始的,假如根本没感到有什么问题,那当然就谈不上解决了。所以“捉摸”的一项重要内容,就是在欣赏中所发现和抓住的问题。笔者小时候学书法,写了一段时间就自以为挺好看了,竟然写到自己的扇面上去。有人看了说:“太稚嫩,不老练。”当时,我第一不知道什么样叫“稚嫩”,什么样叫“老练”;第二又不知道为什么“老练”比“稚嫩”好。但既然有了这个问题,我就一直在欣赏实践中加以“捉摸”,后来也就弄懂了;弄懂以后确有好处,因为其它艺术也有“稚嫩”与“老练”的问题。还有一例就是音乐创作的“华丽”特色问题,我最早看到用“华丽”来形容某个乐曲就大为不解,“音乐怎么会华丽呢?”但既然是个问题,听音乐时我就总是“捉摸”它,终于也有点懂了;有点懂了之后,好像对音乐的其它特色也就懂了点。像“老练”、“华丽”以及近年来经常捉摸的艺术之"深"等等的感受,都要靠自己"捉摸",特别是从比较中"捉摸",才会真有所感(并且在多种艺术中产生通感);别人是无法通过论述、讲解转移到自己心中的;还是那个老问题,言语只能描述感受,却不能转移感受。屠格涅夫把雅科夫所唱的歌描述到那种程度,然而你毕竟无法通过描述感知雅科夫的歌声,因而也就产生不了屠格涅夫式的感受;你只能根据自己的听歌经验去加以想象,而得其仿佛。

第三节　构思与外化的训练

艺术构思,以及把构思的成果外化为艺术形象,这是艺术创造中的两个重要环节。构思与外化的有效性,取决于创作者是否真正具有这两种能力;而这两种能力的形成与提高,则需要创作者作出巨大的主观努力,积极自觉地经受长期的、刻苦的训练。所以这是有关"修养与创造"的两个重大问题。

一　艺术构思与"意在笔前"

1.　艺术构思的必要性

任何真正的艺术创造都必须在反映客观事物内在联系、内部规律的基础上进行艺术的构思,做到"意在笔前"。"意在笔前"这句话,最早见于相传为东晋大书法家王羲之所作的《题卫夫人〈笔阵图〉后》,后来唐代韩方明在《授笔要说》中又引徐琦之言作了相当具体的解释:

夫欲书,先当想,看所书一纸之中,是何词句,言语多少,及纸色目,相称以何等书,令与书体相合,或真,或行,或草,与纸相当。意在笔前,笔居心后,皆须存用笔法。有难书之字，预于心中布置，然后下笔，自然容与徘徊，意态雄逸，不得临时无法，任笔所成，则非谓能解也。

从这一解释中可以清楚看到，“意在笔前”之“意”，并不是指某种抽象的道理；而是指具有艺术完整性的构思成果，也就是在形象、理性和情感相统一的基础上所构想的具有完整性的艺术形象。因此所谓“意在笔前”实际上也就是强调先要有构思在前，而不是不经构思而胡乱落笔。当然，从王羲之到韩方明，谈的都只是书法，但“意在笔前”却是适用于一切艺术创造的至理名言，能否做到“意在笔前”，乃是判别艺术真伪的一个重要标志。这话自然不是人人都同意，例如西方现代派中的一部分理论与实践就是与此针锋相对的，他们主张艺术创作脱离意识的控制，通过胡涂乱抹、淋漓狼藉，来表现所谓潜意识中的本能冲动。然而这并不是真正的艺术创造。我们在前面已经引过马克思在《资本论》中所说的名言，即通过蜜蜂与建筑师的比较，肯定“建筑师在以蜂蜡构成蜂房之前，已经在他的头脑中把它构成。劳动过程结束时得到的结果，已经在劳动过程开始时，存在于劳动者的观念中，所以已经观念地存在着。”这说明人类的一切劳动都不同于动物的本能，是一种伴随着自觉意识、并在其指导下进行的活动。意识是人脑这种高度发展的特殊物质所特有的机能，也是人所特有的自觉反映客观世界的高级心理活动。人类是经过了漫长的进化才具有意识的，对此应该充分珍惜并力求其发展；蔑视意识的作用，反而想去追求动物那种表现为“直观—动作”的本能，这不仅不利于人类继续向前发展，而且事实上是办不到的。因为意识在人脑中活动只有正误之分，却无法不让它活动。因此一个已经具有意识并受其制约的人却想要表现无意识的本能，这种表现就必然是虚假的。当然，有的人可以在画布上淋漓泼洒以至摸爬滚打，以为这样就能把“潜意识”表现出来；却不知道他之所以这样做，首先就出于意识(甚至已形成一种理论)的指导;再则,他摸爬滚打的结果是否真正表现了他的"潜意识"和本能,这又是任何人都无法切实感知与证明的。所以人在任何有意义的活动中,都应力求正确地运用意识,充分发挥反映客观世界、改造客观世界的巨大作用,这才是唯一可行而有利于人类文化发展的办法。

说到艺术创作,当然也要充分发挥意识活动的创造作用。马克思说过"最拙劣的建筑师"比"最巧妙的蜜蜂"优越;而从艺术创造的要求来看,则优秀的建筑艺术家又要比拙劣的建筑师优越。因为优秀的建筑艺术家不仅仅是把劳动过程的结果先在头脑中构成,而且他所构想的劳动结果还是富有创造意义的,是为人类文化宝库提供了新价值的。这样一种富有创造性的构想,出现在艺术创作的过程中,就叫艺术构思。艺术构思因为或大或小地表现了人类脑力劳动的创造性,不同程度地表现了人的本质力量,所以那劳动结果才有一定的美学价值。反过来看,假如"艺术创作"竟然没有艺术构思,并无"意在笔前",只是信"笔"所至,胡碰乱撞,搞成啥样便是啥样,那就非但不能表现艺术家的创造力量,而且会连蜜蜂都不如;因为就建筑而言,人类现在并不具有蜜蜂建造蜂房那样的天然本领。至于其它艺术创作,情况也概不例外。人类的任何创造本领都是在后天习得的,是在反映客观世界的本质和规律的实践、认识活动中学会的;而在学会这种本领之后,不论进行什么创作,都要经过自觉意识的构想;人类既不具备任何天生的艺术本能,因此也无法靠"直观—动作"来完成任何真正的创造。

2. 艺术构思的创造作用

以上是讲了艺术构思与"意在笔前"在艺术创作中的必要性。那么,构思为什么具有作出新创造的可能性呢?这就需要先讲一点创造之道。

新的发明创造看起来都很神奇,原来世界上并没有这个东西，后来却被人创造出来了；一系列的创造甚至迅速改变了客观世界的面貌。人类有这种创造力量，的确是值得自豪的。但是，创造之道说到底却也相当简单，无非就是对世上原有的东西进行加工改造。这种加工改造是人通过实践对客观事物有了较多的认识之后，再发挥主观意识的能动作用，把如何进行加工改造的方法构想出来。构想是一种心理活动，它所加工改造的材料当然不是客观事物本身，而是大脑中已有的关于客观事物的种种反映。这种心理活动中的加工改造如果是符合客观事物的内在联系和内部规律的，就可以构想出新事物的"蓝图"，再据此而进行改造客观事物的实践，就有可能把新事物创造出来。

创造新事物的具体方法当然是千变万化、不胜枚述的。但如果加以概括，却可以发现这些方法有一个普遍的共同之点，那就是在事物之间进行联系与反联系；而从作为心理活动的构想上说，则是在事物的反映之间进行联系与反联系；从根本上说，这也就是大脑所固有的分析、综合这两种基本能力的生动而复杂的表现。举一个简单的实例来看，人类为了生存，早就以禽兽来充饥，而人类捕捉禽兽，就有一系列的发明创造。例如古《弹歌》说："断竹，续竹；飞土，逐肉。"竹子本是天生之物，而"断竹"则是反联系，即把需要用的竹子从原来的竹林中取出来，并断削成一定的规格；然后才能"续竹"而成弹弓，"续竹"就是在反联系基础上所作的联系。弹弓做成之后又要把它同"土弹"联系起来才能进行有效的发射。所谓"土弹"大概是石头子，这石头子至少也要从地上选捡出来(事实上恐怕还要作些加工)，而这又是反联系；然后才能与弹弓联系而成弹子。弹子打着了禽兽，这就又是一种联系。禽兽要经过处理(反联系)才能与火联系而成为熟食；而火也是经过一系列的联系与反联系，才能被人生发与传续，这里不多说了。由此可见，就算是原始性的猎食活动，其间也有多少发明创造，而这发明创造无非是通过联系与反联系对客观世界中原有的事物进行加工和改造。再从猎人的心理活动上看，他原有的观念只是竹林长在大地上，竹子长在竹林中，这都是客观事物及其固有联系的反映；但他却必须通过反联系破除这个观念，才会想到把竹子从竹林中分离出来，再经新的联系而制成弹弓。又，猎获的禽兽本是个完整的物体，其它动物对此就不会进行反联系，所以只是抓到了就吃；而人却能破除原有的观念，对猎获物进行一番处理。又猎获物与火本是互不相干的两种事物，而人却能破除这种观念，使二者联系起来，这才有熟食可吃。熟食在后世竟发展为异常精细的烹调艺术，但它无论多么精细，说到底也无非是花样百出的联系与反联系。烹调是如此，其它发明创造之道也莫不如此，无非是通过实践，在日益广泛而深入地认识客观事物内在联系的基础上，破除旧的观念，进行越来越精密、越来越复杂的联系与反联系；从时装设计到发射航天飞机无不如此。人是不能创造客观世界的，只能对客观事物进行加工改造，而加工改造之道则离不开联系与反联系。

现在回到正题上来说艺术构思。它的功用正在于遵循大脑活动的整体性原则，把人脑的多种功能准确结合起来，在巨大的知识经验范围中进行生动活泼的联系与反联系，从而作出艺术上的新创造。下面试以一些诗句的分析，来说明这个问题。《诗经·小雅·采薇》说："昔我往矣，杨柳依依；今我来思，雨雪霏霏。"这是千古传诵的名句，然而倘若就事论事，它只不过是写了从军者的外出和归来；如果不经过艺术的构思，单讲这件事，那就成了"昔我往矣，今我来思"，请问有何诗意？但诗人却在构思中准确感受到了自然景物与人事变化的联系，把杨柳依依、雨雪霏霏的表象同军士外出和归来的表象结合在一起，这就是自觉的表象运动。但是杨柳、下雪和军士的遭遇并无"命定的相随关系"；它们完全是经过了诗人情感的折射、选择和催化，才在构思中联系到一起。同时,这种联系又是以反联系为前提的,因为无论是从军者的来和去,还是大自然中的柳和雪,它们都还与其它事物相联系,必须破除这些联系,才能在艺术想象中把“往”、“来、“柳”、“雪”四者联系起来,构成很有意境的诗句。这种联系与反联系之所以会出现,乃是诗人的想象与情感、思维的准确结合、联合运用的结果。因为如果诗人内心中没有深沉的情感活动,并把它投射于客观事物,他也就无法敏锐地感受到他所写的事和物之间有着某种形象的、情绪和气氛的联系,难以完成这一富有美感的想象性综合。再进一步看,诗人之所以会产生这种深沉的情感,又是由他对整个事情的认识所决定的,因此在全诗中又表现了深刻的思维活动。他深刻认识到自己的国家遭受外族的侵略,这是使他离乡背井、弃家从军的原因;现在虽然归来,但被侵略的危机继续存在,像他那样的人就不可能安居乐业,所以在归途上他仍然痛苦;他爱国,也恋家,由于这一思想感情的矛盾,所以他的诗歌形象突出地表现了一种痛定思痛的意味。上面所引的名句就是这种情感内容和思维内容的形象化表现;它们意境深远,正表现了在构思中大脑多种功能的组合是准确而有深度的。

又如晚唐诗人杜牧的《江南春绝句》:

千里莺啼绿映红,水村山郭酒旗风。
南朝四百八十寺,多少楼台烟雨中。

这首诗也是艺术想象的创造成果,作者运用了高超想象力才把各种美好景物集中到一起而成为有完整性的江南春景。这种想象首先是与感知和记忆相联系的,因为只有感受并记住了这些美好景物的形象才可能把它们综合在一起。但是,艺术的想象也对记忆中的知识经验进行了反联系,因为记忆中的这些景物都还联系着其它的事物。比如诗中写了“莺飞”,难道在江南空中飞舞的只有黄莺,就没有乌鸦、麻雀之类了?“绿映红”是指绿叶、红花,在作者记忆中它们都是长在大地上的，所以整个江南在作者印象中也并非只有绿色映着红色。“水村”、“山郭”、“酒旗”的确很美，那么难道水边山间、村前屋后就没有其它杂乱不美的东西了？显然在作者记忆中的“水村”、“山郭”、“酒旗”还是与其它东西相联系的。其它像寺院、楼台之类，情况也是如此。假如作者的这些记忆都原封不动，丝毫不能破除，那么优美的想象也就无法进行了。必须是想象既得到记忆的支持(联系)，又对原来的记忆有所破除(反联系)，才能把《江南春》这首优美的诗创作出来。这是讲了想象与记忆的联合运用；同时在这联合运用中，当然也有情感活动与审美趣味的参与，由于它们的选择与催化，所以作者的想象才对种种有关江南春景的知识经验作了如此这般的联系与反联系，而不是作出另一种样子的联系与反联系。那么作者的思维活动又起了什么作用呢？这可以借用前人所作的两段评论来作说明。明代杨慎在《升庵诗话》中说：“千里莺啼，谁人听得？千里绿映红，谁人见得？若作十里，则莺啼绿红之景，村郭、楼台、僧寺、酒旗皆在其中矣。”清代何文焕在《历代诗话考索》中辩曰：“即作十里，亦未必尽听得着，看得见。题云《江南春》，江南方广千里，千里之中，莺啼而绿映焉。水村山郭，无处无酒旗，四百八十寺，楼台多在烟雨中也。此诗之意既广，不得专指一处，故总而命曰《江南春》。诗家善立题者也。”这两段评论都是用思维推理来分析此诗，如果仅从推理上看，当然杨说是可笑的，何说比较合理。但如果深入到作者的实际构思中看，却未必是遵循了何氏所说的推理意图。因为作者此诗给人的感受的确像是写了眼前之景，所以它的写作很可能是以直接感知为契机的(构思中实际使用的则是感知留下的记忆表象)，但因为这感知和记忆联系着想象和情感活动，所以在形象的选择和融合中，就既与思维的成果相联系(景物布置都合乎事物的内在联系)，也对思维概括的知识经验(道理、法则)有所突破，这就是为了作出特殊的艺术创造而在知识经验之间所作的反联系,使之服从于特殊的想象综合。正因为这样,这首诗才既似写了眼前之景,又突破空间的限制,对江南春景作了全面的艺术概括,使本来借助望远镜也看不到的景观犹如呈现在眼前一般。

再如中唐诗人刘禹锡《金陵五题》之二:

朱雀桥边野草花,乌衣巷口夕阳斜。

旧时王谢堂前燕,飞入寻常百姓家。

在这首诗的构思中,作者首先把桥边野草、巷口斜阳、飞燕还巢等景物表象联系起来;这种联系当然也以反联系为前提,正因为这样,所以才能把有关的景物从客观事物的复杂联系中提取出来,完成艺术想象所要求的表象分解与综合。再进一步看,这里所说的桥是朱雀桥,巷是乌衣巷,都是有名的六朝古迹。由于这样一种知识经验之间的联系,所以那桥边野草、巷口斜阳便透出了一派怀古气氛,使想象成果染上了浓郁的情绪性;而从构思上说,则是怀古的幽情制约了想象的展开。后二句的联系与反联系更为深刻而新颖。作者说到飞燕归巢,就想到五百年前的乌衣巷中、王谢堂前也曾有飞燕来往;而如今显赫一时的王谢士族又在哪里呢?燕子飞来就落脚到了寻常百姓之家。这就是把现实中的事物与有关的历史知识联系起来。作者的思维活动告诉他,现在所见的燕子决非五百年前的燕子;但更为深刻的思维活动却促使他进行了新奇的想象,在所见的燕子与当前的现实之间进行反联系(表象分解);这样,那燕子的表象才会与历史知识中的王谢豪门联系起来(表象综合),从而完成"旧时王谢堂前燕,飞入寻常百姓家"的艺术想象。这一想象成果不仅染满了名位权势不过是过眼烟云的感慨之情,而且还表现了只有"寻常百姓"在历史舞台上是永久存在的这样一种深刻的思索。全诗的构思是借助想象、思维、情感三者的准确结合与互相促进,从而突破了时间的限制,通过对多种事物的联系与反联系，完成了既有新意又有深度的艺术创造。

通过诗作来看艺术构思的创造作用，这毕竟还是较为显而易见的。至于其它艺术创作，诸如音乐舞蹈、绘画雕塑、书法篆刻之类，则其想象活动中还要更多地运用艺术通感、表象转化等能力，才能使千变万化的艺术形象准确和谐地表现在比语言艺术更为特殊的艺术形式之中，而这同样也只有充分发挥大脑的多功能性，以完成万千事物、知识经验之间的化合与化分，亦即更有特殊性的联系与反联系。生动活泼、深刻精微的联系与反联系，充分显示了人类创造思维的巨大威力；而正是在构思的阶段，这种威力得到了集中的表现。所以任何一个真正有志于艺术创造的文艺工作者，都必须在一生中坚持构思能力的锻炼与提高，以尽可能谨严的态度，把心血的结晶奉献于祖国人民和人类的文化宝库，历史的长河定会对这样的艺术家作出应有的结论。

二 工艺外化与"意成笔后"

艺术构思在艺术创造中起了非常巨大的作用，是人类的创造自觉和创造能力的一个显著的标志。然而，创造毕竟是改造客观世界的实践活动，它不是停留在脑中想想而已，而必须外化为他人可以直接感知的创造成果，这种创造成果又是属于精神范畴的艺术创造的物质载体。所以从心理活动与客观世界的关系上看，文艺创作乃是一个"外—内—外"的过程；这个过程从其序列上看，前一阶段是指客观事物反映于人的主观世界，这才可能发挥主观能动作用，进行具有创造性的构思(外→内)；后一阶段是指把创造性的构思付之于创造的实践，变成人们可以直接感知的创造成果(内→外)。但是这个序列也贯串着具有辩证意义的可逆性，即在前一阶段上，构思不仅是在反映客观事物的基础上进行的,而且也反过来加深了对客观事物的认识(外←内);而在后一阶段上,创造实践也不仅仅是创造构思的简单外化,而是很可能在外化过程中对原来的构思有所补充或修正,使之最终完成(内←外)。

1. 艺术外化与技能训练

把构思成果外化为艺术创作,这不是一件简单的事情,它要求从事创作的人长期经受极其艰苦的工艺训练,才可望养成准确外化的技能。许多有志于艺术创造的人,未尝没有敏锐的感受能力和高超的想象能力,只是由于意志不坚或其它原因而没有过好工艺训练一关,遂不得不违弃初志,甚至遗恨终身。相声中说,有人自诩能画,本来想给人画个“美人”,结果不得不改为“张飞”,后来又要改为“大树”、“黑猪”之类。这固然是说笑话,但在尝试学艺的人中间,的确有可能发生类似的事情。宋代著名文学艺术家苏轼在这个问题上很老实,他在谈到“竹圣”文与可的画竹理论时,说过这样一段发人深思的话:

> 画竹必先得成竹于胸中,执笔熟视,乃见其所欲画者,急起从之,振笔直遂,以追其所见,如兔起鹘落,少纵即逝矣。与可之教予如此,予不能然也,而心识其所以然。夫既心识其所以然而不能然者,内外不一,心手不相应,不学之过也。①

“胸有成竹”就是“意在笔前”,也就是构思的成果。然而苏东坡却说自己“心识其所以然而不能然”,原因则是“内外不一,心手不相应,不学之过也”。这真是至理名言。没有“心手相应”的本事,无论有多么高妙的构思,落实到画幅之中、琴弦之上,或举手投足而为舞蹈,或唱做念打而演角色,就都不是那么一回事了。

① 《中国美学史资料选编》下册第39页。

艺术外化中的“心手相应”(当然是广义的,不止于手),从心理学上说,就是大脑准确指挥效应器官而达到“自动化”的问题。文艺创作中的任何工艺操作或表演首先都属于“随意运动”,即受个体意识调节的运动,个体能够根据一定的目的和要求有意识地控制这种运动的起止、快慢与强弱,从而取得预期的运动效果。

“随意运动”的生理和心理机制是相当复杂的,这里只能简单说说。在人的神经系统中,控制“随意运动”的是一个高度分化了的皮层运动区,位于大脑皮层的“中央前回”,肢体各部分(包括头部的眼、面、唇、舌、喉等)都在这里有相应的投射点,因此如果某个点上受到刺激而发生兴奋,就会引起相应的肢体运动,通过生活实践,皮层运动区与皮层其它部位之间建立了暂时神经联系,所以皮层其它部位的兴奋能引发运动区某个部位的兴奋,从而产生运动反应。这种暂时神经联系的机制使“随意运动”对于内外刺激来说具有条件反射性质,它是后天习得的,刺激和反应之间的暂时联系是可以改变的,所以“随意运动”有高度的灵活性与可塑性,不像先天生成的无条件反射那样,在刺激和反应之间存在固定联系,不能“随意”改变。

同时,在“随意运动”的心理机制中,第二信号系统起着重要的作用,也就是说言语信号能替代实际事物的直接刺激而引起运动区某个部位的兴奋,并产生相应的运动反应。正因为如此,“随意运动”才受到以言语为载体的特定目的、要求和后果预测的控制与调节,是一种自觉的、有意识的运动。

另外,皮层运动区所指挥的动作,还要根据效应器官的内导性“返回传入”所递送的反馈信息(并经中枢部位的分析综合),来加以修正和调整,这才可能使运动趋于准确,从而获得符合一定目的与要求的效果。

以上所说的是一般的“随意运动”的机制与特征;至于

说到艺术外化的工艺技能，虽然也属于“随意运动”而有这种运动的共同特性，但事情还不这样简单。其中最为重要的一点，就是通过艰苦的训练，使“随意”的动作逐步减消以内部言语为载体的意识的参预而实现“自动化”。关于这个问题，在第二章中已说过草书等例，现在还需再次说及。草书的写作，最初的技能学习必然是伴随着大量的指令性内部言语的，它指示初学者认识原来的楷书变成草体后是什么模样，这一笔如何与另一笔相连；还有根据传统的经验应当如何运笔落墨等等。在这个阶段上，自然不能说已经掌握写作草书的技能。真正的草书创作固然也是“意在笔前”，但实际的书写过程却主要是“自动化”的心手相应，而不能笔笔都在内部言语的指令下写出来。又如学习音乐、舞蹈，最初也必然是根据内部言语的指示来学会弹奏、发音和舞蹈动作的；但到艺成以后正式演出，那么种种效应就必须是“自动化”的了。如果演奏家必须脑子里出现一个音符，手上才弹出一个音符；如果歌唱家必须要想一想这个音如何发，嘴里才发出这个音；如果舞蹈家必须由大脑发出言语指令，才能由一个动作转为另一个动作，那么显然就不会有象样的音乐、舞蹈演出了。所以艺术外化技能系统中的许多动作都必须达到“自动化”的准确无误，这就叫“技到无心始见奇”。“技能动作的‘自动化’，是由于大脑皮层建立了巩固的动力定型。在反复的练习中，大脑皮层经常接受到按一定顺序出现的刺激物的作用，因而形成某种相应的暂时联系系统，即动力定型。动力定型的各个环节是按确定的顺序排列的，始动刺激物将引起一系列的反应。正是由于这种动力定型的建立，才能使一系列动作能够按照一定的顺序自动化地、一个接着一个地实现出来。但是，这个条件反射的系统不是死板固定的。当活动的条件有所改变时，条件反射系统也会在一定的范围内相应地改变，依据客观要求改造为另一种顺序进行的反应。”① 就文艺创作来说，只有在外化的技能动作达到“自动化”境界的情况下，才谈得上实现真正的艺术创造。因为只有这样，“人在完成某种动作时，就不必更多地集中注意于动作过程本身，不必把完整的动作系统划分为各个局部的动作，也不必考虑应该怎样去完成这些动作。因而整个动作就变得灵活而省力，人就有可能集中注意去考虑如何创造性地完成动作，选择更有效的途径与方法，发挥最大的效率，进一步提高动作的质量”②。这里需要指出的是，在技能系统的许多动作达到“自动化”境界之后，整个技能系统的发挥仍然属于“随意运动”。因为，技能系统是根据“意在笔前”的构思成果在运动的；动作中出现“败笔”（差错）随时会被觉察，并得到内部言语的修改指令或否定性评估；即使动作没有差错，创作者也还在不断总结经验教训，力求提高外化效应的质量。所以，整个艺术外化过程是一个自觉的、有意识的运动过程。

根据以上所说的艺术外化工艺技能的训练与养成，可以得出以下几个值得注意的结论：

第一，外化技能属于后天习得的“随意运动”，为了达到“自动化”的境界以及不断提高外化效应的质量，尤其需要长期坚持刻苦锻炼。这一事实特别清楚地说明艺术创造不能只靠与生俱来的天才，即使真有天才，也还要靠过人的勤奋才可能真正有所创造。学艺者半途而废，见异思迁，艺海飘荡，终无归宿，问题往往出在外化技能的训练中，因为这种训练是枯燥而艰苦的。只有熬得寒冬酷暑，甘于精疲力竭，持之以恒百折不挠者，才有可能熟能生巧以至出神入化，使艺术才能在最终的环节上真正得到充分的表现。著名京剧演员萧长华曾生动描述过“同光十三绝”之一的昆剧

① 曹日昌主编：《普通心理学》下册第106—107页。

② 曹日昌主编：《普通心理学》下册第105页。

名丑杨鸣玉的“绝艺”，但这“绝艺”终于失传，所以说“杨三死后无昆丑”；失传的原因只是由于杨三的“教授方法太严格”，“徒弟受不了这种等于刑罚似的教授法，只得自行告退”。但杨氏“自己的工夫，当年就是照这样练出来的”。[①]杨鸣玉的教授法是否完全科学，这个问题当然可以讨论；但“绝艺”必须经过苦练才能养成，这却是毫无疑义的。

第二，艺术创造在任何时候都需要意志的支持，而在外化技能的训练中，意志的作用尤为明显。意志是人脑所独有的功能，是人类意识的能动作用的深刻表现，它是积极要求改造客观事物而最终表现为实际行为的心理过程。这种心理过程与认识活动、情感活动都有辩证关系，意志以形成改造客观事物的自觉目的为其显著特征，而这种目的乃是在对客观世界有了一定认识的基础上才会产生的；同时它反过来又有助于克服实践与认识中的障碍与困难，从而加深了实践与认识的活动。又，意志是得到积极情绪支持的，但它又反过来实现对情感的驾驭。艺术外化工艺技能的训练是出于创造目的而进行的，同时这种训练在一开始也必然伴随着一定的直接兴趣与积极情绪；但是因为训练过程太艰苦枯燥了，又往往充满了差误与失败，于是直接兴趣消减，消极情绪上升，而预定的目的也发生动摇，这样就有可能产生另谋出路或满足于应付差事的心理。在这种情况下就特别需要靠意志来强化自觉的创造目的，变不稳定的直接兴趣为稳定的间接兴趣（即由对活动本身的兴趣变为对活动结果的兴趣；后者是稳定的，即为了实现最终的结果，甘愿经受艰苦而乏味的持久锻炼），同时对情感活动进行有力的驾驭，克服消极情绪，助长积极情绪。任何艺术创造如果不靠坚强的意志来发挥这些积极作用，就不可能取得货真价实的成果。

① 梅兰芳：《舞台生活四十年》第1集第3章《杨三绝艺》。

第三，外化技能的训练中，第二信号系统起着重要的作用，这一情况意味着三个重要之点：首先，在训练实践中，既有自己发出的以内部言语为载体的“目的性指令”（指每一次训练要达到的具体目的）和“评估性指令”（肯定成功的经验，修正误差），也有来自外部的以交际言语为载体的“目的性指令”和“评估性指令”（例如教师的监督指导），这对于学会或提高有关的技能当然都可以起到积极的作用。其次，因为第二信号系统起作用，所以离开了训练的实践和现场，也还可以在内部言语和动觉表象的配合下进行虚拟性的练习与改进。这样，训练就不受时间空间的限制，具有了特别专心与持久的特点，这显然有利于取得成效。再其次，因为第二信号系统起作用，所以训练的方法与经验可以在一定程度上通过言语记录而得到传承。在技能学习中，学习传统方法有时是极为重要的。笔者幼年学书，也曾用过相当多的时间，但因出身寒门素族，没有明师指教，所以从一开始就不得笔法之正，并且成为习惯。等到中年时研究书法理论，发现了这个问题而想要改正，那就需要花很大的力气；但此时事实上已不可能用很多时间来学书法，所以终于无所进益。这一教训说明在技能训练中接受正确的指导是重要的，否则就傻练成拙，或拧练入邪，都是不易纠正的。但是，表现为言语的方法传授，无论多么细致具体，都是不充分的。因为训练中产生的种种动觉，其细微差异都关乎动作的准确性，而这除了实践者自己心里明白之外，是不可能用语言文字来作充分表述的。所以仅就外化技能的训练来说，“师父领进门，修行在自身”两句话也是完全正确的。

第四，“意在笔前”、“心手相应”，说明外化是服从于构思的，是在构思成果指导下进行的；因此在苦练工艺技能的同时，必须不断提高构思能力和审美能力。文艺创作能不能脱除“匠气”，创造出真正富有新意的艺术之美，关键之一即在于构思能力和外化能力大体上同步发展，或者是二者都在不断发展。所以一个文艺创作者在苦练技能基本功的同时，不可不致力于生活经验、知识学问、艺术修养的全面发展。

第五，语言艺术的外化是一个特殊问题。这种创作是用艺术语言来表现的，无待于工艺技能的训练和养成。但它同样也有个外化问题，这就需要语言艺术创作者掌握丰富的词汇、善用多变的句式，并具有敏锐而准确的语感。这些因素不仅是语言艺术创作的外化手段，而且因为语言艺术本身的特性，它们还直接而深入地作用于构思的过程。这一点在以前的章节中已有所论述，这里就不多说了。

2. "意成笔后"的辩证意义

上文强调"意在笔前"、"心手相应"都是艺术创作作为脑力劳动所必须遵守的法则。然而对这个法则却也不能作机械的了解，而应该有一种辩证的看法。清代郑燮说：

> 江馆清秋，晨起看竹，烟光、日影、露气，皆浮动于疏枝密叶之间。胸中勃勃，遂有画意。其实胸中之竹，并不是眼中之竹也。因而磨墨展纸，落笔倏作变相，手中之竹又不是胸中之竹也。总之，意在笔先者，定则也；趣在法外者，化机也。独画云乎哉！[①]。

这些话都是符合创作实际的。为什么"胸中之竹不是眼中之竹"？因为"眼中之竹"乃是客观事物的直观反映；而"胸中之竹"则是"依照美的规律来造型"，它在作者"胸中"经过了艺术的选择、提炼与加工。这既体现了艺术反映中的主客观统一，也因为得到抽象思维的制约与配合、情感活动的渗透与催化，从而实现了形象、理性与情感的统一。有了上述两个统一，"胸中之竹"才成为具有美学意义的艺术表象。至于"手中之竹又不是胸中之竹"，则是因为创作的原则虽

① 《郑板桥集·题画》。

是心指挥手，但艺术创作（特别是绘画、书法、篆刻一类的创作）中的外化效应毕竟还要受到多种客观因素的影响，所以出之于手的效果不可能绝对符合预先的设想。再则预先的设想不论多么成熟，毕竟只是存留在心中的“意象”（即经过想象加工而成的表象），总不能像落实到纸上那样鲜明、稳定和具体。所以在创作实践中，随时根据外化效应的结果对原来的构思作出修改、补充、进展、发挥，乃是完全正常的事情（当然将“美人”改为“张飞”之类是另一回事，不在此例）。如果再拿建筑师与蜜蜂来做比喻，那么前者有可能在建筑实践中自觉改进原先的设计，这也是比蜜蜂优越的表现。总之，在艺术创作中，心是指挥手的，但手的效果也促进心的设想；“意”是在“笔前”的，但也得到“笔后之意”的补充（“笔后之意”一经出现而被发现，亦即纳入自觉的创作意识），才使意象完足，创造成功。这就是“意在笔前”与“意成笔后”的辩证关系。

再进一步看，“意在笔前”与“意成笔后”的辩证关系也并不仅仅表现在某一特定的创作过程之中。外化对于构思的反作用，还需要作更为深远的理解。试想构思能力的提高过程，是不是只要一次又一次在头脑中进行构思的练习就能如愿以偿呢？显然，这既不是优化的训练方式，也不符合实际的训练情况。事实是艺术创作者有了一种创作的构想一般都要付之于外化的实践，以得到验证，并根据外化实践的信息反馈来总结构思方面的经验教训。这样，构思的能力才会不断长进。所以作曲家构思一曲，就要到钢琴上敲定；画家背了画夹，到处练素描；书法家“退笔成冢”、“池水尽黑”；篆刻家磨刻相继，泥水满室；表演艺术家细察众生诸物的形象，终于要用自己的动作表情来概括；语言艺术家照理是怎么想就怎么写，然而却也要反复涂改，以至重抄一遍。这都说明艺术的构思与外化是一个相依互促、有机结合的过程。“意在笔前”与“意成笔后”是在一种往返流动、循环无已的联系中锻炼了艺术家的创造能力。

但是,辩证关系不等于调和折衷。落实到具体的创作中来说,构思与外化必然有个主导方面,这主导方面只能是“意在笔前”,在这前提下强调“心手相应”,才符合脑力劳动创造的原则。所以郑燮也明确指出:“意在笔先者,定则也。”特别是有的人在掌握一定工艺技能之后,往往就不再苦心经营,只是应付酬世以求皆大欢喜,甚至粗制滥造而为生财之道。前者尚或有难言之苦,后者则完全不足为训。对于这些情况来说,强调谨严的艺术构思,力争有恒久生命力的精心杰作问世,就更有其现实意义了。

第四节　边修养边创造

上文讲了文艺创作者要经过种种锻炼,其修养过程可谓历时久远、任务艰巨。但是现在要提出一个至为重要的问题:文艺创作者是等一切都养成之后再去创造呢,还是边修养边创造?答案是:修养与创造都是无穷无尽的,只有边修养边创造才是最为有效的方法。

一　从创造实践中学习创造

世界上任何本领都必须通过实践才能学会,任何事情只有通过实践才能办成,艺术创造也不例外。文艺创作者的一切积累和修养都只是进行创造的条件,是为创造实践服务的;离开了创造的实践,就既不能提高创作的能力,也不会有成功的创作。捷克著名教育家夸美纽斯说:“师傅并不用理论去阻留他们的徒弟,他们从早就叫他们去做实际工作;比如,他们从锻炼去学锻炼,从雕刻去学雕刻,从画图去学画图,从跳舞去学跳舞。所以,在学校里面,我们要让学生从书写去学书写,从谈话去学谈话,从唱歌去学唱歌,从推理去学推理。”[①] 这段话实在含有至理,其普遍意义无可置疑。

说起创造,人们都视为神圣,心怀敬畏,这当然也是有道理的。因为真正的创造是要通过改造客观事物而得到原来所没有的东西,或原来不为人所知的知识与道理,这当然是了不起的事情。但是对于任何个体来说,创造的意义事实上不能不具有两重性,即社会意义的创造与个人意义的创造,这两者是既有区别又有联系的。真正的创造当然是指前者;后者只不过是指“今天的我超越了昨天的我,明天的我又超越了今天的我”,也就是指某种专业实践能力的长进。一个小孩画小猴,本来画不像,后来画像了,这当然只是学习上的进展,但因为是一种创造性的学习,所以对于他本人来说,其中就有创造的因素在。创造性的学习客观上不是真正的创造,但倘若没有这种包含个人创造因素的学习,那么最终也不会有真正的创造,所以说二者之间是有联系的。梅兰芳是举世公认的表演艺术大师,他在《舞台生活四十年》中说,他儿岁那年学戏(在一起学习的还有朱幼芬和王惠芳),第一次出台是十一岁,又过了三年就正式搭班演出了,但演出的同时仍向老师学戏。“就这样一面学习,一面表演,双管齐下,同时并进,我的演技倒是进步得相当的快,这让幼芬、惠芳看了才知道实习的重要,不久也陆续出台了。”可以肯定,梅兰芳在十一岁、十四岁时的演出肯定不及后来,恐怕事实上也谈不上社会意义的创造;但他的“演技倒是进步得相当的快”,倘若没有当初的“进步”(即个人意义的创造),那么显然也就不会有梅兰芳这个作出重大艺术创造的表演艺术家了。学习与创造、个人意义的创造

① 《大教学论》第160页。

与社会意义的创造，都是有紧密联系的；所以任何文艺创作者都应毕生信守这样的原则，即以创造的精神来指导学习，以学习的态度来对待创造。这才是在实际行为中体现了学习与创造的内在联系。

在这里还应对杜甫的两句名言“读书破万卷，下笔如有神”略作分析。杜甫的本意只是说读书是作诗的一个“必要条件”，而并非“充分条件”。然而后世有的人却产生了一种误解，以为只要“读书破万卷”，自然就“下笔如有神”了。其实对于一个诗人来说，写诗首先是在写作实践中学会的，所以写作实践乃是一个更为直接的“必要条件”，这就像学游泳必须下水一样。杜甫本人正是这样干的，他七岁就开始作诗，还说自己“心从弱岁疲”，这不仅仅因为读书而疲，更主要的是在作诗方面进行了“大运动量”的锻炼。杜甫七岁时写的歌咏凤凰的诗没有传下来，但可以肯定它的质量不及后来的诗作。在往后的岁月里，随着大量读书和深入生活、提高认识，他的诗是写得越来越好。但是假如有人责备杜甫：“你为什么不等‘读书破万卷’之后再去作诗？”那就大错了。如果杜甫真的把“读书”和“下笔”分作两个阶段来进行，那他就只能成为缺乏艺术创造才能的“两树书橱”，而不能成为一个伟大的诗人。毛泽东同志说：“读书是学习，使用也是学习，而且是更重要的学习。”这是颠扑不破的真理。任何知识都只有在实际的、创造性的使用中，才能真正显示它的力量，这就叫知识能用才是力量！

下面着重在心理活动上对“边修养边创造”这个法则试作几点分析：

1. 创造愿望的作用

任何创造都是个体充分发挥了智能因素的结果，但智能因素却要非智能因素的积极支持才能够充分发挥其作用，这是大脑活动整体性的又一种表现。所谓智能因素主要是感知、记忆、联想、想象、思维等基本心理活动能力；非智能因素则是指理想、愿望、情感、性格、意志、兴趣等能起动力作用的心理因素。这两种因素是有深刻的辩证联系的，因为任何个体的“非智能因素”都是在社会实践中形成的，也就是说理想的树立、兴趣的形成、意志的锻炼、热情的产生等等，都离不开在实践认识活动中的各种基本心理活动能力的运用，一个人如果从来“无所用其心”，即根本不发挥感知、记忆、想象、思维等基本能力的作用，那也就谈不上树立理想、锻炼意志之类。但是反过来看，各种“非智能因素”的逐步形成，却构成了一个动力系统，强有力地作用于各种“智能因素”，显著地影响着它们的作用方向和活动强度。从前的人在朴素的旧观念指导下，要是看到一个孩子“智能超群”，便往往断言他将来必然大有出息，然而事实上却不一定如此，有的甚至“聪明反被聪明误”，而原因即在于“智能系统”与“动力系统”并未构成一种良性的互相促进的关系。近世心理科学的调查研究越来越证明，两个系统之间的深刻联系在人们的成才过程中是一个重要的规律，任何人要想真正成为有用的人才，就必须在树立崇高理想、锻炼坚强意志等方面多用心力。文艺创作者的创造性劳动直接作用于人们的灵魂，有关于“世道人心”，因此更应该具有提高“非智能因素”水平的自觉性，真正做到德才兼备；真正的德才兼备不是一句空话，而是要在实际行为中把二者有机联系起来，深刻体现成才的规律。

无论是学习或创造，都要有非智能因素的支持，那为什么要特别强调树立创造理想、加强创造愿望呢？主要是因为事关创造就比一般的学习愿望更具有动力作用，能以更大的强度推动智能因素的充分发挥，使学习、修养取得更大的效果。假如在学习和修养中没有创造理想和创造愿望，非要等到坐完“十年冷板凳”，“具备了创造的本领”，才产生“创造的愿望”，那么从精神状态上说就有较大的受动性，而较少强烈的主动性。在实际的创造过程中,理想和愿望总是先行的,所以是越早产生越好。这个道理适用于一切事情,胸中怀有远大的目标,就能给现实的行为以鼓舞,同时也提出更高的要求。例如乒乓球可以打着玩,也可以参加比赛以至夺取世界冠军。无论为了哪个目标,打乒乓的人总是希望提高技术的;但为了夺取冠军而锻炼,当然会作出更大的努力,同时取得更快的进步。人们在参观青少年创造发明展览时,心中可能想到一件事:这些中小学生正处在学习的阶段,怎么就有所发明、有所创造了呢? 接着就应该想到,他们是早就有了创造愿望的,所以心里总在捉摸,并且敢于付诸实践。实践的结果,大多数也许只是个人意义的创造(例如许多青少年组装了收音机以至电视机,这是别人早已发明了的,只不过对青少年本身来说是一种创造而已);但毕竟也有少数实践结果,虽然看来简单,却是客观世界中原先所没有的,所以这些成果能列入发明创造展览。中小学生如果只知道听课、念书、做作业,丝毫没有创造的理想与愿望,那就不仅不会有创造的行动,而且他的学习也必然是呆板被动、缺乏创造性的。

文艺创作的道理与以上所说的完全一样,也要有理想与愿望先行,连同其它非智能因素的强化。如果说这种创造有什么特点的话,那就是在文学艺术领域中,个人意义的创造与社会意义的创造之间的联系更加紧密,往往难以截然区分。试看小孩制作了收音机,人们比较容易看出这与街上买的收音机是一样的;可是小孩画了一群小猴,尽管这猴别人也画过,却很难判断小孩的画一定没有社会意义的创造性;反之,假如画得果然有些意思,这小孩很可能被称为小画家。其它如小诗人、小作曲家、小电影明星等等,情况也都一样。究其原因,即在于文艺创作乃是“外师造化,中得心源”的产物,既是客观世界的反映,也表现了作者本身的思想感情、个性与趣味,因此儿童之作虽然并不成熟,却因天真磬露而别有情趣，给人以美的享受。古今中外儿童创作的广泛出现，这一事实说明在文学艺术领域中更有必要强调边修养边创造，使有志于创作的人从小就能得到创造理想的指引、创造愿望的推动，同时也较早地领略创造的乐趣，强化创造的热情，这即使是对学习与修养来说也是极为重要的。

2. 专业特殊能力的养成

能力是个体在完成各种活动中经常地、稳固地表现出来的心理特点，是个性心理特征之一。任何正常的人都能在其生理素质的基础上，通过后天的实践认识活动养成各种能力，如观察力、理解力、记忆力、想象力、概括力、分析力等等。这些能力都具有一般的、基本的性质，标志着人在实践认识活动中，其感知、注意、记忆、想象、思维等心理活动所达到的水平。个体为了完成各种活动，需要几种基本能力的联合运用；至于完成专业的工作或创造活动，则更需要在长期的专业实践中使多种基本能力稳固地组合起来，以形成专业的特殊能力。例如文学创作能力需要观察、想象、思维、语言运用等基本能力的特殊结合；绘画能力需要形象记忆、色彩感知、视觉想象等基本能力的特殊结合；音乐能力既需要有音高、音色、音强、节奏、旋律的感知能力，也需要有听觉表象的记忆能力和想象能力。概括起来说，专业特殊能力和一般的心理活动能力之间存在着辩证的关系，即特殊能力是在一般能力基础上出现的特定组合，而特殊能力在专业实践中的形成过程又必然锻炼和提高了多种的一般能力。

根据以上所说的情况可以看出，专业特殊能力的形成和发展关键在于一般能力的组合，而在组合的过程中也使有关的一般能力得到提高。那么，怎样才能得到有效的组合呢？这是没有固定配方与操作程式的，唯一的方法就是长期反复地进行专业实践,特别是创造性的实践。众所周知,像观察、想象、思维、语言运用等能力是任何正常人都具有的,那么为什么文学创作不是任何人都能搞出来呢?这就因为一般的人并未通过创作实践使这些基本的能力得到特殊的有机组合,他们另有别的工作要做,所以也另有别的能力组合;而文学创作者则以文学创作为专业,他就在长期的专业实践中形成了符合文学创作要求的能力组合;同时在组合过程中也必然使有关的基本能力得到有效的锻炼。

形成专业特殊能力是从事专业工作、进行专业创造的根本条件之一,而这种能力的形成与发展则是极为漫长的过程。所以对有志于成为文学艺术家的人来说,必须要遵循边修养边创造的原则,才能使这样的人在心理上尽早进入特殊能力的组合过程。假如把修养与创造分为截然有别的两个阶段,那么需要修养的方面很多,等到一切修养均已齐备也就不可能有什么专业创造了。例如“读书破万卷”可能就要用大半辈子,而读书所锻炼的主要是记忆力,但记忆力的片面发展却并不意味着特殊能力得到了有效的组合;不仅如此,死读书还可能抑制其它基本能力(如观察、想象、思维等)的健康发展,最后终于不能形成高超的专业特殊能力,作不出真正的艺术创造。所以一个人在受过一定的教育、积累了一定的知识经验之后,假如有志于成为诗人,那就要让读书(以及其它修养)与写诗的实践基本上同步进行,最后才会到达“读书破万卷,下笔如有神”的境界;杜甫本人就是这么干的,所以切不可对他的这两句名言作机械的理解。总之,读书万卷很重要,深入生活价更高,若想成为大诗人,边修养来边创造。

有的同志可能会说,在当今这个时代,并没有人把读书与做诗分作两个阶段,所以强调边修养边创造没有什么现实意义。这话是不完全合乎事实的,当然,现在的确没有读破了万卷书再去做诗的人,但由于长期以来不注意创造方法的研究，所以一些习惯性的似是而非的观念仍对人们的想法和行为有深刻影响。例如有的艺术工作者强调“脱产进修”，便是出于这样一种想法，即“生产（文艺创作）”与“进修”是不能同时并行的，必须要脱离了创作才可以进修；这显然是把修养与创造分为两截。当然，要求“脱产进修”是出于上进之心，同时“脱产进修”也有种种情况，不可一概而论；而且在大量创作之后，用点时间来学学理论和各种知识，也是必要的。但最主要的是不要把创作看成“支出”，把修养看成“收入”，把二者割裂开来。应该看到，在创作的过程中，不但可以同时学习知识和理论，而且创作本身还是知识和理论的实际使用，而“使用是更重要的学习”。反之，在单纯的学习与进修中，也要以看为基础，而以想为主导；只有“多思”才能由此及彼，举一反三，把死的书本学活。要是学习能以看为基础、想为主导，并且落实到用，那么这种学习也就包含了创造的因素。总而言之，二者是不应割裂的。至于说到具体的做法，则莎士比亚一生创作了那么多戏剧，巴尔扎克一生写作了那么多小说，却没有听说他们曾经“脱产进修”。莫扎特从幼年就开始作曲，到三十五岁去世，共作曲六百多首；巴赫活了六十五岁，作曲超过一千，最后一曲还是临终之前口授的。他们也都没有“脱产进修”。中外艺术史上出现了许许多多成就辉煌的艺术巨匠，他们大都是通过边修养边创造而锻炼出来的。现在往往有人认为，一些电影和戏剧演员，拍了几部影片演了几个戏，就该“进修”一段时间；要不然光是“吃老本”，就难免有枯竭的一天。这就是单纯把创作（演出）看成“支出”，殊不知创作中也有“收入”；而且只要甘于“大运动量”训练，也未见得不能读书进修。现在的演员总的来看不是演戏太多，而是演得太少，这是表演艺术少见突破的重要原因之一。当代英国著名电影演员霍斯金未进过表演艺术院校的大门，但正如他自己所说，他是“一边向前走一边把这些东西都装进了口袋”①。霍斯金也写了剧本，还打算当制片人和导演，可见他“装进口袋”的东西也包括知识和理论。当然，有表演艺术院校可上，是大好事，霍斯金的话主要是生动说明了边修养边创造的效果，这种效果是为广大创作者的成功实践所证明了的。中国旧社会的名演员，除了歇夏，一年中总有许多演出；演戏之外或博览群书，或习字学画；又广泛了解社会，洞察世情，终于功成业就，至今号为大师。就在现代的演员中，也有人找到了持续进修的诀窍。斯琴高娃在香港为她办个人影展之后，回答别人的问题时说，她之所以能成功塑造众多的银幕形象，“靠的是自己平时在生活中多看、多想、多体验，犹如画家作速写，收集创作素材一样。例如我上街、下乡以及参加各种社会活动时，十分留意观察不同类型妇女的气质和外表，自然，仅靠这一点不够，还要有一点职业演员的‘灵气’，要能够‘悟’出她们在生活中的尺度”。除此之外，她还深感处在今天这样一个信息社会时代，自己原有的知识结构，和社会的要求已很不适应。因此，她外出拍片，宁可少带衣服，也必须带上些书籍。她不再满足斯坦尼斯拉夫斯基与布莱希特的表演理论，从哲学、美学、心理学以及现代系统论等各种理论中，猎取她所亟需的养料。她说“趁年纪尚轻，多读点书将一辈子有用”。看来斯琴高娃是戏也演了，进修也没有缺课。

系统论的根本原则之一就是追求“系统值”，它不是各个局部、各种因素的简单总和，而是这些局部或因素由于创造性的结合而产生的“新值”。这个道理用于专业特殊能力的养成极为合适，即专业特殊能力并非多种一般能力的简单凑合，而是多种一般能力经过有序、有机的结合而产生的

① 梁仁编译：《霍斯金与他主演的〈蒙娜·丽莎〉》，见1986年7月5日《文汇报》。

一种新的能力，具有完成专业工作、作出专业创造的新功能。但是因为能力锻炼主要是心理领域中的事情，所以想要让多种一般能力结合成专业特殊能力，不可能像技术工程那样依靠准确的数据和优化的方案来变无序为有序，从而搞成一个可控的系统工程；专业特殊能力的养成是只能在长期反复的专业实践中，通过心灵深处富于感性的经验总结和误差纠正而自然形成。正因为如此，边修养边创造才是养成专业特殊能力的一种最为有效的方法。把修养与创造分为两截，则在修养过程中不论各种单项能力有多么大的提高，它们之间仍然不会自动出现有机的结合，这种结合是只能在专业工作的创造实践中，通过"如人饮水，冷暖自知"的摸索而自然形成的。

3. 形成持久的专业兴奋灶

凡是高度忠于艺术的创作者以及一切有巨大创造成就的人(不论哪个行业)，都有一个共同的特点，就是他总在捉摸与专业有关的事情，脑子里有一个持久的专业定向的兴奋灶，所以他对万事万物都进行"辐射式"或"聚焦式"的注意与思考；"辐射式"是指从专业这个点出发来看万事万物，"聚焦式"是指从万事万物中找到种种有益的东西用在专业这个点上，二者一往一来，方向不同，道理则一。这个兴奋灶的形成，无非是一心扑在专业工作上、想在专业工作中有所创造的结果。下面试引一些事例来作说明：梅兰芳喜欢养花，最感兴趣的是牵牛花，他说：

有一次我正在花堆里细细欣赏，一下子就联想到我在台上，头上戴的翠花，身上穿的行头，常要搭配颜色，向来也是一个相当繁杂而麻烦的课题。今天对着这么许多幅天然的图案画，这里面有千变万化的色彩，不是现成摆着给我有一种选择的机会吗？它告诉了我哪几种颜色配合起来就鲜艳夺目，哪几种颜色的配合是素雅大方，哪几种颜色是千万不宜配合的，硬配了就会显得格格不入太不协调。我养牵牛花的初意，原是为了起早，有利于健康，想不到它对我在艺术上的审美观念也有这么多的好处，比在绸缎铺子里拿出五颜六色的零碎绸子来现比划是要高明得多了。中国戏剧的服装道具，基本上是用复杂的彩色构成的。演员没有审美的观念，就会在“穿”、“戴”上犯色彩不调和的毛病。因此也会影响到剧中人物的性格，连带着就损害了舞台上的气氛。我借着花和绘画来培养我这一方面的常识，无形中确是有了收获。[①]

姹紫嫣红的牵牛花，给了梅兰芳这个有心人以可贵的启示。这是在演戏服装方面。在姿态动作上，他也时时处处注意观察。他说：

在日常生活中，譬如看见一个人在安闲地坐着，或一个人在路上丢了小孩是什么神情姿态，一个写得一手好字的人拿笔的姿势，一个很熟练的洗衣人的浣洗动作等等……如果发现有突出的神情和节奏性很强的动作，都能通过敏锐的鉴别而吸收过来，施以艺术加工，用在舞台上。[②]

盖叫天为了提高表演艺术，也处处做有心人。试看：

在他家里，收藏有神态各异的彩釉罗汉、竹雕醉仙，一有空，他就揣摩它们的身段、动作。有一回，路经一座大庙，庙前的石狮子也忽地使他联想到舞台上亮相时的照盼呼应。

他喜爱各种动物的姿态神情，爱看鹰的翱翔、马的飞奔、猫的迅捷和鸡的步履……先后养过猫、黄雀、老鹰、公鸡、仙鹤、骆驼等。有一次登泰山，他看到泰山的公鸡长得特别好看，大红的鸡冠、长长的鸡尾、浑身披着黑白麻点的羽毛，就买了几只带回家。他揣摩大公鸡的习性，提炼出武

① 梅兰芳述、许姬传记：《舞台生活四十年》第2集第102页。

② 梅兰芳：《要善于辨别精粗美恶》，《戏曲研究》1957年第1辑。

生的舞台身段。他对来访者说过：在没有受到惊扰的时候，鸡走路总是那样从容不迫，慢慢提起一只脚，慢慢放下去，又慢慢提起另一只脚（他坐着，边说边用手代表鸡的脚，模仿它的动作）。这当口，如果突然听到一点声音，它就突然停步，变成不动的塑型。像这样：一只脚缩在胸前侧着头（他又坐着表演了一个类似金鸡独立的塑型）。鸡这种从动到静的动作，可以使演员的舞姿更丰富、更有变化——虽然武生不应当是一只鸡。

关于养猫和对猫的观察，盖叫天也讲得很生动。他说：猫在安静地坐着休息的时候，见了生人，它就吃惊，全身收缩，很警惕地盯着你，防止可能加到它身上的打击。如果你向前走，它就更紧张，准备逃跑。离人太近，它可以从人的头上跳过。离人较远，它就猛一转身，一闪跑掉。武生虽然不都演猴戏，不一定在戏里模仿动物的动作，可是两人对立相持时的动作，为了显出互相警惕的神气，只要能"化"，猫的这种特点对表演艺术也很有参考价值。

即使是在屋里挂一幅画，盖叫天也要认真地"走一走脑子"。"一幅画，画着一位美女侧身向左而立。你就得研究这幅画怎样挂法，如果把它挂在屋子的左墙角，这位'美女'就成了面壁而立的可怜虫。挂在墙壁正中也不适合，因为她是向左侧身。要是挂在正中，一定使人感觉屋子左面的分量比右面的分量重，两面不平衡。一定要挂在这堵墙的偏右一些，这样看上去方才舒服。在生活中懂得研究这些道理，演戏时自然也就会去注意安排你的动作和舞台上的地位了。①

下面再举两个画家的事例：

我国现代著名画家潘天寿除读书、作画、吟诗、篆刻及登山之外，最爱好的消遣是下围棋。那的确是消遣，然又绝

① 龙协涛编著：《艺苑趣谈录》第401—402页。

非一般意义上的消遣。他常以围棋的布局来比方画面的构图,下棋的终极目的仍在从中反复领悟作画构图的真谛。潘天寿在画面构图方面极有特色,他特别重视空间的占领,以少胜多,严格控制面积,出奇制胜。他作画时常说:"我落墨处黑,我着眼处却在白。"

无独有偶,著名画家黄宾虹亦深谙棋道,从棋道中悟出画技。他说:"作画如下棋,需善于做活眼,活眼多棋即取胜。所谓活眼,即画中之虚也。"①

有的同志可能说,人们在学习阶段也是应当"做有心人"的,为什么要强调艺术创造与专业兴奋灶的关系?要知道学习可分为呆板的学习与创造性的学习。呆板的学习当然也要"有心",但主要限于用心学会老师所教与书本所记;很难想象老师教学京戏而要求徒弟去养花、养猫以至于养骆驼的;书本上讲绘画之道,也没听说画与围棋有什么关系。然而创造性的学习,特别是创造的实践,情况就不同了。正如前面所说,创造就是在事物之间进行联系与反联系,也就是盖叫天所说的"化"。因此就要求专业工作者形成"辐射性"与"聚焦性"更强的专业兴奋灶,除了力求精通与专业直接有关的事物之外,也还要善于对看来与专业无关的事物多所感悟。从信息论的角度看,信息的转化本来就是主客观统一的过程。树上掉下一个苹果,对别人来说不算回事,掉到牛顿头上却成了重要的信息;水烧开了,蒸汽把壶盖冲起,别人对此未加注意,而对瓦特来说,则是重要的信息。类似这样的学习都是老师所不教,书本所不记的;但因牛顿、瓦特的专业性兴奋灶非常稳固而强烈,所以对信息的注意富有"辐射性",选择与加工的能力也强。这种稳固而强烈的专业兴奋灶是只有在持续不断的创造要求中才能形成的,而边修养边创造正是使专业性的创造要求早日出现并持续

① 龙协涛编著:《艺苑趣谈录》第402页。

不断的可靠保证。

4. **成果感的鼓舞**

文艺工作者无论有多么高的理想、愿望、兴趣和才能，倘若在创作上长期得不到实际的成果，那么无论智能方面的积极性或非智能方面的积极性都是会受到影响的。任何个体对各类成果的追求，以及成就感在精神上的鼓舞作用，可以远溯到人类本能的领域；也就是说人类有追求成果的本能，或者说因成果的取得而本能地感到喜悦。当然，这种本能在人类的社会生活中已经发生了根本的变化，变化之一就是成果具有了社会文明的性质（包括物质文明与精神文明），它已不再仅仅是符合个人生存需要或种族延续需要的东西，而是具有社会价值或符合社会需要的东西。与此相应，个体的成就感也与自觉的社会责任感发生联系，即在能为社会作出贡献并得到社会承认的情况下，产生积极性情绪；反之，不能为社会作出贡献、不能得到社会的承认，就产生消极情绪。

因获得成果而产生积极性情绪，这种情况当然是应该肯定的，因为它有助于成果与兴趣、理想的交替上长，即兴趣、理想促使人们去取得成果，而成果的取得又反过来强化了兴趣与理想。这样一种良性循环不仅能使个体对社会作出越来越多的贡献，而且作出贡献也使个体产生一种极为重要的幸福之感。爱迪生拥有一千零九十三项专利，爱因斯坦有二百四十八篇著作，毕加索一年平均要作二百幅画，在诸如此类的数字背后，都存在着一个实际成果与创造热情交替上长的事实，这是毫无疑问的。试想一个“棋迷”，如果下了十年棋而没有赢过一局，他是不是还对下棋发生兴趣呢？事实上只输不赢的人根本成不了“棋迷”。

下面再说另一种情况：不能取得成果或得不到社会承认就产生消极情绪，这件事又该怎么看呢？首先应该肯定成果是来之不易的，因此必须有坚定的理想、顽强的意志，怀着巨大的创造热情，经过长期的费心尽力以至呕心沥血，才能得到真正的创造性成果。那种只想少劳多得，一蹴而就；或缺乏磨杵滴石的毅力，经不起挫折的锤炼；或浅尝辄止，见异思迁等想法与行为，则皆有背于创造之道，都不可能取得真正的成果。但是，倘若一个人的确已经作了较为长久的巨大努力，在方法上也没有犯什么错误，然而却仍然不见成果的苗头，于是出于社会责任感而进行反思，想想自己所选的这个创造目标究竟是否合适，这种反思就不是缺乏理想与毅力的表现；反之，凡是在业余选择进修之路的人，在作了努力而不见成效的情况下，都应该有这种反思，而不宜“一条道走到黑”。因为人的兴趣与能力特点虽然一般说来是有紧密联系的(即兴趣的产生往往由于某种能力得到了施展)，但是，在一些初学者身上，事实上也存在兴趣与能力特点不相一致的情况，需要在实践中加以调整。报刊上曾报道过这样的事例，说有个青年工人爱写小说，却始终写不成功；后来参加技术革新，连续搞成了几次，结果成了“革新迷”。这样的事例是很说明问题的，爱写小说而写不成功，这就有可能是兴趣与能力特点不相一致的缘故；后来搞技术革新连续成功，这就是对能力特点的发现；连续成功而成为“革新迷”，则是成果反过来促进了创造热情与兴趣的健康发展。最近《文汇报》“社会大学”版在讨论文艺创作的退稿问题，很多人把文艺创作比为在一条“拥挤不堪的小道上竞走”；从发表的意见中可以看出，情况是各种各样的，有的人开始不成功，后来逐渐成功，这是一个磨炼的问题；也有的人始终看不到成功的苗头，那就应该在别的方面寻找原因。这场讨论本身就生动地印证了实际成果与创造热情之间的规律性联系，它说明一个人怀有创造的热情，有苦有乐才是正常的情形；如果只是尝到失败的“苦涩”，那就不可能不影响到创造目标的选择；而对于其中一些人来说，改弦更张，另寻创造的目标，是完全正常的。“有意栽花花不发，无心插柳柳成荫”，人们对于自己的能力特点并不总是准确了解的，完全可以有一个发现的过程，而终于认清自己的长处与短处，进而找到最为合适的创造天地。

那么，一个人究竟用什么方法才能造成实际成果与兴趣热情的良性循环，或能准确发现自己的能力特点呢？答案只有一个，那就是边修养边创造。知识能用才是力量，成果是只有在知识的创造性使用中才可能出现的；离开了创造的实践，决不会有创造成果从天上掉下来。边修养边创造所取得的成果，也许是微不足道的（当然也有可能是相当重大的，不能一概而论），但对强化热情和兴趣来说却是十分必要的，所以即使微不足道也要尽力追求。因为就精神上的鼓舞来说，它的意义是巨大的。下面试对解放军书法家吕如雄同志的成才过程作一点分析[①]：吕如雄是因为看了家乡春联上“溢彩流金的墨迹”而喜欢书法的，因为喜欢，所以就练字，而且持之以恒。这就使直觉的兴趣转化为稳固的兴趣，从而成了深造的契机。接着，他参军了，“常帮连队出板报，抄材料，写标语”，因此“书法居然有了广泛用场”。当此之时，他没有因为未经“退笔成冢”的长期苦练而不敢“献丑”，也没有因为板报之类算不了书法艺术而不屑一写。他是老老实实把一技之长用于工作，结果是既做了工作，也练了书法。后来吕如雄被调到电影队，电影队与书法看来是并无联系的，然而吕如雄却说“书法就成了‘半专业’了”。原来他在那里有制作幻灯片、画画、写字幕、布置会场等工作可干；这些工作要精益求精，对他来说就意味着更加刻苦地学习书法。从连队到电影队，吕如雄都把书法用于工作，这算不算创造呢？可以肯定，为了把板报、字幕

① 分析的根据是吕如雄所撰《书法使我工作获益》一文，见《北京晚报》“夜大学”专版第175期。

之类写好，是必须发挥一点创造性，使之新颖耐看的；而且由于他边用边学，书法艺术也是处于不断长进之中，这对他个人来说就是有创造意义的。同时，在连队、电影队的范围之内，既然没有人比他写得更好，则他在书法运用中精益求精，把与书法有关的工作做得越来越好，这当然也有一定的社会意义。吕如雄在文章中并没有讲书法运用所取得的成果促进了他对书法艺术的热爱，但这是不言而喻的，因为在工作中发挥了长处，起了有益的作用，是无论谁都会感到高兴的。他说“书法居然有了广泛用场”，“书法就成了‘半专业’了”等话，都流露着欣慰之情，他之所以更加“刻苦”地学习书法，至少原因之一是感受到书法有用的乐趣。往后，吕如雄又被调到部队出版社，出版社与书法又有何联系呢？然而他却处处从书法出发进行“辐射式有意注意”：搞出版业务，他“发现出版印刷和书法艺术又是一脉相联的”，“印章、石刻、拓印等又是现代印刷技术的先河”；对书法的钻研又“更好地了解掌握印刷字体的形态特点，它的不同的书法美和内涵，在工艺设计中就可合理使用”，最后终于“能把书法艺术、装帧工艺和印刷工艺结合在一起”。同时，他在学习书法的过程中，还对文学、绘画理论、哲学、美学发生了浓厚兴趣，这些当然也都有益于他的书法艺术与本职工作。现在吕如雄作为一个书法家，虽然在艺术上还需要追求一个“深”字，但他的书法形象是的确颇有创新之意的，可以说是有所创造的。而他的成长过程，则是一个边学习、边修养、边使用、边创造的过程，这在他的自述中是可以看得很清楚的；正因为如此，所以他在较早的时候就能得到使用和创造成果的鼓舞，使整个成长过程贯串了成果与热情兴趣的交替上长。

5. 信息的反馈

有志于创造(包括文艺创作)的人，当然都知道学习与修养的重要性，并且也的确为此而作出了努力。但这努力究竟效果如何呢？这是不能凭“自我感觉”来检验的；许多人就因为过于相信“自我感觉”，因而就缺乏自知之明。要作出准确的判断，必须把学到的东西拿来使用，进行创造性的实践，然后从实践的结果上得到可靠的反馈信息。人们往往相信“学然后知不足”，这句话对较为虚心和明智的人来说是适用的；然而对于“不见棺材不落泪”的人来说，光是“学”还不一定意识到“不足”。即使对虚心而明智的人来说，“学然后知不足”的感受也万万不及“用然后知不足”来得深刻而迫切。一个虚心的大学生听老师讲课，可能会感到自己有不足之处，于是产生好好学习的愿望；但如果这个学生不是听课，而是要自己讲课，那么他就会更加痛感到自己的不足，而“好好学习”的愿望也不得不立即变为日以继夜的备课了。

学习文艺创作与大学生听课当然不一样。在大学里，一般是不会用备课、讲课的方式来迫使大学生加紧学习的，总是要听课听到毕业，然后才走上讲台。文艺创作者则总是在学习的同时就要“玩儿真的”，学书法要动笔，学篆刻要动刀，学画要画画，学舞要跳舞，学戏要登台演出，学音乐要唱歌或演奏。因此得到的反馈信息也比较迅速而明确，肯定成绩或吸取教训也比较经常而深切。但是文艺创作者的实习还要尽可能地面向社会，而不能“闭门造车”，这样才能得到对于促进艺术创造来说具有重大意义的社会性反馈信息。在这方面，过去戏曲科班的一些做法实在是值得继承的。小孩学会了几出戏，就要登台演出，同时继续学习。在登台演出中所得到的面对面的直接反馈，往往是通过其它渠道所不能感知的，比如说演员与观众之间的交流即属此类(关于交流，详见下章)。

社会性的直接反馈对于戏剧、电影、曲艺、音乐、舞蹈等艺术有特殊的作用；那么，其它文艺创作又怎样呢？可以说虽然情况有别,但从根本上看,社会性反馈的作用也是十分重要的。因为任何艺术创作都为奉献于社会而作,自然应该根据社会效果以求精进之道。边修养边创造的必要性之一,就在于唯有这样才能较早地而且经常地得到社会性的反馈,这是文艺创作者成长过程中必不可少的促进因素。

说到这里,可以附带谈一谈所谓“大器晚成”的问题。如果说这句话指的是一个人长期坚持了边学习边使用,边修养边创造,最终而成为“大器”,那么这句话是有道理的(但不一定有普遍性,因为它不符合“最佳龄”法则)。可是,如果“大器晚成”指的是大半辈子闭门修养,直到晚年才进行创造的实践并获得巨大的成就,那么这句话就是不可信的。原因之一就在于它无视社会性反馈对创造者的教育和促进作用。

二　文艺创作中的灵感活动

1.　灵感的作用与特点

在任何创造性的活动中,灵感都能起积极的作用,而在文艺创作中,灵感现象似乎更受到人们的重视与讴歌。在西方,古希腊时代已经有一种“流行的看法”:“没有一种心灵的火焰,没有一种疯狂式的灵感,就不能成为大诗人。”[①]其后,灵感现象也一直为创作者所注意,并结合各人的创作经验加以描述。例如英国诗人雪莱在其《诗辩》中说:“在创作时,人们的心情宛如一团行将熄灭的炭火,有些不可见的势力,像变化无常的风,煽起它一瞬间的火焰;这种势力是自发的,有如花朵的颜色随着花开花谢而逐渐褪落,逐渐变化,而且我们天赋的感觉能力也不能预测它的来去。”俄国作家果戈理则作了这样一种描述:“我感到,我脑子里的思

① 朱光潜:《西方美学史》上卷第36页。

想像一窝受惊的蜜蜂似的蠕动起来;我的想象力越来越敏锐。噢,这是多么快乐呀,要是你能知道就好了! 最近一个时期我懒洋洋地保存在脑子里的,连想都不敢想的题材,忽然如此宏伟地展现在我的眼前。"[①] 中国古代创作者虽然并未使用"灵感"一词,但对灵感现象的描述却也是早已开始而说者众多的;其多为人所称引者,如晋代陆机在《文赋》中说:"若夫应感之会,通塞之纪,来不可遏,去不可止。藏若景灭,行犹响起。方天机之骏利,夫何纷而不理。思风发于胸臆,言泉流于唇齿。纷葳蕤以馺遝,唯豪素之所拟,文徽徽以溢目,音泠泠而盈耳。"[②] 又唐释皎然在《诗式·取景》中说:"有时意静神王,佳句纵横,若不可遏,宛若神助。……盖由先积精思,因神王而得乎?"[③] 又明代汤显祖论"文章之妙"在于"自然灵气,恍惚而来,不思而至,怪怪奇奇,莫可名状,非物寻常得以合之。"[④] 又清代金圣叹在评《西厢记》时说:"文章最妙是此一刻被灵眼觑见,便于此一刻放灵手捉住;盖于略前一刻亦不见,略后一刻便亦不见,恰恰不知何故,却于此一刻忽然觑见;若不捉住,便更寻不出。"

中外各家对于灵感的描述并不完全相同,但概括起来看却有一些共同点:

第一,"灵感"这种心理现象是的确存在的,是许多人经验过的;而且出现灵感是一件大好事,因为它使创作者思路通畅,想象活跃,效应灵敏,情绪饱满;因而从构思到外化都有一种酣畅顺适,得心应手之感,这就有利于创作的顺利进行并取得富有创造性的成果。

① 魏列萨耶夫:《果戈理是怎样写作的》第11页。
② 《中国历代文论选》上册第142页。
③ 《历代诗话》上册第31页。
④ 《中国美学史资料选编》下册第137页。

第二，灵感有突发性，这具体表现为创作者忽然产生创作的欲望和兴致，或在实际创作中出现“瞬间的顿悟”。但正因为灵感有突发性，所以是不可预期的，它的到来是“不为意志所左右的”，“不会依照预定的日子和钟点迸发出来”①。

第三，灵感有暂时性，不仅创作心境的灵感状态“来不可遏，去不可止”，而且在灵感状态中所出现的有些思维成果也可能消失而难以复得。所以创作者对灵感所产生的东西总是非常珍视，既及时利用那忽然到来的兴会，又紧紧抓住此际所出现的构想，往往急不可待，以至停箸推杯、披衣伏枕，去记下那突然想到的文辞、诗句、图像或旋律。

2. 灵感的性质与心理机制

灵感究竟是一种什么心理活动？这可以从它在创造活动中的实际表现来着手分析。上文已经说过，一切创造活动的共同特征，就是在客观事物之间进行联系或反联系，或者说在反联系的基础上建立新联系；有了事物之间的新联系，就有新的创造物。那么从思维活动上看，新的创造物是怎样被构想出来的呢？唯物主义反映论对此早有答案，那就是人们通过实践正确反映客观事物，并在认识事物之间内在联系的基础上，发挥思维的能动性，对意识中已有的事物反映进行加工改造，破除旧联系，建立新联系，这就能把新的东西构想出来；构想出来以后再付之于创造实践，这就有了新的创造物。因此，落实到个体内部的心理过程上看，一切创造思维活动（包括形象的与抽象的），都无非是意识领域中的旧的神经联系的突破与新的神经联系的建立。灵感既是创造思维的一种表现，其实际心理内容也无非是在某种心理状态之中，旧的神经联系忽然被突破，而新的神经

① 《费尔巴哈哲学著作选集》下卷第504页。

联系忽然得到建立。物理学家杨振宁说:“所谓灵感,是一种顿悟,在顿悟的一刹那间,能够将两个或以上,以前从不相关的观念串连在一起,以解决一个搜索枯肠仍未解的难题,或缔造一个科学上的新发现。”① 杨振宁所说的“观念串连”虽然是指科学家的灵感而言,但在一切创造思维的灵感表现中却具有普遍性,即各式各样的创造性构想无非是各式各样的“观念串连”而已(当然这个“观念”要作广义的理解,既指“意”,也指“象”;广义的“观念串连”可以概指意与意、象与象、意与象之间的多种多样的“串连”);而“观念串连”的心理和生理机制就是意识域中新的神经联系的建立,也就是大脑皮层中有关各点之间接通了新的线路,于是各个点上所储存的信息(即客观事物的具象或抽象的反映)便得到新的串连与组合,这样就出现了新的形象思维成果或新的抽象思维成果。

建立新的神经联系,这种情况时时出现于人类的各种实践、认识过程之中;那么就创造思维而言,特别是在创造思维的灵感状态中,新联系的建立究竟有什么特点呢?原来,一般认识过程中的思维活动所建立的神经联系,大都是在那些最经常活动的细胞群之间进行的,联系的模式也往往是旧有神经模式的延伸、改造或变通。创造思维则不同,它是建立崭新的神经联系,以至于构成系统;因此仅仅调动那些经常活动的神经细胞群、简单套用那些旧有的神经活动模式是远远不够的。它必须唤醒那些处于潜沉状态的神经细胞群,并通过不断进行的神经兴奋的扩散与集中,尝试着在各有关的神经细胞群中建立一种新的联系,形成一种新的模式。这个过程是很艰苦困难的,有时一些关键的线路经过反复多次的尝试仍然不能接通,这就是杨振宁所说

① 《杨振宁谈灵感涌现有赖知识经验积累》,见 1985 年 2 月 3 日《文汇报》文摘版。

的“搜索枯肠未解难题”。但是，“搜索枯肠”也毕竟能够解决不少“难题”；也就是说经过反复的联系与反联系的尝试，终于建立起一种新联系，形成一种新模式，于是创造思维便获得了新成果。应该指出，大多数的创造成果，是在这种思维方式中取得的。那种强调没有灵感便不能进行创造尝试、不能取得创造成果的说法，是不符合人类文明创造的大量事实的。但是，在创造思维的过程中也确实会出现一种特殊的状态，这时创造者的各种心理因素（感知、记忆、联想、想象、思维、情感、意志等）得到了相当协调的配合与发挥，大脑各中枢的兴奋与抑制正处于恰到好处的状态，那些正需要它发挥作用的潜沉细胞群突然被激活，整个意识领域中出现了符合特定创造要求的思路通畅，本来极难接通的思维“电路”因而突然接通，于是一些新的神经联系较为顺利地建立起来，概念与概念、道理与道理或表象与表象之间出现了新颖的串连与组合。这就是创造思维中的灵感现象，它乃是创造者的整个心理处于最佳状态（相对于某种特定的创造要求来说）而出现的高效意识活动；却决不是什么神秘的超意识的现象。

根据以上所说的情况，就不难理解灵感为什么有突发性和暂时性。因为最佳心理状态是各种心理因素的恰当组合，但个体并不确切知道什么样的组合才是最恰当的；就算知道了，也由于各种心理因素无法完全控制，所以不能够按照一定的模式来加以组合。这些心理因素只是处于持续的运动与调整之中，仅在各种因素都调整到一定的时候，才会忽然出现适合于特定创造要求的恰当组合。出现这样的组合之后，又由于各种心理因素还在继续运动，所以恰当的组合不久又失去其和谐与协调，灵感状态也随之消失。这就是灵感状态为什么有暂时性的原因。至于灵感状态中所取得的创造成果为什么也有暂时性，则是因为它作为一种新建立的神经联系往往是不稳固的，思维“电路”的突然接通也可能因为旧联系的习惯性恢复或其它因素的干扰又重新"断路"。但是也应该指出,灵感状态的暂时性虽是普遍事实,但灵感成果的情况却不一定如此;有些在灵感状态中所取得的思维成果,即使当时不立即记下来,也是不一定会消失的;这种情况在逻辑思维的成果中尤为多见。总之灵感的情况很复杂,它的奥秘也未完全揭开,所以有些事情不能说得太绝对;而在前人对灵感的描述中,绝对化的倾向则是较为多见的,这也是灵感现象被涂上神秘色彩的原因之一。

3. 灵感可求不可待

灵感的到来虽然是不可预期的,但还是可以追求的;这种追求并不一定能保证灵感状态的出现,但可以说有助于它的出现。现在试作以下几点分析,当然不一定准确和全面。

第一,明确的创造动机和要求。

灵感状态是各种心理因素的协调配合,但在不同的创造活动中却有不同的协调与不同的配合。因此,任何灵感状态都只是相对于特定的创造动机和要求而言,才成其为"灵感"。世界著名的巴西足球运动员贝利在1958年6月26日瑞典斯德哥尔摩的一场世界足球锦标赛的决赛中,曾有这样的感觉:

我们开球之后,我忽然感到非常镇定,这是以往任何一场比赛中没有过的异样感觉。好像是得了一种"欣快症",可以整天在球场上奔跑而不知疲倦。我如果带球就可以左穿右插,哪怕是他们全队人马来拦截我一个人,我几乎可以穿过他们的身体把球传给队友。我又觉得根本没有人可以伤害我。这真是一种不寻常的感觉,我以前从来没有经历过。也许这只是自信心使然。①

① 《贝利自传》第54—55页。

这显然是一种灵感状态，但它只相对于足球比赛来说是灵感，主要表现为镇定的头脑、欣快的情绪、充沛的信心与富有活力的肢体及其灵敏效应的组合。这些因素的组合对足球比赛来说，当然是一种高效状态；但如果用来吟诗作画、编剧谱曲，那就不见得有效了。无论是吟诗作画或编剧谱曲，其灵感状态都需要另一模式的心理因素组合，这是毫无疑义的；而任何模式的组合都是各种心理因素根据特定的创造动机与要求不断运动与调整而自然出现的。这就充分说明各种灵感的出现有赖于各种特定创造活动的明确动机与要求。

动机与要求的强度，无疑与灵感的出现也有密切关系；如果消极疲沓，对创造活动并无较为强烈的要求，恐怕灵感是很难降临的。但是这个问题也不能绝对化。美国心理学家曾经对黑猩猩的动机和解决问题之间的关系进行研究，发现"当动机很弱的时候，动物很容易被无关的因子引到问题以外，趋向于无目的的行动。而在动机非常强烈的情况下，动物则集中注意于目的物，而把情境中其他的、对于解决问题却很重要的特点都排除在外。还有，累次失败挫折的反应，当某种刻板模式的反应已证明无效时，例如发脾气，尖声喊叫，都妨碍动物作解决问题的努力"①。研究者认为"这和对人类的观察是一致的"，即"动机太强不仅会导致紧张，也会使解决问题的效率减少"②。因此得出结论说："问题解决者动机的强度增加，他解决问题的效率也随之而增加，直至达到一个最高点。超过这一点，动机强度的任何提高，造成解决问题能力的降低。"③ 这些论说虽不是直接指灵感而言，但其道理却是与灵感显现密切有关的，因

① 〔美〕克雷奇等著：《心理学纲要》上册第255页。

② 〔美〕克雷奇等著：《心理学纲要》上册第254页。

③ 〔美〕克雷奇等著：《心理学纲要》上册第256—257页。

为灵感也属于为了"解决问题"而进行的意识活动。所以创作者需要有坚强有力的动机和要求,但也不宜过于热衷,过分急于求成;否则就会过度紧张,或因失败而心烦意乱,在这种情况下,恐怕也就不会有灵感到来了。

第二,刻苦持久的创造劳动。

这个问题与动机要求紧切关连,因此以下有些论述也可与前节所说互相照应。强有力的动机要求必须落实到行动上,进行坚韧不拔的创造实践;只有在长久持续的实践过程中,才会有灵感的一再显现。关于这一点,可以用一个显而易见的事实来证明,即各种专业的创造者都只会出现与其专业有关的灵感。诗人只会出现作诗的灵感,而不会出现建筑设计的灵感;因为诗人只是持续进行了创作诗歌的实践,而并未进行建筑设计。画家只会出现绘画的灵感,而不会出现戏剧表演的灵感;因为画家只是持续进行了绘画的实践,而未进行戏剧表演。(当然,如果一个人多职多能,那就另作别论;但其灵感无论如何也必与他从事过的创造实践有关。)俄国画家列宾认为灵感是"顽强地劳动而获得的奖赏";音乐家柴可夫斯基则把灵感比作"一个不喜欢拜访懒汉的客人";文学家契诃夫强调"必须多工作! 每天一定得工作。……那么后来在什么地方散步,例如在雅尔达的岸边上,脑子里的发条就忽然'卡'的一响,一篇小说就此准备好了"[①]。又近人王国维在《人间词话》中说:"古今之成大事业大学问者,必经过三种之境界:'昨夜西风凋碧树,独上高楼,望尽天涯路',此第一境也;'衣带渐宽终不悔,为伊消得人憔悴',此第二境也;'众里寻他千百度,回头蓦见,那人正在灯火阑珊处',此第三境也。"(按:王氏所说"第三境"是引辛弃疾《青玉案·元夕》词,二、三句应作"蓦然回首,那人却在灯火阑珊处。")王国维所说虽是指人的一生事业

① 均见龙协涛编著:《艺苑趣谈录》第152页。

学问,却也有助于人们对灵感显现规律的感受。关于灵感的显现必经艰苦持久的努力而后在非预定的情况下忽然到来,这种情况几为近世论者所公认,所以不必赘说。至于从心理学的角度来解释这种情况,则主要应注意"优势兴奋灶"的形成及其所起的作用。

前苏联心理学家彼得罗夫斯基按照乌赫托姆斯基所提的"优势原则"指出:"在大脑中经常都有一个占优势的、占统治的兴奋灶,它似乎把这时一切进入大脑中的兴奋都吸引到自己方面来。"彼得罗夫斯基并且指出,这种兴奋灶产生的基础不仅是当前刺激物的强度,"有时刺激物的强度也可能不起重要作用";而且也是整个神经系统的内部状态。"这种内部状态是受以前刺激物的作用、大脑中出现已拓通的道路、在以前经验中存在着已巩固起来的联系以及优势兴奋和抑制的一定总和所制约的。"[①] 由此可见,一个专业的创作者由于长期专注于专业的创作实践,必然多受此种实践有关的刺激物的作用,并在大脑中形成相应于此种实践的"已拓通的道路"和"已巩固起来的联系",这些情况本已有力地制约着经常出现的"优势兴奋灶",往往使之带有专业定向的特性;而在当前正待进行的专业创作活动中,则这种"兴奋灶"的"优势"必然更为加强,能够有效地把"这时一切进入大脑中的兴奋都吸引到自己方面来"。这就表现为大大提高专业性的敏感,能够有效地选择和加工一切有关的信息。灵感的产生显然是与这样的心理状态密切有关的,所谓"顿悟"往往是由于某个关键信息(可能来自外部,也可能来自内部)得到了准确的处理,某个关键的联系得到了准确的建立,从而使整个创作构思产生了质变与飞跃。如果没有长期的专业实践和当前的创作活动所制约的优势兴奋灶,没有由此而产生的对信息的敏感性和吸入力,那么

① 彼得罗夫斯基主编:《普通心理学》第205—206页。

再重要的内外信息也不会被吸取，再重要的神经联系也不可能拓通，于是也就产生不了什么"顿悟"。南宋吕本中在《谈文》中说："悟入之理，正在工夫勤惰间耳。如张长史见公孙大娘舞剑，顿悟笔法。如张者专意此事，未尝少忘胸中，故能遇事有得，遂造神妙。使他人观舞剑，有何干涉？非独作文学书而然也。"这里所论的虽只是一个事实，却生动地印证了专业创作的有心人与其优势兴奋灶的关系。

优势兴奋灶的理论与灵感是"潜思维"的说法也有关系。钱学森同志说："灵感实际上是潜思维。它无非是潜在意识的表现。人的大脑复杂极了，我在这里与同志们交谈，用的那一部分叫显思维，或叫显意识，这我可以直接控制，有意识地控制。那个潜意识，控制不了，没有办法控制。但是它同时在工作，就是不知道它怎样工作，它工作的状态怎样。我想大家在工作中也会有体会，苦思冥索不得其门，找不到道路，然而不知怎么回事，它突然来了，这就叫灵感。我们在科学工作中也有这样的情况，常常一个问题，醒着的时候总是想不起来，不想时，或夜里做梦，却忽然来了。这说明潜意识在工作。你自己不知道，可是它在试验。试验行了，它就通知显意识，这就成了你的灵感。"[①] 这里所说的"潜思维"、"潜意识"（与弗洛伊德的"潜意识"论不是一回事），虽然尚未得到可靠的实验证明，但有不少心理学家是相信的，许多心理现象也可以得到解释，所以至少可以作为灵感出现的原因设想之一。但是，"潜意识"假如真在"工作"，那显然也是受优势兴奋灶制约的，而且更加证明了它在心理活动中所占的"优势"，因为连"潜意识"的"工作"竟也受到了它的支配。这种支配表现为"潜思维"的努力方向是与"显思维"高度一致的，所以物理学家在睡梦中可能解

① 《钱学森同志与本刊编辑部座谈科学、思维与文艺问题》，《文艺研究》1985年1期第7页。

决的只是物理学上的难题,而诗人则在睡梦中可能得到佳句;相反的情况,是决不会出现的。

灵感显现固然取决于刻苦持久的创造劳动,但在这个过程中却要注意保持思维的灵活性。脑力劳动应该专心致志,强度很大,非常艰苦,但却不能够"钻牛角尖"。出现"钻牛角尖"的现象,很可能是优势兴奋灶的优势过大了,以至出现了"功能固定性",即对事物的功能与属性只有狭隘僵化的了解,专注于它那显著的、与思考的问题直接有关的方面,而想不到从更为宽广的视野,以更为多变的角度,去探索事物之间的联系。所谓注意保持思维的灵活性,就是对过分强化的优势兴奋灶有所抑制,自觉地在心理上保持既专注又能动的状态,以利于扬弃旧模式,变换新角度,探索新路子。有的人喜欢说"你走你的阳关道,我走我的独木桥",其实这是一种偏执的、没出息的说法;正确而有气魄的说法应该是:"你走你的阳关道,我乘我的航天机"! 如果"航天机"一时乘不上,并意识到有走上"独木桥"的可能性,那么宁可把脑力劳动暂时停一停,并设法使身心松弛,以获得新的活力与生机。灵感之所以有时出现在紧张劳动以后的松弛状态,就因为这种状态有利于思维活动摆脱僵化的惯性,突破狭隘的范围,重新恢复其固有的能动性。

第三,适当的情绪状态。

在以前的章节中已经说过,情感活动能够反作用于认识过程;大脑的认识功能(感知、记忆、想象、思维等)都会因为情感的积极催化而活跃起来,也会因为受到情绪的消极影响而不能正常发挥。灵感既是创造思维的一种特殊状态,当然与一定的情感活动有密切关系。

但是,究竟什么样的情绪状态最有利于灵感的出现,这却无法确说。因为灵感可能出现在情绪亢奋的紧张时刻,也可能出现在心情平静的闲散时光;也就是说与灵感相应的情感活动有一个很大的变化幅度。这一事实也可以说明灵感作为各种心理因素的组合并非只有一个模式，没有一张固定的配方。因此，笼统地被称为"灵感"的现象，其实际心理内容，无论是质或量都可能是多种多样的；只要各种心理因素的不同质量组合能够具有如前所述的那些共同特点（富有创造功能，突发性，暂时性），即属于"灵感"范畴。

关于灵感状态中的情感活动能够确说的只有两点：一是它的多元统一性，即这种情感活动并非只有一个来源，其中既有出于创造要求的热情，也有创造过程中的得失顺逆所产生的情绪波动，还有创造者作为一个社会生活中的人由于种种原因而产生的种种感情；这些情感活动必须汇合而成一种积极而和谐的情感状态，才有利于灵感的到来。试看"少年不识愁滋味，爱上层楼；爱上层楼，为赋新词强说愁"，这位少年的创作热情显然是很高的，但其它方面的情感却不能与之相应相谐，他想说"愁"，却又"不识愁滋味"，因此他所赋的"愁"词很可能是缺乏灵感的，要不然作者到了晚年就不会有此自嘲了。二是与灵感相联系的情绪状态虽然可以是激昂的，但并非愈激烈愈好。因为情感如果高度激化，创造者就会过分专注于情感活动的直接对象，"不由自主地离开一切无关的、甚至实际重要的东西。身体的变化和表情动作变成越来越缺乏意识。细微的动作由于强烈紧张而发生紊乱。抑制越来越强烈地包围着大脑皮层，而兴奋则在皮下神经节与间脑中增大，人感到被顽固地迫使屈从于他所体验到的情感，如：恐惧、恼怒、愤慨等"①。在这种状态中当然也就谈不上灵感的显现。斯坦尼斯拉夫斯基在排演《奥赛罗》时就有过这样的情况："我所能做的只是疯狂的紧张，精神和形体上失去了驾驭。……没有节度，没有情操的控制，没有色调的安排；只有筋肉的紧张，只有声音和整个有机体的硬作。……因此不得不把排演暂停几

① 彼得罗夫斯基主编：《普通心理学》第411页。

天,找个医生想点最好的补救方法。”[①] 演戏而至于要找医生看病,当然也就没什么灵感可言了。

综上所说,灵感既是一种适于进行创造活动的心理状态,也是一种能够取得创造成果的意识活动;因此一切希望有所创造的人都欢迎灵感的出现,并对其充分加以利用,这种态度当然是完全正确的。但是应该指出,灵感虽然有利于创造,但人们却不能把创造的希望寄予灵感;因为灵感是无法预期的,是不可等待的。创造者可以作出如上所说的各种努力来追求灵感的出现,但它究竟能否出现仍然是不一定的;因此如果必待灵感到来方能从事创造实践,那就无异于守株待兔。有志于创造的人都应该树立这样一个观念,即灵感的出现有赖于刻苦持久的创造实践,而创造实践则无待于灵感显现。特别应该认识到,灵感之利于人,至多只有助于他超越本身的一般水平,而决不意味着只要有了灵感便可作出真正伟大的创造。就文艺创作而言,一个平庸的诗人可能因为灵感显现而写出了“万事不如杯在手,一生几见月当头”,因此“喜极而呼”,半夜里都把人叫起来欣赏,可见这两句诗是大大超过他平时之所作的;但这两句诗是否超过了李白、杜甫的水平呢?显然不是。所以灵感在创作中所起的作用是相对的,而非绝对的。伟大的创作者只能造就于伟大的创作实践,只有边修养边创造才是唯一可靠的成长之路。

① 见郑君里:《角色的诞生》第96—97页。

第五章

创作与欣赏

按照传统的朴素观念，创作与欣赏的关系是相当简单的，无非是创作者把文学艺术作品创作出来，而欣赏者则被动地加以接受。当然欣赏者也可能不接受、不欣赏这些作品，但无论接受或不接受、欣赏不欣赏，都不能改变已经出现的艺术品，也不能改变创作者自己选定的创作之路。所以创作与欣赏的关系是单向的，即前者使动，后者受动，亘古如斯，于今未变。但是，近世以来，由于唯物辩证法日益深入人心，也由于系统方法与接受美学等理论使人树立了一些新的观念，人们就发现创作与欣赏之间的关系实际上并不如此简单，它们之间存在着相互依存、相互制约、相互促进的辩证关系。从文学艺术的系统运动上看，创作与欣赏不是各自为政的两个方面，它们之间的关系也不是单向的线性联系；而是各自都既有封闭性又有开放性，既相对独立，又相互依存。从创作到欣赏是一个充满了往返关系的动态系统，由于无数次的原发与反馈、作用与反作用而运动发展。具体说来，小至一件艺术品，它的社会价值与社会作用的充分显现，乃是创作者与欣赏者两方面发挥了能动作用的结果。大至各种艺术史，它们之所以是这样发展而不是那样发展，也是由创作者与欣赏者两方面决定的。当然，其它社会因素也在文学艺术的发展中起了重要的、甚至是决定性的作用（例如经济基础对作为上层建筑的文学艺术的作用），但这种作用也是通过创作者与欣赏者两条渠道而影响于文艺发展的，并不仅仅是由创作者一方体现了社会发展对文学艺术的要求和社会存在对社会意识的决定。

第一节 创作与欣赏间的几种主要联系

一 创作与欣赏相互依存

马克思在讲到生产与消费的关系时指出:“每一方表现为对方的手段;以对方为媒介;这表现为它们的相互依存;这是一个运动,它们通过这个运动彼此发生关系,表现为互不可缺,但又各自处于对方之外。生产为消费创造作为外在对象的材料;消费为生产创造作为内在对象、作为目的的需要。没有生产就没有消费;没有消费就没有生产。”[①] 这一段话所讲的虽是物质产品的生产与消费,但其深刻道理却完全适用于作为精神产品的文学艺术的“生产”与“消费”。文艺的创作与欣赏虽然“各自处于对方之外”,分别具有独立性与封闭性,却又在“运动”中彼此向对方开放,构成了“相互依存”的关系。

创作与欣赏的“相互依存”,首先通过直观就可以明显看出:因为有文学艺术的创作,所以欣赏者才有了欣赏的“外在对象”;假如根本没有文艺创作,当然也就谈不上文艺欣赏。反之,欣赏则是创作的“内在对象”,创作的目的就是为了满足欣赏的需要;假如根本不存在欣赏者和欣赏活动,那么文艺创作作为一种社会性的创造活动也就失去了存在的前提。

其次,创作与欣赏的相互依存关系,还可以从文艺作品社会价值的肯定与社会效果的显现上来作分析。任何艺术

① 《马克思恩格斯选集》第2卷第95页。

品对于作者本人来说，可能是不受时间空间影响的永久实体；但对于社会和历史来说，它究竟具有什么价值、能起什么作用，却不由创作者单方面决定，而是也有欣赏者方面的有力参预。因为欣赏活动并不仅仅是对创作的被动接受，而是欣赏一方既接受创作的诱导，也发挥积极能动的作用。所以文艺作品实现其社会价值和社会效果，乃是创作与欣赏双方交会的结果。由于不同时代、不同民族、不同阶级以至不同个性的欣赏者都因思想感情上的差别而对文艺作品产生不同的感受和理解，因此作品的价值评定与效果显现就既有可能在现实中发生差异，也有可能在历史上出现变动。这种差异与变动正是创作与欣赏相互依存的生动表现。

再其次，创造与欣赏的相互依存还可以深入到创作者与欣赏者的养成过程中去看。先看创作者一方，从人类进入文明社会、有了自觉的文艺创作以来，任何一个创作者在其成长过程中都有大量的欣赏实践，这才养成了对一种或数种艺术的兴趣，萌发了创作的热情，学习并继承了前人的经验。所以，任何一个创作者都曾经是一个欣赏者；而且在成为专业的创作者之后，也还要继续进行欣赏活动，可以说仍然是一个欣赏者。这一事实特别清楚地说明了欣赏对创作的反作用，因为就每一个创作者来说，由于他首先是一个欣赏者，所以欣赏活动中的感受与思考、吸取与扬弃曾有力地影响他本人的创作活动；而每一个创作者又都以其创作活动来作用于整个文艺创作的现状，累代相承的现状又构成了文艺创作的历史。所以从表面上看，文学艺术的发展虽是由创作活动直接决定的，但结合创作者的成长过程来看，他们的欣赏活动却曾有力地影响于他们的创作，从而间接地作用于文学艺术的现状和历史。

再看欣赏的一方，任何人都不可能生下来就善于欣赏文艺创作，必然是通过了一定的生活经验和欣赏实践才具有欣赏的能力。马克思说:“对于不辨音律的耳朵来说,最美的音乐也毫无意义,音乐对他说来不是对象。”[①] 那么人们怎样才能养成善辨音乐之美的耳朵呢? 重要的途径之一,显然是进行音乐欣赏的实践,因为“只有音乐才能激起人的音乐感”[②]。从这个意义上说,欣赏能力的养成又是从艺术创作得到艺术教育的结果。音乐的欣赏是如此,其它艺术的欣赏也无不如此。而当人们有了一定的欣赏能力之后,便对文艺创作产生种种期望与要求,并通过种种渠道对创作者发生这样那样的影响。

由此可见,从文学艺术发展的宏观角度来看,可以说是艺术欣赏影响并造就了创作者,艺术创作影响并造就了欣赏者,二者互相依存,互为前提,它们之间还始终存在着彼此促进的运动。所以,整个文学艺术的发展史实际是由“阴阳”或“内外”两面所构成的动态系统,其“阳面”、“外面”就是创作,“阴面”、“内面”则是欣赏。从表面上看,文艺发展史只是一部创作史,实际上创作的发展却始终离不开欣赏的制约;当然,反过来看也一样,欣赏的发展也离不开创作的制约。

由创作和欣赏所构成的大系统,相对于人类文化的发展来说,又具有独立性与封闭性;但同时也有更大的开放性,因为它的运动发展必然受到其它社会因素以至自然因素的影响与制约;其中最为重要的因素,就是文学艺术作为社会意识形态必然受到社会存在的制约,作为上层建筑必然受到经济基础的制约。这类制约早已为人们所看到,只是眼光往往停留在创作者一面,强调了时代、社会、民族、阶级等因素对他的影响,而比较忽略这些因素同时也对欣赏者起作用。所以,社会因素以至自然因素事实上是通过两

① 马克思:《1844 年经济学-哲学手稿》第 79 页。
② 同上,第 79 页。

条渠道制约了文学艺术的发展。

创作与欣赏相互依存与制约并非文艺心理学的直接课题，但它却能够在创作心理与欣赏心理的剖析中起指导作用；同时，心理的剖析又将进一步论证创作与欣赏的辩证关系。

二 艺术默契的建立与发展

任何文艺创作都将客观世界中的种种事物形象统一表现于某种特定的艺术形式。例如音乐就将本应由听觉、视觉以至嗅觉、味觉、触觉所感知的事物统一表现于由音响、节奏、旋律组合而成的特定形式，成为专由听觉所感知的艺术形象。绘画则将万事万物统一表现为由线条和色彩组合而成的特定形式，成为专由视觉感知的形象。戏剧艺术也很有特殊性，明明是发生在屋子里的事，它却可以去掉一堵墙，使观众能够看到戏。在中国传统的戏曲中，情况还更为特别：舞台里边一堂饰有图案的大幕（或称“守旧”）可以代表一切布景；开门关门只要用手比划比划；演员在台上走一圈就算走街串巷或翻山越岭；几个“龙套”可以代表千军万马；摆几只空酒杯就算一次宴会。诸如此类的演法就都不能较真。再说电影，看来是逼真再现了实际生活的场景，但它借助多变的角度与镜头，运用各式各样的时空切割与音画联系，却可以把生活内容表现得变化多端、灵活自如。就是作为语言艺术的小说，作者一枝笔也顾不上“说两头话”，只得“花开两朵，各表一枝”；现代小说更有意增加空间穿插，时间倒置；还有人物之间的私谈秘事，作者竟也知之甚详，写来煞有介事，仿佛耳闻目睹一般。凡此种种情况，都说明任何文艺创作相对于它所反映的现实生活来说，都已有了或多或少、这样那样的艺术变形与虚拟。这种变形与虚拟出于创作者之手，而为欣赏者所认同，这就是二者之间在艺术表现上的默契。有了这种默契,才谈得上内容的认识、情感的交流以及艺术价值之被肯定。

默契的建立并不直接取决于外在力量的干预,也不直接由社会法规来决定,它乃是包括创作和欣赏两个方面的艺术大系统在运动中作了内部调整而出现的结果;也就是说,它是在创作与欣赏相互依存、相互作用的过程中自然形成的。所以虽有变形与虚拟,创作和欣赏双方却都感到不言而喻,彼此心照不宣,这才叫做默契。

默契建立以后,就有稳定性,无论创作者或欣赏者都不能单方面违背它、破坏它;倘有违背、破坏,文学艺术就不能起到应有的作用。但是,正像世界上一切事物一样,稳定总是相对的,相对的稳定事实上也处在变化发展之中;这种变化发展又是创作与欣赏双方相互作用、彼此促进的结果。

关于艺术默契的稳定性与变动性,可分别从纵向与横向两个角度来看。所谓"纵向",就是说任何一种艺术的默契,在其历史发展中,必然既有稳定性,又处在逐渐变化之中。例如中国古代诗歌就有四言、五言、七言、长短句等形式,每一种形式都因为创作与欣赏的默契而在一定的历史阶段上具有稳定性;但这默契又不是凝固不变的,所以,在四言诗统领诗坛的时候,也出现了非四言的句式;在五七言诗占主导地位时,也出现了长短句。而且,非主流的句式还逐渐变为主流的形式。这些变化都是以艺术默契的可变性为前提的。再说所谓"横向",其稳定性就是指各种不同的艺术必有各种不同的默契,互相不得混淆。例如歌剧中的人物对话可以用歌唱来表演,舞剧更把人物动作表演为舞蹈,这都是艺术表现的特点所在,但这特点却不具有可移性;倘若因为唱歌好听、舞蹈好看,便把它移用于话剧,那就可能把观众吓跑。但此类各不相同的默契也不是凝固不变的,所以各种艺术之间有可能出现这样那样的借鉴、交流、吸收以至于融合而成新的艺术品种;只要真正有利于艺术创造,符合新的欣赏要求,就总会形成新的默契。

默契之所以会有稳定性与变动性,从创作与欣赏双方的心理上说,乃是因为谅解、定势、求新、求美等诸种因素交互作用的结果。例如电影最初是无声的,无声当然不够理想,但因为大家心里明白在当时的技术条件下做不到有声,所以便因谅解而对无声的表现形式达成了默契;这种默契还相当牢固,所以当一九二三年有声电影刚出现时(是在胶片上录音的歌舞剧之类的短片),并未引起观众的太多注意,这就是欣赏中的心理定势继续在起作用。但有声电影毕竟比无声电影更有表现力和创造性,所以由于创作者和欣赏者共有的求新求美心理而终于形成新的默契。再从黑白电影与彩色电影的关系看,观众最初接受黑白片也是出于谅解,而终于爱看彩色片则是因为它更符合新与美的要求。此外在电影中还有声音与画面的完全一致演变为声画之间的复杂关系,以及各种蒙太奇的巧妙运用,也都是因求新求美而使原有的默契不断有所更新。又如有的画家把绘画搞得像摄影那样逼真,有的摄影家却又力求使摄影给人以绘画之感;欣赏者面对这类作品并不产生这样的疑问:即前者为何不干脆去拍照,后者为何不干脆去画画?而是承认这些作品的求新求美的效果,这事实上就离不开基于谅解和定势的默契。因为欣赏者在欣赏一幅画时,能够充分意识到这是"画",心中既有对绘画所固有的局限的谅解,又有欣赏一般绘画的定势,因此当他看到这画竟能像摄影那样逼真就感到惊奇并表示赞赏。反之,欣赏者在欣赏一张相片时,则充分意识到这是"摄影",心中既有对摄影所固有的局限的谅解,又有欣赏一般摄影的定势,因此当他看到这相片竟能给人以绘画之感,也就表示惊奇与赞赏。由此可见,在创造能力和美的认同上,不同艺术的不同默契也必然要起一定的作用。又如在小说和说唱等艺术中,作者采用"有话则长,无话则短"的表现方法,也是得到欣赏者谅解的。所谓“有话”、“无话”实际是指值得铺叙、值得欣赏的内容,创作和欣赏双方出于求新求美的心理,大家都认为“有话”之处应该有充分的、生动具体的表现,而“无话”之处则不宜拖沓。有一则笑话讲,有人给听众讲故事,说曹操带领八十三万兵丁下江南,路过一座独木桥。说到这里戛然而止。听众要他讲下去,他却说八十三万人正在一个一个通过独木桥,等走完了再接着讲。这虽是笑话,却从反面证明了“有话则长,无话则短”在创作上的必要性。这个原则不仅适用于小说,实际上一切艺术创作都因求新求美而有贯彻“有话则长,无话则短”这一原则之必要,也因谅解与定势而有实现这一原则之可能。所以,诸如电影之运用蒙太奇;话剧几幕戏可以表现几十年的事情,也可以表现几小时的事情;绘画、摄影之需要构图取景以及诗歌之富有跳跃性等等,无不体现了“有话则长,无话则短”的精神。倘若创作者偏要反其道而行之,那么欣赏者就都会像聆听“八十三万下江南路过独木桥”那样一哄而散了。

默契有稳定性,同时又在创作与欣赏双方对于新和美的持续要求中逐渐发生变化,甚至积小变而成大变。但无论是小变或大变,都必须在创作与欣赏的交互作用中较为自然地形成。有的创作者不了解或不尊重这一点,因此在创作中出现了违反默契的运动规律的情况,这就必然影响创作的社会效果。

在创作与欣赏相互依存、相互促进的关系中,一般说来总是创作一方起主导的作用。因为创作活动既体现了作者的创造要求,也反映了欣赏者求新求美的心理;所以创作虽然受到默契的制约,但事实上也以其不断的创新引导着欣赏活动,把欣赏者的模糊要求变为对新颖艺术创造的切实感受和理解,并且形成欣赏习惯,导致新的默契的建立。但是,正因为创作方面一般说来要起主导作用,所以违反默契运动规律的事情也往往要由创作者承担责任。出现这种事情大都由于三个原因：

第一个原因是创作者不顾艺术创作的规律和欣赏者的正常审美心理，把任性行事或哗众取宠冒充为“创新”。例如西方有的“现代派”画家把颜料在画布上胡乱泼洒，甚至身上涂了颜料在画布上爬抓翻滚，炮制成谁也看不明白的“图画”，并声称其中表现了画家的“潜意识”。但是，用这种办法究竟能否把“潜意识”表现出来呢？这已经大有疑问；再则即使真的表现了“潜意识”，是否就算美的创造呢？当然，这样的“图画”也有一些追求新奇刺激的人表示“欣赏”，还认为这些“画”最能诱发人的自由联想；但自由联想是面对任何东西（甚至不面对任何东西）都可以产生的，何必非要观看这一类的“画”来加以诱发呢？而且，在“欣赏”中光有自由联想，是不是就算真正的审美活动呢？所以，在这一类“画”的制作与观看中，事实上是不存在创作与欣赏的有机联系的，更谈不上默契的新发展。这种“创作”即使能哗众取宠于一时，也是经不起历史长河冲刷的。当然，出现这类“创作”只是破坏默契的极端事例，在艺术史上并不多见；但是，出于不同的原因而在不同程度上违反默契运动规律的情况，却是比较多见的，而这也必然在不同程度上影响艺术创作的社会效果与价值。所以，创作者一定要以广泛的欣赏活动为其社会基础，在此基础上真正发挥创作的主导作用。

违反默契运动规律的第二个原因则与以上所说的情况正好相反，乃是因为创作者因循守旧，不符合欣赏者对艺术的创新要求。例如在电影中，当银幕上逐步扩大一个人脸的特写时，观众就知道“下面要回忆倒叙了”。当银幕上特写云水等景物时，观众就知道“要唱歌了”。天气变阴，风雨交加，“事情要糟了”。天气转晴，阳光出现，“事情有转机了”。镜头拍到香港，必有杯盘歌舞；人物谈情说爱，往往奔逃追逐。饮酒喝水，总要淋漓狼藉；咳嗽连连，大都性命难保。诸如此类的表现方式,已经数年乃至数十年不变,岂非缺乏创新?要说默契,这倒的确也是一种默契;然而默契的规律是既有稳定性,又需要发展更新的,当默契成为僵化程式时,也就不再有积极意义,甚至令人感到厌烦了。有的同志可能会说,戏曲的表现程式有的已长达百年以上,为什么不说它因循守旧呢?这是因为观众心里明白戏曲就是有程式的,马鞭代替马,木桨象征船,结合舞姿,这就有了戏;倘若让真马真船上台,戏就没法演。正是基于这种谅解以及由此而生的欣赏惯性(定势),所以就有一定的默契。(戏曲在表演上也应该创新,这是另一个问题。)至于电影,则人们共知其较少程式,技术手段先进,有真实再现生活的强大表现力,因此出现老一套时,观众就不能谅解了,不能谅解就意味着默契的破裂。

违反默契运动规律的第三个原因是创作者有自发的主观主义倾向。试仍以电影为例,本来电影中叙事交叉倒转,时空灵活变化、镜头可长可短、节奏可快可慢、光度音量可大可小等等,都是它在表现上的优越手段,理应充分运用以增强其艺术表现力;但在运用中事实上却存在种种问题,如情节交叉与时空变化过于碎乱,使观众难以在接收信息之后把它处理为有序的(这种处理是观众在心里必然要进行的)。镜头该长的不长,使人感知不深;该短的不短,使人感到节奏缓慢,焦躁厌烦。光度和音量的处理也不充分为观众着想,出现种种看不明白、听不清楚的情况。造成这些情况可能有种种原因,而重要原因之一则是创作人员有自发的主观主义倾向。一部电影,从剧本开始到摄制完成,创作人员不知费心折腾了多少次,早已熟悉之至,当然不存在看不明、听不清、弄不懂的问题;而多数观众则本来对电影内容一无所知,又仅仅是看一遍,他们的感受和理解无论如何也不能像创作人员那样准确而深入。但处在自发状态的创作者却不易意识到这一点,很可能因为自己已经看熟了以至看烦了,就忽略了对观众接受情况的考虑。这种自发的主观主义倾向并不仅仅存在于电影创作,在其它艺术的创作中也时有所见。所以创作者为了更好地起到主导作用,就有必要设身处地为欣赏者想想,以利于默契作用的有效发挥及其更新发展。

违反默契运动规律的事情虽然多数出在创作人员身上,但欣赏者也并非"天然有理",而是也可能存在这样那样的问题。例如欣赏态度不严肃,欣赏中不能集中注意;欣赏能力不高,却又不把欣赏当做一种学习;不能正确协调求新与求美的心理,一味追求新奇刺激;心理定势过于严重,看不惯任何探索与创新;缺乏知识经验,不能理解作品的内涵;过于主观任性或只求标奇立异,导致对作品的曲解等等。这些问题都比较明显,正确与错误的界线至少从理论上说是易于辨明的。但是,另外有些情况就比较复杂,不易区别是非、分清责任。例如现在有的创作者尝试用交响乐队伴奏京剧清唱,在观众中引起了不同的反应,有人欣赏,有人不欣赏。这一现象不论是从艺术评论的角度或从一般欣赏的角度来看,都很难说谁是谁非。进行这种创作尝试和出现不同的反响都是有复杂原因的,现在仅从默契的发展这一点来看,则是一个旧的默契已经出现了"代沟"性的中断而京剧又必须保存并发展的问题。本来,对广大观众来说,京剧用简单的民族乐器伴奏是早有默契的,这种默契还不仅仅是出于谅解与定势,而且符合求新求美的愿望。因为就许多老观众的欣赏感受来说,主要以胡琴伴奏唱腔自有其佳妙之处;特别是像梅雨田为谭鑫培伴奏,孙佐臣为陈德霖伴奏,徐兰沅、王少卿为梅兰芳伴奏,周长华为程砚秋伴奏,李佩卿为余叔岩伴奏,王瑞芝为孟小冬伴奏,李慕良为马连良伴奏,杨宝忠为杨宝森伴奏,袁杏宝为黄桂秋伴奏等等,都已到了"尽善尽美"的境界,对老观众的听觉来说,增加更多的音响只会起消极的干扰作用;比较客观地看，这些伴奏与演唱之间也确有丝丝入扣、水乳交融之妙。同时，在伴奏的发展中，京胡加上了二胡，又加上了月琴；另外名琴师们还不断设计一些“花过门”、“花点子”，并在托腔时准确运用了琴声与唱腔的离合变化，这都符合老观众对艺术创新的要求，意味着默契的渐变。从数十年间的京剧唱腔与伴奏来看，可以说默契既是稳定的，又处在发展之中。但是，由于京剧老观众在欣赏中的感受经验像其它艺术欣赏的感受经验一样，都是经“自学”养成而无法以言语传授(详见下一节)；又由于种种原因而使广大新观众失去了在欣赏实践中深入“自学”的机会，所以就全社会的幅度而言，能与京剧表演艺术保持深刻默契的人是越来越少了。从创作与欣赏相互依存的规律来看，京剧的存在与发展出现了危机是无可讳言的。现在仅就新观众对京剧演唱的听觉感受来说，由于听的能力缺少训练而未能进入唱腔与伴奏的精细之处并为其深深吸引，因此收听的“距离”似乎越来越远，感受的“线条”也变得越来越粗；整个欣赏既处于极为疏略的粗放状态，就不能不感到京剧的唱腔与伴奏是过于单调的。这就如同欣赏微雕艺术，本应该把米粒大的作品置于放大镜下来看，而现在却只给以远远一望，于是就感到它无非是太仓陈粟之一粒，不见有什么佳妙之处。此种情况也不独欣赏京剧为然，笔者曾听一个自称不懂音乐的朋友坦率声称，他听贝多芬的音乐只有两个感觉，一是单调，二是杂乱。但是，正如贝多芬的音乐事实上是艺林珍宝一样，京剧的美学价值也是客观存在的，它的确蕴藏着我们民族艺术创造的大量精华。因此许多创作人员和热心之士深感到对它的继承与发扬负有历史的责任，为此而进行种种探索以求改革振兴；用交响乐队来伴奏京剧清唱就是这类探索的一种。这种探索的积极意义有三：一是犹如给微雕的“米粒”配上新颖豪华的衬底，以吸引人们“走近一点”来看，熟悉熟悉京剧的旋律。而“走近”以后便有可能进入欣赏之门，建立新的默契，并使感受由浅入深。二是的确给人以较为新鲜与丰富的音乐感受，比较符合新听众的欣赏要求。三是交响乐队伴奏京剧清唱也可能发展为新的水乳交融与珠联璧合。所以，这种探索是值得一试的。

根据以上事例的分析可以看出，默契的存在是创作与欣赏相互依存关系的重要表现；它的运动变化有其自身的内在规律，违反这种规律便会导致创作与欣赏的关系破裂。但默契的运动也并非孤立之事，它也受到种种社会因素的制约，因此有时候默契的中断与消失也无法简单地判明是非或“追究责任”。根据创作与欣赏的相互依存关系，为了抢救一种艺术，必须摸索种种方法来建立新的默契，新默契的建立就意味着一种艺术的新发展。最后需要说明的是，京剧的盛衰消长取决于许多因素，以上只是从艺术默契的角度略作论述，并不意味着一种艺术的发展仅仅是一个默契的运动变化问题。

三 创作者对创作效果的预期

在文学艺术史上，创作者进行了创作却秘而不宣，仅仅是为了给自己欣赏，这种事情肯定是有的，但无论有多少人这样做，都只能算作特殊事例。文艺创作作为一种具有高度社会性的行为，从根本上说肯定包含着对作品的客观效果的考虑；即不管创作者是否有明确的意识，他的创作活动总是为了起到一定的社会作用、得到一定的社会评价而进行的。因此，他在创作中就不能不想到欣赏者的要求和态度。唐代诗人贾岛在《送无可上人》诗中写了“独行潭底影，数息树边身”二句，为此他又补作了一首《题诗后》，说“二句三年得，一吟双泪流。知音如不赏，归卧故山秋”。“独行”二句写得究竟怎样可置勿论，但《题诗后》表述诗人渴求“知音”的心情则是十分痛切的，而所谓“知音”也就是真正的欣赏者。贾岛这种心理在文学艺术创作者中间事实上具有普遍性。所以法国大喜剧家莫里哀也曾坦率地声称:“在所有法则之中,最大的法则难道不是叫人欢喜?”① 当然,各个创作者寻求“知音”可能有各不相同的动机;各个时代、民族、阶级、集团以至于个人,也都可能寻求各不相同的“知音”。但概括起来看,希望作品能得到他人的欣赏,无疑是创作者共有的心愿。

文艺创作者既然希望他的作品能为他人所欣赏,所以就不能不对欣赏者的要求有所反映,并作出这样那样的适应。这也就是说,早在文艺创作进行之时,来自欣赏者方面的影响已经比较潜在地作用于创作,这又是创作与欣赏的辩证联系的深刻表现。例如电影导演赵焕章执导的农村生活片《喜盈门》、《咱们的牛百岁》、《咱们的退伍兵》都是正剧而带有喜剧的色彩与成分,为什么要拍成这样?他在一九八六年三月十一日中央电视台《文化生活》中作了解释,说有点喜剧性符合广大农民的“心气”,经过十年动乱,现在过上好日子了,大家需要乐一乐;同时这也比较符合传统的民族欣赏心理。这些话相当典型地表现了创作中的预期,即根据对欣赏者的要求与心理的了解,预先在创作中作了适应的努力;而这就清楚地表现了欣赏者的要求对文艺创作的潜在影响。人们常说“时代呼唤着伟大作家的出现”,这是一句很深刻的话,它意味着伟大作家的出现不仅仅是个人努力的结果,也是由“时代”造就出来的;创作者必须通过预期对特定时代的广大欣赏者的要求有所适应并且有所超越,才能达到伟大的境界。

有人可能要问,文学艺术史上也存在只求“忠于艺术”而公然声称不考虑社会评价的艺术家,这又该怎么看呢?的确,这种情况是存在的。例如宋代著名山水画家李唐写

① 莫里哀:《〈太太学堂〉的批评》,见《文艺理论译丛》1958年第4辑。

诗道:“雪里烟村雨后滩,为之如易作之难。早知不合时人眼,多买胭脂画牡丹。”又近人齐白石在画虾诗中说:“塘里无鱼虾自奇,也从荷叶戏东西。写生我懒求形似,不厌声名到老低!”这两首诗都很鲜明地表现了只求“忠于艺术”而不迎合世俗趣味的思想。但略作分析便可以看出:一方面,这两首诗恰恰说明创作者对作品的社会反应是相当在意并有所估计;另一方面,李唐说的显然是反话,实际是讲“雪里烟村雨后滩老子画定了”! 而他之所以有这样的决心,乃是因为深信他的山水画虽然“不合时人眼”,却是合于“雅人法眼”的,是会得到历史的公正评价的。至于齐白石,则他追求形神兼备的画法早已得到了各种人的肯定,他的名声早已不低了,这一点他自己心里也是明白的,所以他还是把他的独特风格坚持下去。当然,在文学艺术历史上,怀着反社会的心理,真正想和广大欣赏者对着干的“创作者”,也不能说绝对没有,但他们的作为只不过是从反面证实了欣赏者对创作的潜在影响;因为这些人对欣赏者的艺术要求和价值标准也有相当深刻而具体的了解,这才能在各个环节上故意地反其道而行之;而这样做的动机,还可能是为了让群众更加赏识他们的“创新”。

文学艺术创作者之所以能对作品的社会效果作出预期,对欣赏者的要求作出多种多样的适应,主要有以下各个依据:

第一,创作者对作品效果的预期,首先离不开他作为一个欣赏者所取得的经验。因为任何创作者都“出身”于欣赏者;而且成为创作者之后,也仍在不断欣赏古今中外的艺术作品,并分析研究其成败得失和社会效果(尤其是当代作品的效果,更是重要的信息)。所以,他很知道什么是艺术默契及加以运用的必要,同时对欣赏者的其它心理与要求也都有一定的了解和实际体验;于是他就根据这种了解与体验,预期自己的创作在欣赏者中的反应。这种情况可以说是创作者对作品社会效果作出预期的心理前提，具有极大的普遍性。

第二，创作者与欣赏者都曾受到历史文化的哺育，并且是在历史文化淀积的基础上进行创作与欣赏活动的，这就不仅使双方在知识结构上有一定程度的共同性，而且也影响到双方在价值观念、美学趣味以至情感倾向上的沟通，这些也是创作者能对欣赏者的反应有所预期的原因。关于这个问题，在文艺创作中最为明显的例证无过于对历史典故和历史题材的运用。例如曹操的名作《短歌行》是一篇“求贤诗”，表现了作者渴求人才辅佐的心情。诗中说到“青青子衿，悠悠我心。但为君故，沉吟至今”，其中“青青”二句出于《诗经·郑风·子衿》；按照传统的解释，“青衿（衣领）”是周代学子的服装，原诗是写诗人对同学的思念，表现了对友情的重视。曹操引用这二句，并且强调“但为君故，沉吟至今”，就意在表示自己始终不忘旧友，希望得到他们的辅助。同时这四句诗还有更为曲折深入的含意，因为《诗经》原作在“青青子衿，悠悠我心”二句之下，还有“纵我不往，子宁不嗣音”二句，意思是“就算我没有去找你，你为什么不主动给个音信呢”？曹操求才，事实上不可能处处周到、人人关照；有此二句，就不仅是要求人才主动上门，而且情意也格外显得恳挚。但这二句在曹诗中并未出现，只是作为暗用的典故隐藏在出现的字句背后，非常含蓄得体。但既然没有出现，这一番曲折的用意叫人如何得知呢？这就因为当时的士人都读过《诗经》，知道“青青”二句之下还有“纵我不往，子宁不嗣音”二句，而曹操所“沉吟”的也必为《子衿》全章，因而能够了解他欲说未说的意思，深切感知他细致入微的求贤之情。这种效果就因为作者与当时的士人曾有过共同的历史文化教养，所以作者可以预期读诗的人能够理解他的心意；而且因为珍视友情、尊重人才都是符合包含在历史文化传统中的价值观念的，所以作者知道他写出这样一首诗是能够打动人心的。文艺创作中运用历史典故不限于诗词等文学作品，例如用历史题材作画作曲，也可以说是典故的广义运用。达·芬奇的名画《最后的晚餐》，就是用了基督教历史上的著名题材。画中对特定情景的表现是非常生动具体的，但若欣赏者对有关的宗教故事毫无所知，那就还是不可能明白这幅画究竟表现了什么，从而也就无法切实产生相应的爱憎之情（至多只能直观地意识到犹大形象的卑劣）。但达·芬奇深知有关《最后的晚餐》的故事在基督教世界中是家喻户晓、深入人心的，因此绘画虽然无法从时间上表现事情的连续过程，但欣赏者还是能够由画中所捕捉的瞬间情景而产生对整个事件的反应，包括形象的感知、思想的认同和情感的共鸣。

第三，创作者和欣赏者都对客观的现实情况有所反映，这一因素对双方所起的作用是更为显著的；创作者据此而对创作效果有所预期，也是对社会心理的反映和适应。例如我国建安时期出现了被称为“建安风骨”的文学潮流，就是反映了那个时代的现实特点和有一定广度的社会心理，即社会生活既因长年战乱而遭到残破，又出现了重新统一和安定的希望。这种特点为一定的创作者与欣赏者所共同感受，因此那种风格慷慨悲凉而又积极面向现实的诗作才既有人写，也有人看，从而成为具有显著特色的一代诗风。盛唐时代在文学艺术中广泛出现的“盛唐气象”，则是反映了唐帝国的繁荣兴盛，社会生活内容比较丰富多彩，广大士人也有较多的出路和机遇，可以较为多向地谋求发展。具有“盛唐气象”的各种艺术创作（特别是诗歌）虽然出于艺术家的手笔，发自诗人的肺腑，却也是因为适应了一大部分欣赏者的情怀和要求，这才相互促进，蔚然成风。此外，如六朝的形式主义、唯美主义诗风，是反映并适应了门阀士人苟安逸乐的情趣；宋元话本、元人杂剧及明代拟话本，是反映并适应了市民阶层的要求。这些情况都说明特定的创作者群体与欣赏者群体对社会现实生活有某种共同的反映、态度和追求。欧洲中世纪的“骑士文学”和宗教艺术以及后来的“文艺复兴”，也分别反映了不同时代的某些创作者和欣赏者对他们所处的社会现实状况有相似或相通的感受和反应。我国“文化大革命”以后，相继出现了所谓“伤痕文学”、“反思文学”、“改革文学”等创作高潮，则是更加清楚地表明了创作者和欣赏者对社会现实变化发展的共同思索与追求。

第四，预期中的适应与超越。预期的心理基础在于适应，包括适应创作者与欣赏者之间已有的艺术默契，适应历史文化的淀积对人们的知识结构和价值观念的影响，以及适应客观现实及其发展要求在人们思想中的反映。这些适应都是使作品取得预期效果的重要原因，从而深深地影响着作者的创作过程。但是，从另一方面来看，可以说很少有几个创作者会仅仅满足于消极的适应，他们总是预期着更为强大的创作效果，能够“超越”欣赏者原有的欣赏习惯和事先期待的审美享受，从而对审美活动以至社会心理都起到某种引导作用。所以，在创作者的预期心理中，适应虽然是个基础，却是比较潜在的意识，甚至可能不被创作者所察觉；而在意识域中显著出现的、起主导作用的心理活动，却是某种超越的要求；也就是希望作品能够比欣赏者所预料的更为动人心魄。杜甫说“语不惊人死不休”，就是这种要求超越的创作心理的突出表现。当然，所谓“惊人”可以是各式各样的，而概括起来看，希望出现超越性的效果却是创作者的普遍要求。这种要求是很有积极意义的。马克思说：“艺术对象创造出懂得艺术和能够欣赏美的大众，——任何其他产品也都是这样。因此，生产不仅为主体生产对象，而且也为对象生产主体。”① 所以，在创作与欣赏的辩

① 《马克思恩格斯全集》第12卷第742页。

证关系中,创作一般是起主导作用的;而且引导的方向应该是提高欣赏者的认识水平和审美能力,这才能在不停发展的历史进程中"创造出懂得艺术和能够欣赏美的大众"。否则,所谓的"适应"必将流于迁就迎合,媚俗求宠,甚至产生煽激低级趣味的恶劣效果。但是,反过来说,一切超越仍必须以了解欣赏者的审美要求为前提。假如根本不了解欣赏者的要求,也就不知道如何去超越并引导这种要求。因此,无论创作者取得了多么大的超越性效果,其创作过程仍然是深深受到欣赏者的期待与要求的制约。尽管这种制约看起来好像是无形无迹的,但"心有灵犀一点通",来自欣赏心理方面的信息总是在创作心理中有所感应的。

创作预期中要求超越与引导的心理,驱使创作者对历史文化的淀积进行更加富有创造性的运用;对社会现实作出尽可能深刻的反映;同时也在艺术表现上力求创新,在默契的变化发展中发挥主导作用。例如中国书法艺术的创作都必须以汉字为素材,即对汉字进行想象与加工而成为书法的艺术形象。汉字在各个阶段的定型与变化,可以说是从一个点上体现了历史文化的发展,而为人们所共同接受;同时在识别汉字和欣赏书法上,创作者与欣赏者也早已有了默契;这都是创作者据以进行艺术创造的基础。但创作者总是力求通过艺术的想象和加工把模式汉字写得出乎欣赏意料的美,使欣赏者在把书法艺术创作与早已存在于心目中的模式汉字相比时,会惊奇于优秀书法家竟能把汉字写到这种境界:它们是如此雄伟或如此秀丽,如此奔放或如此娴雅,如此强劲或如此柔媚,如此苍健或如此圆润。这种惊奇感同时也就是审美的喜悦,亦即作者预期中的超越得到了不同程度的实现。那么,除了艺术上的默契和对历史文化的共同接受之外,在书法艺术中如何看出创作和欣赏在反映现实方面的相通与交会呢?这的确不那么显而易见。因为书法艺术在反映社会现实方面有很大的模糊性,不可以作机械的理解，这是它的一大特点。但是，这并不意味着书法艺术与社会现实毫无关系。清人刘熙载在《艺概》中说："秦碑力劲，汉碑气厚，一代之书，未有不肖乎一代之人与文者。《金石略·序》云：'观晋人字画，可见晋人之风猷；观唐人书踪，可见唐人之典则。'谅哉！"[①] 这话清楚说明了书法艺术的时代特色，而所谓时代特色就是一个时代的社会生活以及人们的思想情趣的宏观表现。因为宏观，所以带有模糊性，分析过细必流于穿凿。但一个时代的书法艺术对一个时代的社会现实是必然有所反映的。在中国书法史上特别明显的例证就出现在南北朝，当时南北两地有"南帖"、"北碑"两股创作巨流，它们分别表现为两种不同风格的形象："南帖"是流畅秀美的典范，"北碑"是雄健质朴的典范；这两种风格显然是宏观地反映了当时南北两地的不同的社会现实、风俗习尚、文化特点与人们的精神状态。正因为这些社会现实因素的存在及南北方人士分别对它们有所反映，这才酿成了两股风格各异的创作巨流。在这两股巨流中，都可以看到创作者对欣赏者在审美情趣上的适应；同时又有超越，即那些最优秀的作品总能把书法的时代特色表现得格外充分而深刻，并显示了优秀艺术家的独特创造，因而能取得出乎欣赏者预料的惊人效果。

由于书法艺术过于特殊，所以再补充一个文学创作的例证，来说明适应与超越的问题。明代拟话本"三言"、"二拍"中的许多短篇小说，都反映了封建社会后期城市中商品经济的发展与资本主义的萌芽，以及由此而在市民阶层的思想意识和价值观念方面所发生的变化；其中所写的种种"发迹变泰"的故事，也主要是适应了市民阶层的趣味与追求。这类小说在表现形式上与前代的话本相比，有承袭也有创新，可以看出对默契的尊重与变动，但这一点并不重

① 刘熙载：《艺概》第159页，上海古籍出版社版。

要，姑置勿论；只通过一例来说说它们在思想内容方面是怎样做到适应与超越的。凌濛初《拍案惊奇初刻》中有一篇《转运汉巧遇洞庭红》，后来收入抱瓮老人所选编的《今古奇观》。这里先要指出，《拍案惊奇》与《今古奇观》这两个名称在心理学上就是值得注意的。因为前者清楚表现了创作者（凌濛初）预期中的超越，即要求作品超出读者的预料而使之"拍案惊奇"；后者则是小说选编者（抱瓮老人）所定，显然代表了欣赏中的观感，即欣赏者也感到这些小说是超出预料的"今古奇观"。两个名称一呼一应，证明了创作者确曾有过预期的超越，而在欣赏者心中也的确产生了超越性的效果。所以这两个名称是分明透露了一点创作心理与欣赏心理的。那么，就《转运汉巧遇洞庭红》一篇而言，它究竟"奇"在哪里呢？小说的主人公文若虚本是个"自恃才能"、不会"营求生产"的士人，终于"坐吃山空"；但他后来却弃文经商以至于搞外贸，虽然做生意也曾遭过挫折，却终于由一个"倒运汉"变成了"转运汉"。这一转变完全适应了与商品经济联系紧密、渴望在生意场中"发迹变泰"的市民阶层的发展要求与价值观念。但小说的内容不止于适应，它不仅描写主人公因向海外贩卖红桔而"一本千利"，而且还写他由于无意之中在荒岛上得到龟壳而卖了五万两银子（龟壳的实际价值还远远不止此数）。这就不能不使广大市民读者深感小说之所记的确是超出意料的"今古奇观"，从而实现了作者所预期的超越性效果。另外，小说中反复宣扬"命运"与"机遇"，当然是思想上的糟粕；但作者之所以要作这样的宣扬，一方面固然表明他自身的思想局限，另一方面也是为了适应市民阶层的落后意识。他们生活在实际的贫困之中而看不到发迹之路，所以往往把希望寄托在"命运"的"转变"之上；而作者则向他们灌输，说"时来运转"确有其事，而巨大的"机遇"则是存在于商品的交易之中。由此可见，创作者的预期虽然看起来纯出于他自己的思想意识和独特构思,但实际上他的预期不论表现为适应或超越,都是对欣赏者的观念与要求有所反映的,这至少是从一个方面证明了创作心理受到欣赏心理的制约。

当然,《转运汉巧遇洞庭红》在创作中的预期(包括适应与超越)是相当浅显的,无论在深度和广度上都还不足以代表各种艺术的创作情况。但也正因为浅显,所以能使人较为容易地看到创作心理与欣赏心理之间的呼应是何等紧密。古今中外诚然不乏高度个性化的似乎毫无适应之迹的作品,有的艺术创作还因其特定的表现形式而无法直接窥知作者的创作心理;但从反映论和辩证法的观点来看,创作与欣赏之间的心理呼应是有必然性的。归根到底,这种呼应乃是由艺术默契、历史文化、现实反映以及文艺创作作为高度社会化的意识形态的性质所决定了的。因此无论人们看到或看不到,承认或不承认,呼应的存在总是个事实;这一事实又正是创作与欣赏之间的辩证关系的深刻表现之一。

第五,预期的局限性。文艺创作者可能希望他的作品适应并超越一切人的要求,也可能仅仅希望得到几个"知音"的赏识;不论创作者主观上怎样想,他的预期事实上必然受到时代、民族、阶级、个性等等因素的制约,而不可能真正了解一切人的潜在要求、并想出有效的方法来适应。这倒不是说作者不想取得既普遍又永久的社会效果,而是说这样一种预期的具体内容事实上无法出现在任何一个特定创作者的心中。例如前面说过,尊重艺术默契是创作者对作品的效果有所预期的根据之一,但艺术默契是有发展变化的,任何创作者都无法根据未来将要出现的默契而设法在表现上适应未来欣赏者的要求。有的创作者倒是有这样做的愿望,因此就出现了"未来派";但"未来派"的预期是否真正符合未来的要求,那就很难说了。人们观看现在的变形画,就不难想见千百年前的画家是不可能想到用这样的表现来适应欣赏要求的。电影的情况更明显,人们观看现在的运用各种崭新表现方法的电影,就不难想见即使是几十年前的创作者,也不可能想到用这种方法来适应欣赏的要求。当然,千百年前的绘画可能成为今天的艺林之宝,几十年的老电影,今天也有人欣赏;但现在人们的实际欣赏心理和要求,却是从前的创作者所无法了解的,所以就不可能成为他所预期的适应对象。

又如创作者和欣赏者都接受历史文化的哺育,也都反映社会现实情况,这是创作者作出预期的更为重要的根据;但在历史文化的哺育和社会现实的反映中,创作者和欣赏者却可能分别受到民族、阶级等重大因素的制约,因而他们所受的哺育和所作的反映也可能大不相同。所以,创作者的预期也必然是有局限的,他在事实上不能了解或无法体会其它民族、其它阶级的欣赏心理和要求,于是也就无法具体设想如何去适应与超越。

民族性的制约在历史文化的哺育上表现比较明显(当然这种制约在对社会现实的反映中也起作用);因为世界上的大多数人都是从小就受到本民族的历史文化的熏陶,这不仅影响到知识结构,也影响到创作心理与欣赏心理。所以,曹操创作求贤诗《短歌行》,他就不可能预期欧洲的"贤人"理解此诗并主动登门拜访(况且曹操因受历史的局限还未必知道世界上有个欧洲);他所指望的只是在三国鼎立的时代读到此诗的"贤人"不去投靠刘备、孙权,却来辅佐自己而已。同样,达·芬奇创作《最后的晚餐》,其实际的预期也只是感染和激动基督教世界的人们;至于中国观众,能欣赏固然很好,但画家本人却是未曾(也不可能)为适应中国观众的要求而费心的。

至于阶级性的制约,则在社会现实情况的反映上表现比较明显(当然这种制约在历史文化的哺育中也起作用);因为在阶级社会中,每一个人都在一定的阶级地位中生活,所以也总是站在这个地位上来反映社会现实的。例如《诗经·伐檀》尖锐讥刺了社会现实中人剥削人的情况，作者就不可能预期那不劳而获的“君子”看了此诗大为欣赏，虽然他们也是生活在同一个社会现实之中。“建安风骨”倒确是一股有时代特色的文学潮流，但无论预期和反馈都只能是地主阶级士人之间的呼应。创作者不可能预期正在战乱中流离失所的劳动人民也能读到这些诗，并大力支持其“建功立业”的志向。梁山起义故事的民间作者不可能设想封建统治者听了这些故事便赞成农民起来造反；贾府上的林妹妹也不会为了适应并超越焦大的欣赏要求而写诗。凡此种种都说明创作者的预期是受到他那阶级性的制约的。

预期所受的制约并不只限于艺术默契和民族、阶级这几个因素，以上只是举其显者而言之，以说明创作者的预期是有局限的，它事实上只能是特定的创作者与或多或少的欣赏者之间的心理呼应。至于文艺创作之所以会超越一些局限而取得较有普遍性与历史性的效果，那是另有种种原因的；并不说明创作者早已知晓天下后世的要求而实际考虑了如何去适应与超越。

四　欣赏者对艺术创作的反馈

所谓反馈，就是文学艺术创作在欣赏者中间引起的反应和效果又作为一种信息反作用于创作者。从欣赏对创作的影响这个角度来看，反馈是比预期更为直接的作用形式。因为在创作者的预期中所反映的欣赏者的心理和要求，总是较为潜在的，有相当大的模糊性，且经过创作者的主观过滤与折射；而在作品问世以后，来自欣赏者方面的反馈，则是既鲜明又直接的信息。

当然，就某一特定的艺术创作而言，在其问世之后，无论收到什么样的反馈信息，也已无法改变作品的原状。但是有三种情况值得注意：一是反馈信息会影响同一个作者的后继之作。二是反馈信息能使其他作者(包括后代的作者)得到借鉴,从而吸取成功的经验或失败的教训。三是有些文艺创作可以在问世过程中不断修改,例如话剧、戏曲等舞台演出;就算是小说、诗歌或乐谱之类,也可以因接受意见而在再版重印时有所修改。由此可见,欣赏者的反馈对创作现状及其发展的影响是重大而深远的。

反馈的最直接形式,当然无过于舞台艺术演出中的现场交流。所谓“交流”,是一个带有模糊性的专门名词,其实际内容概括起来说主要有三点,即吸引观众注意,调动欣赏热情,以及演员的表演艺术得到观众的准确理解和预期的情绪反应。这三点渗透交织在一起,便能有效地形成交流。那么如何做到这三点呢？理论家可以讲出种种道理,但演员知道了这些道理还是不一定能有效地形成交流;必须在舞台上根据直接的反馈不断摸索,总结经验,纠正误差,使表演趋于准确成熟,才能在完全感性的意义上掌握交流的奥秘,达到一出场便有交流的境界。过去,在京剧等民族戏曲的演出中,名演员出场便得一个“碰头好”,场内气氛顿时热烈起来,这很可能仅仅被理解为一种“捧角”的热情;又有些评论文章往往声称某某演员“浑身是戏”之类,也可能被人认为无非是形容夸张。但有的观众看戏多了,通过比较,就可能感到“捧角”之意固然存在,笔墨夸张亦所难免,但事情并不这样简单,名角自有其吸引人的力量。所谓“浑身是戏”,照道理讲只涉及演员与角色二者的关系,即演员以其艺术表演准确地再现了角色;但实际上却涉及三者关系,即观众要求从演员身上看到“提神”的东西,美的东西,富有戏剧性的东西;这种要求被演员所感知,又通过千百次的演出与反馈,终于被实实在在地融进了对角色的表演,于是演员身上才会出现观众所期望的戏剧性。这与卖弄技巧、迎合观众完全是两回事,从根本上说,乃是观众通过反馈参与了表演艺术的创造，参与了演员对戏剧美的创造。观众自然不能像导演那样对演员耳提面命，然而通过他们中间所形成的情绪气氛却能明白无误地告诉演员，什么样的表演是生动感人、富有美感的，什么样的表演则是无效或拙劣的。这种情况，在内涵较浅、技巧性较重的戏曲艺术中当然更为明显；就是在内涵极深的戏剧表演中，同样也有类似的情形。试想无论内涵多么深厚的戏剧，当其开幕之时，观众对戏的内容还一无所知，这时一下子就把他们引入戏中的，乃是演员身上的“戏剧性”；这种戏剧性不是那些外在的、浅露的技巧，而是在长期历练中，通过融化观众要求而养成的极其精微的表演艺术！原籍波兰的美国导演理查德·波列斯拉夫斯基说：“演员的艺术是教不了的。”[①] 所谓“教不了”，其实只是指戏剧专家“教不了”，因为戏剧专家只能造就一般的或较好的演员，而广大观众却能造就伟大的演员；当然伟大的演员需要有种种修养，而“必要条件”之一乃是善于领会观众的反馈信息来改进表演的艺术。

波列斯拉夫斯自认为“演员的艺术是教不了的”，然而他却还是要教。他对一个想当演员的女青年说：“假定你此刻正在演戏。幕开了，你第一个题目就是听到一辆车子渐渐驶向别处去的声音。这时候剧场里成千的观众都在想着各自的私事——有的想着交易所的买卖，有的想到家庭的烦恼，有的想到政局，有的想到吃晚饭，或者有的对隔座的漂亮姑娘转念头——可是你一上场便得马上把观众的注意力抓过来，使他们一下子就感受到你的全神贯注的表演比起他们专注于私事是重要得多得多了，虽然你只不过是注意力集中地听着一辆想象中的汽车驶向别处的声音。你一定要使他们感觉到在你那辆想象的汽车面前，他们连想起

① 《演技六讲·译者序》，理查德·波列斯拉夫斯基著，郑君里译。

交易所买卖的余地都不应该有的!”[①] 那么如何才能掌握如此神奇的本领呢?波列斯拉夫斯基指出演员要接受三部分教育:第一部分是“机体的全部生理机能、肌肉和筋络的教育”;第二部分是“学识与文化的教育”;第三部分是“精神活动的教育”,要“把自己的全部五觉在各种不同的想象情境下紧紧地把握住:把感觉的记忆、灵感或直感的记忆、想象的记忆、最后是视觉的记忆,充分地培养起来”[②]。这三部分教育当然安全正确,很有必要;但是演员受了这些教育之后,一到台上是不是就能使观众不再想着“交易所的买卖”,而专注于演员“那辆想象的汽车”呢?可以说“门儿也没有”!对于演员来说,接受这三部分教育也不过是一些“必要条件”而已;全部教育的效果还必须在舞台上、在观众面前反复经受现场教育之后,才可望逐步显现。

明末大说书家柳敬亭的传记中说,他说书时,还未开口,场中已出现与说书人将要表演的情节相呼应的气氛。此事究竟是否可信,当然难以确证。但笔者曾在两个书场中分别欣赏师徒二人所说的同一回书,那气氛确有显著的差异。老师说书时一上来就完全吸引了听众的注意,往后的说噱弹唱以及动作表情都很能引起听众的积极反应,可以说自始至终充满了交流的气氛。几天以后又听他的徒弟说这回书,一上来就不能吸引听众的注意,这还可以解释为名声有别的缘故;但后面的种种表演,尽管徒弟对老师亦步亦趋,学得非常之像,却总不能引起听众那么强烈的反应;在说书的全过程中虽然也有交流,却并未贯彻始终。类似这样的欣赏经验恐怕许多人都有过,例如听相声,有的演员一上台,听众已在准备乐了;而有的演员却使人感到别扭,就是在该笑的时候也笑不出来。这究竟是什么缘故?一般

① 理查德·波列斯拉夫斯基:《演技六讲》第11页。

② 理查德·波列斯拉夫斯基:《演技六讲》第11—13页。

都归结为“火候”的差异。“火候”的深浅,自然有种种原因,但原因之一肯定是在实际演出中能否根据观众的直接反馈来摸索和纠偏,从而逐渐掌握善于引起交流的本领,这是老师所无法传授的。

又,狄德罗说过这样一段话:

一个歌者因不得不重唱一只听众要求重唱的曲子而感到局促,一个提琴手手忙脚乱汗流浃背,都叫我非常不快。我要求歌者态度从容神气自若,我要求奏乐人手指在丝弦上轻轻挥动,毫不费力,使我完全不感觉得弹琴是一件难事。我所要求的是纯粹的,不夹杂着苦处的快感。[①]

这里所说的也是一种与交流有关的情况。因为欣赏者如果为表演者的“手忙脚乱”而感到不安,就不可能集中注意于他的艺术表演,于是也就谈不上交流;而所谓“纯粹的,不夹杂着苦处的快感”,则正是在交流中才得以产生的。然而欣赏者的“不快”与“快感”作为反馈信息来看却是极为细微的,表演者除了在现场直接感知之外,一经其它载体的传送都不免大打折扣。其它与交流有关的反馈信息也大都如此,所以表演者只有通过现场感知才能默识于心,并在长期的表演实践中摸索到有效的改进之道。除此之外,是没有其它办法可以领会个中奥秘的。正是从这个意义上说,那些一出场便能引起交流的演员,乃是很善于接受观众教育的优秀艺术家。

现场交流是反馈的最直接形式,对创作者有明显的教益。但反馈的形式是多种多样的,如社会效果的大小,专业评估的高下,以及票房价值、销路印数和对创作风尚的影响等等。一般说来,艺术创作的内容与质量总与欣赏者的反馈有某种一致性;但同时也应该看到,反馈又往往有变异的现象,无论在内容理解、情绪反应或价值评定等方面,都不

① 狄德罗:《绘画论》,见《文艺理论译丛》1958 年第 4 辑第 52 页。

一定像人们所设想的那样如响斯应。这主要因为欣赏者是各式各样的人，他们由于不同的时代、民族、阶级、职业、地域、年龄、性别以至不同的个人经历、教养、性格等因素所形成的思想观念和心理特点，都有可能影响到对艺术创作的感受和理解，爱憎与褒贬。这样就使反馈本身以及它对艺术创作的影响都出现复杂多变的情况。关于这种情况，前人也早有所见。如刘勰说："夫篇章杂沓，质文交加，知多偏好，人莫圆该。慷慨者逆声而击节，酝籍者见密而高蹈，浮慧者观绮而跃心，爱奇者闻诡而惊听。"① 鲁迅在谈到《红楼梦》时说："单是命意，就因读者的眼光而有种种：经学家看见《易》，道学家看见淫，才子看见缠绵，革命家看见排满，流言家看见宫闱秘事……。"② 又如观看莎士比亚的同一出戏，"头脑最简单的人可以看到情节，较有思想的人可以看到性格和性格冲突，文学知识较丰富的人可以看到词语的表达方法，对音乐较敏感的人可以看到节奏，那些具有更高理解力和敏感性的观众则可以发现某种逐渐揭示出来的内含的意义"③。这些说法分别从性格、思想和能力特点的角度，描述了反馈的复杂性。这种复杂性由于涉及的因素太多，难以作较为微观的分析，所以下面仍只通过例证说说民族和阶级这两个因素对欣赏反馈的制约作用。

例如有一篇巴黎通讯，报道中国舞剧《凤鸣岐山》在巴黎得到了两种截然相反的论评：

《巴黎人报》三月九日写道："一出令人惊奇的节目，其视觉美和艺术美与我们西方的演出不能相比。中国人善于把芭蕾的典雅优美与传统的剑术投枪的神奇力量结合起

① 刘勰：《文心雕龙·知音》。

② 《鲁迅全集》第7卷第419页。

③ 托·斯·艾略特：《诗歌的用途》，转引自韦勒克与沃伦著《文学理论》第279页。

来。""八名主要角色在包括化妆、灯光、布景、道具等细致入微的舞台设计中轮番起舞。"《巴黎人报》在此前两篇评论中认为,《凤鸣岐山》是一出"西方少见的气势磅礴的节目,它使我们看到了中国的新文化"。"从许多方面看,这出既豪华又朴实的戏,熔两种文化为一炉,实在动人。"《法兰西晚报》与一些周刊也发表了类似的看法。

与此相反,《费加罗报》三月八日指出,舞剧的开场"像是三十年代好莱坞电影的幕表。音乐浮夸庸俗"。舞剧的风格"更多地属于动画或小人书"。"训练有素的青年演员与其说是跳舞,不如说是表演哑剧。"故事"实在不能吸引西方观众","舞台形象相当贫乏和僵化"。上海芭蕾的风格"远远不是我们所理解的古典舞或现代舞"。"令人眼花缭乱的服装和叮咚作响的金属片绝不是我们欧洲人所喜爱的奢华"。法新社在评论中说:"音乐不动人,服装没有风格……舞蹈是杂技式的。""人们吃惊的是,中国给自己塑造了一个近似欧洲人眼中的中国古董的形象。"①

这是两种截然的反馈,却都与欣赏者受到民族心理、民族习惯的制约有关。《巴黎人报》的评论,是从西方人的欣赏心理和习惯出发,而着重强调了从中国舞剧得到的新奇感,所以说"其视觉美和艺术美与我们西方的演出不能相比",又说这是一出"西方少见的气势磅礴的节目"。《费加罗报》也是从西方人的欣赏心理和习惯出发,而着重强调了对中国舞剧的不适应与不理解,所以说《凤鸣岐山》的故事"实在不能吸引西方观众",上海芭蕾的风格"远远不是我们所理解的古典舞或现代舞"。这两种反馈都是有代表性的,因为根据原有的欣赏习惯来看一种从未见过的艺术,是有可能产生不同观感的;而这观感无非与两种心理趋势有关,即或趋

① 吴葆章:《〈凤鸣岐山〉在巴黎引起不同反响》,见《参考消息》1986年3月13日。

于求新而好奇,或趋于守旧而嫌异。无论是哪一种趋势,实际上都和原有的欣赏心理与习惯相关联;要是没有这样一个基础和出发点,也就无所谓求新与守旧。但既然同出于欣赏中的民族心理与习惯,却又有截然不同的观感,这就更说明反馈可能是多有变异的,那是因为它另外还受多种心理因素制约的缘故。

关于阶级性对反馈的制约,其例不胜枚举。现在只说中国文学史上一个作用异乎寻常的事例。大家知道,《诗三百篇》是中国现存最早的一部诗歌总集,其中所收的三百〇五篇诗作,内容非常丰富复杂,作者也有各种身份的人。然而孔子对这部诗集却作出这样的反馈:"《诗三百》,一言以蔽之,曰:'思无邪'。"[1] 因为"思无邪",所以在孔门的教育活动中有一项是"诗教",其目的则是使人"温柔敦厚"。孔子对此也有概括:"其为人也,温柔敦厚,《诗》教也","温柔敦厚而不愚,则深于《诗》者也"[2]。事实上《诗三百篇》中多有毫不温柔敦厚之作;许多讽刺民歌与爱情民歌相对于礼教来说,也决不是"思无邪"的。然而孔子由于阶级地位的制约,却可以把《诗三百篇》都说成是"思无邪"的,是"温柔敦厚"的。至于汉代,《诗三百篇》被尊为儒家经典,因此孔门"诗教"更成为释诗的准则。汉代经师主要通过"以史证诗"的方法,把《诗三百篇》中丰富多彩的作品大都与古代君臣贤愚、政教得失联系起来,进行穿凿附会的解释,只是用诗来进行封建教化,维护封建统治。这些解"经"之作当然也是对《诗三百篇》的一种极为鲜明的反馈,而这反馈也显然是受到汉儒们所属阶级地位的制约的。那么,从孔门到汉儒,他们的反馈对诗歌的创作与发展究竟起了什么作用呢?当然,《诗经》中的原作是一字都不能改了;但"温柔敦

① 见《论语·为政》。

② 见《礼记·经解》

厚”的“诗教”却在漫长的封建社会中都有巨大的指导作用，深刻影响了中国古代诗歌的创作。从创作与欣赏的辩证关系来看，反馈是必然会作用于创作的；但纵观中外文学艺术史，像“孔门诗教”和“汉儒解经”这样的带有显著变异性的反馈，竟会对中国诗歌创作发生如此深远的影响，实在是不可多见的突出例证。

第二节 艺术欣赏中的积极心理活动

创作和欣赏的辩证关系，落实到具体作品的欣赏活动来说，虽然创作一方总是要起主导的作用，但欣赏一方也不只是消极被动地接受创作的诱导，而是有种种积极的心理活动，这才能使艺术创作的客观效果得到充分的显现。因此艺术欣赏也是一种生动活泼的学习，欣赏者必须大力发挥主观能动作用，才有可能不断提高艺术欣赏的能力和水平。欣赏一方的积极心理活动大致有以下各点：

一 艺术欣赏中的“注意”

欣赏文艺作品，首先需要发挥注意的作用。所谓“注意”，就是心理活动对一定事物的指向和集中。“注意既可能表现在感觉过程之中，也可能表现在记忆、思维和运动过程之中。感觉性注意是与不同通道（种类）的刺激感知相联系的。有鉴于此又可分为视感觉性注意与听感觉性注意。理性注意作为注意的高级形式，它的客体是回忆和思想。”[①] 落实到艺术欣赏中的“注意”来说，主要就是心理活动指向并集中于特定的作品；这里既有感觉性注意(包括视觉的、听觉的和视听并用的)，也有理性注意。所以，整个心理活动就表现为围绕特定作品而展开的感受、回忆、联想、想象和思维活动的交织与运转。

艺术欣赏中的“注意”当然是由艺术作品引起的；必须是作品本身有质量而值得注意，这才会引起欣赏者的注意。但是，在艺术欣赏的注意过程中，也需要欣赏者发挥积极能动的作用。下面试作几点分析。

第一，艺术欣赏中的注意是“有意注意”(或者起于“无意注意”，但也要转为“有意注意”，才谈得到真正的欣赏)。所谓“有意注意”就是自觉的、有一定目的而作出一定努力的注意。因此，欣赏者在欣赏活动中怀有什么样的目的，作出什么样的努力，就成为一个值得注意的问题。

一般说来，艺术欣赏的目的无非是为了得到艺术享受，同时接受必然与之相随的思想影响。但是，欣赏者乐意接受什么样的艺术享受和思想影响却是各不相同的；这样，具有不同艺术趣味与不同思想要求的人就会对不同的作品作出“有意注意”。不同的艺术趣味与思想要求未必都有高低优劣之分，例如有人爱看中国古典小说，有人爱看经过翻译的外国小说，就很难区别趣味与要求的高低。但是，在不同的艺术趣味与思想要求中，的确有种种差别是可以分出高低优劣的。比如有人一味追求官能刺激，只对诲淫诲盗的黄色作品感到有趣，以至日夕浸润其间，这就显然是艺术趣味低俗、思想要求不高的表现。因此，强调艺术欣赏的“有意注意”，重视这种注意所反映的目的、态度与趣味，就意味着提高“有意注意”的目的性，拨正作出自觉努力的方向，使艺术欣赏真正成为一种“美育”。

① 彼得罗夫斯基主编：《普通心理学》第203页。

艺术欣赏事实上应是一种学习和训练。假如一个人在审美方面终身处于自然状态,则即使面对最为优秀的艺术作品也可能无动于衷,这是不以人的主观愿望为转移的。这个问题从注意的生理机制上看最为明显。

根据巴甫洛夫学说,注意的中枢机制是神经过程的诱导规律。按照这个规律,在大脑皮层上发生的每一个兴奋中心,都引起周围区域的抑制。因此,兴奋就不会均匀地沿着整个皮层扩散开来。在每一瞬间,皮层上都有一个最优势的兴奋区域,在这个优势兴奋区域最容易形成暂时联系和进行分化,所以它是与最清楚的意识状态相联系的。由于大脑皮层的一定区域产生了优势兴奋中心,以及由此产生机体的各种反射活动,人就能够更清楚地反映引起优势兴奋中心的各种刺激物,这也就是注意。①

乌赫托姆斯基所提出的优势原则对揭示注意的生理基础也具有着巨大的意义。按照这个原则,在大脑中经常都有一个占优势的、占统治的兴奋灶,它似乎把这时一切进入大脑中的兴奋都吸引到自己方面来。由于这个缘故就使得它对这一切兴奋占更大的优势。这种兴奋灶产生的基础不仅是该刺激物的强度(有时刺激物的强度也可能不起重要作用),而且也是整个神经系统的内部状态。这种内部状态是受以前刺激物的作用、大脑中出现已拓通的道路、在以前经验中存在着已巩固起来的联系以及优势兴奋和抑制的一定总和所制约的。从心理学方面来看,这就表现在对于某一些刺激的注意,而离开当前发生作用的另一些刺激。②

从这些论述中可以清楚看出,"注意"的生理机制中的主要之点,是个体对刺激物的反映能够在大脑的一定区域引起一个优势兴奋中心(或称优势兴奋灶);同时这个兴奋中心

① 曹日昌主编:《普通心理学》上册第207页。

② 彼得罗夫斯基主编:《普通心理学》第205—206页。

的产生又不仅仅取决于刺激物的强度，而且取决于个体的“内部状态”，其间就有“以前刺激物的作用、大脑中出现已拓通的道路、在以前经验中存在着已巩固起来的联系”等因素的制约。由此可见，艺术欣赏中的注意实际上是由主客观两方面起作用的。从客观方面说欣赏对象必须具有使人产生优势兴奋中心的力量，以吸引欣赏者的注意；但这种力量又不是对人人都有效的，欣赏者究竟能否加以注意，也还取决他自身的“内部状态”。特别是在“有意注意”中，这一点更为明显，因为“有意注意”是要作出主观努力的。从“内部状态”所包含的诸种因素来看，可知艺术欣赏中的注意事实上是与个体的欣赏经验与生活经验有关的。由于欣赏经验和生活经验的积累提高了欣赏的能力，这才能被高质量的艺术创作引起真正的注意，并为此而作出自觉的努力。所以说艺术欣赏是一种学习，欣赏中的“有意注意”是一种自觉的积极心理活动。

第二，与注意的有意性密切关联的是注意的稳定性，即欣赏中的各种心理活动不仅有意指向并集中于特定的艺术创作，而且还可能需要保持一定的时间（当然中间也有起伏现象），才会在欣赏中得到较为深刻完整的认识（包括感受与理解）。例如读一首唐人绝句，大概只要十秒钟。可是如果人们真的只用十秒钟去读它，那就决不能算作欣赏艺术。只有对那四句诗进行反复的吟咏和玩味，才能由本身并不具有形象性的语言符号引起相应的表象联想，从而产生丰富的形象感，并领略其中的意境或理趣。有的欣赏家能对四句诗作出几千字的分析，可想而知这诗是经受了多么久长的稳定注意。一般读者欣赏一首诗要用多少时间？这当然不一定，可能是几分钟，也可能是几小时，总而言之是要有一段时间把感受、思考、联想、想象等心理活动集中在这首诗上，才能从稳定的注意中得到较为充分的艺术享受和思想营养。

欣赏中“注意”的稳定性，当然也与欣赏对象的质量有关，只有高质量的艺术创作才能深深吸引欣赏者的注意，并将这种注意稳定保持在较长时间的玩味与思索之中。但从另一方面看，保持稳定的注意却是更为突出地表现了欣赏心理的积极能动作用。假如像有些“欣赏者”那样，把艺术创作全然不当一回事，既不尊重创作者的劳动，也无意提高艺术趣味和欣赏能力，而只是空虚无聊，寻求刺激，漫不经心，走马观花，东张西望，谈天说地，以至喧哗吵闹，起哄捣乱，那么无论面对多么高级的艺术，他也是无动于衷的，更不必说保持注意的稳定性了。反过来看，能够保持注意的稳定，却显然有欣赏者的主观努力在。例如中国绘画史上有这样一个著名的事例：“唐阎立本至荆州，观张僧繇旧迹，曰：‘定虚得名耳。’明日又往，曰：‘犹是近代佳手。’明日往，曰：‘名下无虚士。’坐卧观之，留宿其下，十余日不能去。”[①]第一天看了既然认为张僧繇是虚得其名，为何第二天还要去？想必阎氏在作出这个轻率结论的同时，还是感受到张画中有着某种吸引他注意的东西。又因为是“有意注意”，所以离开原画之后，也仍然有自觉的意识活动，继续对原画的记忆表象进行捉摸，而终于是第二天还要去。这么说来，就是在阎氏作出轻率结论之后，也仍然在某种程度上保持了稳定的注意。往后他的注意的稳定程度和紧张程度更是逐步加强了。看一幅画而至于“留宿其下，十余日不能去”，这种主观能动作用可谓大矣！这里既有艺术创作抓住了欣赏者的注意，也有欣赏者的注意缠住了艺术创作，二者是难解难分的。当然阎立本这个事例是太突出了，其中也可能有夸张的成分。但中国古代书画家远游访迹，留宿观摩的事是相当多见的，这是为了学习创作而观赏，自然要付出更大的努力。而就在一般的艺术欣赏中，也需要在一定程度

① 郭若虚：《图画见闻志》。

上自觉保持注意的稳定性，甚或在事后继续这种注意(当然不一定是连贯的)，可以说凡是认真的欣赏者都在不同程度上有过这样的欣赏经验。

稳定注意作为艺术欣赏中的积极心理活动，特别突出地表现于这样一种情况：即欣赏者对某种艺术既不熟悉，也不喜爱，只是因为知道它确有价值，所以为了培养兴趣和学会欣赏，便借助意志的支持而在欣赏中努力保持注意的稳定性。这种情况听起来好像不大可能真有其事，实际上欣赏既然是一种学习，就难以完全避免交付或多或少的"学费"。例如现在有许多青年听了有关西方古典音乐的宣传和讲解，知道它是真有艺术价值的，因此便力求能够听懂它和欣赏它。但是任何的讲解都不可能立即使人听懂并喜爱，因此为了使欣赏能力真正有所提高，在开始进行欣赏实践时，便难免会有一个依靠一定的意志来保持稳定注意的过程。这种情况，在以艺术的鉴赏和研究为职业的人中间尤为多见。因为即使是专业的鉴赏者和研究者也不是对什么艺术都能欣赏的，不但不能欣赏一切种类的艺术，就是在同一类艺术中，也不一定能欣赏各种风格的作品；但是，鉴赏要求公正，研究要求科学，决不能听凭个人的好恶作出不公正、不科学的结论。因此，为了提高对多种门类、多种风格的艺术作品的欣赏能力，便不能没有交付"学费"的学习过程。笔者并非专业的艺术鉴赏者和研究者，但仅仅为了求知，也曾交付"学费"。例如对王羲之的书关连联法《兰亭序》和对毕加索的绘画，都曾在学习欣赏中努力保持了较长时间的稳定注意，至今才略有所感和所知。正是因为这一类个人经历，所以在拙著中比较强调欣赏是一种学习，需要有积极自觉的心理活动。

第三，在艺术欣赏的稳定注意中，需要有分析与综合的有效交替。"人在注意的时候可以采取分析的态度，也可以采取综合的态度。在采取分析态度的时候，客观刺激物或意识中的某一部分便突出出来。如在听音乐的时候，可以注意乐曲中的某几个音调，这几个音调对于听者来说便在整个曲调中占有突出的地位，听起来格外鲜明；在回忆的时候也可以着重把过去经验中的某一部分情节复现出来。在采取综合态度的时候，客观刺激物的许多部分或已往的许多经验组成整体作为注意对象。如将许多音调作为一个完整的乐曲来欣赏，或者回忆过去的一段完整经验。由于在注意时所采取的分析或综合的态度，可以使被反映的事物的局部或整体相应地突出出来，获得更清楚的印象。"① 这里举例涉及音乐，而欣赏其它艺术事实上也都有注意的分析与综合的问题。

任何人观看芬奇的名画《蒙娜丽莎》都必然会首先注意她那微妙的笑容，这是整个画面的中心。几百年来，为了理解和说明这微妙的笑容究竟意味着什么，也不知有多少人费了多少心思。这就是用分析的态度来加以注意。但同时人们从这幅画中，又可以感受到蒙娜丽莎的优美双手是同她的微笑相协调和呼应的；背景中的山水如何衬托着画面的中心，也很耐人寻味。经过不断分析，又把画中的一切放到一起来加以观赏，这就是综合的注意。而看到最后，留在欣赏者脑海里的突出印象，也仍然是那微妙的笑容。就这样，为了欣赏一幅名画，在保持稳定注意的同时，还要把注意的分析与综合恰当变换多次（当然变换的次序与方式是因人而异、因作品而异的），试想这又是一种多么积极的心理活动。正是经过了这样积极的心理活动，种种艺术创作才会深入人心，充分显现它们的客观效果。

与注意的分析与综合相关连，在艺术欣赏中也还有注意的分配与转移等问题，其恰当与否也会影响到欣赏的效果（特别是欣赏大型艺术、综合艺术更是如此）。所以欣赏

① 曹日昌主编：《普通心理学》上册第205页。

者在这方面也是要作出努力,在欣赏实践中经受训练的。但这些问题究竟比较次要,所以现在就不多说了。

二　艺术欣赏中的感受能力的锻炼

上面说过,在艺术欣赏的注意中,有着各种心理活动的积极运转,现在就来具体说说这些心理活动。先说感受,也就是艺术欣赏中的感觉和知觉效果。

艺术创作首先是以特殊的感性形象作用于人们的感觉器官的,因此欣赏艺术也首先要有充分的感受。事实上广大业余的艺术欣赏者一般都能够自发地、朴素地通过感性体验去接受艺术;倒是在专业的艺术评论者之中,有的人实际上把艺术创作单纯当做历史资料、思想资料看待,只要一接触便运用理性的解剖刀加以剖析。当然,为了某种特定的目的,艺术创作是可以作为历史资料、思想资料来用的。但在艺术的欣赏和评论中,这种做法却要不得。人类的一切认识都是客观事物的反映,但人们认识各种不同的对象所经历的心理活动过程却并不整齐划一。欣赏艺术是一种特殊的认识,它所包含的心理活动就有一定的特殊性。由于艺术之美首先表现于感性的艺术形象,因此不经过充分的感受便无法产生真正的美感,从而也就不能通过对艺术特征的切实体验而导致深刻的认识。试以音乐为例,欣赏者所直接感知的只有音高、音强、音色、节奏和旋律,这些因素的艺术组合能使人产生音乐的美感和情绪的共鸣;而在听觉器官感知这些因素及其艺术组合时,它所接收的是带有特殊性的刺激,"传入神经"所传导的是带有特殊性的兴奋,大脑皮层和皮层下中枢所进行的则是带有特殊性的分析和综合;整个感受过程如果不是经过反复训练而获得对这些特殊性的深刻体验,也就不能真正养成"欣赏音乐的耳朵"。许多人迫切希望提高艺术欣赏的水平,那就应当在欣赏实践中首先把稳定注意集中在艺术形象的感受上，逐步练出敏锐而准确的艺术感受能力。

那么感受能力应该怎样锻炼才比较有效呢?

第一，感受能力的提高主要是靠“自学”。前面说过，艺术欣赏是一种学习；在这种学习中，感受这个环节是无法由他人来传授的，主要只能靠“自学”来提高感受的能力。有的人可能会问，从前和现在的欣赏专家已经积累了丰富的感受经验，为什么不给大家传授传授呢？事实上传授是一直在进行的，而且也起了一定的作用，对学习欣赏的人有一定的教益；但是，感受的经验是太富于感性了，它基本上是第一信号系统的“库存信息”，用属于第二信号系统的语言来表述，无论如何也不可能是具体实在、细致入微的。所以马克思说“只有音乐才能激起人的音乐感”，除了音乐本身之外，无论什么样的传述都不能使人产生真正的音乐感；既然连音乐感都没有，当然也就谈不上音乐感受能力的锻炼。毛泽东同志说：“你要知道梨子的滋味，你就得变革梨子，亲口嘗一嘗。”言语的传述当然可以说明梨子给人的味觉是甜的，给人的口感是脆的；但究竟梨子怎样“甜”法，怎样“脆”法，那就必须“亲口嘗一嘗”，才会有切实具体的感受。前面谈通感时，曾引用过屠格涅夫在《猎人笔记》中描述聆听造纸厂工人雅科夫唱歌时的感受，以及刘鹗在《老残游记》中描述欣赏王小玉说书的感受，这些描述都可谓生动之极了；但他们所说的仍不过是对实际感受的种种比喻，或由感受引起的联想与想象；究竟雅科夫唱的歌，王小玉说的书是什么样的，在听众心中引发什么样的感觉与知觉，这却是无法用语言文字来再现的。

俗话说“内行看门道，外行看热闹”；其实“外行”欣赏艺术也是坚持了稳定注意的，但往往注意不到点子上；而这个点子如果不在注意中突出起来，反而轻轻滑过，便难以感受整个艺术的美妙。那么“内行”为什么不把“门道”告诉“外行"呢？要知道许多"内行"的确在这方面作了努力，无奈有些"门道"（不是全部）也像梨子之味那样，是富于感性的对象，难以用语言文字具体传授。例如清人包世臣在《艺舟双楫》中评论晋代王献之的草书时说："大令草常一笔环转，如火箸划灰不见起止。然精心探玩，其环转处悉具起伏顿挫，皆成点画之势。由其笔力精熟，故无垂不缩，无往不处，形质成而性情见，所谓画变起伏，点殊衄挫，导之泉注，顿之山安也。后人作草，心中之部分既无定则，毫端之转换又复卤莽，任笔为体，脚忙手乱，形质尚不具备，更何从说到性情乎？"搞过一点草书创作的人会感到这些话是说得相当透彻了。然而没有一点创作实践的人却仍然难以发现"其环转处悉具起伏顿挫，皆成点画之势"，也无从体会那种"任笔为体，脚忙手乱"的创作情态，更无法感受"形质"与"性情"之间的关系。又如中国民族戏曲中的"唱工"必须要有"韵味"，但什么是"韵味"，事实上却难以说明。有人说"韵味"就是"字正腔圆"；的确"字正腔圆"是唱出"韵味"的必要条件，然而因此就在它们之间划上等号，那是不准确的。要知道什么是"韵味"，只有通过反复的实际聆听与感受才可以知道。

由此可见艺术上有些"门道"是难以传授的，主要应通过"自学"来摸索和体验。当然，这不是说不要接受他人的指教，指教可能是很有启发作用或参考价值的。

第二，在锻炼感受能力的"自学"中，一种显著有效的学习方法是"单课独进"。法国启蒙思想家狄德罗说，艺术鉴赏力是"由于反复的经验而获得的敏捷性"[①]。英国哲学家休谟说得更明确，他认为在审美能力方面，"人和人之间敏感的程度可以差异很大"。而"要想提高或改善这方面的能力的最好办法无过于在一门特定的艺术领域里不断训练，

① 狄德罗：《绘画论》，见《文艺理论译丛》1958 年第 4 辑。

不断观察和鉴赏一种特定类型的美”①。

提高感受能力之所以需要“单课独进”，根本原因仍在于感受对象之富有感性；对于富有感性的对象，必须反复经验才可能提高感知的准确度与深刻度。炼钢工人之所以善辨钢焰的蓝色，制陶工人之所以善辨击陶的声音，就因为他们经受的训练具有极大的反复性，是长期进行了“单课独进”的结果。锻炼艺术感受能力，自然不可能像从事炼钢和制陶的职业训练那样坚持“单课独进”；但因为艺术创作也以其特定形式所表现的感性形象作用于人的特定感官，与炼钢工人之训练眼睛，制陶工人之训练耳朵，在道理上是相通的；所以学习艺术欣赏最好也能经受一定时间的“单课独进”的反复训练，以利于感知能力的提高，使感受的效能由粗略而趋于精微，由肤浅而至于深刻。

“单课独进”的反复训练之所以有利于感受，是因为这样做能对“一种特定类型的美”较为熟悉，并对同类型的作品进行大量的比较。所谓“熟悉”就是在脑子里留下较深的印象，因而对一种艺术的感受可以在一定程度上超脱时间空间的限制；也就是说即使离开了欣赏的现场，并不直接面对欣赏的对象，也还可以凭借记忆表象而继续玩味。例如听一支乐曲，当场很有感受，但过后忘记了，当然无法继续加深感受；可是，如果由于反复聆听而熟悉了这乐曲的旋律，那就即使不听他人演唱，自己也能“哼哼”，“哼哼”即是玩味，所以哼来哼去就加深了对乐曲的感受。至于“比较”，则历来就是认识客观事物的有效方法，正如俗话所说，“不识货，货比货”。就艺术欣赏这种特殊的认识来说，比较也能在各个环节上发挥作用。现在单说在感受中运用比较，效果就相当显著。清人朱彝尊在《静志居诗话》中说：“唐诗色泽鲜妍，如旦晚脱笔砚者；今诗才脱笔砚，已是陈言。”这

① 休谟：《论趣味的标准》，见《古典文艺理论译丛》1962年第5辑。

里所说的就纯粹是一种感受，但并非简单的感受，而是在感受中结合了比较，比较就加深了感受。因此虽然没讲出什么道理，还是从一个角度对唐诗作了生动的赞赏。在一个展览会上，艺术的精品是那样光彩夺目，相形之下平庸之作则黯然失色，这就因为客观上形成了比较，所以能强化观众的感受。事实上广大艺术欣赏者总在自发地对各种艺术、各个创作进行比较；而由于经常举办各种创作的评选活动就使比较变得更加自觉，这显然有利于提高群众的感受能力和欣赏水平。比较之所以会促进感受，就在于它能够生动具体地显示各个创作的异同。欣赏者觉察其“异”，就是特点的发现，这可能使感受能力通过分析训练而变得细致。例如欣赏书法，能在感受中有意识地比较欧(阳询)、虞(世南)、颜(真卿)、柳(公权)各有什么特点；欣赏绘画，能在感受中有意识地比较写生、写意、形似、神似各有什么意味，显然都有助于感受变得细致。反之，通过比较撇开相异之处，而专观其“同”，这就可能使感受因综合训练而变得深入。例如各种著名诗话标榜“兴趣”、“神韵”、“性灵”、“境界”之类，它们大抵并不给这些东西下定义，只不过列举大量诗词来作例证，而读者通过这些实例的比较以感受其“同”，大致也能体会“兴趣”之类的感性内容。比较当然也可以在不同种类的艺术创作中进行(如把乐曲与图画比较)，但对初学欣赏的人来说，在这样的比较中是难以感知和识别它们之间的异同的；只有在同一种类的创作中进行比较，异同之感才较为显著而深切。“单课独进”的重要作用，就在于使欣赏者对同一种类的创作进行大量的、反复的比较。

“单课独进”是需要费一点时日的。这并不意味着在此期间除了学习欣赏某种特定的艺术之外，对其它都不闻不问，而是照常需要积累生活经验，学习文化知识，以及保持对各种艺术的兴趣。但在艺术欣赏中的注意中心却要有相对的稳定性，即比较集中注意于一种特定的艺术；等到养成了较为深细准确的感知能力时,就会由于“举一反三”而得到意外的收获,这种现象甚至被人夸张地称为“一通百通”。例如能看懂优秀京剧表演的动作之美(干净、准确、边式、漂亮),很可能有助于感受其它舞蹈以至体操动作的质量。再若能从感受经验中具象概括出洗炼、矫健而富于生机的线条与节奏,那就还有助于感受书法、篆刻、绘画、雕塑的线条质量。倘若再借助通感的运用,那么对线条节奏的感受能力还有助于欣赏听觉艺术;听觉艺术难道也有线条?是的,对于一个有较强通感的欣赏者来说,旋律就是“声音的线条”,它同样也有一个干净漂亮、变化统一的问题。当然,要“举一反三”到这种地步很不容易,而且到了这个地步也早已不是什么“单课独进”了。但“单课独进”是个有效的训练阶段,能比东张西望、见异思迁更快地达到这种境界,这是没有疑义的。(关于这个问题,在关于通感养成的一节中也有此论述,可以参阅。)

第三,提高感受能力还有一种值得重视的方法,就是要注意捕捉“艺术初感”。所谓“初感”就是欣赏一件创作所得到的最初感受。这为什么可贵?因为它对人的感觉器官是一种新鲜刺激,所以感受最为敏锐。品酒专家指出:“人的嗅觉是最容易疲劳和麻痹的,只有最初一、二次的闻嗅最灵敏,要抓住一刹那间所嗅到的香气特征。”[①] 当然,品酒并不能够算是一种艺术欣赏,但这里所讲的道理,却程度不同地适用于各种感受活动的。在一切艺术欣赏中,都要利用新鲜刺激物所给予感觉器官的最初感受,敏锐地抓住其中一些深入而细微的东西,进一步加以玩味以至思考。这样做对锻炼感受能力、提高欣赏水平是很有好处的。有些人看分析艺术的文章曾有过这样的经验,即其中有些精辟的分析,他在欣赏原作时也曾有过近似的感受,但没有抓住,

① 《品酒》,见《文汇报》1980年9月27日。

忽略过去了；现在经别人一说，他便深有同感，因此由衷地赞赏文章说出了他所说不出的东西。造成这种情况的原因不一定只有一个，而是否善于捕捉初感则是其中一个相当重要的原因。在强调捕捉初感的同时，还有必要指出以下几点：(1)初感虽然得之于对艺术创作的初次感受，但这初次感受必须是集中了稳定注意的，这样才能充分发挥尚处于敏锐状态的感觉器官的作用。浮光掠影、草草了事不可能感受到深入细致的东西。(2)捕捉初感必须果断，越是隐约的感受越是抓得狠，才不至于轻轻放过那较为含蓄隐蔽的艺术内涵。(3)初感虽然敏锐，却不一定准确和全面，甚至还会有错觉。因此在抓住某种初感之后，不仅要对此反复玩味，还要结合对整个创作的全面感受，统一进行思考，才能使敏锐而隐约的初感转化为准确而深刻的欣赏。(4)势利之心是初感的大敌。欣赏者重视的是艺术质量，一切出于公心，而不能根据作者的名气来预定艺术的高下，如果看名家之作，已经怀有崇拜之情，虽心有所疑，也不敢相信此人还会有败笔，甚至故意隐恶扬善；而看非名家的创作，先就想到此乃无名之辈，虽心有所感，也不敢遽信其果有创造，甚至故意吹毛求疵，那么这就只是极其庸俗的趋炎附势，而非真正的艺术欣赏，当然也就谈不到什么初感的捕捉以及整个感受能力的提高了。

三　艺术欣赏中的理解

感受在艺术欣赏中极为重要，但艺术欣赏不能(也不可能)仅仅停留在感受上。普列汉诺夫曾说：“对节奏的敏感，正如一般的音乐能力一样，是人类的心理和生理本性的基本特质之一，也不独限于人类。”他又引用达尔文的话：“这种纵使不是欣赏至少也是觉察拍子和节奏的音乐性的能力，看来是一切动物所特有的，而且毫无疑问，这是决定于它们神经系统的一般生理本性。”① 由此可见，如果仅仅把艺术欣赏归结为单纯的感受，就不能从根本上划清人类审美与动物对音响、色彩的感受之间的界限，因而有可能把艺术欣赏降低为单纯的感官刺激。为了划清这个界限，需要指出另外的标志，而其中最主要的标志，就是人类对艺术的感受是同理解相结合的(在艺术欣赏以外的其它认识活动中也是如此)，它们之间存在着彼此制约渗透、相互诱发促进的关系。

心理学上所说的理解，是指通过把握事物之间的联系来认识新事物的过程。理解表现为不同的水平，而最高水平的理解，就是指运用抽象思维来把握事物之间的内在联系，从而认识事物的本质。在艺术欣赏这一特殊的认识过程中，同感受相联系的有各种水平的理解。正因为如此，整个欣赏过程才会由浅入深，由表及里，而欣赏者也才有可能全面领受艺术创作的美学价值、思想价值和认识价值。

在正常人所进行的艺术欣赏中，感受与理解的联系具有必然性。因为感受的主要心理内容是知觉活动，而知觉就有整体性与理解性。这就是调动个体所已有的知识和经验，把它们和知觉对象联系起来，以达到一定程度的理解。因此，知觉的对象即使只有部分的属性或方面直接作用于感官，个体也能借助已有的知识经验而对它形成有一定完整性的认识。这种情况在艺术欣赏中的表现极为明显，因为任何艺术作品都受到特定形式的限制，都只能从一定的角度，有选择地反映客观事物或现实生活的某些部分或某个方面，表现在艺术形式上则有虚拟、变形和跳跃；但欣赏者由于借助生活经验和文化知识(包括种种专门的艺术知识)而得到补充，所以也能通过直接感知的艺术形象而认识更为丰富完整的生活内容。

① 普列汉诺夫：《没有地址的信》第38—39页，曹葆华译。

较为具体地说，理解在艺术欣赏中的积极作用有两点。第一就是毛泽东同志所说，“只有理解了的东西才更深刻地感觉它”。这话最为简单明了地说明了理解对感受的促进。(毛泽东同志指的是最高水平的理解，但同时也给人以全面的启发，即不同水平的理解都能对感受有所促进。)在一般的艺术欣赏中，欣赏者在认真感受艺术形象的同时，也总是自发地运用有关的生活经验和文化知识，力求取得对作品的一定理解，因为这种理解乃是较为深入的感受所不可缺少的。例如看电影看戏，如果观众不结合生活经验和文化知识去理解它，那么蒙太奇就成为不知所云，潜台词更可能化为乌有，于是所谓“艺术感受”也不过是留下一些肤浅模糊、支离破碎的印象。在更为高深的艺术欣赏中，就更需要在深入感受的同时，自觉运用各种知识、理论来加深对作品的理解。所以，诸如创作的背景、作者的经历和思想、艺术创作的一般原理和具体法则等等，都是艺术欣赏中要求尽可能有所了解的东西，否则就不可能有对艺术形象的准确与深刻的感受。由于在艺术欣赏中事实上存在着理解与感受彼此促进这样一种心理活动的联系，所以丰富的生活经验和广博的文化知识，对于提高欣赏能力是极为有用的。

理解的第二个作用，就是认识和判别作品的思想意义和价值。因为感受只是对艺术形象的外在表现的感知，就感知本身来说，无论深浅如何，总还不能触及艺术形象的内在本质及其思想意义和社会价值。要取得这样的认识，还需要更为深刻而广泛地联系各种知识经验，通过思考过程中的分析与综合，以达到由此及彼、由表及里的理解。达到这样的理解本是艺术欣赏者和研究者的自然要求；尽管理解有深有浅，甚至有正有误，但即使是仅仅出于人所共有的求知欲，欣赏者心中也总是或隐或显地存在着理解的要求。这是个普遍的事实，然而也有人不这么看。例如美国的苏珊·桑塔格写了一篇题为《反对释义》的文章[①]，对解释文学作品的内容和意义表现了强烈的反感，作者认为：

> 当前就是这么一个时代，释义的计划主要是反动的、窒息的，像污染着城市空气的汽车和重工业的油烟一样，释义的传播毒害着我们的敏感。在我们的文化中，已经存在着的智力恶性膨胀的传统危机大量地浪费着能力和感性才能，释义是智力对于艺术的报复。
>
> 更有甚者，它是智力对于世界的报复。释义是使世界枯竭，是使世界空虚，其目的是树立一个“意义”的影子世界。它是把世界改变为**这个**世界。（“这个世界”！好像还有什么其它的世界。）

根据对文学艺术研究的这种估计和分析，作者大声疾呼，要求文学研究“更多的注意艺术的形式”。“我们需要的是关于**形式**的一种描述性的而不是规约性的词汇。”“这些文章揭示艺术的感性外表，而不在它的内容上胡说一通。”“现在重要的是恢复我们的感觉。我们必须学着看得多一些，听得多一些，感觉得多一些。”（着重号均原文所有）

这种种看法都清楚地表现了反理性、反科学的性质。作者不懂得现代资本主义社会之所以会出现“感觉官能的迟钝”趋势，正是因为在物质上和精神上纵欲、一味追求感官刺激的结果；在这种情况下，她反倒要求文章专门“揭示艺术的感性外表”，岂非饮鸩止渴？作者也不懂得，虽然客观世界的确只有一个，但“这个世界”却是现象与本质的辩证统一。对任何有志于认识客观世界的人来说，光是发挥“感性经验的敏锐性”，光想“看得多”、“听得多”、“感觉得多”，是无法认识客观事物内在本质的；而希望深入反映客观事物的本质，恰恰是人类在智能上、在认识要求上区别于动物的一个根本标志。人类的全部认识史，集中到一点上

① 译文见《美国文学译刊》1981 年第 1 期。

来说，也无非是透过客观世界的种种现象日益深入地反映其本质和规律。在这个问题上，文艺创作丝毫也不能例外，它的根本任务也就是要通过人们最易于接受和乐于接受的形式去反映客观现实的本质。所以任何欣赏者在接触文艺作品时，都无法强制自己只用眼睛、耳朵等感觉器官去体验“艺术的感性外表”，而必然在感受的同时自发地或自觉地寻求理解，以认识在作品的感性外表之中包含着什么内容，具有什么样的意义，它是如何在特殊形式中得到了那样深入人心的表现，并使人得到思想影响和艺术享受的。这是艺术欣赏中积极心理活动的一种重要表现。所谓文艺研究也无非是使广大欣赏者的这种理解要求上升到科学的探索而已。

下面再说说欣赏中的理解活动是怎样进行的。理解是认识之间的联系，而在艺术欣赏中，概括起来看不外乎两个方面的联系，它们之间又互相关联：

第一是文艺作品各个局部或细节之间的联系。这在欣赏活动中既是必要的，也很自然地会有这样的积极认识活动。因为任何完整的艺术创作，其整体的构思总是制约着局部的形象和意义；整体固然是由局部组成的，但又不是局部的简单相加的总和，而是包含了各个局部的有机组合所生发出来的新意。例如现代的小说、电影等艺术，在表现上往往有频繁的时间颠倒和空间穿插，欣赏活动如果停留在感受上，那么欣赏的对象就是无序的。无序对象的各个局部如果只是在欣赏者的感受中简单相加，就不但不能产生总体的欣赏效果，而且就连各个局部的感受也会因互相干扰而大打折扣。但在实际的欣赏活动中，欣赏者却不会停留在孤立的感受上，总是要积极进行理解性的心理活动，以求认识对象的各个局部在时间上、空间上、人物关系上、情节变化上以至潜在意义上的联系，从而把感受上无序的对象变为理解上有序的对象；从主观方面说，也就是把无序的感受变为有序的理解，于是理解又促进了感受。这样的欣赏活动，其总体效果就必然大于各个局部的简单总和。在绘画、群塑、音乐、舞蹈、园林、建筑等艺术的欣赏中，情况也极为明显：各个局部是可以欣赏的，但局部却是作为整体的有机组成而存在的；倘若在感受上不顾局部之间组合的有机性，而是加以分裂或堆砌，那就不能认知艺术的完整性，从而使美感受到严重影响。所以，在实际的艺术欣赏中，积极反映各个局部之间的有机联系而达到较为完整的感受与理解，乃是欣赏者的必然要求。

唐代刘餗在《隋唐嘉话》中记了这样一件事："薛道衡聘陈，为人日诗云：'入春才七日，离家已二年。'南人嗤之曰：'是底言？谁谓此虏解作诗？'及云：'人归落雁后，思发在花前。'乃喜曰：'名下固无虚士。'"这作为一个欣赏的事例来看，是很有一点意思的。"入春"二句孤立地看的确毫无诗意，难怪南朝人要讥笑薛道衡这个"蛮子"(虏)说的是什么话("是底言")；但南朝人是由于性急才流于评论轻率，等到他们看了后二句，就不由自主地要把它们同前二句联系起来，这才知道全诗是一个整体，各句都是整体的有机组成：因为"离家已二年"，所以急欲归去，但得归须待落雁之后，而归思萌发则早在"入春才七日"的花发之前。全诗平淡与警策相映成章，无一字无着落，且又紧扣诗题("人日"，即正月初七)。所以"南人"一看到全诗立即修正了原来的看法。这些"南人"中会不会有特别固执的人，坚持不把全诗联系起来，而仍然指着前二句讥笑不已呢？如果真有这样的事，那就不叫艺术欣赏，而是胡搅蛮缠了。《隋唐嘉话》的记载表明并没有这样的人，大家改正原来的评论都很干脆；这就说明在欣赏中把各个局部联系起来而求得完整的理解，乃是很自然的积极心理活动。

但是，也应该看到，通过局部之间的联系而形成的理解，也可能有正有误，或深或浅。清人梁章钜的《浪迹丛谈》

中有这样一条笔记：

谢康乐“池塘生春草，园柳变鸣禽”之句，自谓语有神助。后人誉之者遂以为妙处不可言传；而李元庸又谓，反复此句实未见有过人处。皆肤浅之见也。记得前人有评此诗者，谓此句之根在四句以前，其云“卧疴对空床，衾影昧节候”，乃其根也。“搴帏暂窥明”以下历言所见之景，至“池塘生春草”，始知为卧病前所未见者，而时节流换可知矣，次句即从上句生出，自是确论。

谢灵运的“池塘生春草”很有名气，许多人曾加以玩味捉摸。根据欣赏中的积极心理活动来看，可以想见“后之誉之者”及毁之者肯定都是联系了上下文来读它的，然而终于没有得到真正的理解。而梁章钜所引述的这个“前人”的看法则是精辟的，他是通过句意之间的联系形成了正确深刻的理解，并因这种理解而使感受为之一新；这就真正说明了“池塘生春草”这一众说纷纭的名句究竟好在哪里。通过这一事例可以看出，把各个局部联系起来形成正确的理解，有时并非简单易行之事。众多的欣赏者往往有一种自发的心理，认为艺术创作(特别是小说、戏剧等类)各个局部之间的联系是显而易见的，是用不着费心求索的；但创作者有憾于知音难觅，却往往是(并非全部是)因为欣赏者未能将各个局部准确联系起来，以理解比较深曲的含义。就所见的小说赏析而言，在联系上用力最勤、用心最细的，未有如金圣叹之批点《水浒》者；但金批总的来说却是瑕瑜互见，其精辟之处真非一般赏析者所能想见，而同时又不乏穿凿附会、强词夺理之处。由此可见，在艺术欣赏中，联系各个局部以形成理解的能力，正像对其它复杂事物的理解力一样，是需要在实践中锻炼的；至于这种能力要运用得恰到好处，既曲尽创作的原意又不流于穿凿怪偏，则更与多种心理因素相联系，所以往往受到制约而未必如赏析者所自信的已得正解。

第二是通过艺术作品与其它知识经验的联系来达到某

种理解。需要说明的是,在以上所说的理解中,也不能不借助种种有关的知识经验,只是分析的重点在于作品内部。现在则是换一个角度,专门说说由作品的内外联系所形成的理解,这种理解在艺术欣赏中也有明显的普遍性。从最起码的要求来说,例如阅读文学作品必须识字,而识字乃是识字课本提供的知识。再则,为了认知艺术形象和弄懂作品内容,也必须借助有关的知识经验。比如欣赏一幅中国山水画,就要根据生活经验中所留下的关于山水、树木、天空等具有概括性的记忆表象,才能认出画中的山水树木形象;同时又认出山顶以上那一片空白就是天空。至于天空中为什么有几行黑字并印了两三方图章,那就更须对中国画的传统形式有一定的艺术知识和欣赏经验,这才不以为怪而有所理解,进而感到这样的搭配倒也好看;甚至预料到一幅中国画倘若没有款识和印章,反倒不合人们的欣赏习惯。有的外国留学生读《红楼梦》提出一个问题,说林黛玉既然很爱贾宝玉,为什么听贾宝玉表达爱情时不但不高兴,反而要发火?这就因为留学生缺乏关于中国封建时代贵族之家的生活方式、婚姻礼制、思想规范及人际关系等知识;他们是联系了当代西方青年男女的交往方式来理解宝黛关系的,所以结果是无法理解,无法理解当然就会影响到欣赏的效果。

以上所说的理解都是极为初步的。艺术欣赏离不开思想意义和艺术价值的评估,而这就要联系更多的知识经验,达到远为深入的理解。试以一个经典性的事例为证,恩格斯在评论巴尔扎克时写道:

巴尔扎克,我认为他是比过去、现在和未来的一切左拉都要伟大得多的现实主义大师,他在《人间喜剧》里给我们提供了一部法国“社会”特别是巴黎“上流社会”的卓越的现实主义历史,他用编年史的方式几乎逐年地把上升的资产阶级在一八一六年至一八四八年这一时期对贵族社会日甚一日的冲击描写出来,这一贵族社会在一八一五年以后又重整旗鼓,尽力重新恢复旧日法国生活方式的标准。他描写了这个在他看来是模范社会的最后残余怎样在庸俗的、满身铜臭的暴发户的逼攻之下逐渐灭亡,或者被这一暴发户所腐化;他描写了贵妇人(她们对丈夫的不忠只不过是维护自己的一种方式,这和她们在婚姻上听人摆布的方式是完全相适应的)怎样让位给专为金钱或衣着而不忠于丈夫的资产阶级妇女。在这幅中心图画的四周,他汇集了法国社会的全部历史,我从这里,甚至在经济细节方面(如革命以后动产和不动产的重新分配)所学到的东西,也要比从当时所有职业的历史学家、经济学家和统计学家那里学到的全部东西还要多。不错,巴尔扎克在政治上是一个正统派;他的伟大的作品是对上流社会必然崩溃的一曲无尽的挽歌;他的全部同情都在注定要灭亡的那个阶级方面。但是,尽管如此,当他让他所深切同情的那些贵族男女行动的时候,他的嘲笑是空前尖刻的,他的讽刺是空前辛辣的。而他经常毫不掩饰地加以赞赏的人物,却正是他政治上的死对头,圣玛丽修道院的共和党英雄们,这些人在那时(一八三〇年至一八三六年)的确是代表人民群众的。这样,巴尔扎克就不得不违反自己的阶级同情和政治偏见;他看到了他心爱的贵族们灭亡的必然性,从而把他们描写成不配有更好命运的人;他在当时唯一能找到未来的真正的人的地方看到了这样的人,——这一切我认为是现实主义的最伟大胜利之一,是老巴尔扎克最重大的特点之一。①

这段著名的论述显然说明:正因为恩格斯有关于左拉作品的丰富知识和欣赏经验,所以才能把左拉同巴尔扎克的作品联系起来进行对比,并作出高下分明的评估。又正因为

① 《马克思恩格斯列宁斯大林论文艺》第136—137页,北京大学中文系文艺理论教研室编。

恩格斯有极为丰富的经济史知识，所以才能说在经济细节方面所学到的东西，“比从当时所有职业的历史学家、经济学家和统计学家那里学到的全部东西还要多”。更为重要的是，恩格斯成功地把他对法国历史和巴尔扎克政治思想的深刻了解与巴尔扎克的创作联系起来，由此而对巴尔扎克作品的创作方法与思想意义形成非常精辟的理解，并作出了“现实主义的最伟大胜利之一”这样一个重要的结论。

欣赏绘画、诗歌、小说、戏剧等艺术，需要通过知识经验和欣赏对象（包括局部与整体）的联系而达到种种理解，这是比较明显的。那么像建筑和音乐等类的欣赏情况又是如何呢？事实上在其审美过程中也是有理解性的心理活动的。例如观赏各民族、各时代的建筑艺术，就要调动有关的民族知识和历史知识（包括社会制度、阶级关系、生活方式、自然环境、文化习俗、审美风尚等知识），把它们和特定的欣赏对象联系起来，以达到某种理解，这才有较为深入的审美效果。又如欣赏音乐，聆听状物性的作品就需要联系有关的物类知识来加以认知和理解。聆听情节性的作品，则需要知道有关的故事情节，例如了解王昭君的事迹有助于感受和理解关于昭君的乐曲；知道梁祝传说并看过越剧《梁山伯与祝英台》，有助于感受和理解同名的小提琴协奏曲；读过梅里美的小说《卡门》，有助于感受和理解歌剧《卡门》中的乐曲等等。至于欣赏那些含有深刻哲理性的作品，则不仅需要联系更为丰富的社会、历史、人文、自然的知识，而且往往是被引发了深沉的思维活动，才会有真正深刻的欣赏。总之，在音乐欣赏中，通过理解性的心理活动，能感到音乐的形象更为鲜明，含义更为丰富，从而得到较为充分的艺术享受。

由于理解是通过把握事物之间的联系来实现的，所以理解能力的提高与知识经验的积累有非常密切的关系。就这一点而言，理解能力的训练就显然不能像提高感受能力那样主要靠"自学"(指自己在心里玩味)和"单课独进",而必须力求广泛地取得生活经验与接受知识传授。早在战国时代,孟子就说:"颂其诗,读其书,不知其人,可乎?是以论其世也。"从此以后,"知人论世"就一直被人视为深入理解文学作品的必要条件,为此就要掌握种种历史的社会的以及作者生平和思想的知识;像恩格斯之论述巴尔扎克,真可谓"知人论世"的典范。但"知人论世"还只有助于理解作品的思想内容和历史意义;如果想在艺术上加深对作品的感受和理解,那就还需要种种艺术知识、欣赏经验与生活经验。

为了在艺术欣赏中深入理解作品,必须有丰富的知识经验,但现在还要进一步说明,即有了丰富的知识经验还不一定就能正确地理解作品。这里存在两个问题,一是能不能把有关的知识经验与特定的欣赏对象联系起来,二是两者之间的联系是否确切。

比如一个班的同学一起看电影,看完以后,有的同学能对电影发表种种议论,甚至写成一篇文章;文章的 内容主要是运用学过的文艺理论来进行分析评论。而另外一些同学尽管也学过这些理论(还可能学得更多),可是却讲不出什么道理,无法运用学到的理论来联系实际作品以加深理解,这就是一个思维的活跃性问题。这种活跃性是需要锻炼的。因为一切欣赏者固然都自发地把已有的知识经验同特定的欣赏对象联系起来而求得理解,但若想提高理解的能力,却不能停留在自发状态,而必须自觉地开动脑筋,积极探索事物之间的联系。过去有位老师讲小说分析很受同学的欢迎,他最善于把自己的生活知识和经验同所讲的小说联系起来,来加深同学的理解和感受。但这些生活知识和经验并不特殊,其实同学们也是知道的,只是在欣赏小说的时候并没有用上;而那位老师则在职业训练中自觉地运用了他的生活知识和经验,因而在这一点上提高了他的思维活跃性和对作品的理解力。另外,有一种情况也需说明,即知识经验是否联系得上也与对特定艺术的欣赏经验和感受能力有关。例如欣赏音乐,既然“对于不辨音律的耳朵说来,最美的音乐也毫无意义,音乐对他说来不是对象”,那就无论有多少知识经验也无法用来理解音乐的意义了。由此可见,理解固然能促进感受,但感受却是理解的前提,同样也对理解有制约作用,它们之间的关系是辩证的。音乐不过是最突出的例证,其它一切艺术也都在不同程度上存在这种情况。

下面再谈谈联系的确切性问题。为了方便,不妨以古诗的注释为例。注释中往往由于穿凿附会而导致曲解,曲解就是知识经验与欣赏对象之间的不准确联系。例如汉人注《楚辞》,注者了解屈原生平事迹的三大重点,即:(1)忠君爱国,品格高洁,坚持自己的理想和主张;(2)迭遭谗害,坚持斗争,终于一再被放逐;(3)自沉汨罗,捐躯殉国。这三点本来是完全正确的知识,但汉人在注释中却搞了“重点扩散”,即无论“理解”屈原的哪一篇辞作,都要联系这些重点来讲,结果就不能对具体作品、具体词句做到准确的具体分析。例如《九歌》本是祭祀神鬼的仪式歌,而并非屈原本人的抒情诗,但王逸在《楚辞章句》中的注释《九歌》却多有曲解。如他注《湘君》首句“君不行兮夷犹”,既明明指出“君,谓湘君也”,可是至“沛吾乘兮桂舟”却说“吾,屈原自谓也”;至“女婵媛兮为余太息”句,又把屈原的姊姊也拉了进来,说“女谓女媭,屈原姊也”;至“隐思君兮陫侧”句,又拉进了楚怀王,说“君,谓怀王也”;至“心不同兮媒劳”二句,则说“屈原自喻行与君异,终不可合”,“言己与君同姓共绝,无离绝之义也”。总之全诗是把湘君与湘夫人之间的恋爱波折曲解为屈原与楚怀王之间的关系,试问这还如何用于祭祀仪式?又《山鬼》一篇,本是山中女神约会情侣,因其未至而发的怨思之词,王逸则误以为山鬼所思的是屈原,所以注“子慕予兮善窈窕”句说:“子,谓山鬼也。……言山鬼之貌既以姱丽,亦复慕我有善行好姿,故来见(现)其容也。”又“折芳馨兮遗所思”句,注说:“所思,谓清洁之士若屈原者也。言山鬼修饰众香,以崇其善,屈原履行清洁,以厉其身;神人同好,故折芳馨相遗,以同其志也。”至“留灵修兮憺忘归”、“君思我兮不得闲”、“君思我兮然疑作”等句,却又说“灵修”与“君”皆指楚怀王而言。又“怨公子兮怅忘归”句,竟说“公子,谓公子椒也”。真是混乱杂糅,无法卒读。而其所以会如此,就是因为将有关屈原的思想品格、现实遭遇等知识重点扩散联系到了不顾具体认识对象的地步。而从其心理过程来看,则是强烈的心理定势和优势观念妨碍了对有关事物的准确理解。由此可见,对具体对象的理解(包括艺术欣赏中的理解),不是孤立的心理活动,它总是受到已经积累的认识成果和想事习惯的制约;这种制约可以是正确的指导,也可以成为一种局限。所以在任何认识活动中,都要自觉地注意具体问题具体分析,也就是力求准确地提取已有的知识经验,来切实理解特定的认识对象。这在艺术欣赏活动中同样是极为重要的。

四　艺术欣赏中的联想和想象

在艺术欣赏中,欣赏者面对富于启发性的艺术形象,会产生种种联想和想象。它们是在感受和理解的基础上产生的,却又反过来加深了感受和理解。这样,整个欣赏过程便呈现为多种心理活动的积极运转和相互交织。

艺术形象诱发欣赏者的联想和想象,这是一种普遍的现象。正是因为有这种效果,艺术创作与客观世界的“来复关系”才得以显现。这种“来复关系”的含义是,创作过程完成了对客观世界的艺术化反映,把丰富的客观内容凝缩到由特定艺术手段所表现的典型形象之中;而欣赏过程则起到某种还原作用，即由于联想和想象起了作用，所以通过特定的艺术形象可以感知和认识远为丰富的客观内容。例如音乐创作要把种种客观事物之美表现为单一的音乐形象；而在欣赏过程中，单一的音乐形象又唤起对多种多样的事物之美的联想和想象。这自然并不意味着欣赏者所想到的恰恰和创作者所反映的一模一样，既不多也不少。而是说通过欣赏中的联想和想象在方向上完成了对生活的复归，客观事物的形象也由于创作者和欣赏者的两次加工而变得更美。正是这种“来复关系”使艺术创作获得了巨大的认识价值和美学效果，而其所以会顺利实现，既取决于艺术创作之富有启发性，也取决于艺术欣赏中对联想和想象的积极运用。这二者的关系，当然是前者起主导作用，但也不可否认后者表现了欣赏者的主观能动性。

艺术创作和欣赏的经验积累，充分证明了欣赏者的联想和想象活动在创作效果的显现方面所起的巨大作用，所以艺术创作者大都知道这一奥秘并自觉地加以运用。中国古代诗歌创作要求“象外有象”、“景外有景”，“状难写之景如在目前，含不尽之意见于言外”；绘画创作要求“目尽尺幅，神驰千里”；音乐创作则要有“此时无声胜有声”的效果。美国当代著名的歌剧艺术指导威兰·华格纳说：“歌剧表演一定要抓住听众的想象，使听众成为戏的一部分，而不是叫他们成为消极的观察家。”① 美国当代著名画家安德鲁·怀斯说：“题材是陈旧的——关键全在你如何处理它，能否把握其中的奥妙。所以我说画面表现出的东西越少，观众接受的东西越多。”② 京剧表演艺术家盖叫天在谈到京剧这个剧种的特点时说：“过去有人说，京戏有点抽象。这话有

① 《大都会歌剧院的艺术大师》，章挺权译自〔美〕《时代》周刊，见《世界之窗》精华本。

② 〔英〕威廉·费韦尔：《怀斯的世界》，见《世界美术》1981年第1期。

点道理，我看就是要有点抽象。抽象，抽象，要你想象。京剧是一种和观众手拉手、心连心的艺术。演员用身段来勾起观众的想象，这就是手拉手；通过观众的想象，演员用心思表演出来的人物和景致就全长到观众的心坎中去了，这就是心连着心了。”[①] 著名的苏州评话老艺人吴子安专说《隋唐》一书，而表演其中的《捉鹦鹉》一回则尤擅胜场。他曾经长期捉摸如何再现鹦鹉的特征，到现在，“他扮鹦鹉不再老把两只手装成鸟爪子放在胸前，而只是在适当的时候把头一侧，眼一转，使观众觉得更传神，给观众更多的想象余地。”[②] 在评话艺术中，据说还有这样的表演，有的艺人在说《长坂坡》“张飞喝断坝桥”这一段时，只做出张口怒吼的样子，并不发声。演员认为，张飞的吼一般人如何学得像？因此只能做出吼的样子，让观众去想象。诸如此类的论述和事例，都说明创作者对欣赏活动中的联想和想象的积极作用有多么大的期待与追求。但是，无论什么事如果走向极端，就必流于荒谬。美国作曲家凯奇曾“首创”一种叫“偶然音乐”的现代派音乐，“一九五四年，凯奇写了一首《四分三十三秒》的偶然音乐作品，演出时，演奏者端坐在钢琴前，看着秒表，做出弹琴的姿态，但不发出任何音响，等时间过了四分三十三秒，就算作品演奏完毕”[③]。这种“艺术表演”留给欣赏者的想象余地可谓大矣。但在那静静的四分三十三秒中，听众即使有什么联想与想象活动，也是根本与艺术不相干的。艺术欣赏中的优美联想与想象只能为真正的艺术创作所诱发，并作为艺术效果的一种显现而证实了艺术创造的价值。因此，诱发欣赏者的联想和想象乃是

① 彭兆棨：《要和观众手拉手心连心——盖叫天关于京剧用景问题的谈话》，见《文汇报》1982 年 9 月 19 日。

② 洁人：《一代艺人的雕琢》，见《文汇报》1979 年 9 月 8 日。

③ 王少华：《“轻音乐”与“重音乐”之最》，见《文汇报》1981 年 1 月 10 日。

艺术创作者高超艺术才能的过硬表现,说明他有力量调动欣赏者的积极性来参与艺术美的再创造。在这里,同样有一个"种瓜得瓜,种豆得豆"的问题,任何弄玄虚、摆"噱头"、投机取巧、哗众取宠的做法都是无济于事的。

下面具体说说艺术欣赏中联想与想象的特点和作用:

第一,艺术欣赏中的联想与想象有创作者所预期的和非预期的两种成分。所谓"预期的",就是创作者在创作过程中已经料想人们在欣赏中将会产生的联想和想象,这实际上也是创作者所构想的艺术内容的有机组成。关于这种情况,最为明显的例证是语言艺术创作者所预期的"再造想象"。比如作者在作品中用艺术言语描述人物的容貌服饰或自然界的景物风光,他就希望欣赏者按照作品所提供的"再造条件"来进行"再造想象",而不要把关羽想成曹操模样,也不要把天寒地冻想成春光明媚;更不要采用"速读法",读一部小说只知道大概的情节。事实上这样的"再造想象"在正常的欣赏心理中也是不会出现的;只要作品真正具有吸引人的魅力,欣赏者就会按照作者的预期去进行应有的"再造想象"。又如"法国雕塑大师罗丹在他的《艺术论》中曾经说到:每当他看到巴黎凯旋门墙上吕德雕塑的那座雄伟的《马赛曲》,就好像听到了那个胸前披着铜甲、展开双翼的自由女神在发出震耳欲聋的呼喊:'武装起来,公民们!'经她一号召,战士们纷纷前来……。雕塑本来是一种'静'的艺术,雕塑的人物既不会呼喊,也不能动作,而'震耳欲聋的呼喊'、'战士们纷纷前来'都是在欣赏者的想象中发生的,而这种想象不但符合作者的原意,还为原作补充了画面上难以表现出来的东西"①。这里所引述的欣赏中的想象显然也是雕塑者所预期,而且这种预期是比较明确的。但是也有些预期较为模糊,例如王国维在《人间词话》中盛

① 张前:《音乐欣赏心理分析》第 49 页。

赞李白《忆秦娥》“西风残照，汉家陵阙”二句，以为“寥寥八字，遂关千古登临之口”。这二句的确大有意境，很能引发读者的联想与想象；这种效果当然也是创作者所预期的，但他究竟预期欣赏者产生什么样的联想和想象，却只能是模糊的；正因为模糊，所以留下的联想与想象余地就更为宽阔。

所谓“非预期的”联想与想象，是指欣赏者在欣赏活动中出现了并非作者所预料的联想与想象。例如有一篇小说描写中国驻法使馆举行招待会：

……音乐奏起来了。先是奥斯卡管弦乐队演奏的《风流寡妇》，吱吱吜吜，叮叮咚咚，然后便是瞎子阿炳的二胡独奏曲《二泉映月》；这无比美妙动人的哀歌打动了在场的一切黄皮肤黑头发的人的心弦。盛着金黄芬芳香槟酒的杯子停留在了唇边，手僵在半空中，一缕淡淡的乡愁笼罩在了客厅中，混合在甜腻腻的空气里。巴黎人理解这种乡愁，音乐是最深刻，最博大的世界语。他们也停止了刀叉撞击的叮当响声和嘴里的咀嚼。人们在乐声中思索、回味，幻想另一个世界。在那个世界里没有喧闹的市场，没有巴士的喇叭声和交易所里电话的叫嚣声；只有小桥流水，只有母亲的呼唤和田野里小草的芳香。于是人人都感觉到了，紧张的都市的生活实际上是何等的沉重、空虚，金钱和地位给他们带来的幸福其实像影子一样从他们头顶上掠过。①

瞎子阿炳当然知道他的《二泉映月》有较大的启发联想与想象的魅力，但他无论如何也不可能想到后来将有中国的旅外人员及当地的法国人会在听了他的作品之后产生这样一些联想和想象。

联想和想象有创作者所预期的和非预期的两种成分，

① 张廷竹：《五十四号墙门》，引文见《中篇小说选刊》1983 年第 4 期第 190 页。

那么从艺术欣赏中的积极心理活动这个意义上看，二者的关系该是怎样的呢？

首先应该看到，非预期性的成分事实上构成了欣赏中的联想和想象的主要内容。因为即使是欣赏语言艺术而运用“再造想象”，读者所想象出来的艺术形象也不会同作者头脑中的艺术形象一模一样；读者固然不会将关羽想成曹操，把松树想成一棵小草，但要说这关羽和松树正好和作者构想的完全一样，却是不大可能的。因此所谓“有一千个观众就有一千个哈姆莱特”，原因之一就在于艺术欣赏中的“再造想象”总会有欣赏者主观因素的渗入。至于绘画、书法、音乐、舞蹈等艺术，则不管作者所预期的联想和想象是明确还是模糊，欣赏者被引发的联想和想象的实际内容必有更大的主观成分与色彩。造成这种情况的根本原因是，欣赏者无论受到艺术创作多么大的引导或暗示，仍然只能在个人的现实处境中、在知识经验记忆的基础上来展开他的联想和想象；然而各人的现实处境与知识经验既各不相同，在联想和想象中对记忆的提取与组合方式也并不一样，再加上思想感情等心理因素的制约，当然会在欣赏中出现各不相同的联想和想象。

但其次又要看到，欣赏中的联想和想象，在审美方向和情感倾向上，应该是和创作者的预期相一致的。只有这样，才能成为欣赏心理的有机组成，提高欣赏活动的质量。例如绘画艺术大师刘海粟对京剧有深刻了解，他曾把京剧流派与绘画风格相比，作了精彩的描述：

梅(兰芳)先生的表演风格，以画相喻，应是工笔重彩的牡丹花，而花叶则水墨写意为之，雍容华贵中见洒脱，浓淡咸宜，艳而不俗。

谭鑫培是水墨画的风格，神清骨隽，寓绚烂于极平淡中，涟漪喁喁、深度莫测，如晋魏古诗，铅华洗尽，不着一字，尽得风流。

老三麻子(王鸿寿)的戏,实具大泼彩风情,每观演出,给人的艺术享受在瞠目结舌之余,回味几十年。

余叔岩的风格淳厚自然,唱做火候极好,如劲竹清佳,笔有飞白,淋漓中见高远。李少春得其秀中之豪,孟小冬获其淡泊中之丰腴。

杨小楼如泰山日出,气魄宏伟,先声夺人,长靠短打,明丽稳重,纵横中不失精严,如大泼墨作画,乍看不经意,达意实极难。

盖叫天如版画绣像,线条流畅,洗炼沉雄,一动一静,一个眼神,从活脱中见功力。

马连良潇洒圆熟,有书卷气。如古铜色绢上墨绘骏马,风骨奇健。

周信芳如枯墨淡彩写千尺长松,虬枝挺拔,针叶葱茏。

荀慧生技法如铁线白描,风格人情均在个中。比如乐曲,亦时有华采乐章,绝不单调。

俞振飞演戏如工笔淡彩,有骨力而不矜持,能挥洒而不失法度。

叶盛兰风格如大笔写幽兰叶,而配以工笔重彩兰花,有谨严、有粗犷、有秾丽,雄姿英发,百年绝唱。①

这样的联想和想象,显然表现了欣赏者在绘画方面的专业性敏感(这也是一种主观因素)。作为创作者的京剧艺术家来说,不可能明确预期欣赏者产生如此丰富而具体的联想与想象。但从审美方向和情感倾向上说,京剧艺术家也会模糊地指望自己的表演富有诗情画意,或者更笼统地说具有某种美的特征和情感性质,能使欣赏者通过联想和想象以强化特征相似的美感,并加深情感的交流。所以刘海粟的欣赏在方向上是与京剧表演者的模糊预期相一致的;同时他的联想和想象也从一定的角度表现了审美比喻的独到

① 刘海粟:《京剧流派与绘画风格》,见《艺术世界》1982年第6期。

与确切性,很有益绘画和京剧的欣赏。

第二,欣赏者的联想和想象,无论是创作者所预期的或非预期的,其积极作用都在于加深对作品的感受和认识,扩大审美的效果。所以,在欣赏中是否有较为活跃的联想和想象,也是艺术欣赏的深浅以至欣赏能力的高下的一种标志。德国诗人海涅曾这样描述他对肖邦音乐的欣赏:

他不仅是一个具有高度技巧的钢琴家,他也是一个诗人。他能把他心中蕴藏的诗境描绘出来。他是一个作曲家,他坐在钢琴前即兴弹奏时所给予我们的享受,是任何东西所不能比拟的……

我们立刻会发觉,他和莫扎特、拉威尔、歌德生在同一个地方,他真正的家乡是诗的神妙的王国。当他坐在琴前即兴弹奏的时候,我有这样一种感觉,好像从亲爱的故乡来了一个同乡,他把我不在的时候所发生的奇异事情讲给我听。……有时候我真想打断他问:那个善于俏皮地在绿发上戴上银网的女水神近来好吗? 我们的玫瑰花还是那么火一般地骄傲吗? 我们的树还在月光下那么美妙地歌唱吗? ……①

从来在音乐欣赏中,由于无法用语言文字直接再现对旋律的感受,所以欣赏者总是尽力描写被音乐引发的联想和想象,以形容所听音乐之美以及欣赏所达到的深度。前面已多有这方面的例证,这里海涅描写听肖邦即兴弹奏也是如此。海涅因为自己是诗人,所以他把肖邦想象为“诗人”,心中蕴藏着“诗境”,并说“他真正的家乡是诗的神妙的王国”,而自己则是肖邦的“同乡”。在海涅的富有诗意的描述中,可以看出他的联想和想象是非常活跃而优美的,它们虽不能直接说明诗人究竟听到了什么样的音乐,却从特征相似的审美方向和情感方向上显示了所听的音乐之美及欣赏所

① 见《外国文学艺术家轶话》第103—104页。

达到的深度，使阅读这些描述的人也不禁油然而生“此时无声胜有声”之感。

下面再看看俄国文学家果戈理怎样评论普希金的抒情诗集：

他这个短诗集给人呈现了一系列最眩人眼目的图画。这里是一个明朗的世界，那只有古代人才熟悉的世界，在这个世界里自然是被生动地表现了出来，好像是一条银色的河流，在这急流里鲜明地闪过了灿烂夺目的肩膀，雪白的玉手，被乌黑的鬈发像黑夜一样笼罩着的石膏似的颈项，一丛透明的葡萄，或者是为了醒目而栽植的桃金孃和一片树荫。这里包含着一切：有生活的享乐，有朴素，有以庄严的冷静突然震撼读者的瞬息崇高的思想。……这里没有美的辞藻，这里只有诗；这里没有外表的炫耀，一切是单纯的，充满了并非突然呈现的内在的光彩。一切是那么简洁，这才是纯粹的诗。话是不多的，却都很精确，富于含蕴。每一个字都是无底的深渊；每一个字都和诗人一样地把握不住。因此就有这种情形，你会把这些小诗读了又读，……①

这是一篇活生生的欣赏记录，其中充满了欣赏中的联想与想象的描述。这样的评论现在已不多见，但当时的大批评家别林斯基却说，果戈理的这些描述，“是比我们在这里无论怎样做文章都说得更多而且更好的”②。这就因为果戈理通过对欣赏中的联想和想象的描述，比一般的抽象枯燥的评论更为生动地揭示了普希金诗歌的美学价值及其巨大的审美效果。评论是欣赏的继续，在评论中现身说法，具体讲讲欣赏中的一些较有感性的体验，显然有助于说明作品的艺术美。但能否做到这一点，主要不是一个评论文章的写法问题，关键在于评论者是否确曾在先期的欣赏中有过较为切实的感受和较为活跃的联想和想象。如果根本没有

①② 见《普希金抒情诗集》附录。

这一类体验，甚至把评论和欣赏完全割裂开来（例如对心里根本不欣赏的东西大加赞扬，甚至没有细看评论对象就写评论文章，等等），那么即使想要具体说明作品给人的美感，也是无从说起的。

第三，活跃的联想和想象在艺术欣赏的深化中能起显著的积极作用，但这种联想和想象却必须与准确的感受、理解相结合，才能收彼此促进之功。假如脱离了对具体作品的细致感受和理解，只是不着边际地“展开想象的翅膀”，那就无助于艺术欣赏能力的提高，更谈不到对作品的准确评估。明末王嗣奭在其所著《杜臆》一书中，对杜甫诗《新安吏》中的“白水暮东流，青山犹哭声”二句作了相当精彩的赏析：

> 此时瘦男哭，肥男亦哭，肥男之母哭，同行同送者哭，哭者众，宛如声从山水出，而山哭水亦哭矣。至暮，则哭别者已分手去矣，白水亦东流，独青山在，而犹带哭声，盖气青色惨，若有余哀也。止着一哭字，犹属青山，而包括这许多哭声，何等笔力，何等蕴藉！

粗粗一看，王氏之所说，主要只是根据原诗所提供的“再造条件”而作的“再造想象”；又“白水”二句所提供的“再造条件”也确实简单。然而王氏却力求对它把握得深入而充分，他不仅能联系全诗来读这二句，以求深入的理解；而且还在字句之外找到作者略而未说的“再造条件”。同时对这二句本身也不是满足于简单的表象组合，例如看到“青”这个文字符号，他所想到的就不止是有关青色的简单表象，而是有更多的联想与想象，所以才会有“气青色惨，若有余哀”这样的感受。总起来看，这一段赏析的确表现了感受、理解与联想、想象的有机组合与相互促进，所以能比较深刻地说明这两句诗的好处。王氏说：“余二十岁读此诗，年八十而于枕上得此解，为之一快。”这当然不是说他用了六十年时间来想这两句诗，无非表明他曾在很长时期中对此有所考虑。

由此可见，文艺作品的赏析并不总是那么轻而易举的，有时需要研究者发挥很大的主观能动作用，才能较为准确而深入。

下面再看看十八世纪德国艺术史家温克尔曼对柏维德尔宫的阿波罗雕像所作的描述：

这雕像的躯体是超人类的壮丽，它的站相是它的伟大的标示。一个永恒的春光用可爱的青年气氛，像在幸福的乐园里一般，装裹着这年华正盛的魅人的男性，拿无限的柔和抚摩着它的群肢体的构造。把你的精神踱进无形体美的王国里去，试图成为一个神样美的大自然的创造者，以便把超越大自然的美充塞你的精神！这里是没有丝毫的可朽灭的东西，更没有任何人类的贫乏所需求的东西。没有一筋一络炙热着和刺激着这躯体，而是一个天上来的精神气，像一条温煦的河流，倾泻在这躯体上把它包围着。他用弓矢所追射的巨蟒皮东已被他赶上了，并且结果了它。他的庄严的眼光从他高贵的满足状态里放射出来，似瞥向无限，远远地越出了他的胜利：轻蔑浮在他的双唇上，他心里感受的不快流露于他的鼻尖的微颤一直升上他的前额，但额上浮着静穆的和平，不受干扰。……我感觉我神驰黛诺斯而进入留西圣林，这是阿波罗曾经光临过的地方：因我的形象好似获得了生命和活动像比格玛琳的美那样。①

在一座冷冰冰的石像上怎么能“看”出这么多东西？恐怕有人会认为其中必有牵强附会的成分。然而在温克尔曼的描述中，却可以清楚地看出，他那活跃的联想和想象是以对雕像特征的深入细致的感受为前提的。同时，他的联想和想象又是与深刻的理解紧密结合的，这理解就表现为他是密切联系了有关的神话背景来阐释雕像外形的含义。正是借

① 〔德〕温克尔曼：《古代艺术史》，宗白华选译，见《大学生》丛刊 1981 年第 1 期。

助这种联系，他展开了活跃的联想和想象，“看”到了在冷冰冰的石像上无法直接看到的东西。由于温克尔曼的联想和想象是与切实的感受和理解相结合的，所以他的“独见”才能变为世人的“共见”，使柏维德尔宫的阿波罗雕像因他的生动描述而驰名于世。

那么，什么样的联想与想象是不与切实的感受和理解相联的呢？这也可以通过一个实例来看。唐代李嗣真在《书后品》中描述王羲之的书法，说了这样一段话：

右军正体，如阴阳四时，寒暑调畅，岩廓宏敞，簪裾肃穆。其声鸣也，则铿锵金石；其芬郁也，则氤氲兰麝；其难征也，则缥缈而已仙；其可觌也，则昭彰而在目，可谓书之圣也。若草行杂体，如清风出袖，明月入怀，瑾瑜烂而五色，黼绣摛其七采，故使离朱丧晶，子期失听，可谓草之圣也。其飞白也，犹夫雾縠卷舒，烟空照灼。长剑耿介而倚天，劲矢超腾而无地，可谓飞白之仙也。又如松岩点黛，蓊郁而起朝云；飞泉漱玉，洒散而成暮雨。既离方以遁圆，亦非丝而异帛，趣长笔短，差难缕陈。

中国古代的书法论一般都借助形象的比喻来形容书法艺术之美，如“铁划银钩”、“珠圆玉润”、“金刚怒目”、“力士挥拳”之类。这类比喻因为在不同程度上表现了为书法艺术形象所唤起的联想和想象，所以还是有助于说明书法艺术之美的。但是，像李嗣真这样的描述就未免过于浮夸了。在这种描述中，人们看不出那些华美词语所反映的联想与想象究竟和他对王羲之书法的感受与理解有什么实际联系，况且他在欣赏中也未必真有这些联想和想象，那么多漂亮词句更可能是做文章时想出来的。所以这种描述不一定真正反映欣赏中的实际心理活动。

五　艺术欣赏中的情感活动

真正的艺术欣赏必然是一个充满了情感活动、情绪感染的过程。这种反应也往往是艺术效果的最为直接而显著的表现。例如喜剧的演出，观众中不断爆发阵阵笑声；而在悲剧的演出中，场内寂静无声，时而有人发出低沉的叹息，有的观众脸上出现泪痕。诸如此类的情况，都是艺术创作取得显著效果和艺术欣赏者深刻动情的明证。

那么艺术欣赏中的情感活动有什么规律呢？可以说最根本的规律就是前面已经阐述过的情感活动对认识活动的依存，以及它们之间的彼此促进(见第四章第二节)。

在艺术欣赏中，认识活动的对象就是艺术作品：

这作品是富有感性形象的，感性形象可以通过欣赏者的感受而引发他的感情；

这作品又具有内在的理性，理性的内涵可以通过欣赏者的思索而引发更深的情感活动；

这作品还能诱发欣赏者的联想和想象，联想和想象亦必伴随着相应的情感因素；

这作品还能使欣赏者留下深刻的印象，从而使他在回忆玩味中同时唤醒情感的记忆。

所有这一切，都是艺术欣赏中的认识活动引起情感活动的具体表现。没有一定的认识(这种认识可以是感性的，也可以是理性的；可以是显著出现在脑际的，也可以是潜隐在心底的)，就不会有情感的活动，这是显而易见的心理活动规律。但在艺术欣赏中，由于情感活动是极为重要的、起巨大作用的心理活动，所以现在有的人就把它孤立化、绝对化了。例如把审美活动仅仅看作一种情感活动，这种看法就是违背情感与认识的辩证关系的。审美是一种复杂的心理活动，包含多种心理内容；其中情感活动的确给人以深刻的体验，但任何情感都不可能无缘无故而生，而其“缘故”则只能是对客观事物的认识。这一事实在社会生活中具有普遍性，而就审美意识的心理过程来说，情况决非例外，所以天生的盲者因不能感知名画而无由产生审美之情；天生的聋人则因不能感知名曲亦无由产生审美之情。此即情感与认识的普遍联系在艺术的审美活动中的具体表现。当然，情感既被引发，也将反过来加深感知，二者互相促进，紧密结合。再加上审美过程中其它有关的心理活动（记忆、联想、想象、思维等都可能出现），使整个审美过程成为一种内容复杂的心理活动。但在审美过程中起主导作用的心理内容，始终是认识性质的，而非情感性质的。妖精披上画皮，其形态之美为人感知，这才惹起喜爱；一旦画皮揭去，其丑恶原形为人感知，即随之而生憎恶之情；甚至回忆对比，引发深思，深思之后更加憎恶。这是一个心理活动较为复杂且有变化的审美过程，在这过程中显然是认识的变化引起了感情的变化。

情感依存于认识，这是心理活动的规律。那么在艺术欣赏中，情感活动究竟起了什么作用呢？

第一，情感固然依存于认识，但反过来又会促进认识活动的深化，具体表现为加深对艺术形象的感受和对理性内涵的思索，又可以使联想和想象更加活跃，使对作品的记忆更加深刻。试看以下一例：

“门外汉”所制的茗壶确实非同寻常，凡是看过他的紫砂佳作的人都会留下深刻的印象。笔者有幸见到他的一把名为“束柴三友”的茶壶，乍看有点粗相，然而只要提壶相观，立即就爱不释手了。这把“三友壶”匠心独运，构思妙极：整把壶的外形是一捆束着的柴爿，被束的二十多根柴爿由松干、梅桩和竹枝混合而成。其中两段梅桩的自然衍生的枝干分别成了壶嘴和壶柄；束柴内中一段稍微突出的竹竿节头巧妙地被当作壶盖掇子；至于捆住柴爿的是一根细嫩弯曲得可以当绳使用的竹梢。细赏这把壶，发现它细腻处更是穷尽物理：那松干上的鳞皮、蛀洞栩栩如生，那根根柴爿断面的锯迹、折痕乃至年轮都历历在目，最有趣的是在一根内心蛀空的松段上沿，一只机灵的小老鼠正在洞口窥察，也许它想在洞内找个安身之处……

"门外汉"壶艺的一个显著特点是以朴胜华。他的作品浑朴自然不文饰，不造作，用他自己的话来说是"不爱城中高髻样，自梳蓬鬓卧沧浪"。他的创作摒弃人为追求的痕迹，主张返淳归朴，而这才是艺术家的硬功夫和艺术品的高格调。①

欣赏者"有幸见到""束柴三友"壶，"立即就爱不释手"，这就是认识(感知)引起了情感活动；而动了感情就会对一把陶壶作如此细致的观察，从而又获得更加丰富的感受，留下那样深刻的印象；其间甚至还引发了想象，如说"机灵的小老鼠正在洞口窥察，也许它想在洞内找个安身之处"。同时，全篇在描述中也还有理性的思索(如引文末段对"门外汉"壶艺格调的概括)，这种思索也是带着感情进行的。所以整个文章都富有感情色彩，显然表现了在欣赏中认识活动与情感活动的交促，并由此而把欣赏引向深入。

第二，再就艺术欣赏中的情感活动本身来说，它的实际心理内容乃是欣赏者对艺术作品的态度的体验，这种体验由于深切感知了体内的生理反应(包括呼吸、循环、消化系统，骨骼、肌肉组织及内、外腺体等方面的变化)，所以能有力地作用于欣赏过程，收到动人心魄的效果。这里有必要重提一下狄德罗对艺术家的要求："你必须先感动我，惊吓我，使我心碎、恐怖、战栗、流泪、愤怒；然后如果你还有此余力，怡悦我的两目。"② 当然文艺作品不一定都使人动情到

① 金晓东：《"门外汉"壶艺及其作者》，见《文汇报》1986年5月4日。

② 狄德罗：《绘画论》第5章，见《文艺理论译丛》1958年第4辑第54页。

这种程度，欣赏中情感活动的类别也不仅仅是恐怖、愤怒之类；但狄德罗强调动情的必要是完全正确的，同时他的话也使人清楚看到动情是与生理上的反应相联系的，是对生理反应的体验。波兰音乐家肖邦在给戴尔芬娜·波托茨卡娅的信中谈到他给波兰爱国诗人密茨凯维支弹琴，作了这样的描述：

就像不能拒绝给病人服药一样，我从来也不拒绝给密茨凯维支和诺尔维德弹琴。他们中有一个来的时候，我就坐下弹琴，有时始终连一句话也不说。我的音乐不止一次引起他们流泪，这眼泪难道不是民族艺术家最高的十字架吗？

我又看见密茨凯维支。……我知道他是为什么来的，我立刻坐下弹琴。……最近一次我弹得很久，我不敢回头，但是听见他在哭。他走的时候，为了不让佣人看见他的眼泪，我亲自帮他穿大衣。密茨凯维支温柔地抱着我的头，在我额上吻了一下，说出了整个晚上的第一句话：

"谢谢你，你把我带到……"

话没有说完，呜咽又塞住了他的喉咙，就这样，他抑制着呜咽走了……①

肖邦是在1831年波兰人民起义反抗沙俄的统治失败后定居巴黎的，他在不少作品中倾注了对祖国的思念和对民族独立的期望。当他为同在流亡中的波兰志士奏曲时，爱国之情自然成了彼此间共同的心声。通过肖邦信中的描述，人们完全可以想见他的琴声是多么有力地扣动了密茨凯维支的心弦，那抑制不住眼泪和呜咽又说明欣赏者对体内生理反应的体验是多么强烈。动情到这种程度，当然意味着欣赏的效果是感人至深而历久难忘的。

第三，由于艺术欣赏中的认识对象（艺术作品）本身都

① 《外国文学艺术家轶话》第104—105页。

是带有情感色彩和倾向的，所以欣赏者对此而生的情感活动事实上都是受到诱导的。比如夕阳芳草本是无情之物，个体在一般的认识活动中对此也可能动情，这情究竟是什么样的，就完全取决于个体自身的经历处境、思维性格和情绪状况。但在艺术欣赏这种特殊的认识活动中，由于夕阳芳草都已带上了创作者的情感色彩，因此欣赏者的情感活动便受到一定的诱导。文艺作品之所以对人有情感陶冶作用，原因即在于此(当然情感的陶冶是与思想认识的影响相结合的)。积极的情感陶冶可以提高人的情操，而消极的情感陶冶则显然给人以无益甚至有害的刺激。例如在情节性的文艺创作中，悬念对于欣赏者有巨大的吸引作用，悬念的产生和求解，从认识上说，乃是人类普遍具有的求知欲的泛化，同时也必伴随着一定的情感活动。有的悬念是与欣赏者的积极的关注性情感活动相联系的，特别是当作品中写到衰弱的老人、无知的儿童、纯洁善良的少女和受人尊敬的英雄落入了险恶的情景，将有可怕而不测的命运时，欣赏者的关注总是非常强烈的；而这关注就包含着正义感、同情心、爱善憎恶、扶弱锄强等情感内容。所以在这类悬念的产生和求解中，也就意味着欣赏者的情操得到了积极有益的陶冶和锻炼；同时从欣赏效果上说，凡是与积极的关注性情感有深刻联系的悬念，其结与解的过程总对欣赏者有较大的吸引力，有的还能留下深刻难忘的印象。反之，一些以诲淫诲盗为基本内容的悬念，则只是引发人的庸俗好奇心，甚至给人以堕落反常的情欲刺激；欣赏者如果嗜痂成癖，沉湎不返，就很可能有害于身心。

艺术欣赏中的情感活动虽然是受到引导的，但欣赏者本人的经历处境、思想性格和情绪状况也是起作用的。例如看电影，有时一个普通的情节，大多数观众对此都无明显反应，个别观众却深有感触，热泪盈眶，这显然是“伤心人别有怀抱”。反之，一个普通的情节又能使个别人偷偷发笑，这显然也是别有会心之处。又如戏台上演到恶人逞凶，观众都义愤填膺，但有的观众在愤慨的同时却也进行冷静的思考；有的则怒不可遏，甚至要跳上台去除暴安良。这两种情况也显然有观众的主观因素在起作用，主要涉及气质性格、情绪控制等方面的个人特点。但在动情的过程中，各种主观心理因素所起的作用并不完全相同，像性格特点和情绪状况等因素一般只影响到动情的程度或情感的表现；至于思想认识上的差别则可能使情感活动出现方向上的逆反。以近期的事例为证，如陆文夫的小说《围墙》，写的是一个建筑设计单位要造一段围墙，当建筑专家们为了设计问题而争论不休时，干事务工作的"实干家"已经找人把既经济又漂亮的围墙造起来了。有人认为这篇小说歌颂了"实干家"和"实干精神"，所以大为赞赏，小说也因而获奖；但也有人认为小说中描写的专家学者与"文化革命"中对知识分子的尽情丑化大致一样，因此小说无异是在知识分子的伤口上再抹一把盐，对科学的知识和理论再啐一口唾沫。这两种全然不同的认识必然会在小说的欣赏中引发截然相反的情感。由此可见，在艺术欣赏中，情感活动的根本法则，毕竟还是情感对认识的依存。

第四，艺术欣赏中的情感活动，有使被蓄藏或压抑的情感得到宣泄的作用。早在亚里士多德的《诗学》中，已经谈到悲剧"借引起怜悯和恐惧以导致这些激情的净化"①。关于"净化"，前苏联心理学家列·谢·维戈茨基在《艺术心理学》中作了这样的论述：

虽然这个词的内容很不明确，咱们也不想弄清这个词在亚里士多德的原文里到底包涵什么意义，但是我们还是

① "净化"或译"陶冶"，见《文艺理论译丛》1958年第2辑所刊罗念生译《诗学》，此处因须与下文相应，所以转引列·谢·维戈茨基《艺术心理学》的周新译文。

认为，心理学迄今所使用的任何其他术语都不能如此完满地、清晰地表达审美反应的这一主要事实，即痛苦的和不愉快的激情得到一定舒泄、消灭、转化为相反的激情，审美反应本身实质上就可被归结为这种净化，亦即复杂的情感转化。目前我们对净化过程尚无确切的了解，但我们还是知道它的最实质性的东西：作为任何情感的本质的神经能量的舒泄，在这一过程里是在和通常相反的方向中发生的，而艺术便因此而成为神经能量最适当和最重要的舒泄的最强大手段。

这里先要指出，维戈茨基这段话是有可议之处的。首先，他只讲"痛苦的和不愉快的激情"得到舒泄，这在艺术欣赏中就不全面，事实上表现为欢乐激情的神经能量也是要求释放的，所以艺术欣赏的对象是多种多样的，悲剧与喜剧并无主次之分。其次，说审美反应的"实质"可被"归结"为净化，这就是把审美过程中的情感活动绝对化，而实际上审美过程首先是一个认识过程。特别需要指出的是，维戈茨基说净化的过程"是在和通常相反的方向中发生的"，而他所谓的"相反的方向"，在下文有明确的交待，是指"艺术家总是用形式克服自己的内容"。为了证明这个结论，作者先引了德国心理学家冯特关于节奏的论述："总之，节奏的审美意义就在于，它能引起它描绘其过程的那些激情，或者，换句话说：由于情绪过程的心理规律，节奏成为激情的组成部分，它又反过来引起这种激情。"于是得出结论说："我们只要假设，诗人所选择的节奏（韵律）其效果同内容本身的效果相反，我们就能得到这里一直在说的那个东西。布宁就是用淡漠平静的节奏叙述凶杀、枪声和情欲的。他的节奏所引起的效果同他的小说的对象所引起的效果完全相反。结果，审美反应便成为净化。我们经历了复杂的情感舒泄，情感的相互转化，我们产生的是高尚、清醒的轻轻的呼吸的感觉，而不是由小说内容所引起的痛苦的体验。"维戈茨基这些论证显然是无力的。因为冯特明明是说节奏“能引起它描绘其过程的那些激情”，这就意味着形式与内容的一致性，而维戈茨基却由此而误以为可以用与内容相反的节奏效果来使激情得到净化。又他所举布宁小说例，也只代表艺术创作中的部分情况，不足以概括全面；况且布宁的小说也只是使淡漠平静的节奏成为一种背景，使富有刺激性的内容被衬托得更加突出。至于维戈茨基所强调的净化是由与内容相反的节奏效果所引起的情感“转化”，“而不是由小说内容所引起的痛苦的体验”，那更是与广泛的欣赏经验不相符合的；净化是激情的舒泄，哪能不加“引爆”（或者说疏导）就达到这种效果呢？但是，维戈茨基的论述尽管有种种错误，他指出情感活动是“神经能量的舒泄”这一点，却至今看来仍然是正确的。在人们心中，无论蓄积的是悲哀或欢乐，都是可能使精神失去和谐平衡的神经能量，所以人们总是自发地寻求抒发宣泄之道，以求得到必要的神经松弛。艺术欣赏正是情感舒泄的有效手段之一，特别是对那些比较潜藏的情绪来说更是如此。

但是，情感的产生总有一个“认识灶”，即就正常人而言，对某种客观事物（如个体的遭遇和处境）的持久反映和认识，乃是不断滋生相应情感的主要根源；如果认识问题不能或无法解决，那么被抑制的神经能量得到了舒泄之后，很快又会蓄积起来。艺术欣赏能使情感净化，但不一定有较为恒久的效果。好在艺术欣赏的作用并不只有净化这一点。

后记

我对心理学的兴趣可以追溯到中学时代，那时自然只能看一些浅近的读物，积累了一些粗浅的知识。进入大学以后，接触有关著作与课程的机会就多起来了；不过，我读的是中国语言文学系，因此只在学习《语言学引论》一课时，曾以“普通心理学”著作为正式的参考书；其它时候只是在正课之外随意阅读而已。

我在大学期间对文艺理论和美学用的工夫较多。那时在这方面常有学术争论，我看了许多争论文章，往往觉得有些问题如果能从心理学的角度来阐述，也许比较容易解决。于是我心里就产生了在文学艺术研究中引进心理学原理的意向；根据这个意向还作了一点尝试，即通过笔记形式积累了不少观点和资料。但是，这种探索并未能转为正规的研究。因为大学毕业后，我被分配从事中国现代文学的研究，不久又改为以《楚辞》为重点的中国古代文学的教学和研究。因此我在文艺心理学方面仍只是零零碎碎有些思索，作点笔记。

六十年代前期和七十年代末期有过两次关于“形象思维”的讨论。前一次主要是批判一切关于“形象思维”的说法；后一次则一致肯定其存在，但说法仍各有不同。我对这两交讨论都有一种“不解决问题”的感觉。在我看来，“形象思维”是一种主要用于美的形象创造的思维活动，属于心理活动的范畴。所以必须运用心理学原理来说明它是一种什么心理活动，含有什么样的实际心理内容，才可能较为确切地论证“形象思维”的存在与功能。倘若不这样做，“形象思维”的讨论实际上就变成了各说各的，在认识上各有“所指”;而这“所指”又相当模糊,多数只是根据一些哲学原则和文艺现象来作臆测和推论。因此讨论就变成了以模糊对模糊,看起来很热闹,却始终说不清“形象思维”究竟是什么。

我在七十年代末期的“形象思维”讨论中写过一篇题为《说形象思维》的文章,其写法就是先从心理学的角度给形象思维下定义,说明它是一种什么样的心理活动,然后再作论证。这篇文章在客观上当然起不了多大作用,但却重新引发了我自己一向就有的对文艺心理学的兴趣;于是重又捡起往日的积累,开始了较为集中的研究。

1980 年暑假以后,我在北京大学中文系开设了《文艺心理学》选修课;1982 年 4 月出版了以讲稿为主要内容的《文艺心理学论稿》;又经继续研究和修改补充而完成了这一部《文艺心理学概论》。

回顾我对文艺心理学的研究,也许可以说有一个特点,那就是基本上未曾学习或参考过别的文艺心理学著作;而是直接把普通心理学一些最基本的原理与文学艺术创作欣赏中的大量事实结合起来,从而形成一些观念和论点。我之所以这样做,主要有两个原因:第一是文艺心理学的研究在我国长期中断,我在学习准备阶段中很难找到被封禁的有关著作,只能出于“杜撰”而形成自己的一些观念。第二是我在尝试把普通心理学的基本原理引进文学艺术研究的过程中,的确积累了许多话想说;所以我便采用把已有的话先说了之后再继续研究作法。正因为这样做了,所以才能够在 1980 年就开设《文艺心理学》的课程。这在当时也已有了讲这门课的客观条件,因此也可以说是抓了个机遇。至于后续的研究,由于各种文艺心理学著作在八十年代初期以后陆续被翻译和撰写出来,所以我也尽力阅读研究了一些,主要收获大致包含在由我主编的《文艺心理学术语详解辞典》一书之中。但在后续的研究中,我也发现国内外学者研究文艺心理学大都各有自己的视角、优势和成就；我即使早已看到种种有关的著作，恐怕也未必能与自己原来积累的想法融合到一起。所以我还是愿意继续保留在前期研究中自发开垦的这一块田地，尽管其成果相当粗浅。

附带说一说本书所论述的内容，大致可概括为两个基本思想，五种辩证关系。

第一个基本思想，即以唯物主义反映论为指导，论证文艺创作与欣赏的心理活动都是个体在反映客观世界的基础上所实现的主客观统一。

第二个基本思想，是根据大脑活动的整体性原则，论证文艺创作与欣赏都是以自觉的表象运动为核心而实现的表象活动、思维活动与情感活动的有机结合。

五种辩证关系，即客观与主观、感性与理性、情感与认识、修养与创造、创作与欣赏，是两个基本思想的具体表现。

本书在两个基本思想、五种辩证关系的论证中，虽然也力图解决与文艺心理学有关的比较多的重要问题，但仍有许多重要问题并未涉及。所以事实上只是在文艺心理学的巨大园地中试作范围有限的探索，同时力求使这些探索成为一个系统。

1986 年 5 月原稿

1997 年 10 月改稿

再版后记

1980年暑假以后，我在北京大学中文系开设了《文艺心理学》选修课。后即以讲稿为主，加上论文十多篇，编为《文艺心理学论稿》一书，由北京大学出版社收入《文艺美学丛书》，于1982年4月出版。

此后，我在文艺心理学的教学和研究中，对原来的讲稿不断修改、补充，终于在1986年5月写成了体系较为完整的《文艺心理学概论》，由人民文学出版社于1987年9月出版。

最近，北京大学出版社要重印《文艺美学丛书》，其中包括拙作《文艺心理学论稿》。我因考虑到后出的《文艺心理学概论》较为成熟，所以在征求两个出版社编辑同志的意见之后，对《概论》略作修订，用以替换《论稿》，收入再版的《文艺美学丛书》。这是《丛书》再版中一个比较特殊的情况，谨此说明。

1997年10月